21世纪年度散文选

2017 散文

人民文学出版社编辑部 / 编

人民文学出版社

图书在版编目（CIP）数据

2017 散文 / 人民文学出版社编辑部编. —北京：人民文学出版社，2018
（21 世纪年度散文选）
ISBN 978-7-02-013901-9

Ⅰ.①2… Ⅱ.①人… Ⅲ.①散文集—中国—当代 Ⅳ.①I267

中国版本图书馆 CIP 数据核字（2018）第 042122 号

责任编辑　杜　丽
装帧设计　马诗音
责任印制　任　祎

出版发行　人民文学出版社
社　　址　北京市朝内大街 166 号
邮政编码　100705
网　　址　http://www.rw-cn.com

印　　刷　河北鹏润印刷有限公司
经　　销　全国新华书店等

字　　数　286 千字
开　　本　880 毫米×1230 毫米　1/32
印　　张　10.75　插页 3
印　　数　1—5000
版　　次　2018 年 6 月北京第 1 版
印　　次　2018 年 6 月第 1 次印刷

书　　号　978-7-02-013901-9
定　　价　38.00 元

如有印装质量问题，请与本社图书销售中心调换。电话:010-65233595

出 版 说 明

我社自1980年起,曾经编选和出版过《1980—1984年散文选》《1985—1987年散文选》《1988—1990年散文选》和《1991—1993年散文选》,受到文学界和广大读者的好评。1994年后,这项工作一度中断。进入21世纪,散文创作仍然欣欣向荣、气象万千,成为文学园地一道亮丽的风景。为了及时总结年度散文创作的实绩,向读者集中推荐优秀的散文作品,进而为新世纪的文学积累做出我们的贡献,我社决定恢复年度散文的编选和出版工作。

恢复出版的散文年选总冠名为"21世纪年度散文选",每年编选一册。编选范围为当年全国各报刊上发表的散文作品,入选篇目以发表时间顺序排列。此项工作得到了许多著名文学评论家和编辑家的支持和帮助,并且提出了很好的编选意见,我们在广泛阅读的基础上,充分参考专家们的意见,严格进行编选。在此,谨向诸位专家深表谢忱。

我们希望读者通过这个选本,不仅能了解本年度散文创作的总体概貌,而且能集中欣赏和阅读这一年里出现的最优秀的散文作品。我们的努力是否达到了这样的效果,真诚地期望得到文学界和读者的批评和建议。

人民文学出版社编辑部

目　　录

梦回祁连 …………………………………… 雷　达　1
朗读与呐喊 ………………………………… 莫　言　19
那些年,学外语的那些事儿 ………………… 张　翎　26
建水笔记 …………………………………… 于　坚　31
看字 ………………………………………… 张瑞田　92
诗歌史上最漫长的一场雨 ………………… 毕飞宇　96
月亮村的记忆 ……………………………… 雍　措　103
土陶本纪 …………………………………… 宋长征　113
阿伯拉尔与爱洛伊丝 ……………………… 赵荔红　128
长江四鲜漫忆 ……………………………… 丁　帆　141
人间事散记 ………………………………… 林纾英　146
父亲和我 …………………………………… 肖复兴　166
昭通信札 …………………………………… 鲁若迪基　208
三过榆林 …………………………………… 李修文　226
清风入怀 …………………………………… 谷运龙　242
草语 ………………………………………… 千亚群　252
在虚拟中到达 ……………………………… 范晓波　262
才艺这回事 ………………………………… 裘山山　275
土离我们还有多远 ………………… 鲍尔吉·原野　280
废墟之美 …………………………………… 叶廷芳　292
在苗圃 ……………………………………… 孙　郁　296
薄壳虽小　美不让人 ……………………… 沈嘉禄　303
酸橙 ………………………………………… 傅　菲　307

这一句唐诗，道尽人生此岸的繁华 …… 潘向黎 312
灵渠 ………………………………………… 蒋原伦 317
杨绛先生回家纪事 ……………………… 吴学昭 330

梦回祁连

雷 达

一

哦,民乐,留下我青春身影的地方!仰头可见天神般威严的老君山雪峰,低头可见冰冷刺骨的融雪水在灌渠里澎湃。一年四季疾风尖啸,从不停歇,风神呜呜的,似在捉拿并拷打一个脱逃的魔鬼。男人和女人们每天绕过村头的涝坝,踏过枯黄的芨芨草,扛着农具,向光滩深处如野马浮动的雾浪走去。我也曾是他们中的一员。在这里留下过我二十一岁的容颜。

老君山是祁连山北麓东段的主峰,矗立在民乐县城南面,云雾在山腰拉起了带子,显现出山的雄姿。夏天,老君山若起大雾,山下的庄稼就要遭殃了,不出一刻,大雨滂沱;冬天,雾幛拉严到山根下,天地骤然变色,大雪纷纷扬扬,雪深三尺。人们说,老君变了脸,杀羊祭山神哪。

传说有一年,老君发慈悲,扮成一个放羊老头儿,身穿皮袄,赶一群石羊滚滚而下,他要给洪水河修座桥。一个智者说,你的羊怎么头比牝牛头还大,一语泄露了天机,老君化作青烟飞走了,而羊们顿时立地不动,化成散落在洪水河谷中的万年不移的巨石。这个传说很有趣;而我所在的村子就叫洪水村。

压在记忆深处的东西,好像永远沉埋了,其实蛰伏着,有一天会冲开重重淤积,清晰地显露自身。比如"四清运动",简称

"社教",现在基本已无人提及,没人觉得它多有意思,它主要发生在农村和农民中,时间也只在一两年间,似乎是一个小插曲,与后来的"文革"风暴关系不大。当然不是这样。"四清运动"的发起与当时中国政治态势的极左主流密切相关。但"四清运动"又是复杂的。不能说它没有整顿农村基层的混乱,整治自"大跃进"以来,乡村干部的专横霸道的某种积极意义,但它却又迅速转向了以血统论为基础的阶级斗争扩大化,在思想体系上,它与"文革"思维是一致的。它是一次"文革"前的操练,也是后来声势浩大的知青运动的一次彩排。但让我纠结的似乎并不是这些,而是隔着历史烟尘的各种亲切的面影,是那个久远年代里,人性的淳朴与异常,残酷与美丽。

二

1964年秋,开学不久,作为大学四年级学生,在下去搞"四清"前,先有个"三查运动",即"查阶级、查立场、查斗志",也称为"交心运动"。每个人都要写认识材料,清理思想,深挖阶级根源。为了让"交心"显得更加真实可信,顺利过关,有人就编造些无关宏旨的"错误",或乐于把某些流行的错误思想扣到自己头上。也有人尽力丑化自己的剥削阶级父辈,以划清界限。有一位学生干部,以绘声绘色地揭露他的富农父亲的种种丑态而闻名,他有一种农民式的幽默和尖刻,并配上各种细节,给人的感觉特别诚恳。他的示范性演讲很受欢迎,有点像后来的"讲用"。和他同村的同学却说,他父亲不是这样的。

在拐角楼的一间宿舍里,我们这个大组,每天聚在一起进行的就是这样的"交心"。一个一个地过。一天最多过三四个人。家庭出身在那时具有绝顶重要的意义,几乎就是一切。它决定着每个人的位置和价值。根正苗红的少数人成为运动中坚,他们意识到自己的重要,一个个表情凝重,不苟言笑。我的履历表"家庭出身"一栏填的是"自由职业",有点似是而非,不好不坏,一度我被作为"红外围"对待。我们那个大组的负责人是班主任徐清雅先生。她是教西洋文学的,会好几种外语,是位真正的学者。她就是后来全国著名的一位青年理论家的母亲。她和丈夫胡震旦先生一直把我看作他们的得意门生,使我有点飘飘然,并没有感到有多大压力。

我们组有两个重点关照"对象"。一个叫王立人,其父是杨虎城部下,抗战胜利后做过接收大员,逃到台湾后,曾官拜高雄城防司令,大约在蒋介石叫嚣反攻大陆那年,《参考消息》上冒出过他父亲的名字。这把西北小地方的人吓坏了。他一直是我的好友,和我一样单纯,幼时基本没见过父亲,过着孤儿寡母的清贫生活。另一个叫杨晓春,女,人长得漂亮,属校花一级人物,却是"国军"团长的女儿,虽追求者甚众,但仍被视为问题人物。这两个人的"交心"反复了好几次,一直攻不下来,总认为他们怕痛,挖得不深,不敢"剌刀见红"。

那是一个再平常不过的下午,我不知哪来了一股子勇气,忽然站出来要求发言。我说,我们不应该这样对待他们,我们不能搞唯成分论,搞血统论,我用毛主席给出路方面的话作为武器,自认为发言很有水平。我的思想与"文革"中写《出身论》的遇罗克的思想非常相近。

我刚一说完,徐先生立即宣布休会。她拧着身子出门时的背影有些冷硬。我居然毫无知觉。随后只见一个个骨干被召了出去,气氛顿时变得莫名的闷燥。谁都不和我说话了。不时有人推门伸头看看我在不在。俄顷,宣布重新开会,各就各位,房间里忽然很静,但彼此的呼吸声仿佛噼里啪拉地撞击着,要撞出火星了。终于,第一个骨干发言,他严正指出我犯了严重的立场错误,屁股坐在剥削阶级一边,说轻了是认识模糊,说重了是代替剥削阶级反攻倒算。第二个骨干是对我比较了解的人,发言的分量比较重,他说:"你为剥削阶级的孝子贤孙鸣冤叫屈,你是谁,你又是什么家庭,我看需要好好重新查一查。你和王立人平时形影不离,王自称王奥,你自称雷勃,鲁静宇自称鲁洛,你们三个合起来自称是奥勃洛摩夫,你们晚上不睡早上不起,早饭也不吃。你还说,你心中的女神是玛蒂尔特,她敢把于连的血头颅捧在膝盖上回去安葬。你为反动的贵族小姐大唱赞歌。你平常夹一本《罗亭》出出进进,自称你就是'多余人'。是的,你连'同路人'都不是,你就是一个革命队伍里的'多余人'!该淘汰了!"第三个发言者却不是骨干,但脸色更加严重,这位同学不断颤声喊叫着我的名字,并用颤抖的指头几乎点到我的额头说:"我们革命群众好比正在楼下游行,你从楼上突然给我们兜头泼下来了一桶冰水,你呀你,你这是直接对抗群众运动呀,是可忍孰不可忍?"事后得知,这位同学的家庭出身问题更严重。我当时是半低着头,偶然抬眼,见他气得发抖,嘴角溢出白沫,心想:怎么了,至于吗?

这时有人在外面敲门喊,"食堂要锁门了,快下来吃饭吧"。于是会议不得不中止。徐先生做了一个简短的总结,她指出我的发言不是偶然的,是国内外阶级斗争动向的一种表现,思想本质是典型的资产阶级人性论和反动的阶级调和论,是用合二而一来反对一分为二等等。那时正在批判杨献珍和周谷城,她把我跟他们挂上了。她的发言无疑具有深度和高度。她变得不认识我了,她看着我,冷若冰霜。多年后有人告诉我,那次徐先生也是不得已啊,她对你其实很好,她的出身问题更大,组织上正在观察她呢。

我永远记得,那一天黄昏正赶上老天爷"下黄土",现在叫"沙尘暴"。九月里下午七点钟光景,应该还很明亮,但那天是漫天昏黑,不辨人形,呛鼻迷眼,呼吸困难,好像老天也来羞辱我。下楼时连王立人和杨晓春的背影也是冷冷的。在食堂外的小操场上,吃饭者谁都不理我。那天吃的是疙瘩汤、金银卷就炒咸菜。我和着沙尘艰难而无味地吞嚼着。这时班长王忠端着饭盆走了过来,蹲到我面前。他是"老好人",年龄比我大。先是蹙着眉头不停地唉声叹气了一阵子,然后说:"昨天晚上我们刚刚研究过,要发展你为依靠对象,觉得你虽然不太关心政治,有点走'白专',但家庭相对简单,人也比较单纯,有啥说啥。你看你,今天闯了多大的乱子啊,捅了多大的娄子啊,唉唉,你的问题还得上报校部呐,能不能被批准参加'四清运动'还是个问题呐。"我一句话也说不出,估计模样极难看,但并没有哭。我拖着灌了铅似的双腿走回宿舍,拉开被子蒙头就睡。

三

当然,并不存在批准与否的问题,不可能把我一个人留在学校。1964年国庆一过,我们就奔赴"四清"前线。地点就是老君山下的民乐县。这次运动历时八个月,于第二年,即1965年5月初返回兰州。说实话,当时的我其实是兴奋莫名的,像一匹撒欢奔跑的马驹子,再也不用坐在闷暗的宿舍里没完没了地开会了。

拂晓时分,火车过了乌鞘岭,白雾渐渐散去,再往前行,过了古浪峡,眼前忽然现出广袤的戈壁滩。久闻大名的河西走廊终于现身于眼前,让我无比激动。那个年月,人的流动概率极低,基本哪儿也没去过。千里河西走廊对我很有诱惑力。从车窗下望,只见天朗气清,红叶欲燃,荒滩上不时出现一座座长方形的古老土堡,越往后去堡子越多,有的堡子四角升höhe"碟垛",还有炮眼。但不见人,土堡大部分已倾塌了,不由引人遥想古代。

进入黄羊镇以西地面,土地肥沃,村舍连亘。河西地区收获季节晚,场院上还有人在"碾场"。收割过的田野上有堆堆粪肥,有人煨起了粪饼,蓝烟袅袅升起,若隐若现,状如指路的仙人或婀娜的女神。毛驴颇多,当地社员穿光板老羊皮袄,斜跨驴背,嘚嘚蹚行,从火车上看下去,是迅速移动的小黑点,别有一番古意。

这时我们发现了古长城的遗骸,一段段残垣断壁,在秋风中独卧于沙丘之上,如伏虎,如怪兽,中间还杂有烽火台墩。这带来了大欢喜,我们一个个狂喊着"看啊,看啊",后来火车的另一侧也发现了古城墙,它几乎一路陪伴着我们。懂行的人说,这叫"断壁长城",属于明长城,其苍凉的况味难以形容。这就是1964年秋天的河西走廊给我的第一眼印象。

此时我想起了《烽火台抒情》一首诗,是甘肃师大学生诗人何来写的。1962年中央人民广播电台曾将此诗与臧克家、贺敬之、郭小川的诗放在一起朗诵过,在甘肃学界轰动一时。其诗有句云:"你鬃子山下奔逐着的长城啊,风尘仆仆万里来,迈过多少战乱的岁月,多少寂寞的年代;你雾霭里明灭的古道,去凉州,通瀚海,几回驿马羽书,多少铁血化尘埃!"这是那个年代惯用的宏大调子,铿锵有力,震荡人心。写的正是河西走廊。

我们在张掖下了火车,住了一晚,第二天换乘解放牌卡车向民乐进发。"四清"工作团有两千人,据说那天正好用了一百辆卡车,其场面之浩大,用遮天蔽日,排山倒海,地动山摇,都不算过分。我们穿戴着兰州军区以极低的价格配给的棉军帽,旧军大衣,军用大头鞋,一个个好不威武。除了没枪,什么都有了。想到几天前还在恭恭敬敬地"检讨",现在忽然一身戎装,男女同学相视而笑,不觉豪情满怀,忘记自己是老几了。

车队构成了一条长达数里之遥的长蛇阵,中外战争巨片都没见过这样大的阵势。从张掖到民乐,一百多里,主要在戈壁滩上行进,过了东乐镇后折转方向,我们可以不断回首观赏车队曲折逶迤、烟尘滚滚的景象,还有人说他看见了传说中的"海市蜃楼",激动得不得了。那一天,民乐大地在颤抖,寂寞了亿万斯年的戈壁滩似乎从没这么喧腾过。试想,一百辆卡车,数千之众,突然涌进一个只有七、八万人和只有一条小土街的小县城,怎能不构成"雷公打豆腐"之势。老乡们一个个看傻了,有的半天合不拢嘴,有的啧啧叹道。1949年王震的队伍过民乐,阵势也大,可也没有这么大啊。车辆因为一时疏散不开,我们不得不长久地与路边的群众车上车下默默对视,有些尴尬。这一天的晚上,民乐全县就有五个"四不清"因为极其惊恐而自杀了。我要分配去的那个大队的会计,吊死在老戏台上。

"四清"工作团由三方面人员构成:一方是兰州大学师生,一方是武威地委机关及所属单位干部,一方是武威炮校的军官们。在后来的日子里,我越来越感到武威地委的干部人才济济,有老革命,有智囊人物,有笔杆子,还有农村工作的"老手"——他刚一张口农民们就笑了,真是藏龙卧虎;而武威炮校的军官,大都腰挎手枪,个个精神,他们人虽年轻,资格却老,那时距离解放战争胜利才十四年,他们中许多人都是四野的、一野的,有过参战经历,但你不问,他绝对不提。我们大队的刘参谋就带我到河滩打过五四式手枪,他紧抓住我的手,怕我乱动,让我向荒崖连开了三枪,看弹壳冒着青烟蹦出枪身,真来劲,我过了个枪瘾。

四

在大队部住了第一夜。清晨,风小了,出门望去,我发现一个穿红袄的小姑娘,颠簸在小毛驴的背上,半弯着腰肢,一起一伏的,甩打着小腿儿,小驴蹚过了一条清浅的小河。这画面让我沉醉、感动,刻印在我脑海里多年。

当地老乡个个头顶着一种毡帽,表情沉默木讷,这帽子呈铲子形,帽舌伸出老长,它有个费解的名字,叫"牛吃水"。看起来怪怪的,恍然有进了罗刹国似的感觉。后来才明白,此帽样子虽难看,但平日挡风,夏天遮阳挡雨,再毒的太阳也晒不透,再大的雨水都会沿两翼流出,一抖即干,冬天拉下帽檐可防耳冻,故而冬暖夏凉。这里的河西女人外出必蒙面,为的是防风防晒防寒,一个个用头巾缠住头,只露出一双骨碌碌转的黑眸子,你无法探知那后面的表情,除非你跟进家门,看她们卸了妆。

然而,让我万分惊愕的是,五十多年后的现在时,我曾碰到过一位在京的民乐籍的大学青年教师,聊天中我问他,"你们那儿老乡都戴牛吃水毡帽吧",他摇头;我问,"你们那儿女人外出都是蒙面的吧",他更摇头,他甚至根本不知道"牛吃水"是什么。我的天,这个世界真是变了,地变天也变,从风俗到气候,变得无法辨认了。我不服气,又问"你们那儿把父母叫'娘老子',把'跑掉了'叫'排掉了',对吧",这他点头。当我说"你们那儿把不务正业的流浪汉叫'五二鬼'"时,他哈哈大笑,连连说"对、对、对!"

且说,我们住进了老乡家以后,才知道这里有多贫穷。我住进的那家人少,一个瞎眼老汉和他的儿子,两条光棍。儿子叫李希林,人长得挺拔精干,曾在钢厂干过,母亲病逝多年,他对老父亲极孝顺。这个家真是空空如也,推开四面漏风的破门,就是一盘炕,土炕上的被子补丁摞补丁,色泽污暗。为了我的到来,李希林换上了他准备结婚用的一领新炕席。这应该是很大的事。我很久以后才知道。

  李希林说,挑选可以住工作队的人家可难了,既要是贫下中农,还得家境过得去。有的人家根本不敢让你们住啊,那些家就在炕上铺一层麦草,睡觉时往草里一钻,清早起来赶忙抖净头上身上的草渣儿。有的人家女人只有一条裤子,她和女儿谁出门谁穿,在家的就窝在炕上,当然,真穷到这个份上也不多。我听了吸一口凉气,心想:谚语里不是说"金张掖,银武威"吗,怎么穷成了这样?

  只有吃了"派饭",你才能真正体会到老乡们生活的艰辛。这里要对"派饭"这个历史性名词略加解释。那些年头,运动多,临时任务多,上面经常抽调一些干部组成工作组、检查组,到农村指导或检查工作,简称"驻队干部""蹲点干部"。驻队时间或十天半月或三月半年不等。这期间"驻队干部"轮流在各农户家吃饭,每顿每人付四两粮票和二毛钱。对农家而言,管"派饭"是一种负担,但又是一种荣耀,一种"政治待遇",地富反坏是无权管"派饭"的。农民们常年吃糠咽菜喝清汤,每逢给干部"管饭",却互相攀比,要提升一下档次。工作队严令必须与老乡"三同",伙食水平保持一致,不得超标,但老乡们还是有做白面拉条子的、蒸小馒头的、炒小炒的,甚至个别还有过包饺子的,最不济也是油泼蒜泥土豆,外加酸菜花卷儿。当地产优质红皮大蒜,每顿饭都会摆上。

  每次吃派饭,都是刘组长带着我。刘组长是法院的,我的顶头上司,他高个儿,面容坚定,语速慢,说话严谨,他对我却好,总叫我尕雷子。我们出门调查、座谈、开会,总在一起。我们坐在老乡的炕桌边,老乡把好吃的端给我们,一个劲儿地劝我们多吃,然后老乡自己躲在外面喝青稞面拌汤或野菜汤。我们的心情是矛盾的,吃惯城里饭的我们,也饿,甚至馋,也需要补充营养,可老乡吃得这么差,让我们吃不下去。老刘总是举着花卷儿或夹起菜来正色道:"以后你们吃啥我们吃啥,千万不能给我们单做。"主人总是谦恭地堆着笑说:"好我的书记嘞,我们十天半月才管一次派饭,哪能让你们喝洋芋拌汤子呢。"老乡把工作队的人都叫书记,或者干事,我都享受过书记的尊称。

孩子却不管这一套。我们不止一次地遇到,脏兮兮的小男孩小女孩,流着双管鼻涕,端着自己的汤碗,死死地盯住桌上的饭,盯得我们发毛,无法放开吃。更有一次,一个小男孩嗖地翻上炕,用小脏手迅如闪电一般抓起饺子就吞,主人进来大怒,一个耳光把孩子扇到炕下打旋,孩子嚎啕大哭,我们一再护住孩子。这顿饭我们哪里还吃得下,只能落荒而逃。在我,真是吃出了一种犯罪感。

这个地方,或因半农半牧,或因边远蛮荒,历来男女关系比较随便、开放,所以工作队有严明纪律,规定与女社员谈话,必须由两个或两个以上工作队员在场,谈话时必须敞开房门,晚上一律不得找女社员询问。在开头的一段,执行得很坚决,于是在县团的一份内部简报上,出现了这样一条"情况反映":"由于工作队进村后作风严肃,有的落后妇女就说,工作队的男人没长球。"我们的主要工作本是扎根串连,依靠"根子"们,揭开阶级斗争盖子。但打开局面很难,家族关系盘根错节,后来还发现,我们倚重的某些"勇敢分子",其实是依靠错了,这更增加了工作的难度。倒是在生活作风问题上打开了缺口,发现各队的村干大都存在"嫖风"问题,听说某公社有个队长和会计互换老婆睡,生的娃名字就叫"换换",成为笑谈。战果迅速扩大,案子越扯越繁,这使工作队员们很兴奋,因为那个年代男女关系也是严重的问题啊。可是武威地委的同志们太了解相邻地区的土风了,工作团团长、地委书记程雪同志马上就发现大方向有所偏移,他要求各工作组立即停止追查男女关系,重点要放到清政治、清经济上来。

那时原则上要求工作队每周与老乡同劳动两个半天。因老刘和其他人都有更重要的事,每次都是我去,渐渐老乡也不拿我当外人了。洪水河边的原野上,最习见的就是芨芨草,长在地边路边,高尺余,黄灿灿的耀眼。木轮牛拉车也是一景,轮子极大,很像俄罗斯列维坦油画里的大车,打场时装麦草用,或用它往地里运肥,颇具田园风味。

红红绿绿的成群妇女,扬起榔头打胡基,我也夹杂其中。我因不得法,榔头把儿攥不紧,腰太硬,据说姿势很滑稽,手上起了几个大泡。正狼狈间,环子这丫头,猛地从后面向我冲来,冲了我一个大跟头,众皆大笑。环子姓郝,是团支部副书记,爱唱歌,一见面就推搡我,说:"雷干事,今晚上你总该给我们教新歌了吧。"我那时附带负责给青年教歌,半月左右教一次,在土堡里。那年代唱的歌有《勤俭是咱的传家宝》《打靶归来》《社员都是向阳花》《汾河流水哗啦啦》。

环子皮肤微黑,很水灵,一笑就露出雪白的牙齿,两颗又大又亮的眼睛毛茸茸的扑闪着,两颊照例有紫外线强照射后形成的两片红晕,俗称"红二团",但这反而使她透出一股子野性美。她一会儿咯咯地大笑,一会儿挤眉弄眼,调皮地捉弄人,一会儿又噘着嘴发脾气。她那样子,用现在网络名词就叫"卖萌"。有一晚教歌,我靠着墙睡着了,她掐醒了我,说"为什么不教了"?我说"困啊"。当时我很恼火,为什么对别的工作组你那么恭敬,为什么在我面前这么放肆。

叔本华说:"人是这么一种动物,既要吃面包,也要看马戏。"说的太对了。你看欧美国家看足球的,看篮球的,看网球的,万头攒动,老头老太太儿童也不例外,时间再宝贵,这乐子是不能缺的。人确是需要娱乐的,哪怕再苦再穷再累;只是,贫困会把娱乐的方式扭曲和变形。一天,秋阳高照,风也柔软,我们在干沟里小歇。我躺在避风处盖着外衣眯盹,忽听咚咚咚一阵急促的跑步声,随后就传来了一声高过一声的爆炸般的哄笑。我好奇,走近前一看,原来女社员们,也有男社员,把一个中年男子摞倒,褪下裤子,并把其脑袋不断往裤裆部位下压,说这叫"苏秦背剑",也叫"弯弓射雕",再将其仰翻,暴露在阳光和野风中,有人笑出了眼泪,有人喜得直跳脚,有一女子笑得浑身乱颤。

据说被示众的苦主一般是不会恼的,起身拍拍土,一笑了之。有人喊,"雷干事来了,快跑",一女社员却说,"雷干事来了,怕球哩吗"。我只能面露尴尬的笑,扭头装没听见。后来,我听到过一个顺口溜,专道甘肃某些地方的贫穷落后,说是"开会靠吼,种地靠牛,点灯靠油,娱乐靠球",这再一次让我发出苦涩的笑。

那时还有一种难言之隐是,浑身长虱子,奇痒难当,开着会不由人不摇头摆尾,歪肩扭臀,样子难看。女队员也有相似表现。有人说后半夜奇冷,能冻死的,我试过,冻不死,衣缝里虱子虮子仍然结成团。还是李希林有办法,他找来几大包六六粉,倒进大铁盆,再将我的衣裳放进去,反复煎煮。这一招果然灵,虱虮们遁形了,我人也清爽了许多。

有一天,我去大队部,看见环子坐在大门槛上,用木盆洗衣服,手冻得通红。她家就在这长着一排白杨树的大道边,道边有条小溪。我边走边嚼着李希林给我的干沙枣,顺手递给了她一把,她接过枣子,扭过头,再转过来,却眼含着泪,我说"你怎么了",她说"心里难受",忽然没了平日的嬉笑。午后,我从队部回来,她老远就向我奔来,直撞到我怀里,喘着气说:"你又回来了。"我感觉到了她温热起伏的胸脯和呼出的气息,忽然觉得有点不对劲,忙推开她。她并不是小丫头,快十八岁了,叫别人看见多不好。我急忙向大路两头望去,幸好中午没人,只有白杨树在风中拍着手儿喧哗。

五

进入十二月,天寒地冻,北风怒号,洪水村的斗争形势渐渐推向了高潮。工作组和贫协的"根子"们天天开会到半夜,终于敲定了斗争对象名单。其中有一人漏网,他叫郝得全,会一点兽医,也会一点人医,在最饥饿的那一年,他伙同他人杀了队上的一头驴,煮熟了卖钱,分得 25 元;他还伙同饲养员,偷过一袋豆料,那本是牲口的口粮;他还帮人从青海贩过牛。他的"罪行"已构成破坏生产资料罪,因为他的成分是贫农,又与地富反不沾边,只能定为坏分子。他人现在青海俄博的什么地方,给队上缴一点钱,算是批准搞副业的。我万万没想到,郝得全竟然就是环子的父亲。

环子和她的母亲已被通知,不准再参加贫协的"根子会",环子也不得再参加团支部活动,那还意味着,什么刷标语啦,喊口号啦,会前拉歌比赛啦,都没环子的份了。这对这个活跃分子来说是多么大的打击,甚至意味着"政治生命"的结束。

有天早晨,下着雪,我伏在被褥卷上写工作日志,那时我和老刘搬进了这间空房,不在老乡家住了。听见门外有隐隐约约的抽泣声,我一惊,忙跳下炕打开门,是环子!她头发蓬乱,满脸泪痕,原先的圆脸似乎拉长了,显出尖下巴颏了,这使我震惊。她哭着说:"我大大是好人,那驴是自己死的,不是杀死的,是队长叫杀的,不是我大大要杀的。"她反反复复说着这样的话。我无语,也不敢把她让进屋,就这么一个门外一个门里地对峙着,任雪花儿飘舞。这时老刘夹着办公包回来了,他寒着脸,冷冷地看了一眼环子和我,谁都不理。他扭头对环子说:"你父亲的问题是上级批准的,你要划清界限,带头积极揭发,不要想着翻案,翻不了案。"

环子忽然开口说,刘书记,明天该轮到我家管派饭,我们还管吗。她充满期待。她做饭的拿手好戏是搓青稞面鱼鱼,两手并用,一只手下搓五根,一次搓十根,搓两次就能下一碗;煮熟后拌点油泼蒜泥,甚是好吃,屡获老刘夸奖。老刘还拉着长声用当地土话说,青稞青稞,不吃了饿得慌,吃饱了肚子胀,惹得大家哈哈大笑。这是老刘仅有的一次幽默。可是现在,老刘却沉着脸,缓缓地说,派饭嘛,我看,今后你们就不用管了。环子一听急了,忙说,我东西都备下了,现在换人来不及了,老刘说,来得及,你回去吧。这好似最后一击,环子呜呜地大哭起来,抖动着肩膀,斜着身子出了院门。

老刘反身关严了房门,严肃地对我说,尕雷同志,组织考验你的时候到了。经研究,决定由贫协主任郝得福同志带着你,去青海把郝得全弄回来。路上可能比较辛苦,你有决心吗?我当然深深地点了点头,连说"有决心,有决心"。

那时各大队都在把外流人员召回。我的同学何某,爱写诗,疯疯癫癫的,绰号"何瓜子",这家伙入冬前曾到青海祁连县搞过外调,据他吹嘘,他见过穿红袍的藏女,歌喉婉转,直入云霄,骑马飞奔,快如闪电,似乎还对他有意思,情节略似后来听说的王洛宾故事。我明知有虚假成分,但仍有些向往。两天后,我和贫协主任一起在县城东头的汽车站,上了去青海的班车。那是一种带帆布篷子的道奇卡车。我们穿过了著名的青甘之间的咽喉孔道——扁都口峡谷,一路上,过冰大坂,过冰大沟,寒气逼人,冷风割面,茫茫大雪密集到让人喘不过气来,天暗时仿佛世界末日到了。在俄博镇没找见人,我们忍着冻与饿,立刻反身转乘一种小卡车颠了一整天,在一个所谓的金矿,在一间歪歪斜斜的土屋里,找到了郝得全。

原以为郝得全又杀驴,又贩牛,又偷粮食,一定是个能人、强人,三头六臂式的,谁知是个光头老汉,青白面皮,奇瘦,寡言,慈眉善目。郝得福一见他立刻低声下气,说:"二哥啊,我接你来了。"不料郝得全说什么也不回去。郝得福苦着脸说:"二哥,你哪怕点个卯再回来,不然我交不了差啊。"他暗示我站出来说话。郝得全一直不敢正眼瞧我,似有点怕我。我就说:"郝得全,这是组织的决定,任何人都得服从,都得参加'四清运动'。"他无语了。我们用了三天时间,再次穿过扁都口,吃的苦就不提了,终于回到了民乐,回到了洪水村。民乐与俄博镇虽分属甘青两省,五十多年后的今天,新疆到兰州的高铁正从扁都口通过。

斗争郝得全的会是老刘亲自抓的,经过精心策划,发言顺序也排好了。那晚汽灯雪亮,会前猛喊了一阵口号,气氛酝酿得很足。县工作团还派了人来。问题却出在"杀驴事件"的一个具体细节上,到底驴是病死的,还是好端端被人杀死的,如果是病死的,那性质就够不上破坏生产罪。老刘是搞法律的,却忽略了这个重要细节,一味听信"勇敢分子"的揭发。会上老刘也急了,厉声喝问:"当时驴到底还有没有气?"老饲养员被推出作证,他磨了半天,才吞吞吐吐地说:"这驴它是自己病死的,可这驴它还有最后一口气。""还有一口气你把它杀了,这是什么问题!"老刘变得有点不讲理了。

贫协主任郝得福对着台下说:"继续批斗,继续,谁发言,谁上来,快一点。"他眼光扫过去,像机枪扫过,一个个低下了头,扫了两遍,人们低了两回头。郝得福很窘,自我解嘲说:"你看你看,乡里人一见省上的大领导,连话都不会说了,其实他们憋了一肚子的话呢。"这时一个积极分子站起来质问道:"郝得全,六零年你偷粮食呢,你总不敢说你没偷吧。"郝得全沉默着,紧闭双眼和嘴唇,好像发誓一辈子永不张口。天冷极了,冷得让人发抖,这时有人说了,二爸,你就瞎好说上两句吧,娃们媳妇子们冻得实在招不住了;二爷,你就说上两句沙,我们扛不住了。良久,郝得全才叹气似的说:"哎,你们叫我说啥呢嘛。"那年环子她妈眼看着就快断气了,心口都凉了,得亏了这一口救命的粮啊。这时人群里有妇女抽抽搭搭起来。这一来,气氛变得对斗争会不利。我感到,从会场最后面的一个暗角里,不时有一道锐光射来,那是环子在看我,似在求助,我赶快躲开,不与她目光接触。

斗争会没有达到预期效果,很无力地散场了,老刘铁青着脸。幸好另外两个会,斗老队长的和斗老地主的,都开得比较有声势。那次会后,我被抽调去写村史,人也搬到大队部,与老刘分开了。

那个时候,全国有股写村史、家史、厂史的风,各地在寻找当地的刘文彩式人物。工作队决定也要写一本村史。我每天跑到据说是方圆二百里内最大的地主庄园,一个巨大的土堡,去搜集材料,访贫问苦。它叫烧房庄。在那儿我大开了眼界。郝氏庄园围墙高达五丈,内有房屋三百多间,曾经骡马成群,拥有自己的武装,像个小社会,以酿造烧酒和种植鸦片为业,富可敌国。每天出烧酒二百多斤,销往整个河西走廊,远至新疆、中亚各国。据说那种烧酒极火烈,极好喝,比现在的茅台和最高度的衡水大曲都过瘾,惜配方已失传。大堡子1925年曾遭祁连山土匪抢掠,双方血战数日,郝氏败,庄园付之一炬,满门被灭,儿媳遭轮奸后,喝大烟水自杀了。这个庄园的历史,使我对河西走廊的堡子文化有了新的认识。

春节前,接到通知,要求我们到武威过春节,集训半个月,一律不得回兰州。那天,我们坐在去武威的大卡车上,车未开,在等人,我们倚着行李闲聊。忽听说,下面有个大姑娘,低着头,问她找谁她也不说。这引起了车上人的好奇,互相打问,她是谁,送你们谁的?无人回应。我起先没在意,伸头一看,吓了一跳,原来是环子,且隐约觉得她是为我而来的。我知道工作队纪律极严,决不许队员与本地女性有染。这使我心跳如鼓,尽量看别处不看她,只当她不存在。过了一会儿,一看,她仍蹲在车边,我有点慌了。车终于发动起来了,送别的人们在摆手,环子忽然站起来,一跃,就蹬住了汽车的大轱辘,扒住车帮,立了起来,她把两盒新建牌的纸烟拍在了我手上,说,雷干事,这两盒烟你拿上路上抽,我等你回来。她一跳下,车就开了。

等我?等我什么?莫名其妙!我有点恨她了。后来才明白,是我误会了。她说等我,是她有一肚子委屈要说,她等我,还因为她春节就要投靠远在酒泉金塔县的小姨家,那里距此遥远,在那里她将出嫁给一个玉门的石油工人。这是我们最后一次见面,却在这样的场合。

当时我像个被人现场抓住的小偷,恨不得找个地缝钻进去。车上的人看我的眼光很复杂,有怀疑的,有询问的,有谴责的,有诡谲地笑着的,使我有口莫辩,我不想解释什么,也不可能解释什么,只能涨红了脸,手捏着两盒烟发呆。新建烟每盒一毛一,属于劣质烟,但对一个农民而言,价格不菲了。车渐渐颠簸得厉害起来,黄尘一阵阵卷来,人们才不再看我了。所幸,事后并无组织找我谈话。

六

1965年春节在武威度过,住在马步芳军队驻扎过的一座三层木楼上,楼呈"回"字形。假日那几天无事,有多个晚上,我反复去观看武威歌剧团演出的歌剧《江姐》，为之深深打动，于是立志要成为这个剧团的编剧。恰好地委书记程雪就在我们大队蹲点，看过我编写的村史的一部分，表示满意，我就去找他，他答应我毕业后调我到武威歌剧团当编剧。

我激动不已，天天设想着深入生活的一大套计划，并想先写个关于西路军的大型歌剧，想象着演出的盛况，想象着多少人被我的作品感动得热泪盈眶。其实，我只看了两本回忆录，没啥准备，属于心血来潮。我没有意识到，当时的中国，山雨欲来风满楼，"搞创作"一词已近乎痴人说梦。因兰大毕业生是由国家统一分配，武威够不上，我分到了北京。我在北京的工作很不如意，我一直闹着要回甘肃武威当编剧，北京的组织不太理解我。1966年春天，"文革"眼看起来了，我还在申请调回去。有一天终于等到了远在武威的程雪书记捎来的一句口信："好好在北京工作，不要来武威！"至此，我热念遂消。现在回想，是程书记有远见，在保护我。我真要跑到武威，下场难以逆料。程书记是长辈，他在"文革"中遭遇了怎样的命运，他是否还健在，我一概不知，问人也问不出来，就在我写这篇文章的时候，还是不知道。

春节后回到大队，听了不少传达文件。文件批评了王光美的桃园经验，批评了"四清与四不清的矛盾"这个"错误提法"。当时"四清"有"小四清"与"大四清"之别。"小四清"是清账目，清工分，清仓库，清财务；"大四清"则是清政治，清经济，清思想，清组织。当时小四清基本停了，不太追究了，而特别强调反修防修，揪出党内走资本主义道路的当权派，警惕中国的赫鲁晓夫式人物。运动渐呈收场之势，各队要求原先的村干部"洗热水澡""轻装下楼"（都是当时特有的政治术语），大部分官复原职。这使很多"根子"或冲在前面的人不干了，纷纷到工作组讨说法，说你们走了，我们怎么办。但无果。

在这里，我必须要把我的一个极独特的经历说出来，那就是我在洪水村入了团，又遭遇后来的不被承认。有天，多日不见的老刘找到我说："尕雷，我发现你还不是团员，这要影响你以后的前途，我给你弄了张表，你填填，明天晚上就发展你。"我半信半疑地说:"我们大学里入团可难可难了,这不可能吧。"老刘说:"没问题,县工作团是一级独立党委,有权发展党团员,可以火线加入的。"我说我一向自由散漫,老刘说:"不不不,我认为你表现得不错。"

第二天晚上,我鼓足勇气,拿着填好的表走进土堡里的会场。我一出现,就受到农村青年团员们的热烈欢迎,我脸都红了。为什么说鼓足勇气呢?我是工作组的,在社员眼中是领导,平时戴着面具指手画脚,人五人六的,可是现在,暴露了我连团员都不是,我得接受青年社员们的审核和表决。我的自尊心受到了很大的挑战。但是我深受感动,他们没有一丝轻看和嘲笑,完全把我看成他们中的一员,甚至因我的参加而骄傲。都说"雷干事好,雷干事好,同意,同意",齐刷刷地一致举手通过了。我有一种回到母亲怀抱的感觉,我想流泪,心里说:我有很多很多毛病,你们知道吗,我是不是欺骗了你们?还想:环子若在场她该多高兴。

但是,"入团"以后,我心里总是不那么踏实。果然,回到学校,政治辅导员就找我,她吊着脸说,你在下面入的团不算数,你还得重新讨论。入党入团是她控制的领地,我的迂回入团使她很窝火。我一想到深挖祖孙三代,抽筋剥皮式的"讨论",想到临分配前同学之间的某种贬损和嫉妒,就不寒而栗。我说我还有很大差距,就先不用讨论了吧。这是她需要拿到的回答。嗤的一声,她把我入团志愿表最后一页,也就是盖着县工作团图章的组织批准的一页,撕去了。1985年,没有入过团的我加入了中国共产党。

还有一事需要交代。撤离前,环子的母亲把我叫去,从炕桌深处掏出了一个红色的塑料笔记本,说这是环子临走时留给我的,还说环子最相信我了,说我是好人。本子的封面是万里长城,里面有些风景图片,这种塑料本在当时还很稀罕。扉页上的字认真用力,笔画稚拙,写的是:"送给亲爱的雷干事,郝玉环敬赠,1965年2月×日。"我当即表示,衷心祝福环子婚后生活幸福美满,然后赶忙把本子藏进了内衣口袋。走到门外的白杨大道边,我又一次向两头看了看,依然没人,只有呼呼的风声。宽广而粗犷的河西大地啊,你永远护佑着我。

  工作组撤离的时候,没有再搞"车海战术"。老乡们厚道,都出来了。我的青年农民朋友李希林、李升、李清林出来了,环子的老父亲郝得全没事了,也出来了。老队长官复原职,也出来了;他在"洗热水澡""下楼"的检查中,反反复复自称是走资本主义道路的"挡箭牌"——他把"当权派"误说成"挡箭牌",不知是故意,还是发音,或不识字造成的。我心里好笑,你就能把党内的走资派给"挡"了,你真伟大。人们摇着手告别,显得很平静,没有依依惜别之感,却有种潜在的冷清和漠然。那以后,我们回到兰州,我们填各种政审表,我们面临毕业分配,我们各奔报到的城市,再后来,"文革"爆发了,我们信誓旦旦而又人人自危,谁还会想起民乐呢。民乐像一个梦,突然来了又突然走了,无踪无影。"明日隔山岳,世事两茫茫。"

  梦与现实,哪个更真实,当然是现实,可在某种情景下,真虚难辨,如花似雾,梦反而更真实;当曾经发生的事裹上了一层梦幻般的雾,就更加扑朔迷离了。半个世纪前的这段经历,在某一时刻,蓦然浮上心头,让我心惊,让我沉思,让我苦笑。我怀疑一切是否真的存在过。郝玉环送我的那个红皮笔记本,起先我好像还见过,后来就不知去向了。它没入历史的深海里了。

(选自《黄河远上》,民主与建设出版社 2017 年 10 月版)

朗读与呐喊

莫　言

今年二月初,在故乡的大街上,我与推着车子卖豆腐的小学同学"矮脚虎"方快相遇。其实他的腿并不短,但不知为啥得了这样一个外号。他满头白发,脸膛通红,说起话来有嗡嗡的回音。他自小身体健壮,力气超出同龄孩子许多。班里的男生,几乎都挨过他的揍。我也挨过他的揍,原因好像是他向我借五分钱而我没钱借给他。当我哭着去向班主任告状时,那位很奇葩的老师说:活该!他怎么不来打我呢?

方快提着我的乳名骂我阔富了忘了老同学。我说"矮脚虎"啊,我都六十多岁了,你就别叫乳名了吧?他说,你想让我叫你什么?叫你莫言?呸!

我递烟给他。他伸出沾着豆腐渣的大手接过烟,看看牌子,放在鼻孔下嗅嗅,然后夹在耳朵上,说:工作时间,不能吸烟。

与方快分别后,我想起了好多与他有关的事。他自己给自己拔牙的事,他与人打赌吃了四十个红辣椒赢了一包香烟的事,他在草甸子里追赶野兔子的事,他扛着一台重达三百多斤的柴油机在操场上转了两圈的事,还有这件我马上要写的与朗读有关的事。

方快是十分调皮捣蛋的学生,但他家是我们村里最贫的贫农,他父亲是贫农主任,在那个年代里,这样的学生老师是不能管也不敢管的,于是就有了他打我而班主任老师却说我活该的事儿。平心而论,方快是很聪明的,他六十多岁了还靠卖豆腐为生只能说他没碰上展露才华的机会。他在大街上当着很多晚辈的面喊我的乳名就说明了他对我的不服气。我获奖后有一位记者去采访他,他提着我的乳名说:"他呀,根本不行!朗诵课文,他不是我的对手;背诵课文,他不是我的对手;写字儿,他也不是我的对手;摔跤? 我捆着胳膊也是他倒地……"

我们那时上语文新课,总是先由老师朗读一遍——我们的语文老师是我们学校唯一用普通话讲课的老师。他是中等师范学校毕业,在当时的小学老师里算是高学历,那时他的年龄也不过二十出头。我们那地方的人对说普通话的人有两种态度:如果你是外乡人,或是县里的干部,你讲普通话,大家都很钦佩;如果你是本地人,出去上了几天学或是当了几年兵,回来就说普通话,那就会成为被嘲讽的对象。我当兵回乡探亲时,母亲听到我的口音里有些外来的腔调,便语重心长地提醒我不要撇腔拿调让邻亲百家笑话。我曾写过一篇题名《普通话》的小说,感兴趣的读者可以找来读一下。在这样的社会风气影响下,我们对用普通话讲课的语文老师也是从心里鄙视的。只要他一用普通话朗读课文,读到那些与我们家乡话明显发音不同的字眼时,我便感到脊梁沟里阵阵冒凉气,身上的寒毛根根竖起来。在强大的习惯势力压迫下,我们的老师还能坚持用普通话讲课,现在回想起来,他也是个了不起的人物。——老师用普通话朗读一遍之后,便让我们跟着他读——我们当然不用普通话——先是一句一句地读,然后是一段一段地读,最后是让我们齐声朗读。我们齐声朗读时,老师提着教鞭在教室里转悠,辨别着我们发出的声音里,是否有对课文的故意歪曲,如有,他就会用教鞭抽打。方快是挨教鞭抽打最多的——其实也不是真打,打到略有痛感而已——但最后一次,方快夺过教鞭在屈起的膝盖上折成两截,扔在老师面前。我至今犹能记起老师的尴尬表情。老师家出身也不太好,对方快这样的赤贫子弟心怀忌惮,尽管他的尊严受到极大的挑战,但他没敢像对待我们这些学生一样——我们只要惹火了他,他就揪着我们的脖领子,把我们拖出去修理一顿——他只是蜡黄着脸说:好!方快,看我明天怎么收拾你!——明天到了,老师似乎忘了这件事儿。他给我们上了新课,领读之后,他就让我们齐声诵读,但是他不再提着教鞭巡视了。他坐在讲台后的椅子上,埋头看一本厚厚的书,那支用胶布缠起来的教鞭静静地躺在讲台上。方快虽然不是班干部,但因为他力气大,跑得快,敢跟老师作对,在同学中很有威望。他折断了老师的教鞭,我们把他像英雄一样崇拜着,但他却好像很不高兴似的,谁提这事就跟谁急。

有一天中午,他带着我们去田野里捉了几十只青蛙,用瓦罐提到教室里,放在脚下。那天下午要上新课,课文题目是《青蛙》。老师带领我们朗读:

"每到黄昏,池塘边上有一只老青蛙先发出单音的独唱,然后用颤音发出一声短鸣,接着满塘的蛙便跟着唱起来。呱!呱!呱!……"

我们从来没像这次朗读这样兴致勃勃,这样卖力,这样愉快,这样充满期待。我们一边朗读一边偷眼看着方快,他的脸膛红扑扑的,脸上洋溢着喜气。他从来都是朗读的捣乱者,但这次成了领读者。他的嗓音洪亮,富有韵味,而且,他使用的竟是普通话,连老师也用讶异的目光看着他。这时候,我看到他用脚推倒了瓦罐,几十只青蛙争先恐后地跳出来。伴随着女生们的尖叫和男生们的怪笑,那些青蛙在教室里蹦跳着。我们看到老师变色的脸,我们听到教室里只有方快一个人还在朗读:

"……青蛙还受到科学家的另眼看待,因为许多科学试验都少不了它们……青蛙,真是一种可爱的动物……"

我们原以为老师会跟方快决一死战,但没想到在方快响亮的朗读声中,老师蜡黄的脸渐渐变得红润起来。我们老师是一个有酒窝的男人,他的脸上出现酒窝我们便知道他笑了。

方快停止了朗读,似乎有些不好意思地对老师傻笑着。老师响亮地拍着巴掌,连声说:"好好好!太好了!"

此后不久,方快便当了我们班的学习委员,之后又当了班长,他成了好学生,成了老师的骄傲,成了后进变先进的典型,他参加全县小学生朗读比赛获得了第三名,一时声名赫赫,在他的面前,似乎铺开了一条撒满花瓣的道路,如果不是后来,在"文化大革命"初起的时候,他的父亲被查出"历史问题",那他很可能会成为我们高密东北乡一个杰出人物。当然,现在也不能说他不杰出,他家的豆腐,质量很好,供不应求。

我应该是方快引发的朗读热潮中涌现出来的又一个典型。我们朗读,我们背诵,我们把语文课本一字不漏地从头背到尾,我们班的同学们一大半都达到了这水平,与此同时,朗读也使我们的写作水平大大提高,因为,我们在朗读中获得了语感。

小学五年级,我与方快都辍了学。方快力气大,加入到成年人的行列里去干活儿,挣整劳力工分;我无奈,只好去放牛,挣半劳力的工分。与大人们在一起干活儿,那是相当热闹的,干活的时间不如休息的时间长,休息时讲故事摔跤,打情骂俏。方快有摔跤天才,好多成年人都是他的手下败将。有一年在胶莱河水利工地上,方快打擂台,连摔十八位高手,一时"矮脚虎"名声大震,但那时我已经到棉花加工厂工作去了,没能亲见盛况。放牛确实不要耗费太多体力,但寂寞难熬。当牛在草地上吃草时,我便大声地背诵学过的课文,包括那篇《青蛙》,这是一件好像很励志的事儿,但实际上全因寂寞无聊所致。

在村里混到十八岁,托叔叔的面子我到离家八里的棉花加工厂当临时工,这是个令农村年轻人向往的好事儿。棉花加工厂晚上开"批林批孔"的会,厂里的团支部书记安排几个人发言,其中有我。稿子都是从报纸上整篇儿抄下来的,所谓发言,也就是念稿,谁的声音大,谁念得流利,谁念得音节铿锵,大家就给谁鼓掌。我是赢得掌声较多的,这得益于在学校时的朗读训练。在我赢得赞誉时,我想,如果"矮脚虎"在这里,出彩的一定是他。

后来当了兵,在新兵连训练时,我能慷慨激昂地念报纸的才能被指导员发现,于是他就让我在团部欢迎新兵大会上发言。调到军校后,领导错以为我文化水平很高,便让我当政治教员给新学员讲课。讲哲学、政治经济学,使用的都是大学教材,我哪里懂这些?但箭在弦上,不得不发,硬着头皮也要冲上去。方快做豆腐是现做现卖,我讲课是现学现讲,现在回想起来,真是感谢领导的信任,也感慨自己的无知无畏。

那年寒假,我背了一大堆书回家探亲。为了使开学后的课讲得从容些,我在邻居家滴水成冰的空房子里备课,讲稿写好了,就一遍遍地读,先是小声读,读着读着就起了高声。当时我以为我讲的是标准的普通话,后来才知道我讲的是"高普"(高密普通话)。直到现在我还是一口"高普",没有稿子闲谈时,还稍微"普通"一点,一念稿子就找不着调,为什么这样呢?我也不知道。

话说当年我在邻居家的空屋子里大声朗读,半个村子里的人都能听到。那其实已经不是朗读,而是标准的呐喊,甚至是吼叫了。我的朗读吸引了很多孩子躲在窗外听,大人路过时也会透过破窗往里望几眼。我当时特别崇拜我们单位宣传科那位讲课时手势繁多的干事。我学着他的样子,面对着墙上那面模糊不清的镜子,用我以为的普通话,用我以为的演说家的动作,挥舞着手臂,呐喊着,全不顾墙外有耳,全不顾村里人的说三道四,全不顾家里人的难堪。当时,除了崇拜我们单位宣传科的干事,我还特别崇拜共产国际的领导人季米特洛夫。辍学后无书可读,我就读大哥和二哥用过的中学课本。在大哥那本用粗糙的黑纸印刷的高中语文课本上,我读到了季米特洛夫在莱比锡法庭上的最后辩词,一下子就被那雄辩的语言和强大的逻辑力量捉住了。每逢恶劣天气不能出工,我就躲到东厢房里,先是默念,然后朗读,最后是手舞足蹈地呐喊。那时我们家东厢房里还养着一头牛,每当我呐喊时,母亲就会进来劝我:别吆喝了,你把牛都吓得不吃草了。

部队领导让我讲政治课,我就把季米特洛夫当成了榜样。讲第一课时,我颇为勉强地把季米特洛夫在辩词中引用过的歌德的诗句在课堂上朗读了一遍:

"要及早学得聪明些,在命运的伟大天平上,指针很少不动。你不得不上升或下降……"

在那难忘的第一节课上,除了引用季米特洛夫引用过的歌德的诗,我还引用了《诗经》里的"昔我往矣,杨柳依依。今我来思,雨雪霏霏",这跟我那节课要讲的内容基本上是八竿子也划拉不着的。何其卖弄,何其肤浅,至今思之,犹觉耳热。

方快曾到我备课的空屋里去看过我。他那时跟人合伙开油坊,还没做豆腐。他说,你的嗓门真够大的。我说,比你差远了。他一点也不谦虚,说:如果要说朗读,你还真不如我!我说:我不如你的地方多了去了。他问:你这些天老在呐喊"不做铁砧,便做铁锤",是什么意思?连我儿子都跟着你学会了。我说:那是季米特洛夫《在莱比锡的最后辩词》中引用过的德国大文豪歌德的诗句。他说:纯粹瞎咧咧!我不做铁锤,也不做铁砧,我做铁钳子、铁钩子行不行?

尽管我的呐喊式朗读被老同学讽刺嘲弄,但这一个多月的训练,在开学后的课堂上,作用明显,反响强烈。我不得不非常不谦虚地说那时我的记忆力很好,备好的课几乎可以背诵;我不得不非常不谦虚地说那时我的嗓门很大,喊叫两小时,没一丝一毫嘶哑。——当时我颇为得意,两堂课吼完,回到保密室——我兼任保密员——点上一支烟,竟有那么几分季米特洛夫的感觉了。——三十多年后,我到江南去,与十几位当年听过我讲课的学员聚会,问起他们对我讲课的印象,他们笑而不答,一位性格豪爽的女学员说:我们当年给您起了一个外号叫"野狼嗥"——我听了这外号,心中一怔,马上就知道他们当年受了我多少折磨。是的,我们那军校离狼牙山不远,荒凉偏僻,深夜里,的确能听到孤狼的令人恐怖的嗥叫声。

去年秋天,我应邀去绍兴参加一个活动,见到了仰慕已久的叶嘉莹先生,并听她吟诵了唐诗宋词。叶先生说从来没有人教过她吟唱,从小她就这样唱读,她感觉就应该这样读、这样唱。我对叶先生说,小时候我念书,念着念着就拖长了腔调,唱起来了。这时候老师、家长都会来阻止:不许唱书!他们认为这是很不好的习惯,是只动嘴巴不动脑子的懒惰行为。他们希望我字正腔圆地朗读,最好是默读。我的父亲还以我们村那位上过三年私塾,能把《三字经》《百家姓》等启蒙读物背得滚瓜烂熟但却不认识字的人为反面教材告诉我唱书之害。听了叶先生的话，我想，散文是要朗读的；而古典诗词，是应该吟唱的，而且是每个人都用自己的腔调，想怎么唱就怎么唱。我们那些话剧演员和电视节目主持人用标准普通话读出的诗词，确实很好听，但其实都不是古典诗词应该发出的声音。

听叶先生吟诵，我发现她从没有打磕巴的时候，好像这许多的诗词，都不是她用脑子而是用腮帮子记住的。我观察过好多位能机枪扫射般背诵经典的人，发现他们都是用腮帮子记忆的。问过他们，都承认自己是在唱读中完成了背诵，之所以能几十年不忘小时背过的东西，腮帮子——其实是整个发音器官，都发挥了记忆的功能。

告别叶先生回京后，我曾把门窗堵严了吟唱过几首唐诗宋词，感觉到吟唱的自由空间确实大大超过朗诵，而且还可以用拖长的音节或声音的高低起落来赢得回忆的空间——如果忘了词，你尽可以将一个字拖腔甩调，甚至将一句词用不同的调子反复吟唱，直到想起下句为止——但我知道，叶先生的自由吟唱会赢得满堂彩，而如果我敢登台放腔，迎接我的——当然不会是猎枪。

（原载 2017 年 5 月 6 日《文汇报·笔会》）

那些年,学外语的那些事儿

张　翎

　　这个世界上存在着一些我始终无法克服的恐惧,比如开车,比如爬高,比如在乌泱泱的人流中辨认一张脸,比如在饭局上遭遇一位脸色冷峻用锥子也扎不出一句话的近邻,再比如从天花板上悬挂下来的一只蜘蛛,尤其是鼓胀着绿色肚皮的那种……我的恐惧不胜枚举。但我也总有一两样感觉无畏而坦然的事情,比如学习陌生的方言,甚至外语。我用这一两样东西抗衡着我对这个世界的整体恐惧,拿它们来维系赖以生存的平衡。

　　我的家乡以奇异的方言闻名全国,至今我仍旧能在世界任何一个角落里,依据口音顷刻间辨认出我的乡亲。在我的童年甚至少年时代,普通话尚未普及,我们把街巷里走过的少数几个操普通话的人称作"外路人"——那个称呼里带着明显的不屑,用今天的话来表述,就是歧视。我上的小学是一所干部子弟学校,班级里有几个南下干部的孩子,他们不会说温州话,在我们井蛙似的耳目中,他们嘴里吐出来的是"大舌头"的普通话。没多久,我就像感染流感那样地感染上了他们的"大舌头",被老师选上作为一些应节应景的诗歌朗诵节目的表演者。当然,那时的我还不知道,从执拗的乡音中挣脱,不太费力地进入另一种语音环境,也是一种本事。这种本事的基本配方是:大量的无畏甚至厚颜,加上同等数量的喜好,再加上少量的天分。

　　十六岁那年我辍了学,到一所郊区小学任代课老师。半年之后,我进入一家工厂,成为一名车床操作工。生活枯燥无味,我无所事事,开始把大量的空闲时间用来学习国画。我拜在一位师专美术教师门下,从他那里,我知道了谁是任伯年、什么是兼工带写、南派山水和北派山水的区分在哪里等等。那时学画的动机简单而实际,就是想换一份轻松干净些的工作,可以坐在温暖明亮的光线里,用狼毫描绘出口工艺彩蛋。但是我很快就发现,青春的身体所积蓄的能量,是七个任伯年和四十九个彩蛋也不能完全消耗的。有一天,突如其来的,我想到了学习英文。还要在很多年后,我才会意识到,这个"突如其来"其实并不突然,那是我身体里一条强壮的神经在经历了持久的压抑之后,发出的第一声呐喊。这个突发的奇想与学习国画的冲动有着本质的不同,因为其中完全没有功利目的,我并未想通过它来改善我的生活境遇——上大学、出国留学还是很后来才冒出来的新鲜词。那时我想学一门外语,仅仅是因为喜欢探索乡音之外的那个奇异的声音世界,尽管几年之后我的生活轨迹竟然因此而改道——那其实归功于世道的突变,与我最初的动机全然无关。

我已经想不起来,我究竟是如何在那个信息极为闭塞的年代里,弄到一本美国出品香港印制的《英语九百句》的。但我至今清晰地记得那本书的样子:厚厚的开本,纸质薄如蝉翼,封面已经被无数双手磨得起了毛边,许多页上都留有折痕。每天夜里我都会躲在被窝里,用被子蒙着头,把收音机调到最小的音量,悄悄地收听"美国之音",跟随一个叫何丽达的女人,一课又一课地学习《英语九百句》。用今天的标准来审视,那个女人的嗓音具有几分林志玲的韵味。我从未听过任何一种语言被这样的声音诠释过。那个声音抚慰着我被高音喇叭里那些粗粝声响划出斑斑伤痕的耳膜,带着一丝无法言说的蛊惑,让我既激动又恐惧。激动是因为前所未有,恐惧是因为怕惹祸上身。

每一次听完何丽达,我都会小心翼翼地把收音机调回到大家都收听的新闻台。有一天我实在太困了,竟然忘了此事。第二天一位邻居过来串门,随意打开我放在桌子上的收音机。还没听完第一个句子,他已面色骤变。我和他同时去抢夺那个旋钮,他比我快了一秒钟。啪嗒一声,世界陷入沉寂,我们几乎可以听得见彼此脑子中急遽地行走着的思绪。后来他什么也没说，毫无表情地起身离去。在那以后的几个月里，任何一声寻常的叩门都可以让我从凳子或床上惊跳起来。最终什么也没有发生，只是我们在院子里相遇时，再也无法坦然直视彼此的眼睛。

  在我的好奇心绽开的第一条裂缝里，何丽达第一个钻了进来。在她之后，缝就大了，紧接着钻进来各式各样的人。之后的两三年之中，我像一只无头苍蝇，满城嗡嗡乱飞，嗅闻找寻着任何一个可以面对面教授我英文的师长。我惊诧地发现，在这个与世隔绝的小城里，竟然聚集着如此一群奇人，有曾在教会学校任教的教书先生，有前联合国的退休职员，有因荒诞的原因被发配到小城的学究，有闲散于正式职业之外的私人授课老师……我拜在他们的门下，贪婪地如饥似渴地掏取着点点滴滴的英文知识。我很快发现了他们之间的共性：他们的英文长着一颗硕大的逻辑脑瓜子，可以无比清晰地解析一个句子的成分，挑出主语谓语直接宾语间接宾语状语定语；或从一长段文字中准确无误地演绎出有关动词变位从句复句种类等等的句法语法结论。他们的英文不仅长着一颗逻辑脑袋，也长着一双明慧的眼睛，可以一目十行地行走在书页之中。可是他们的英文没长耳朵和嘴巴，患了某种程度的聋哑症。

  我跟在他们身边，学到了全套后来大派用场的语法知识。当我在聋哑的英文巷道里磕磕碰碰地行走了几年之后，我遇上了一位奇异的上海女子。这位女子姓周，毕业于北大西语系英文专业——仅仅这个背景在我们那样的小城里就已经带上了某种光环。她跟随被划为右派的丈夫，来到婆家落户，靠私下教授学生自谋生路。我每周三次风雨无阻地骑着自行车到她家中听课。在这里我使用了"听"这个字，并非随意或跟从惯例，我是另有所指，因为她授课的重点在训练口语。我们（我和她的其他学生）绕着她坐成黑压压的一圈，听她给我们讲述各种各样在当时的英文教材中从未出现过的新奇故事。我们的听力神经扯得很紧，紧得像一张满弓，因为两遍之后，我们就得按照她的要求挨个重述那个故事。她的评判标准是由两部分组成的，一部分是看我们是否听懂并记住了诸如时间地点人物之类的关键信息,另一方面是看我们使用的词句和语法是否正确合宜。就这样,我们用自己漏洞百出的破英文句子糟践着她的好故事,一个又一个,一次又一次,每重述完一个故事,常常已是一脸一身的汗水。渐渐地,那堵挡在我们跟前的黑墙裂开了口子,那些口子四周长着裂纹,裂缝如藤萝一样延伸交缠。终于有一天,所有的口子都串通成一气,墙轰然倒塌,我们走到了墙的那边。我们发现我们的英文不再仅仅是脑袋和眼睛,它也成了耳朵和嘴巴。它还是脚,领着我们走入他人的世界。它甚至还是手,带我们叩开灵魂和灵魂之间的那扇门。

周老师的教学特色,基本可以用两个成语来概括:循循善诱,不怒自威。前者是指方法,后者是指态度——她的眼神中始终闪烁着一丝威严的光,即使当她背对着你。学生中有愚顽或懒惰者,常会遭到她不留情面的呵斥。隔着几十年的距离再来回望那段经历,她的威严所带来的恐惧早已消散,如今想来满心竟是感激,因为她教会了我一样学习方法,我把它延伸应用到了外语之外的几乎所有学习过程中。到后来,它几乎成了我的处世态度,我用它来抵御着各种不求甚解和模棱两可。

周老师虽然靠私授学生为生,但她并不滥收学生。她衡量一个学生是否可教的一个重要标准,是看这个学生的中文功底如何。她认为中文底子厚实的学生,外语水平的提升只在时日。在她的信念里,母语是一切语言赖以衍生的根基,而任何一门外语,都不过是母语根基之上抽出的一条枝丫,结出的一枚果实。根若厚实,枝必繁茂;而根若浅薄,枝必萎靡。她依此原则收了一位英语测试成绩只有十几分,而中文功底颇为深厚的学生,这位学弟后来果真考上了北京大学西语系,成为那个年代流传甚广的一个传奇故事。很多年后,我在海外偶然看到了徐志摩张爱玲的英文日记和随笔,不禁为他们在第二语言叙事中闪烁出的灿灿才华和机智幽默所折服,那时我才幡然醒悟:这两位并未经受过系统英语文学训练的大家,之所以能在非母语叙事中开出如此繁茂的花朵,着实得益于他们庞大精深的母语根系。我至此才真正理解了周老师当年如此关注我们语文功底的深邃用意。

  1979年,我用从中学围墙之外东鳞西爪地学来的英文,叩开了复旦大学外文系英美语言文学专业的大门,我那口不入规矩不成方圆的英文,经受了一座名城一所名校的新一轮严苛审视——那将是另一篇文章里的另一个故事。我把我的英文比喻成一件百衲衣,每一个在我求学过程里与我相遇的老师,都在那件衣服上留下了自己的痕迹。我早已分不清哪一块布头来自何丽达,哪一个针脚来自前联合国职员或前教会学校教书先生,哪一条锁边来自周老师……我穿着这样一件百衲衣行走在第二语言的大观园里,感觉自卑,也感觉自豪。

  那些年里对一门外语的单纯好奇,到如今似乎也没有完全泯灭。这些日子我常常在欧洲大陆游走,每经过一个语言不通的城市,我都会悄悄地问自己:在今天,我还会有兴致去缝制另外一件也许叫法语也许叫德语也许叫荷兰语的百衲衣吗?我还能有同样的耐心和勇气去面对那个冗长却不乏快乐的过程吗?我还会遭遇另外一个何丽达,抑或另外一个周老师吗?

  Maybe(或许)。我对自己说。

(原载2017年1月13日《文汇报·笔会》)

建 水 笔 记

于 坚

一

云南建水城,古称临安。临安本是那个中国天堂杭州的旧称。云南建水这个"临安"是明代命名的,就像欧洲移民到了北美大陆,沿用欧陆地名"新奥尔良""新英格兰"一样,建水这个临安是一个新临安。这个明朝洪武十五年(1382 年)的命名暗藏着野心,"上有天堂,下有苏杭",建水人要在他们的家乡建造一个杭州那样的天堂,他们成功了。过了一百五十二年(明嘉靖甲午年,公元 1534 年),流放云南、被"永远充军烟瘴"的大诗人杨慎到建水拜访他的朋友叶瑞,建水城令他大吃一惊。杨慎写了一首诗《临安春社行》,描绘他所见的建水:

> 临安二月天气暄,满城靓妆春服妍。
> 花簇旗亭锦围巷,佛游人嘻车马阗。
> 少年社火燃灯寺,坿材角妙纷纷至。
> 公孙舞剑骇张筵,宜僚弄丸惊楚市。
> 杨柳藏鸦白门晚,梅梁栖燕红楼远。
> 青山白日感羁游,翠罟青樽讵消遣。
> 宛洛风光似梦中,故园兄弟复西东。
> 醉歌茗芋月中去,请君莫唱思悲翁。

令我惊讶的是,杨慎诗里描写的建水,与当下的建水并未隔世,他笔下的这个建水城大体上还在着,不仅是城池、建筑、雕梁画栋、朱门闾巷、水井、牌坊、饭馆、荷塘、稻田……最重要的是,杨慎诗中写的那个世界,虽然细节已经改变了许多,但氛围依然可以感受到。"少年社火燃灯寺",燃灯寺还在,依然响着木鱼声。寺院门口的那口井依然清洌,杨慎如果在燃灯寺喝过寺僧沏的茶,烹茶之水应当就是这口井里的。几个闲人坐在井边,聊天,嗑瓜子,到吃午饭时才会散去。只是看不见社火,因为春节才过不久,社火刚熄。当年杨慎来建水找叶瑞玩时,住在太史巷的叶氏宗祠,太史巷现在叫作太史巷街,这条巷还在,真是一个奇迹。在中国过去数十年的拆迁运动中,有些古城幸存下来,但大多数都成了民居博物馆,原住民被搬迁,只剩下建筑空壳。它们看上去古色古香,内里全是商店,再没有"炊烟逗屋"(仇远)、"旧时王谢堂前燕,飞入寻常百姓家"(刘禹锡)的旧时景物。建水岿然不动,我行我素,"邦有道,谷",依然是原住民的故乡,过着与杨慎来访时大同小异的日子,水井安然,汲水的、挑水的、送水的,扫落花的、做豆腐的、纳鞋的、补衣裳的、做凉粉的、开茶馆的、做米线的、养花的、玩古董的、做陶器的、弹棉花的,银匠、木匠、屠夫、鱼贩……洗衣的妇人也还蹲在井边,背上依然背着个娃娃,明月依然在这个城里"转朱阁,低绮户,照无眠"。

二〇一五年冬天,我带着我的朋友麦约翰来建水。他是比利时人,自号无能子,一生都在研究中国文化,将老子的《道德经》翻译成弗莱芒语。他在建水长叹,他一辈子要找的那个中国,就在这里。此后,他多次来此,开始写一本关于建水的书,并将他女儿送到昆明来学习中医。

建水如今已经被一座座同质化的新城围困,危机四伏。我从青年时代起就多次来建水,小住,长住,我目睹了它的犹豫、变化和坚定不移。人类为什么会有建水城这样的栖居方式,它为什么落后于时代,又为什么因"落后"而鹤立鸡群、不同凡响,数十年我一直在思考这些问题。

二

贝贡的神庙。建水城外三十公里有个村子叫贝贡。为了抵达此处,我们从昆明出发,在高速公路奔驰了一整个上午,又在蜿蜒的山路上颠簸了一个多小时,还多次迷路。建水县的李伟提起这个地方的时候,表情如古董贩子般兴奋。我们来核实一个传说,但一路上看不出任何将要出现奇迹的迹象,只有令人麻木的山峦、树林、玉米地或烟叶地……当越野车在山野的某一处停下来的时候,一群幽暗如暮色的建筑出现了,仿佛亚洲热带丛林中的吴哥废墟。不是神庙,是一群高低错落的四合院,建在山坡上,以当地的土黄色岩石和黄土砌起的地基和围墙裸露着,漆黑的斗拱飞檐在其后对着青山翠谷,飞龙舞凤的门头上鎏金斑斑驳驳,如被落日照耀着。附近的村子干巴巴的,那些急就的劣质水泥和玻璃混杂而成的灰色盒子,与这群四合院的飞扬灵动、森严伟岸有着天渊之别。它像一只刚刚被射中的苍鹰,有点塌了,但确实是个传奇。

即使已经衰败,蔓草丛生,梁木歪斜,雕花门不知去向,野物入住,依然能看得出它非同凡响,美轮美奂,是古典四合院中的杰作。十四世纪云南发生了汉化的现代化运动,中原移民带着四合院黄金时代的营造技术来到这片野性天真的高原,随之而来的不是信仰、教条,而是隐喻着世界观的生活方式。一座座四合院从天而降般地在云南的深山老林、坝子丘陵之间拔地而起。就像吴哥十二世纪建造神庙那样,云南营造四合院的激情持续了四百年之久,到二十世纪,云南高原上以昆明为中心屹立着一座座密集着四合院的城邦。

山冈、落日、森林、野兽……贝贡与世隔绝。那些身怀绝技的无名工匠,跋山涉水,步行穿越蛮荒高原,来到深山老林中叮叮当当,开山、采石、伐木、锯木、上梁、凿石、雕刻……就规模和做工来说,如果没有宗教般的激情,这样的工程是不可能完成的。可以想象它落成之际,仙宇神阁、飞檐斗拱、天井回廊……

是如何辉煌地照亮了黑暗的群山。虽然这些四合院只是住宅，人人都可以模仿，但杰出的手艺却无法在短时间内模仿，它是世界观、时间、经验的产物。因此，这群四合院在贝贡的出现就像神庙一样，它不是神庙，但具有神庙的地位。

　　一些事物的真理走向隐匿，一些事物的真理则不断敞开，世界运动总是此起彼伏。隐匿者在黑暗中等待着再一次敞开，敞开者意味着黑暗即将来临。贝贡建造之际，四合院在中原早已鳞次栉比，遍布城市乡村，登峰造极而沦于庸常。作为一种中国式世界观的载体，其初始的意义早已被遗忘、隐匿。

　　贝贡是彝语山洼的意思。这个村子的居民都是彝族，贝贡建筑群属于一位姓孔的彝族人。贝贡地区有许多彝人姓孔，自称孔子后人，专家对此颇有争议，但孔这个姓进入不讲汉语的彝人之中，可以想象孔教的影响曾经多么深远。这种命名就像一种归顺。传说这个建筑群的主人是开矿的，发财后在家乡斥巨资建造了这片豪宅。它已经不是普通的住宅，而是一件鬼斧神工的作品，这令孔氏的身份像一位供养人。

　　最近时代，这些城邦被一座座拆掉，四合院文明死去，日益成为遗址、废墟、传说。也许很多年后，历史学家才会去追问这种变化的原因，就像追问玛雅、吴哥、古埃及文明的消失。那个时代到底发生了什么，人们为何要抛弃这些神庙般的四合院？吊诡的是，那些痛心疾首的追问往往都是在文明消失千年之后，而四合院的消失，现在就可以追问了，在许多地方，它已经杳无踪迹或者作为废墟中幸存的古董被搬进了"博物馆"。那些无名的工匠像玛雅人一样不知所终，四合院敞开在大地上的时代完结了，它的往昔隐匿在庸常中的真理也才得以敞开。就像马丁·海德格尔分析凡·高画的那双鞋子的意义，水落石出，我们将成为事后的沉思者。

　　当我在贝贡光线晦暗的大院里徘徊的时候，并没有西方古迹探险者们打开法老陵墓时的那种欣喜若狂，我并不快乐，虽然那荒凉破败是如此高贵而动人。沉思的到来是由于置身局外的结果，这是悲剧的位置。

三

建水建城六百二十九年后，二〇一六年三月的一天，我去建水县图书馆查阅资料。公共图书馆是现代文明的新生事物，从前建水县的藏书都收在私家书房里，书香门第不是形容词，就是小巷两侧那些古旧院落。

看这原始之城，依然像它被创造出来之际，藏在一座朱红色的、宫殿般的城楼后面。"明洪武二十年建城。砌以砖石，周围六里，高二丈七尺。为门四，东迎晖，西清远，南阜安，北永贞。"（《建水县志》）如果在城外二十世纪初建造的临安车站下车，经过太史巷、东井、洗马塘、小桂湖……沿着迎晖路向西，来到迎晖门，穿过拱形的门洞进城，依然有一种由外到内、从低到高、登堂入室、从蛮荒到文明的仪式感，似乎"仁者人也"是从此刻开始。

高高在上的是朝阳、白云、炊烟、鸟群、落日、明月、星宿，而不是摩天大楼。一圈高大厚实的城墙环绕着它，在城门外看不出高低深浅，一旦进入城门，扑面而来的就是飞檐斗拱、飞阁流丹、钩心斗角、楼台亭阁、酒旌食馆、朱门间巷……主道两旁遍布商店、酒肆、庙宇、旅馆……风尘仆仆者一阵松弛，终于卸载了，可以下棋玩牌了，可以喝口老酒了，可以饮茶了，可以闲逛了，可以玩物丧志了，可以钟鸣鼎食了，可以一掷千金了，可以浅斟低唱了，可以秉烛夜游了，可以铺床了……就寻思着去哪里遭遇上一段韵事。忽然瞥见"小楼一夜听春雨，深巷明朝卖杏花"那类女子——建水的卖花女与江南的不同，这边的女性洋溢着一种积极性、结实、健康、天真——正挑着一担子火红欲燃的石榴，笑呵呵地在青石铺成的街中央飘着呢。不免精神为之一振，睡意全消，先去买几个来解渴。街面上，步行者斜穿横过，大摇大摆，扶老携幼，走在正中间，俨然是这个城的君王。满大街的摊贩食廊倒令汽车们缩头缩脑，不敢再风驰电掣。城门不远处就是有口皆碑的临安饭店，开业都快七十年了，就是《水浒传》里描写过的那种，铺面当街敞开，食客满堂，喝汤的喝汤，端饭的端饭，动筷子的动筷子,晃勺子的晃勺子,干酒的干酒,嚼筋的嚼筋,吆五喝六,拈三舀四,叫人望一眼就口水暗涌,肚子不饿也忍不住抬腿跨进去,拖张条凳坐下,来一盘烧卖! 这家的烧卖是明代传下来的做法,厚油和面,馅儿是肉皮和肉糜,十四世纪的朝鲜文献《朴事通》记载:"皮薄肉实切碎肉,当顶撮细似线稍系,故曰稍麦。"大锅猛蒸,熟透后装盘,每盘十个,五角一个。再来一土杯苞谷酒,几口灌下去,夹起一枚,蘸些建水土产的甜醋,送入口中,油糜轻溢,爽到时,会以为自己是条梁山好汉。临安饭店后面,穿过几条巷子,走上十分钟,就是龙井菜市场,那郑屠、张屠、李屠、赵屠……正在案上忙着呢。

如果是七月的话,在某个胡同里走着,忽然会闻见蘑菇之香,环顾却只见老墙,墙头上挂着一窝大黄梨,哪来的蘑菇? 走,找去,必能在某家小馆的厨房里找到,叫作干巴菌,正亮闪闪地在锅子中央冒油呢。这临安大街两边,巷子一条接一条流水般淌开去,建水城所谓的街,许多其实都是宽窄不一的巷子,里面还有纵横交错、曲曲弯弯、通或不通的小巷(宽的三四米,窄的也就一米左右)。在百度地图上,这些密密麻麻的小径是大片空白,百度地图很不耐烦,只是标出一些大单位的地点和最宽的几条街,抹去了建水城的大量细节,给人的印象,似乎建水城是个荒凉的不毛之地。其实这个城毛细血管密集,据统计,建水城三点三平方公里的范围内有三十多条街巷,五百五十多处已经被列为具有保护价值的文物性建筑。这是很粗疏的统计,民间与统计部门关于文物的概念不尽相同,许多普通人家的宅子、无名无姓的巷道并未计算在内。巷子里面,四合院、水井、老树、楹联、木雕、门神、香炉、杂货铺、瓦檐、灶房、庙宇、明堂、照壁、绵纸窗、石榴、苹果、桂花、兰草、怪石、凉粉、米线、红米、红糖、胡椒、腊肉、土纸、干巴菌、青头菌、炊烟,祖母、外公、媳妇、婴孩、善男信女、市井之徒、金枝玉叶、酒囊饭袋、闲云野鹤、翩翩少年、匹夫匹妇、布衣韦带、半老徐娘、三姑六婆、环肥燕瘦、蒲柳之姿、虎背熊腰、大腹便便、仪表堂堂、花容月貌、明眸皓齿、慈眉善目、鹤发童颜、鹅行鸭步……此起彼伏,鳞次栉比。

在这个城里有家的人，真是有福啊。这个国家从南到北，已经拆掉了那么多，许多从前布满四合院的城市，如今一根雕梁画栋都看不见了，建水人居然还能够像四百年前的祖先们那样安居乐业，亦不必操心左邻右舍的德行，都是世交啦。有一位绕过曲曲弯弯的小巷，提着在龙井市场买来的草芽（一种建水特有的水生植物，可食，滚油翻炒数秒起锅，甜脆）、莴笋、茄子、青椒、豆腐、毛豆、肉糜、苂瓜……一路上寻思着要怎么搭配，偶尔向世居于此的邻居熟人搭讪，彼此请安，磨磨蹭蹭到某个装饰着斗拱飞檐门头的大门前（两只找错了窝的燕子拍翅逃去），咯吱咯吱地推开安装着铜制狮头门环的双开核桃木大门，抬脚跨过门槛，绕过照壁，经过几秒钟的黑暗，忽然光明大放，回到了曾祖父建造的花香鸟语、阳光灿烂的天井。从供销社退休已经三十年的祖母正躺在一把支在天井中央的红木躺椅上，借着一棵百年香樟树的荫庇瞌睡呢。

四

与中国那些失去了历史的新城比起来，建水城看上去比较落后，充满沧桑感。大地是落后的，落日是落后的，故乡是落后的，落后意味着一种对时间的迷恋、对经验的自信。建水的落后并不盲目，这是对"此在"（海德格尔语）的确认，建水知道它要如何"在"，如何"好在"，如何作为建水而不是他者而"在"。建水周边，与它同时代兴起的古城，大都赶上了时髦，焕然一新。建水却在大拆迁的洪流中顽石般地幸存，在云南的城邦中因守旧而鹤立鸡群，以致今天在云南省，人们要证实曾经存在过一个"雕栏玉砌应犹在"的世界，找回那些传统的建筑样式和手工、生活方式、人情味、口味，只能去建水，建水成了古典生活世界的活化石。

从城南到城北，从城东到城西，步行也就半小时左右，但却可以从元代走到现代。自迎晖门沿着临安路朝西门走，城门朝阳楼是明洪武二十二年（一三八九年）建造的，城隍庙是明代始建的,天君庙是明嘉靖年间建的,普应寺是明成化三年(一四六七年)始建的,学政考棚是明代始建的,临安府衙(后来是县政府)是明洪武二十一年始建的,指林寺建于元贞二年(一二九六年),文昌宫是元代始建的,文庙是元至元二十二年(一二八五年)始建的,庙里的两棵老桧树元代就种下了,棂星门柱头上的蟠龙青花瓷罩是明景泰年间的旧物,正门的牌楼是清雍正四年(一七二六年)重修的……这些是公共性的建筑,至于星罗棋布地环绕着这些建筑的民居所暗藏着的时间,就难以考证了。虽然历代都曾经重修再造,新旧混杂相间,高矮不一,但建水城的原址从未移动,建城的初衷从未迷失,建筑格局仍是最初那一套,"闾阎扑地,钟鸣鼎食之家""画栋朝飞南浦云,珠帘暮卷西山雨""雕栏玉砌应犹在,只是朱颜改",就像一个梦。

去图书馆,不必顺着一条道走。建水城的路四通八达,但不是直线,是乱麻般的四通八达,去任何一个地方都要穿越迷宫,解构东西南北的定位。以为这条路是向东门去的,走到头却发现到了南门;判断这个门进去是个大杂院,里面却藏着一座高耸入云的明塔;断定这个单位里面只有办公室,后面却隐着元代的老庙;认定这个仓库里堆积的都是废品,抬头却发现一堆斗拱,正支撑着清代的老瓦呢……如果不是本地人,必然绕得晕头转向,找不到北。我去过建水城几十次,至今还是弄不清它的玄机,只能凭着感觉瞎串。横七竖八的街道、巷子可以组合出各式各样的走法,可以顺着巷道走,顺着老街走;也可以穿过这家的前门到达那家的后门,越过这个单位的大门进入那条街的中段……

如果从文庙那个方向去图书馆,经过的是包子铺、菜市场、米线作坊、烧豆腐摊、理发店、裁缝店,常青树、石榴树、海棠树、凤凰花、曼陀罗,几家门头上的飞龙走凤、里面被照壁挡住的不知深浅的院落,几条曲径通幽的无名小巷。也可以从清远门进来,顺着城墙根走,那城墙最老的一段厚达三丈(约九点五米),每块砖长四十二厘米,宽二十厘米,高十二厘米,重二十公斤。有时候会遇到挑粪的农夫,挑着两只桶,走去各户收集新鲜粪便,然后挑到城墙外的自家地里浇灌庄稼。田野就在城墙根下,杨慎来的时候,建水城被"杏花春雨江南"那样的田园簇拥着,如一座屹立在荷塘、稻田、菜地、瓜地、豆地、果园中间的宫殿。如今虽然已经被各种杂七杂八的水泥建筑物遮蔽了一些,但还是可以看到当年的风姿。

五

从前的人不是将这座城作为商品房来建造的,而是作为传宗接代的家来建造的,除非万不得已,没有人会在建房的时候就盼望着将来卖掉。比如朱家,那建水第一豪宅花了四十年的时间造,图的是代代相传,香火永续。就是一般人家也不含糊,一定要将自家的院落打造得地久天长。就在朱家对面,一个小户人家,白墙青瓦、轩窗朱门自不必说,就是天井的石阶上也要雕出花纹云纹,石头水缸上也要雕出画面,刻上格言、诗词;轩、窗、榭、廊、花台、照壁……都要照着古代诗词尤其是宋词描绘过的那种栖居经验、模式来经营。"画檐蛛网,尽日惹飞絮。"(辛弃疾)"无可奈何花落去,似曾相识燕归来。小园香径独徘徊。"(晏殊)"东篱把酒黄昏后,有暗香盈袖。莫道不销魂,帘卷西风,人比黄花瘦。"(李清照)这些院落就是一件件作品,人住在里面,出入于深宅大院、怪石水池之间,像演员在舞台上一样,是一种没有表演的表演。人生如戏,戏就是玩耍,玩不是玩物丧志,而是陆机所谓的"心玩居常之安"。

家是栖身之所,而不是囚室。仁者人也,人是语言动物,家要寓意,即所谓诗意地栖居。《康熙字典》说:"寓,托也,凡寄为托。托,凭依也,委也,信任也。犹假寄,托辞。"是以家不仅是栖身之所,也是托辞之所。托辞意味这个家是有含义的,有无相生的,不仅仅是实用,可以栖身,也可以玩乐、施教,而且神性、美好、真理、寓意都要时时刻刻在场,能够赏玩,能够陶冶,能够诗意地栖居。中国建筑的寓意一直沿袭着宋代到达高峰的那些"意",天地君亲师、仁义礼智信,温良恭俭让,风花雪月,鸟语花香……持续千年。

　　建水人青出于蓝,按照江南已经经典化的居住模式,各家各户掂量着自己的经济实力,堪舆风水,考量天地、水井、寺庙,以及邻居的关系、距离,建造自己的屋宇。这些建筑都是代代相传的,因此包浆厚实,每个门槛都被时间之步踩塌了;每面墙都斑斑驳驳,原有的朱栏玉砌、雕梁画栋被时间大师亲手添上了各种各样的花纹,每块材料都藏着时间写下的"史记"。这就要看怎么理解文物了,这涉及世界观、审美观,如果从孔子的立场出发,"贤哉回也,一箪食,一瓢饮,在陋巷,人不堪其忧,回也不改其乐",那么,建水城至今依然是那位叫作颜回的人可以"不改其乐"的地方。如果从"维新"的立场出发,那么建水就是落后于时代、陈旧潦倒的鄙陋之邦,拆不足惜。

六

　　我从关帝庙街出发,街口是一家卖甘草腌梨、腌橄榄、腌木瓜的小摊,旁边是汇源客栈,然后是郭家菜馆。对面一号大院里当庭一棵香樟树,遮住了整个天井。六十二号是肖茂园家,对面是老董的古玩铺子、老普的古玩铺子(门口堆着他收来的石碾子、旧门、石兽)、陶茗堂、烫头馆……然后就到了永宁街口,那边过去有罗家古玩店,店里有清代临安知府王文治撰的对联,刻在核桃木板子上:"绿藏书榻树团云,红滴研池花泄露。"他家还有一把琵琶和几个品相不错的建水紫陶瓶,其中一个是晚清画家王定一(号老农)的作品。

　　继续顺着关帝庙街走,又经过无名小巷、马家快餐馆、刘家食棚、水井、赵姨的裁缝铺、李婶的土杂店、听紫云旅馆、紫陶馆、水井、小吃店、药铺、法华寺、水井、关帝庙、土主庙(一四二二年建的土主庙正在重修,工人聪明,为了不损坏那些从屋梁上揭下的老瓦,他们将两根竹竿从屋檐架向地面,地上再支个旧沙发,将瓦从竹竿之间一块块滑下来,那些瓦一块块闷声地溜下,坠入海绵弹簧中,完好无损。然后整整齐齐码好,瓦又厚又重,瓦头上嵌着云纹)、第六中学旧址、第四小学、水井,之后经过阜成门,继续走关帝庙街,十九号改成了现代建筑,门头被一大群三角梅遮了。虽然有不少民居改成了水泥房子,但四合院还是三步一落五步一座。其间,不断地遇见叶子花、桂花树、芭蕉树、君子兰、槐树,以及猫径(它们总是在墙头上开辟道路)……有的巷子安静无人,花掉在地上滚几圈才躺下。某家传来锯木之声,某家传来二胡之声,某家的公鸡在叫……

到了关帝庙街与南庄街的交会口,是一个自发形成的菜市场,车水马龙,两边尽是摆摊的,大都是刚刚从城外田里摘来的新鲜菜蔬——白荬绿韭、肥葱细芹、黄橘子红萝卜、紫茄子青番茄(有一种建水独有的小茄子,据说是源自宋代,胖嘟嘟的像婴儿小腿肚,呈淡淡的青黄色,味极佳)、胖南瓜瘦丝瓜、方豆腐圆洋芋(建水的菜蔬与别处不同,鲜明灿烂,富有质感,因土地肥力深厚,耕作时间不长)、血淋淋的肉类、鲫鱼和草鱼在盆里游着……还有卖包子的、炸油条的、舀豆浆的、卖水果的……几乎水泄不通。顾客大都是熟人,邻居街坊微微地笑着,打着招呼,满面晨光,仿佛天空中正频频传来一句句人人会心的好话,都听见了。到十一点左右,就像马致远诗里面写过的那样:"断桥头,卖鱼人散。"基本上还是如此,只是养鱼的木盆换成了塑料盆,一些主妇的竹篮子换成了塑料袋。之后越过南庄街走进红井街,三十一号大院的门头相当豪迈,凤凰仰头拍翅,雄狮卧地沉思。对面是米线坊,正忙着呢,白花花的米线一筐筐漫到街面来,旁边守着个挑了一副担子来的老倌儿,担子里面整整齐齐地排列着一捆捆用稻草扎好的韭菜、芫荽、小葱,小锅米线要配这些。然后经过杨家花园、郭家大院、朱德故居(里面有棵凤凰树),再然后经过沿街排列着的二十多棵常青树。有时候街心会扔着一包装着中药渣的袋子,迷信人认为,这个袋子被踩的话,病就好了。然后穿过小西庄巷,遇到一辆花车般的垃圾车,车尾翘着一群蔫掉的香水玉兰。这时候就看见图书馆的围墙了,上半截已经被藤本植物遮掉了。

七

八十年代建的图书馆是一栋长方盒子形的三层楼建筑,在周围的老房子、寺院、水井、花园、牌坊、古刹中异峰突起、鹤立鸡群,它与线条下垂、紧紧地扒着土地、谦卑安分的千家万户不同,很是抢眼。但是,它被一个小花园环绕着,这个花园使它消极了很多,显得不那么唐突强悍了。一楼周围树影婆娑,花香暗袭,看不出是哪朵扔过来一股子刚洗过的女人头发的香味,似乎是从那个可以看见书架的房间里传来的。门口有棵大榕树,正午,碎银子般的阳光渗透到盘结如虬的树根上。一位穿拖鞋的读者正朝楼里走去,手背在身后,晃着一瓶矿泉水。一只卷毛狗也朝里面小跑。这样的图书馆在世界上可不常见,西方的图书馆其实是教堂的延伸部分,一般都是严肃、深刻、伟岸、高深莫测的样子。

瞧,这个花园图书馆,大门左首的花木深处,藏着个小厕所。女厕外面是一棵凤凰树,男厕的便池是露天的,可以看见蓝天白云和树枝,"溪流"滚滚时,叶子也偶尔会袅袅落到头上。图书馆馆长是一位戴眼镜的年轻女士,她领我上到三楼,请管理员为我找出几种建水县志。其中一种是二十世纪留下的手稿,一九四七年修纂的《民国建水县志稿》,抄在发黄的贡川纸上,字是工整的小楷,一副那时代人人能写、因此信笔书来不觉得有什么了不起的样子。同去的刘晖惊叫道,这等功夫的小楷,现在已经没几个人能写啦!手稿的空白处偶尔有蝇头小楷的眉批,盖着五个人的红色印章,县志记录的每一条,这几个人都要审阅,必要时写出简短意见。有条眉批写道:某某的孝行乡人知之甚鲜,列其中恐招物议,请酌!从前的大事与现在不同。县志不仅记录地理、政治、经济、军事上的大事,还要记录是些什么人住在这个城里,影响着这城的风俗。县志说:"大事为何?俾流传永久,后之人有所观察也。记之法如何?本春秋编年纪月之例,有事则直书之也。"要记录政治家,记录军人,也要记录文人,记录好人、凡人。

八

我们这个时代是一个"在路上"的时代,搬家成为时髦,人们渴望着搬新家,再搬新家,换更大的家,房子是否增值比是否可以定居、传之后代更重要,整个社会都在为此奋斗,所以房地产业非常火爆。在那些新城里,以雅为最高标准的寓意式的居所已经拆掉,但在建水,热衷搬新家的人不多,人们愿意住在老家,哪怕与这个时代电梯水泥组成的新家比起来,土木结构的建水老家未免落后、鄙陋。建水人说不出不愿意搬家的道理,只是说,"好在"。好在一词在汉语中由来已久,只是在现代黯淡了。好在,在如今的云南方言里还保存着,人们经常用的问候语之一是:给好在(是否好在)?这种好在四百年前就被诗人杨慎肯定过。好在:好是美好,在是在场,存在于某处。"在,存也。从土。"(《说文解字》)"象形字典"(专门检索象形文字的网站)说,"在"的本义是定居,强调空间上的支点。存,表示繁衍后代,本义是传宗接代,强调时间上的延续。存在,汉语古已有之。换个作者,这些含义可以写一堆书,比如德国的马丁·海德格尔,他的《存在与时间》六百多页。存在与好在不同,存在不以人的意志为转移;好在,是"仁者人也"的结果。好在一词,唐代就已经有记载,意思是安好。"子恭苏问家中曰:'许侍郎好在否?'"(张[鸟][族]《朝野佥载》卷六)"因君问消息,好在阮元瑜。"(杜甫《送蔡希曾都尉还陇右》)"好在王员外,平生记得不?"(白居易《代人赠王员外》)"喜故人好在,水驿寄诗筒。"(周密《甘州·灯夕书寄二隐》)好在的另一个意思是:依旧,如故。"家园好在尚留秦,耻作明时失路人。"(常建《落第长安》)"犹怜不负湖山处,好在平生旧钓矶。"(陆游《湖上》)荷尔德林有诗云:人充满劳绩,但还诗意地栖居在这片大地上。居所,不仅仅遮风避雨,一只乌鸦搭个窝也是遮风避雨,人的居所则不仅要实用,而且要美好,止于至善,好在。筑居反映着人们的世界观。奥斯维辛暗示的是一种世界观,巴黎圣母院暗示的是另一种世界观,中国如今很普遍的钢筋水泥浇灌出来的长方形盒子又是一种世界观。中国古典时代的四合院同样寄寓着世界观,寄寓着人们对何谓生活的解释。有的冷漠残酷,有的神圣、令人敬畏,有的势利眼、唯利是图,有的安心,不仅能栖身,而且养心。诗意地栖居,用云南方言说,就是好在。

九

直到今天,建水城依然是个文质彬彬之城,老人依然可以将故乡作为养老院而终老;盲人、残障者在其中不必害怕;儿童穿过小街小巷,日日受到长者教育、熏陶;邻里彼此关照……建水本来就是为过日子而建造的。"故人不独亲其亲,不独子其子,使老有所终,壮有所用,幼有所长,鳏寡孤独废疾者,皆有所养。男有分,女有归。"(《礼记·礼运》)在古代中国,这种理想不是书面上的教条,而是日常生活世界的材料、格局、形式、制度……"天下无一物无礼乐。且置两只椅子,才不正便是无序。无序便乖,乖便不和。"(程颐)一切都是寓意的,儒家思想在中国从来不是教条,各种设施、细节都是为着一次次的"四美具(美景、赏心、乐事、良辰),二难并(贤主、嘉宾)"。美即好在。这种置身于材料、格局的美,实用是材料的实用,美是材料之美,天人合一,无法将实用与美分开。因此即使在"文革"那样的时代也无法摧毁建水。风尘仆仆的旅游者来到这座城里,满脸困惑,这是要参观个什么哟,如此庸常、落后、古板,完全不合时宜。他们发现,建水不像商品房,什么人都可以住。建水,没有文化的话,还住不来,面对随处可见的描金绘彩的屋檐房梁、楹联牌匾、壁画石刻,到处有截取自《论语》《孟子》、唐诗、宋词的句子诗行,住在里面却两眼一抹黑,只是睡觉吃饭的话,人会自惭形秽。我曾在一大院里遇到一位住户,这院子不是他造的,他是后来被分派进去的,正在厢壁下乘凉,那壁上是宣统三年用楷书抄写的话:"诚笃者无稚鲁之累,光明者无浅露之病,劲直者无径情之偏,执持者无拘泥之迹,敏练者无轻浮之状。"(金缨)"少学琴书,偶爱闲静,开卷有得,便欣然忘食。见树木交荫,时鸟变声,亦复欢然有喜——录晋·陶渊明句。"

十

　　在建水,最好玩的事就是串门。敲开这家进去看他家的水缸,敲开那家去看她家的窗子。居民好客有古风,进去参观他们很高兴,来客都是贵人。把别人的故乡当成博物馆,自己没有这样的家了,他们的家就成了审美对象。串门幸好是老马带着,这是熟人社会,陌生人可找不到门。老马毕业于艺术学院,不画画了,做些设计混日子。活得像个古人,不求上进,没有手机,只是读书,修身养性,吹散牛,朋友来嘛陪着耍耍。老马说他一个月只用几百块钱就够了。我开始有些不相信,怎么活嘛。后来发现,老马这么活:穿件可以穿一百年的皮夹克,穿到起包浆,越穿越好看。早上窗外日迟迟的时候,起床出门,先站在巷口发阵呆,看红杏枝头春意闹,然后去王麻子开的米线馆吃碗潺肉米线,十块钱一海碗,倒进肚子一上午都饱饱的。之后去赵家大院看他家养在石缸里的金鱼,金鱼好看,石缸更好看,正面用柳体刻了两行诗:初日照林莽,积霭生庭闱。还刻着几根兰草、一窝怪石。一口缸,打造得像个小博物馆似的,又是书法,又是绝句,又是浮雕,本身又是养鱼的水池,金鱼像宫娥一样游来游去,赏心悦目到了极致,天人合一合进去又化出来再为天成。恰有一尾金鱼拨开水草帘子,抬头看看天色,又一摇尾驶回深处。老马也跟着看看天色,已经忘了今天要干什么,干脆与这家的主人下盘棋,三打两胜。半晌,伙计找来说有个花园要设计装修草图,这才回工作室去画草图。老马不喜欢电脑,他用自己的脑,想着,说着,草图让毕业于设计学院的伙计用电脑做。然后又走去云老师家看他的新作,准备"古今多少事,都付笑谈中"。路上经过杨妈妈家的院子,梨子熟了,杨妈妈摘两个给他,用井水涮涮连皮吃掉,又饱了。既而朝正蹲在水井边洗衣的姑娘们瞅瞅,想起没烟了,又折到燃灯寺旁的小铺子去买,然后去寺里的老柏树下一坐,先抽上一根,看看上星期开的那些花开完了没有。云老师不在,敲门不应,回头见老郑家的门开着,推门进去。郑家是个小四合院,老郑也不在,老马自己找把躺椅,拉到阴凉处,小睡一刻。醒来时老郑还没有出现,抬手摘两个枇杷捏着,走了。这回走去迎晖楼前面的小广场。满场的闲人,坐着的、躺着的、蹲着的、抱娃娃的、下棋的、理发的、卖药的、走江湖耍把戏的、唱戏的……城里的象棋大师正在敲棋,被闲人团团围住,指手画脚,都帮着那个手生的呢。老马挤不进去,就找棵树靠着,借着树荫,听着旁边敲棋子的声音再眯上一刻。挨到晚,老马回到他母亲的老宅子,老母亲千年如一日的晚餐已经摆在桌子上,正盼着儿子呢。晚上他读书,不看电视。到个九十点钟,老马要睡了。老马喜欢说,天睡我睡,天醒我醒。

  跟着老马,进了这家,看见一排美轮美奂的栏杆,而主人一家正在桂树下打麻将,只是歪头笑笑说,坐嘛,坐嘛。进了那家,看见人家的中堂挂着钱南园先生的字,供桌上摆着建水民国时期的制陶大师之一戴得之烧的黑陶花瓶,上面的梅花画得那个灿烂,字写得那个云烟乱飞。一人蹲在水井旁边宰鸡,四五个姑娘在洗菜,亲戚朋友坐了一院子,都等着吃呢。这些院落大多数彼此相通,你家的竹子是我家窗子前的水墨,我家后花园的桃花是你家前厅的粉彩;我家的桂花为你家的黄昏而香,你家的喜鹊为我家的客人而唱。户户垂杨、明月古井、茂林修竹、小桥流水……大家共享,都是好在的地方。看罢出来,心里总是空落落的,要是住在这院就好了,住在那院也好了。

  跟着老马,去看土地庙,土地庙就是过去供奉大地之神的地方。现在不供了,但庙还在,改成了会议室。门锁着进不去,只能隔着窗帘缝瞅瞅。院子里闪出来一个红光满面的老者,听说我们对土地庙感兴趣,很高兴,马上喋喋起来。老者说,建筑专家认为有唐代的风格,这一指点,果然看出那黑黝黝的大梁,大气古朴,结构庄严。又说个故事,有一天夜里他看见土地公公躺在柏树下哭,它本来是坐在庙正中间的神龛上的,天亮后,土地公公的塑像就被红卫兵砸掉了。老者说罢,忽然就不见了,其实他和我们道过别,还握过手,但感觉是突然不见了,觉得他就是那位被打碎的土地公公。

　　跟着老马,已经中午,肚子有点儿空了,就去永宁街的快餐店里,花十元钱吃个三菜一汤。建水的快餐店与别处不同,无须自惭形秽,它就是为平民开的。建水一城都是平民,一切设施、服务都是为了普通人,最高级的地方是文庙,但只是建筑高级,这个高级也是为了让平民出出进进。永宁街的小馆子一家连一家开了半条街,为了省电,小馆子里面黑漆漆的,只见杯盘碗勺在闪光,倒有一种中世纪的气氛,仿佛在里面随时可以遇见堂吉诃德和桑丘。早三十年的话,小酒馆外面还会拴着马。现在没有马了,有时候收废品师傅的三轮车会停在附近,人在里面吃着呢。食客有闲人、失业者、老板、公务员、乡下人、土著、民工、扫大街的、小学老师、中学老师、学生、大爷、舅公、叔叔、婶婶、大娘、姑娘、婆娘……有个流浪汉天天来吃,五十多岁,蓬头垢面,靠着天井边的小桌子,喝一盅苞谷酒,嚼几颗花生米,还哼点什么,天天来。一碟爆炒猪肝、一碟清炒韭黄、一碟老奶洋芋、一杯白酒、一碗米饭,也就是十块钱,米汤免费。炒菜的大锅支在店门口,厨娘就像众人的保姆,胖而敦实,绝不因为价格便宜而马虎,一盆子发好的鸡蛋滑溜溜地倒向热油里去,即刻爆响起来,大锅铲噼里啪啦拨拉一阵,一盆黄生生的炒鸡蛋已经出锅。那爆响拨拉之声使得满堂都像在一口大锅里似的,食客个个吃得热腾腾、喜滋滋。彝族女人黑亮的脸庞在锅边闪光,用小勺喂她的孩子,说是来城里面卖桃子,吃完饭就上山了。我点了这三样:丸子两个、小葱爆豆腐、青豆炒苞谷。老马点的是油淋牛干巴、草芽肉片、小白菜。正嚼着,抬头看见云老师路过。"来喝口嘛!"老马叫道。云老师是个画家,以前经常背着画箱去西双版纳写生,现在不去了,画建水。云老师站在大锅旁边和老马聊了几句,那保姆又炒出一锅鸡蛋,金子般地放着光。云老师说,不吃了,先走一步,还要去浇花。

十一

对门那家卖的是过桥米线。过桥,就是一碗米线抬来,它不是现成的,食客必须亲自动手,完成一个仪式,米线才能入口。过桥米线最讲究的是那碗汤,用壮鸡、筒子骨、肥鸭等旺火熬煮,剔除骨肉后,再以文火煨之,一天才成。上汤时要注入热鸡油,以保持汤的温度。一只大海碗,汤厚油静,看着黄澄澄的没有热气,其实底下藏着滚烫的高汤。堂倌一面走,一面吆喝着,小心烫着!端到面前,支妥,然后食客自己将材料一一放进去。食材大部分是生的,将这些生片放到汤里面去,立即熟透(肉类的话,切得极薄),食材暗藏着的鲜味顷刻喷出,香传四座。云南的饮食与中原不同,中原过于雅驯,文胜质则史,大多数菜肴端上来,你都不知道是什么材料烹制的,知其名不知其实。云南不同,崇拜材料,一切都清清楚楚,丁是丁,卯是卯。闻着那碗高汤散发出的浓香,馋极,但不能抓起就吃。享用过桥米线的过程很有仪式感,就像登堂入室。选鸡,宰杀,熬汤,烫熟米线;制作各种配料:里脊片、腰花片、猪肝片、火腿片、磕开的鹌鹑蛋、草芽、豆腐皮、豌豆尖、竹笋片、韭菜、豆芽;分碟,铺桌,摆上食器……这些工序好比奠基。然后食客坐好,伙计将高汤端上来,支正,这盛高汤的锅子,是一只浑圆的建水紫陶锅,圆墩墩,黑油油,像一只鼎。现在可以开工啦,食客必须一步一步地建构这道美食,不能乱来,不能一股脑儿将食材全部倒入汤里去,野蛮!得先上那些不容易熟的食材,肉片、鱼片、火腿片什么的,之后是菜蔬,最后才是米线。这只热鼎周边,环绕着各种小碟,选出某碟,将其中材料放入汤中,轻拨,然后再一样,又一样,食客就像一个在密室内配制迷魂药的巫师。先加入肉片还是火腿片,先加入鹌鹑蛋还是鱼片,这个听凭各人喜好。材料进入的先后不同,每碗汤最终的味道会有秘方般的轻微差异。肉片沉下去,变成玉兰之色,蛋清沉下去,变成新月……在这个搁入各种材料、材料在高汤中变幻万千的过程里,心已经静下来、凉下来,进入虔诚的感恩、发呆或沉思。感谢大地赐予美食,吾侪不敢暴殄天物。好!这个认识对头。请浇上红油,可以搅拌了,登堂、入室,大快朵颐。这是一个阴阳交替的仪式,先是心急火燎,然后消极安静。品尝时慢慢琢磨,汤的厚度,肉片的微糜,草芽的甜脆,豆腐丝的细腻……然后喝汤,再喝汤,喝得个大汗淋漓,灵魂出窍。最后清风徐来,汗湿的身体抹了万金油般地清凉,飘飘已半仙。

十二

烧豆腐摊子有时候摆在小巷里某家的大门口,旮旯墙角处。运气好的话,可以在价值连城的古董旁边吃烧烤,那石头雕的狮子大象、木刻的山水花鸟就在身后,都是些进了博物馆不会脚软的家伙。瞧,那象牙上还挂着用来擦桌子的抹布呢。建水豆腐大都是用西门井的井水做的,最有名的是周氏豆腐,这家光绪九年就在做了,专用建水特产的白皮黄豆,做出的豆腐白如膏脂,火烤至熟也不变色。烧豆腐的方桌是特制的,中间是铁条烤架,四个边可以支碗筷、佐料碟、酒杯什么的,烤架下面有个泥炭火盆。桌子周边摆着草墩,客人围坐三边,负责烧烤的摊主独占一方,既是仆人又是国王。烤架上堆着各种各样的食材:猪脚、腌鱼、牛肉、小瓜、番薯、藕片、土豆片、韭菜、茄子……摊主不断地在食材上抹香油,翻面烘烤。客人要吃什么,自己用筷子直接在烤架上取就得。多的时候桌子周围可以围坐十几个人。这么多人,谁吃了什么很难计数,于是原住民时代结绳计数的方法传下来,摊主面前摆着许多小碟,一个小碟代表一位客人。每位客人享用的食物的品种、数量都通过碟子计数,数量品种以干苞谷粒、豆子、镍币之类来代表。扑通,一粒苞谷代表你已经消耗豆腐一块;扑通,一颗黄豆代表你已经消耗土豆一坨;扑通,一枚硬币代表一只烤猪脚;等等。豆腐块的表皮是乳黄色的,火光一照,金光闪闪,几分钟后,就开始开裂,皮脆香溢。看上哪个夹哪个,再蘸点佐料——佐料分干湿两种,干的是椒盐,湿的就多了,酱汁儿、腐乳汁儿、芝麻酱汁儿……还可以要一盅烧烤娘的婆婆泡的梅子酒。

这种吃法主要不是充饥，补充热量，而是一个玩场，边吃边玩，消磨时间，联络感情，和打麻将、玩牌差不多。这个玩场很容易使陌生人亲密起来，坐下去就不想走了。大家吃着吃着，就开始互相照顾，他够不着那边那块金子般的土豆块，她帮他夹；她想吃他这边的那块已经脆皮开心的豆腐，他赶紧讨好她。就说起话了，就熟悉了，就相认了，就互相劝酒了，就情意绵绵了，就酩酊大醉了，就肝胆相照了，日后就要两肋插刀了，同床共寝了……真有在烧烤摊上结成良缘的，那是佳话。

十三

老马总是苞谷粒在自己的碟子里响到第十声的时候就打住。十块麻将牌般大小的豆腐下肚，喝掉最后一口苞谷酒，老马说，走，再去和成那边玩玩。和成在建水负责几处老宅的改造工程，像《园冶》那本书里面说的，图纸藏在自己的脑袋里。造园，先找个高处坐着，对着工人喝三吆四，这块石头要摆在那里，那棵石榴要种在这地儿，这根梁再高些，那块柱石右移！他不开口就无法开工。和成在翰林街开了家古董店，开了两年，只卖掉三四样东西，醉翁之意不在酒，他开这店，主要是在里面陪着各路朋友喝茶。我们就穿过翰林街，经过一口井，到了和成的店，他正在一香案前面泡茶。一伙人在旁边的八仙桌上玩"掷围"。"掷围"是一种古代传下来的牌戏，别处已经失传了，仅建水还有。"掷围"模仿着围猎，弱肉强食，牌名有鸡、兔、獐子、马鹿、鹰、狗、豹子、老虎、犀牛、白象、金鸡、凤凰、青狮、麒麟等。但各种牌没有可以通吃的王牌，互相牵制，在投骰子决定的不同牌局中轮流做大。和成说，临沧的朋友带新茶来了，"给是（给是：云南方言，是不是）喝一杯？"就烧水，抖出茶叶，开泡，每人倒上一杯，先后喝了一口，生涩回甜，都说好。和成的香案相当美，整体大红，局部描金，长三点九七米，高一点零二米，宽零点六七米。正面是一排抽屉，满是浮雕，龙凤麒麟，山水蝙蝠，琴棋书画，福禄寿喜。和成天天靠着它喝茶,就像靠着庙一样,很是安泰。喝着茶也说着话,讨论隔壁"水月轩"的匾是不是梁启超的真迹,我说不是,老马说是。喝了两杯,和成说,走,到胡老二那里去,他来了一批东西。胡老二是和成认识的古董商。穿过院子,进入左厢房,胡老二从一只春凳下拖出个青石雕的狮子,已经发黑。眼前一亮,当即抱着细细端详。一干人都瞪大眼睛,等着先下手的那位放下来,开玩笑了,怎么放得下来呢?要多少钱,胡老二说了个数,大吃一惊,都不吭声,这个价便宜得下贱啊,这个匿名的石匠是个大师啊。当场付款,抱着就走,一路暗喜。那狮子相当重,人家抱着,就像抱着个萝卜。

十四

建水这个地方,从前是一片海甸,大海退去后留下了沼泽、草甸、零碎的硬地。苍茫,鱼多,土著人住在这个地方。

彝文古籍《里斋托》说到最早的建水城:"夷人的领地,日光照不完,月光洒不尽。东天门口处,有一个虎街。南天门口处,有一个马街。西天门口处,有一个鸡街。北天门口处,有一个牛街。每逢街子天,四方的夷人,携物去交易。到了后来呢,筑起了土墙。"建水在元代,是一个用来进行贸易活动的土筑之城。

一三八四年,明朝廷"移中土大姓,以实云南"。一三八七年,"湖广常德、辰州二府民家三丁以上者,出一丁往屯云南"。一三八九年,"江南江西人民二百五十余万人入滇,给予种子、资金,区别地亩,分布于临安、曲靖……各部县"。一三九二至一三九八年,"再移江南人民三十万入云南"。建水张家的祭祖歌曰:"维我始祖,发籍江西,贸易到滇南,迁居于建水,卜宅团山,造成了巨族之乡,世世代代,维美书香,百忍家风,耀彩千秋,俎豆馨香。"顺治十一年(一六五四年)生的王九如,世居江西瑞州,"公游学于滇,寄居建水,爱山水佳胜,风俗淳古,遂家焉"(傅为詝《九如公家传》)。"盖人处宇宙之间,不追其本,不溯其源,何可以为子?……追念我始祖镇南公来历,系是江南金陵

籍,随从沐国公治滇……不思回籍,因入临遂家焉。"(建水王氏宗祠碑)

这些移民不是赤手空拳地来到建水的,他们带着种子、手艺和关于建造"上有天堂,下有苏杭"的实用知识和世界观。中国的传统是入世、在世,将现世、人生、此在视为每个人要一生努力去实现的天堂,天堂就在大地上、人世间,"大块假我以文章"。天道酬勤,只要好好干,天堂就能在现世实现,杭州、苏州、中原都是榜样。如何在世、在场、活泼泼地生活,是中国人一生最持久的功课。将存在视为原罪,弃世、厌世、救世,认为在世的一切都是为着朝未来的看不见的天堂转世、复活,这是另一种世界观。比如奥古斯丁所说:"在尘世中要像陌生人一样生活。""只有上帝应该被爱,整个世界,即所有可感之物(sensibilia),都应该被轻视……""既然幸福的一个大前提——'生命的不朽'——是末日后才会出现的境界,终极的幸福被等同于历史终结之后的永生,那么,人便不可虚妄地认为不幸的此生拥有实现幸福的希望。"而中国人是另一种世界观。"夫大块载我以形,劳我以生,佚我以老,息我以死,故善吾生者,乃所以善吾死也。"(《庄子·大宗师》)"大块假我以文章,会桃李之芳园,序天伦之乐事。"(李白《春夜宴桃李园序》)在中国,也许人的先天基因(唯上智与下愚不移)、知识结构、文化教养、层次高低不同,但每个人都热爱生活,为安享此在、好在而生活,每个人都是天生的生活家。天人合一,大块假我以文章,这意味着观念与生活是一体的,知行合一,观念的运动就是生活世界的运动,意义的生成就是生活的生成,语言的运动就是生活的运动。

十五

天堂是在场的、当下的、世俗的。受西方思想影响,世俗这个词,在二十世纪成了贬义词。百度百科解释道:"世俗,指当时社会的风俗习惯,世间不知变通的、拘泥的习俗;俗:趣味低,不高雅;在社会上流行的、平庸的。"这是二十世纪的说法,二十世纪的主潮是对传统的革命,传统不是书本上的抽象词汇,传统就是生活世界。移风易俗,改造中国,世俗必然被否定。世俗就是在场、在世。二十世纪否定世俗,不仅否定世俗的时间性,而且是根本否定在世,认为在世是庸俗的、卑贱的,高尚的是进步、未来、彼岸。这种未来主义套用自基督教世界观,基督教世界观与中国古典世界观都有一个终极,就是"止于至善"。中国世界观的至善要在当下实现,是当下的好在。基督教的至善在上帝之国实现,是来世的好在。与来世的好在不同,在世的好在,必然尊重时间、经验。"何者谓之善"不是预设的,是在时间、经验和历史的反思、总结、积累、淘汰中不断觉悟的,在万事万物中时时刻刻被"格物致知"着的。未来主义却只有进步没有终极。"土地所生习也",就是"大块假我以文章",大块是真理的肇始地,是师法造化、超凡入圣的基础,是滋生经验的沼泽,是时间的炼金炉。中国生活,用王阳明的话说,是活泼泼的,将形而上的深邃、终极价值的玄奥都体现在手边、现场、当下、日常生活世界中。与西方总是朝着彼岸、来世的"死囚船"不同,在中国,生活世界不会从零开始。那些从中国鱼米之乡迁移到建水的人们,在某种程度上都是文人。文人不仅是写作者,而且就是生活之人。生活就是文明。文明,即通过文去照亮世界,为黑暗文身,有无相生。在广义上,文在中国已经化为生活技术、艺术,生活就是作品,就是作品的创造。写作是文,烹调是文,园林是文,建筑是文,做事是文,一个木匠是一个文人,一个厨师是一个文人……都在琢磨如何才能既"充满劳绩"又"诗意地栖居"。这是中国人持续数千年的功课,可以说在中国的世界观里,每个人都是生活家。琢磨住居,琢磨家具,琢磨烹调,琢磨茶道,琢磨花鸟虫鱼……修辞立其诚,中国人总是在万事万物上师法造化、格物致知、返璞归真,琢磨如何美轮美奂、活泼泼地在世。

十六

明代,中国文明的扩张不仅朝向海外,也朝向中国内陆的那些"蛮夷之邦"。这种扩张不是去占领、改造、启蒙、拆迁,中国文明的扩张从来不是意识形态、观念,而是以生活方式去感化世界。这点早已为郑和的远航所证实,那些在惊涛骇浪中飞扬的大船装载的都是些什么啊——丝绸、瓷器、大米,只是要向世界炫耀,"看哪,我们这样生活!"云南人郑和率领着船队下西洋六百年后,在非洲沿岸找不到多少痕迹,仅仅在肯尼亚的某个地方找到一口中国人烹调用的锅。以色列人出埃及带着的是神的使命,是关于上帝的观念。郑和船舱里的那些瓷器可以视为中国《圣经》。以诗取代观念是中国文明的一贯思路,西方只是在十九世纪以降,尼采出现后才意识到此点。诗是在世的,观念是弃世的。观念与生活世界必然分裂,只有诗能天人合一。生活的诗意化在明代已经达到高峰,中国的生活方式是在世的神性化,是艺术的、美的、有意味的。"惟遇到社会经济物质条件足以满足国民需要时,中国人常能自加警惕,便在此限度上止步,而希望转换方向,将人力物力走上人生更高境界去。故中国历代工商业生产,大体都注意在人生日常需要之衣、食、住、行上,此诸项目发展到一个相当限度时,即转而跑向人生意义较高的目标,即人生之美化,使日用工业品能予以高度之艺术化。远的如古代商、周之钟鼎、彝器,乃至后代之陶瓷、器皿、丝织、刺绣,莫不精益求精,不在牟利上打算,只在美化上用心。即如我们所谓文房四宝,笔精墨良,美纸佳砚,此类属于文人之日常用品,其品质之精美,制作之纤巧,无不远超乎普通的一般实用水平之上,而臻于最高的艺术境界。凡此只求美化人生,绝非由牟利动机在后做操纵。又如中国人的家屋与园亭建筑,以及其屋内陈设,园中布置,乃及道路桥梁等,处处可见中国经济向上多消化在美育观点上,而不放纵牟利上。"(钱穆《中国历史研究法》)

明代移民是被迫的,谁也不愿意离开故土,离开江南的鱼米之乡,离开雕梁画栋、小桥流水、青花瓷器……离开"五步一楼,十步一阁。廊腰缦回,檐牙高啄。各抱地势,钩心斗角。盘盘焉,囷囷焉,蜂房水涡,蠹不知乎几千万落"(杜牧《阿房宫赋》),离开"小道穿曲巷,丈室尤精庐。竹深蕉叶大,野鸟鸟相戏。半榻尘未扫,纸破窗全虚"(清代建水诗人郭佩铭《偶步慈云巷》),离开"宴寝清香与世隔,画图妙绝无人知。蜂房各自开户牖,处处煮茶藤一枝"(黄庭坚《题落星寺四首其三》),离开"世界其他城市之冠。这里名胜古迹非常之多,使人们想象自己仿佛生活在天堂"(马可·波罗)。明代的移民运动从中国江南那些最富庶的地方开始,包括江苏、江西、安徽等地,那都是中国文明的天堂之地,生活世界自宋以来已经丰富、精致、成熟、美好。这种迁徙相当悲壮,是生离死别。十四世纪晚期,从中国天堂最密集的地区,向着蛮荒之地的云南移动的流动队伍,是由一群生活家组成的。这支大军迁移过去的不仅仅是人们的身体、观念,还是生活世界。对待生活,每个人都毫不含糊。他们不会像以色列或者俄罗斯的流放者那样只带着《圣经》、信念,最多还有一把削面包的刀子;他们天人合一,无论流放到何处,必然带着生活世界。这是一支由生活世界的行家里手、大师组成的流动队伍,他们将要为"蛮夷之邦"带去一个新天堂。这支队伍里有十四世纪最优秀的中国匠人:第一流的厨师、鞋匠、医生、演员、教师、建筑设计师、园艺师、诗人、画家、专业堪舆家、歌姬、农夫、地主、高僧(他们从"南朝四百八十寺"的压抑中挺身而出,将成为高原上的高僧)……也许他们在故乡只是平庸者,但一旦上路,往昔碌碌无为的日常所湮没的生活哲学和手艺,就开始复活、升华,充满创造的冲动。辎重包括金银细软、丝绸、瓷器、竹器、文房四宝、绣品、稻种、茭瓜种、莲藕种、花种等江南地面的各种宝贝,生活是最重要的,无论何时何地,都必须生活,而生活是细节的烦琐、麻烦。这支流动大军可谓五彩斑斓、花里胡哨,男人抬着道具般的青龙偃月刀,赶着披红戴绿的马车,"看上去不是军队,而是戏班子"(十八世纪西方传教士对一支中国队伍的评论);女人穿着绣着荷花、水草的丝绸长衫短褂,文采斑斓,一路照亮着荒野。有些手艺今天在中原都已经失传了,比如某种烧卖的制法,建水临安饭店却还在做。满腹诗书以及手艺、秘方、经验的流放大军甫一穿越高原,就要照亮蛮荒,以文明之:"城南三十公里的花木脑寨,有江南移民用野生箭竹生产土纸。"

（《建水县志》）

十七

彝族人的古歌《诺依提·怕朵依朵》唱道："建水坝四方，周围都是山，流水无出处，涨溢成海子。山上长树木，树木绿葱茏。山下长青草，芳草绿茵茵。那里放牛羊，牛羊肥又壮，建水坝子里，坝里的海水，到了春天呢，清亮亮的呃。到了夏天呢，满澄澄的呃。那里产金鱼，那里产银鱼，那里产青鱼，鱼儿鲜又肥。建水坝子里，坝里海子畔，都是土和地。大地种五谷，谷穗黄澄澄……建水坝子呃，彝人的家园。"显而易见，这是一个造物主置放在大地上的伊甸园，经过上千年的经营，这样的"奥区"中原已经所剩无几了。来自江南的流放者并不知道云南如何，但他们精通风水，他们知道哪里好在，他们会随遇而安。"南京应天府人也……逃奔……偶适此地，见山势盘桓，林木幽深，爰立宫室，遂家焉。"(《族谱明辨纪略》)"见团山山川地势甲于它境，复移而居之，历时六百余载，子孙繁衍已成巨族。"(《张祖志铭志》)可以想象移民们看见建水时的激动，可以再建一个天堂！于是开沟修渠，造地播种，烧瓦建屋……遂家焉！移民才一百年，建水已经成为一个新的临安。建水城按照临安的样式建造，天堂的记忆在高原上复活成现实。在蛮荒之地，人们从未如此刻骨铭心地意识到故乡的天堂性质。建水的许多居民直到今天也不忘自己来自中原，中原就是原始天堂的意思，就是中国生活的游标卡尺。这把尺子不仅在唐诗宋词元曲中，更具体为手艺、种子、工具、礼貌、举止……在故乡，不识庐山真面目，来到异地，那座天堂清晰得就像图纸。记忆在这里成为重建生活世界的具体行动，每个人心目中都有一张天堂图纸，农夫有农夫的图纸，绣娘有绣娘的图纸，僧人有僧人的图纸，石匠有石匠的图纸……于是一座座宫殿从天而降。其情境有点像我们今天依据西方的图纸建设中国，不同的是，在那没有历史的土地上，无须拆迁，只以最坚定的世界观（上有天堂，下有苏杭）、无数人的经验、成熟的技艺、老到的生活态度即可。原始、肥沃的土地就是世界观,杰出的手艺准备了第一流的材料,建水城拔地而起。没有人想落叶归根了,他们用根做种子,在异地种下了另一个根,而且得益于处女地的肥沃而根系发达,胜过江南,在江南的模式中僵化疲软的生活形式现在获得新的活力,建水城被活泼泼地建造起来。

《建水州志》记载,造建水城,第一件大事是观天象,这是建水城为什么建在此、为什么这样建的依据。必须首先考虑这个地方的天道,以及天、地、神、人的关系。天不仅仅是一物,它既是天空,也是载着道的天,还是神的居所(天宫)。地是在场,此地。《建水州志》又说,建水在南方朱雀七宿的井宿与鬼宿之间,因此,行事必须根据井宿和鬼宿的方位、动态。以今天的观念来看,这并没有什么科学依据,漠视风水的建筑那么多,依然屹立不倒。问题的重点在于,风水是一种世界观,它暗示的是人应当与大地建立一种什么样的关系。风水堪舆唤起人们对大地的亲近、敬畏之心。大地不是死物,而是神灵的在场。动物不知道风水,只有"仁者人也"才能够堪舆。堪舆就是"文明",为黑暗混沌"文身"、定位、澄明,从非真理向真理敞开。"欲将善其终,必先固其始。"要在这个地方住了,"子子孙孙永报用享"(虢文公鼎),只有感恩、亲近大地,时时记着"我是谁,从哪里来,到哪里去",才不会暴殄天物。

建水城不是从施工图开始,而是从对神灵、上天、无的敬畏、亲近、感激开始。建水有个指林寺,建于元代元贞年间,是来自中原的工匠按照宋代的《营造法式》的规格造的。"居府治之西南隅,其肇创之始,命名之义无碑志可考,俗传谓赵宋时,其地荒寂多林木,居人但见一鹿止于中,因率众往捕之,踪迹无所睹。俄,一异人出指其林曰:鹿处此非一朝夕,汝辈欲何为耶?言既不复见。众皆返走,咸惊以为神,因相与立小祠祀祭之,甚著灵响。"(《重修指林寺碑记》)建水人传说,先有指林寺,后有临安城。指林寺在先,临安城在后,先是对神、对无的感应,然后才是诚惶诚恐、感恩戴德。可以想象在六百多年前,建水城开工奠基之日,那位堪舆先生朝着天空、太阳、大地举行的那场祭天活动,是何等的毕恭毕敬。他跪在大地上,身后是指林寺。

十八

朋友李,家在燃灯寺附近,退休后回家赋闲,将祖传的四合院老宅重新维修,雕梁画栋,恢复旧制。还收拾出客房两三间,置竹子、金鱼、怪石、古董若干,名曰"静庐"。静庐主人的父亲曾经是黄埔军校的学生,刚继承祖业,就解放了,后被送到小龙潭煤矿去劳改。二十年后才回来,不久就去世了。主人原来姓唐,也不敢再姓,遂跟着母亲姓李,兄弟几个各自亡命去也。老宅就荒凉下来,几成废墟。李已经住进新式楼房,但坐卧不宁,童年的记忆、经验告诉他,老宅子"好在",于是后退,搬回旧宅。重修后,老李撰《重修记》一篇,书写在壁上,云:"唐氏宅第建于清同治七年,为三坊一照壁。年久失修,墙基剥落,多处倾斜,屋顶渗漏,近于坍塌,祖业将毁,忧心如焚,遂发宏愿,倾囊修葺,换大梁二十多,椽八十余,历十月始告竣工,望子孙永宝之。"兴亡多少事,九死一生,只不过"年久失修"一笔带过。过去以为"宏愿"指的是建筑长安、罗马这样的伟大工程,但这"重修"也是伟大工程!李工书画,花厅前置一匾,刻大字四个:善与人同。又在梁壁间补画上山水、花鸟、鱼虫、美人,很是养眼。假期里在他家客房小住,每日起来,就在花厅前面读书一阵,在东厢房写字若干,等太阳光打上照壁,中堂深处李家的祖先牌位一一亮起来,才慢慢磨蹭到街上,喝一碗过桥米线。大多数时间坐在院子里闲侃、喝茶、看书,眼看着照壁亮透,灿烂如雪,又一点点暗下去,变成黑猫。多年未写古体诗,次日晨憋得一首,为主人抄在宣纸上:"日落竹多影,春高星有光。故宅生机在,主人曾姓唐。"忽一日,问起是几号了,居然已经过了十天。老李其人,身材修长,玉树临风,说话总是垂着眼睛,很害羞的样子,满口的临安方言,听起来像江南古戏中的韵白。

又一日,老李说要带我去看一座桥,他神色庄重,口气就像要带我去看一座教堂。唉,这个时代,谁还带你去看这些啊,真是遇到古人出来领路了。从建水城到大地上也就是几分钟的事情,大地还没有被赶得远远的,在建水城墙上就可看见。风好,光多,花刚刚抬头,秋天的身影在大地的边上一欠一欠的。有些地方露出新翻的黄土,考虑着该再种点什么的样子。我们漫游,哪里感觉好就去哪里,看见一个村子,村路蜿蜒在山坡,山不高,俯瞰着平畴。老李说,那是棠梨村。就往那边去。

每到七月,莲花一朵朵开,莲叶汹涌如海浪,起义般席卷一个个池塘,大爆炸般辉煌灿烂,最后将建水城团团围住。这些荷塘属于乡村。棠梨村就是这些村子中的一个,它自己也被荷军包围着,在无边无际的油绿色的荷叶盾牌的掩护下,粉红色的花朵发疯般张嘴呐喊着。去这个村子先要过桥,远远地看见那桥正在青天下老实巴交地守着,石桥,土黄色,与周围的泥色一致。建水老县志记载过一个率众造桥的乡绅:"建水多水患,王公曰:一劳永逸,非建石梁不可……于是相形势,规大小,而修筑之工兴焉。于梭罗江之石桥,而槐桥、相见坡桥、奠安桥、永奠桥继之,自此山溪绝涧,无望洋兴叹者。继建永济桥、天缘桥、泸江双虹桥等,通衢大道,悉化康庄……其落成也,小者一二年,大者四五年,皆王父倡义捐金……当其兴工也,役近千余人,廉勤惰,周饮食,晨夕共工,人共起居,虽风雨无避。王父自奉甚薄,食不重味,衣不缣帛,一羊裘十年不易。遇诞辰诫子孙不得设宴,但令多蓄米盐,以周贫乏,多至数千人,少亦不下千人。"

过了桥,再经过几棵大树,来到村口,有一口方井,清冽有暗香。井前的壁上有一石碑,刻着一女神,正在波浪上骑着一只乌龟,甚美。沿井边的石板路上去,就是村口,有几棵榕树,树下摆着些磨盘、石块,已经磨得亮晃晃的。村人喜欢在暮色中,坐在这里眺望田野。村口转上去,一座座宅邸排列着,宅邸之间有一座庙。从前,家家户户都是古美老宅,如今多家已经拆了老宅,建成了水泥房子,但村庄的传统格局没有改变,人们只是原地建房。鸡站着,猪躺着,狗卧着,石榴树在院墙外闪着红色光芒。有人坐在自家门口的石礅上说话,有人在修理屋顶,拔房头草,整理瓦片。有一家门上的门神是清代留下来的，色彩依稀，线条还是很清楚，又是杰作，叹口气，担心它不在了，又一笑，想到作者说不定就是刚才牵着牛转过去的老倌儿。人家本地人都不担心，你担心个什么，历史上，多少村子一把火烧了，门神还不是传到现在。经历了"文革"，还能见到这些，不必操心，天不灭，道亦不灭。

这村子老李来过多次，像是领我们逛他自己的博物馆，带我们看这家础石上的狮头，看那家院子的檐子上的凤翅。有一个院子曾经满院生辉，梅花蝙蝠、麒麟走兽、山水画、侍女图、唐诗、宋词、《论语》《道德经》……到处雕，到处写，到处画，此起彼伏，目不暇接，文得叫人不敢住，如今凋敝冷落，满地的猪粪，一匹神骏从木梁上塌下去，就要逃遁了。院子的原主人不知所终，想必那主人非常殷实，知书识礼，修身养性已经很有功夫。土改、"文革"时期分到里面住的人不知道这种房子要如何安享，就将这华宅改成了仓库、猪圈、鸡圈、狗窝、垃圾房……中堂改成了厨房，荀子的语录上挂着一块腊肉、几颗辣椒，很后现代，腊肉下面露出三行柳体："万物各得其和以生，各得其养以成，不见其事而见其功，夫是之谓神；皆知其所以成，莫知其无形，夫是之谓天。"另一处，孔子语录被涂抹掉一部分，还剩几个字，"彬彬然后"，也有深意。造反派无心将每个牌子都涂抹，太多了。有个老农和他的盲妻坐在庭院里休息，旁边是稻草、玉米、农具和两只鸭子，另外两只睡在一个箩筐里。瓦檐上，茅草在夕光里摇。老农不知道我们在院子里看什么，"有什么好看的，烂房子嘛！"老宅子的继承人护着恶吼的狗，它把链子挣得咔咔响，赶紧退出来。靠墙堆着些盖新房拆下来的旧砖，砖面上有花纹，甚美，试探着要了一块，担心人家不给，人却说："拿嘛拿嘛，烂砖头，随便拿！"

村子边有一条铁路，通往石屏，叫作碧石铁路。一九一〇年，法国人将铁路从越南修到了昆明，建水地方筹资，修建了一条宽零点六米的小铁路。是为寸轨，方便了交通，但是不与法国人的米轨接轨，以防"军车直接开进来"。从前，沿着米轨驶来的列车上的乘客,要转寸轨的列车,必须在碧色寨车站转车。五十年代,铁路当局嫌麻烦,不快,就并轨。寸轨就废弃了,隐没在荒草和塌方之间,生锈但不死,已经被植物界绿化得就像是原生的。一伙人顺着铁路磕磕绊绊地走,穿过鸟语花香。云南大地就是有这种本事,再怎么反自然的东西,都无法把这个地方变成沙漠,几场雨水一阵风,花草就重新长出来了。走到一个黄色的小车站,法式方盒子结构的建筑安着中国的曲线飞檐,被改造成中西合璧,这么改造没有什么实用处,法国人设计的车站已经够实用的了,加些中国风格进去,完全是为了顺眼。车站旁边,一树雪白的花正靠墙亮着,花瓣落了一地。车站后面的空地上种了蔬菜瓜果,将车站改造得像是个农家大院。

　　西方工业文明带来的很多东西,大多与中国传统生活经验相抵牾,但铁路可以接受,比汽车更可以接受,污染小,有亲和力,满车厢的人总是可以造出集体主义的气氛。不像私家汽车那么孤独,那么个人主义。火车只是速度慢点,这个时代就嫌弃了,都忙着奔个什么呢。留守车站的师傅留我们吃饭,看着地上堆着一堆刚刚从地里刨出来的土豆,黄生生、泥漉漉的样子,都想留下,但已经说好去黄龙寺吃烧豆腐和凉米线,只好割爱。离开车站,到得黄龙寺前,一排房子前面都是烧烤摊子,人家早已吃得杯盘狼藉。是什么味道,看看那景象就知道了。烧烤摊子外面就是田野,落日下,有人燃起火堆,在烧稻草根。田野在闪光,藕塘里放满了水,农人正弯着腰在水塘里拔去秋留下的藕根。今年的新藕就要下种了,将去年的残根拔掉,新藕才好生长。他们的摩托车放在公路边,旁边堆着一堆堆湿淋淋的老藕,每一截都胖乎乎的,像小腿。建水的藕,乃云南最好的,据说还是从前流放者从中原带来的种子。另一边的田野里种着番茄、刀豆、玉米、洋葱、豌豆……田野后面坐落着村庄,炊烟腾起几股。

十九

建水一直是个手工之城,《民国建水县志》说,在六十多年前,城里有造纸的、织布的、纺棉线的、榨糖的、轧棉的、酿酒的、打(榨)油的,烧陶的、做瓦的、烧砖的、做瓷器的、捻棕绳的、做蓑衣的,金匠、银匠、锡匠、铜匠、铁匠、石匠、木匠、泥工,编竹的、做纸品的、造酱的、造豆豉的、制面粉的、做纸烟的、磨面的、制挂面的、舂米的、制粉条的、做乳饼的、缝蓑衣的、打草鞋的、织草席的、染布的、织毛衣的、理发的,雕刻工、烧石灰的、制火柴的、做印刷的、做皮具的、做纸烟的、做爆竹的、搬运工、裁缝……如今没那么多了,三百六十行,已经被现代化缩编了大部分,但是没有灭绝。

尼采曾在《看哪这人》中说:"人们也许会问,为什么我会叙述这些微不足道的小事,按照习惯的判断来说,为什么我会叙述这些无关紧要的事情?我的回答:这些微不足道的事情——营养、地方、气候、修养,使自私自利成为现实——都超越全部的概念,比人们至今为止认为重要的所有东西都更加重要。正是在这些问题上,人们必须开始重新学习。人类至今为止认真思考过的问题甚至都不是现实的,而纯粹是幻想,严格地说,谎言来自病态的、最深层意识受到伤害的人的恶劣之本能,所有这些概念是指'上帝''灵魂''美德''罪恶''彼岸''真理''永恒的生命'……但是人们却在这些概念中寻找人性的伟大和'神圣'……它们把危害性最大的人视为伟大的人物,它们教诲别人轻视'微不足道'的事,其实就是轻视生活上基本的东西。"受西方文化的影响,二十世纪是一个反生活、反世俗的世纪,"轻视生活上最基本的东西",这个潮流在"文革"时期达到极端,之后演变为对生活世界的否定。在文化就是生活、文明就是以"文"照亮生活的中国世界,对文化的革命必然摧毁生活世界。入世或者出世,是不同的世界观,是人类根据不同的在场积累的生活经验、存在方式和与神灵沟通的渠道。形而上未必高尚,形而下未必低俗。"止于至善"的道路并非一种,追求在世未必没有形而上的深度,追求弃世、救世未必不俗。世俗并不意味着高尚或者低贱,它只是有无相生、阴阳转化的条件。世俗可以道法自然,大块文章,随物赋形。也可以低俗,《汉书·地理志下》曰:"凡民函五常之性,其刚柔缓急,音声不同,系水土之风气,故谓之风。好恶取舍,动静无常,随君上之情欲,谓之俗。"《文子·道原》:"矜伪以惑世,畸行以迷众,圣人不以为世俗。"文胜质则史,不俗而高蹈、虚无;质胜文则野,俗而泛滥。如何把握这个度,是文明恒久的动力,光明与黑暗概源于此。

二十

包浆厚实的城啊!包浆乃时间之釉。温故知新的时代通过包浆总结经验,维新的时代则将包浆视为污垢、鏊糟。建水到处都是时间的杰作,触目可见、伸手可触的博物馆,一切都被造物主再次"文身"过。造这座城是第一次"文身",雕梁画栋、飞檐斗拱是为黑暗"文身",大块假我以文章。风雨雷电,春花秋月,人事鬼事,再次为它"文身"。套用波普尔的世界三理论,物、材料、大块是世界一,文章是世界二,包浆是世界三。人们建造了美轮美奂的建水城,然后时间再次建造它、磨损它、考验它。如果当初不是为着传宗接代、地久天长,讨得神灵的欢喜、庇护,不美,它不会起包浆,熬不过时间,早就灰飞烟灭了。不会起包浆的东西因为不美,时间不会珍惜。在文明史上,丑总是速死,只有美留下来。"善言古者,必有合于今……"(《素问·举痛论》)元朝出现的营造样式,明继续,清继续,民国继续,因为颠扑不破的经验告诉人们,家只有这样营造才好在。包浆,包裹着建水城的每一面墙,美甚!土墙或砖墙上残余的各种痕迹,雨渍、青苔、烟熏火燎的梁柱、刮痕、旧标语、剥落的墙皮、某家钉在那里用来临时挂某物而被遗忘了的钉子、蚁穴、虫窝……包浆,包裹着每一道大门:磨得塌陷、露出木纹的门槛;磨得亮晶晶的兽头门环;磨得光滑如鼓面的石礅;用颜体雕刻在门楣上的灰乎乎的福禄寿喜,阴凹阳凸的花鸟虫鱼;门柱上看不清字迹的楹联;曾经五彩斑斓、剑拔弩张、已经被雨水模糊的门神;贴在门洞两侧的线条粗犷的甲马纸;用来插香的被熏黑了的孔眼……美甚!就像一处处神庙,只是依然炊烟滚滚,闻得见里面飘出来的香油味、花生味、肉香味、缅桂花味……美甚!包浆,包裹着每一面照壁,爬满牵牛花的照壁,写满雨书的照壁,夕阳每天擦亮一次的照壁,朝日每天光临一次的照壁……包浆,包裹着每一个窗棂,雕着梅花的窗、雕着蝙蝠的窗,镶嵌着囍字的窗,绵纸通了也懒得再补,灰……美甚!包浆,包裹着每一道门,雕刻着大地的四开门、六开门、八开门……花鸟虫鱼、飞禽走兽、石榴、蘑菇、草芽、桃子、松兰梅菊、芭蕉树、芦苇……只要建水地面有的,都被美轮美奂地雕出来供奉着。都是昔日匿名匠人的杰作:肖茂园家,有王时敏的感觉,具象中升华着抽象;曾家,朴素沉静;黄家,简洁严谨;朱家花园,烦琐奢华,有某种巴洛克风格……美甚!包浆,包裹着每一块础石,这个雕成了南瓜,那个雕成莲花座,这个雕着狮子,那个雕着大象……美甚!包浆,包裹着每一根柱子,有的挂着辣椒,有的挂着玉米,有的挂着腊肉,有的刻着诗词……美甚!包浆,包裹着房间的每一块隔板,上面画着山水、花鸟、格言、诗词,有孔子的、老庄的、李白的、苏轼的、杜甫的……美甚!包浆,包裹着每一组斗拱、耍头,有的雕成龙,有的雕成凤,有的雕成仙鹤,有的雕成骏马……美甚!包浆,包裹每一口石头水缸,这家的刻着鱼,那家的刻着草,这家的刻着仙人,那家的刻着律诗……美甚!包浆,包裹着每一处天井,包浆厚实的天空对照着那青砖暗苔的空处,神明随时自由进出;李家的石头台阶雕着兰草,张家的天井里支着条石花台,雕着兰、梅、金橘……美甚!包浆,包裹着走廊上的每一条木凳,每一个草墩,长年累月地使用,已经成精,美甚!包浆,包裹着每一片瓦,元代的瓦、明朝的瓦、清朝的瓦、民国的瓦,发出幽暗的青光,瓦槽里长着苔纲植物、房头草,一些猫在那里张望岁月,鸟的永恒餐厅,美甚!包浆,包裹着四合院里的桃树、柿树、花红树、番木瓜树、缅桂花树、李子树、杏子树、梨树、石榴树、枇杷树……美甚!

二十一

今天,没有时间、没有历史、没有细节、没有包浆,仅象征某种概念(例如幸福王国、焕然一新、彼岸)的小区正在席卷全世界。海德格尔认为,"'此在'永远是一种在世的存在者。存在的基本形式不是以一种主体或客体的方式,而是以一种在世的统一形式,此在以在世的展开状态中领会存在本身,这种展开状态就是'此'的本质含义"。建水正是一个细节丛生的"此在之城"。以现代主义的美学观来看,建水城是陈旧的、无序的、乱哄哄的、落后的、"脏乱差"的。瞧,这个城里几乎没有什么笔直、闪亮、崭新、高大、雄伟之处,它幽暗、谦卑,散发着各种莫名的气味,不像那些积木般的小区,只有杀虫剂和除草剂的味道,建水充满细节。这里凹进去,那里凸出来,无法一览无遗,弯弯曲曲的屋檐,弯弯曲曲的墙壁,弯弯曲曲的门头,弯弯曲曲的院子,弯弯曲曲的巷子,一切都曲曲弯弯,曲径通幽。无序维持着一个根本的序,这个序就是如何在才能好在。怎么在?大家守着儒教社会的一个底线:己所不欲,勿施于人。他家高门深院,我家屋窄室陋,各过各的,自己好在就行。好在并不是标准化、同质化,而是"此心安处"。朱家花园鹤立鸡群,大小天井有四十二个,还有池塘戏台,是奢华生活的榜样;李家小院谈笑有鸿儒,往来无白丁,是文质彬彬的模范;赵家老屋堪称陋室,养着君子兰,异香统治着春天……在这个城,生命永远不会寂寞、孤独,充实之谓美,总是有可看的东西、好玩的事情,人生不是一场仅仅为着占有而无休无止劳作的马拉松,不是奥林匹克运动会,而是知足常乐,"人充满劳绩,但还诗意地栖居在这片大地上"。在这里,人们有大量的场所来玩,当闲人,闲游浪逛。建水城不是功能单一的购物中心,即使是分文不名者,也可以在这里优哉游哉。在大街小巷,随时会遇见踽行的老爹,慢悠悠背着手东张西望的老妪,以及残障者、盲人、流浪汉……这个城从未抛弃过这些人。十九世纪末,巴黎出现了拱廊街,出现了街道上的生活。本雅明说:"街道成了游手好闲者的居所。他靠在房屋外的墙壁上,就像一般的市民在家中的四壁里一样安然自得。对他来说,闪闪发光的珐琅商业招牌至少是墙壁上的点缀装饰,不亚于有资产者的客厅的一幅油画。墙壁就是他垫笔记本的书桌;书报亭是他的图书馆;咖啡馆的阶梯是他工作之余向家里俯视的阳台。""一八四〇年左右,带着乌龟在拱廊街散步曾一度被视为是优雅的风度。"而建水,小巷里、街道上一直是生活之所,生活不仅仅是封闭在建筑物里面的寂寞、孤独、隐私,遍布全城的水井、土杂店、食馆、茶铺、理发店、古玩店、零食摊、老树下的小广场……总是聚集、团结着邻居街坊,许多人家的院落是通过花园、小门、小巷彼此相通的,生活互相借景。

二十二

每家都是一件可以共享的作品。一切都"止于至善","善"对于在世的人来说,不是凝固僵死的观念、教条,而是在每个当下、细节中不断滋生着的意义的沼泽。格物致知,意义不是一条从 A 至 B 的直线。奥古斯丁说:"不可爱世界,也不可爱世界中的存在物……只有上帝应该被爱;整个世界,即所有可感之物,都应该被轻视,应该出于此生的必然性而被利用。"与此不同,对建水来说,生活的意义是此在的、敞开着的、在场的。生活的意义不是一个在总体方向被规定的未来概念,不是确定不移、单一的直达。生活的意义在生活现场的细节、当下中滋生。意义是具体的、此在的,总是在种种细小的日常事件中生成着,今天是这样,明天是那样,只是有个大框框,"止于至善"。善不是教条,而是关于事情是否"生生"的格物致知,善要在万事万物上当场去"格",于细微处见真理。王阳明说:"格者,正也。正其不正以归于正之谓也。正其不正者,去恶之谓也;归于正正者,为善之谓也。夫是之谓格。""知行合一,正要人晓得一念发动处,便即是行了。发动处有不善,就将这不善的念克倒了,须要彻根彻底,不使一念不善潜伏在胸中。""所谓致知格物者,致吾心之良知于事事物物也。吾心之良知,即所谓天理也。致吾心良知之天理于事事物物,则事事物物皆得其理矣。致吾心之良知者,致知也;事事物物皆得其理者,格物也。是合心与理而为一者也。""天地虽大,但有一念向善,心存良知,虽凡夫俗子,皆可为圣贤。"意义就像沼泽冒出的泡一样,转瞬即逝,但一切都"止于至善",归于"善"这个终极的、最高的大道。生活充满细节,意义不是一个一条黑道走到底的目标,而是一个接一个的游戏、乐趣、玩场。玩,就是为人生创造意义,但如果只是玩而不"止于至善",那就是玩物丧志。

二十三

这种当下的、随时滋生着的、被日常生活的种种细节创造出来的小意义,抵抗着人生的无聊、空虚,也丰富和充实着人们的生计,碧瓦朱檐完全无用,房子不会因为它而更结实。但是,大块假我以文章,有无相生,文章、丹楹刻桷也会滋生出各种生计,并为生计生产着意义。这些小意义也许庸俗,但是三百六十行都可以共享,画家、文人、书家、木匠、铁匠、漆匠、金匠、解料工、种花人、采花人、卖花人、送花人、煮饭人、种稻人、送水人……三百六十行,环绕着一根雕梁、一扇雕花门可以涌出一大串生计。每种生计都是一个细节,细节又滋生细节,形成一种彼此共存相依的生物链关系。邻居街坊彼此养着,汲水的人养着箍桶的人,养着搓绳子的人,养着守井的人;种豆的人养着做豆腐的人,做豆腐的人养着卖豆腐的人、挑水的人、送豆子的人、送柴火的人、砍柴的人、种树的人;种树的人吃着豆腐种树,做豆腐的人依靠送来的柴做豆腐,一环扣着一环,人人各得其所,都有自己的饭碗,一切都"止于至善"。与现代社会少数资本集团对生物链的同质化垄断控制完全不同,建水守护着一种自然的生物链,每个人都能够在生活世界的细节中安居乐业。尊卑有序,修敬无阶,尊卑是可以通过修敬转化的。随遇而安、知足常乐的世界观成为共识,人们也许尊卑不同,经济能力有强有弱,但是各得其乐,人生因此丰富、深厚、复杂,意义丛生而不乏味单调。

社会学家费孝通曾经在云南禄村调查,他发现:

> 在农作中省下来的劳力,并没有在别的生产事业中加以利用,很可说大部分是浪费在烟榻上,赌桌边,街头巷尾的闲谈中,城里的茶馆里……若说他们不会打算,或是不作经济打算,在我们看来,也不尽然。可是他们打算时所采取的方法,也许和一辈受过西洋现代经济影响的人不同罢了。减少劳动,减少消费的结果,发生了闲暇。
>
> 在西洋的都市中,一个人整天地忙,忙于工作,忙于享受,所谓休息日也不得闲,把娱乐当作正经事做,一样累人。在他们好像不花钱得不到快感似的。可是在我们的农村中却适得其反。他们知道如何不以痛苦为代价来获取快感,这就是所谓消遣。
>
> 知足、安分、克己这一套价值观念是和传统的匮乏经济相配合的,共同维持着这个技术停顿、社会静止的局面。
>
> 空着时间,悠悠自得,无所事事的消遣过去。像禄村一类的农村,不但以全村讲自给自足的程度很高,以个人讲,自足自得的味道也很浓。他们不想在消费上充实人生,而似乎在消遣中了此一生。农民们企望的是"过日子",不是"enjoy life"。
>
> 这种经济态度可以说是中国农民乃至所有中国人的一种传统经济态度,这种经济态度强调节俭,强调知足常乐,而这却是匮乏经济中特有的经济态度。(费孝通《乡土中国》)

费孝通认为这种消遣是"匮乏经济"的结果,他忽略了更重要的方面,就是在中国文化中,生活本身被理解为是诗意的、艺术化的,生活就是教堂。"消遣",就是诗意地栖居。劳作的目的是为了消遣、好玩、在世,获得生命的意义,这是一种世界观,而并非完全是经济匮乏的无可奈何。

生活就是艺术,如果艺术就是通过非概念化的、在场的、隐喻的方式来生产意义,那么建水生活则是一种"总体艺术"。这个城市的生活世界无时无刻不在生成意义。意义的沼泽是无限生长的,因此深不可测。"堂奥"这个词很讲究,堂就是存在之所、在场,但它又是一个奥区。在墙上或者院子里晾一排衣服是一个意义。与鸡鹅猫狗鱼一起生活是一个意义。在家门口晾一只拖把,是一个意义。去水井里提一桶水,顺便与赵家的聊聊刘家的长短,是一个意义。给邻居李嬷嬷送一篮刚刚从自家的树上摘下的桃,是一个意义。那根绳子上,今天晾着被单、席子,明天晾着女子的乳罩、内裤、裙子,这是一个意义。路过时发现昨天晾挂在上面的干鱼不见了,变成了头发一样的新鲜面条,这是一个意义。在墙上钉根钉子,挂串辣椒上去,这是一个意义。坐在天井里看月亮,这是一个意义。听鸟鸣,这是一个意义。贴副春联在门框上,这是一个意义。品味思索这春联的书法、意思,背诵它,这是一个意义。坐在天井里,观赏兰花、盆景,这是一个意义。站在巷口,看新娘出嫁的队列,这是一个意义。告诉小孩子不要将头伸进井口里去看,这是一个意义。抬着只大碗坐在自家门口石磉子上细嚼,这是一个意义。厨房炒干巴菌的香味飘到左邻右舍的餐桌上去,这是一个意义。就是一张今天出版的报纸,它也不会只有新闻载体这个意义,它同时也是盖子、抹布、墙纸、玩具、包装盒……建水城正是因容纳这些凡俗的琐事、乱麻般的琐事而充满了意义。一切都是有意味的形式,有意味的椅子,有意味的碗,有意味的梁柱,有意味的字,有意味的食物……格物致知,在事事物物上格,在事事物物上"止于至善"。"善"不是教条,只有在当下的行为、情境中它的位置才会显现。"善"一方面是先验的,另一方面也来自经验,历史上的好在总是在当下给格物以启发,"善"一次次在日常生活的当下被激活。

二十四

在一九四七年,建水城被载入史册的,善书者十五人,善画者四人,书画兼善者九人,善医者八人,善音乐雕塑杂技者四人。还有乡饮宾(乡里的德高望重者)田占兴,善弹琵琶,创木人,踏碓自能运动,日可得米数石。萧茂园也是其中之一,县志说,其人聪颖过人,博学多能,书画音乐无一不精,好吟咏,多题画之作,花卉竹石涉笔成趣,尤擅长山水,胸多丘壑,层峦叠嶂随意布置,皆有天然之致。得古诸家之法,而不袭其貌,小楷近董香花,篆隶亦钟鼎汉碑之法。一九二四年,萧茂园和邱梦崧等人在建水发起成立了莲壶诗社,县志上还录有萧茂园的一首诗《题画梅》:"我昔孤山访旧盟,蟠根老干总关情。挥毫想见林和靖,冷抱梅花过一生。"

关帝庙街,穿过窄巷,从一偏门进去,就是萧茂园的故居。大门已经封了,中堂的六扇门,被一道墙隔在两边,各三扇,要看另外三扇的话,得从另一个门进去。这组门雕得既写实又抽象,鸟是阳刻写实的,肥厚,停着就不想动的样子,正扭头看花。花枝下面的石头,只是阴刻了几条线,就勾勒出石头的重量。建水旧文人傅鸥在《愚山记》中说:"夫山至静也,静则有穆然深思之意。"这组门刻出了这种感觉,有一种冷峻的宗教感,就像莫兰迪所追求的某种东西,已经进入形而上的境界,超凡脱俗。我以为,这是建水城里境界最高的门了,水平在清末云南木雕大师高应美之上。如果换一个文化语境,这样的门完全可以叫作伟大的门,只是伟大这种词,用在中国四合院充满世俗气的雕花门上,总是觉得做作。这家的两个娃娃在里面看电视,看见我蹲着看他家的门,也不奇怪,已经有好几拨人来看过。这个门像它被雕出来时那样,仍使用着。它只是门而已,白天开着,晚上关起来。曾经有人呼天抢地出价几十万要买走,不卖!也没有取下藏起来,依旧任娃娃开来关去,偶尔还抹点鼻涕什么的。我们与这个门的关系不同,我们是把它当罗浮宫来看的。中国过去没有罗浮宫,罗浮宫就在人们的家里面,在日常生活中,供桌、神龛、祖先牌位、八仙桌、太师椅、字画、古玩、盆景……都是作品;斗拱、大梁、窗棂、门头、础石……都是作品。天人合一,形而上永远寓居在其中,日常生活就是各美其美。美,"甘也。甘者,五味之一。而五味之美皆曰甘。引申之凡好皆谓之美。从羊大。羊大则肥美。羊在六畜主给膳也。周礼,膳之言善也。羊者,祥也。故美从羊。此说从羊之意。美与善同意"(段玉裁《说文解字注》)。美不是观念、定义,而是像美食一样可以在场品味的甘美、吉祥。萧家门的作者已经匿名,放在个人主义的西方,这个作者可以名垂青史。但在中国,这个大师只是个无名的木匠。"吾丧我",一个是吾,一个是我,吾是大道,我是小道,小道齐物,因此匿名是自然的。作者已死,罗兰·巴特惊世骇俗的思想,乱套过来,在中国很自然。文化不是作者的文化,而是匿名者的文化。景德镇那些伟大的瓷,作者是谁?旧时王谢堂前燕,飞入寻常百姓家,无边无际的雕梁画栋、飞阁流丹,作者又是谁?

　　刘辉家移民自湖北,祖上在建水做丝绸生意,到民国末年已经置下占地一亩的大院子。门口的紫荆树已经老了,依然挺拔。"我们是书香门第。"刘的父亲说。墙以干打垒方式筑成,泥巴、稻草、糠壳发酵。墙坚固如石。照壁前面左有桂花,右有香樟,中间是一口水缸,长两米,上面镶着民国时期从香港进口的绘图瓷砖。大院后面藏着一个花园,种的植物都有象征意义,桂花意味着早生贵子,石榴的意思是多子多福,枣树也是早生贵子;还有马桑树、番石榴、榕树、玉兰(缅桂花)、枇杷树、花椒树、芭蕉树、扶桑,以及两只鸡。

　　黄家大院已经成为废墟,但基本格局还在,大梁在,砖和瓦也在,水缸也在,二〇一三年重修,现在是听紫云酒店。大门朝南,开在关帝庙街上,对面是土地庙。大院有三个大天井,四个小天井。这家的主人叫黄锦。县志上有一段写过一个叫黄锦的人物,不知是否同一人:"国朝,丁亥,城陷。夫死,时氏年二十六,自投于火,邻媪救之出,体无完肤。乱平,冰坚自守,抚遗孤以有成,有声,孙及次第连科,人以为苦节之报,经州府旌其志。"由设计师林迪主持重修的黄家大院是古建筑修复的典范,真正复古,保持了它本来的朴素。大院有一口水缸,左侧刻的是:鱼跃鸢飞,那妙处还须自得;风来月到,这滋味也少人知。右边刻的是：庄子与惠子游于濠梁之上。庄子曰："鲦鱼出游从容，是鱼之乐也。"惠子曰："子非鱼，安知鱼之乐？"庄子曰："子非我，安知我不知鱼之乐？"惠子曰："我非子，固不知子矣；子固非鱼也，子之不知鱼之乐全矣！"庄子曰："请循其本。子曰'汝安知鱼乐'云者，既已知吾知之而问我。我知之濠上也。"正面是狮子，旁边有花瓶、兰草，一鹤翔于松下，刻工甚佳。

平心缘，是一家米线馆的名字，在碧石铁路的旧车站附近。旁边有露天菜市场。这家卖的米线分四个档次：六元、七元、八元、十元。米线帽子有猪脚、酥肉、潺肉、草芽，汤厚而香，肉酥而烂。矮桌，只见人人埋头喝汤，声响亮，冒着汗。必须在一点之前去，过时就不卖了。

文笔塔，在建水城西南四公里拜佛山顶，建于一八二八年。这个塔有八个面，是青石砌成的实心塔，基座部分是四方八棱形，中间是四方形，顶部立着一块半圆形的碑状石块。整个塔身都是石头垒成，塔基的周长与塔的高度相等，都是三十一点四米，为圆周率数值。山顶是一片小型高原，荒草丛生，散落着乱石。这座塔像崇拜太阳神的玛雅文明的某种遗址，古朴，神秘。今人称文笔塔，较为勉强。这个建筑物与天象有何种关系，古人为什么建造它，建造者是谁，均已不可考，却令人怀想：建水的蛮荒时代，发生过什么大事？站在山岗上，只见云烟在大地上翻滚，万物若隐若现。

二十五

时至今日，建水城还保存着五六百座四合院，像一只只灰色的龟，伏卧在大地上，依附着大地。这是一个感激、敬畏、共享的祭坛似的在场，一个玩场，紧紧地扒着大地，联系着天、地、神、人。依附、信赖、感激、敬畏、谦卑、朴实……在中国，无论皇宫还是民宅，没有那种高耸入云的建筑物。向大地致敬，让人时时意识到自己是住在大地上的。门楼、檐柱、檐坊上的木雕、楹联上的文字，源自远古的图腾、经验、传统、禁忌、敬畏，四合院意味着界线,在外你是无文之人,一旦跨过门廊,就要学习做一个"仁者人也"的文人。照壁上的大字,暗示这家"文"的程度……绕过照壁,登堂入室,中堂内祖先的牌位、桌椅的秩序、匾额上的文字、楹联上的文字、斗拱、梁柱……暗示这是一个祭坛、家庙。在野的祭祀并没有结束,它只是场的转移,由动而静,由野而礼。中堂是敬畏、尊重、感恩、亲爱、和睦的继续。

"情动于中而形于言,言之不足,故嗟叹之;嗟叹之不足,故咏歌之;咏歌之不足,不知手之舞之,足之蹈之也。"(毛亨《毛诗序》)这段话说的是古代的玩场。人被抛入原始、孤独的黑暗中,像动物一样弱肉强食,你死我活。祭祀意味着团结、共享、沟通,是和的开始。祭祀是一个玩场,通过各种象征性的行为,舞蹈、歌唱、图像、面具、语词、工具等在狂欢中与神灵沟通,灵魂得救,成为"仁者人也"。仁,就是第二个人。第一个人是野兽,第二个人是立了心的仁者。祭祀使晦暗不明的灵魂在一个场中得救,获得生命的启示、解释、意义、信心、力量、爱的能力……混沌被文明照亮,人得以摆脱物的空虚。文明从远古的祭祀开始,祭祀就是一种综合的、功能性的、动词性的文。"象形字典"解释说:"文,甲骨文交错形成的图案,表示古人用来传达意识的图画性符号,即最古老的象形汉字。有的甲骨文简化图案的线条,仅用四段交错的线条,高度概括出纷繁多样的表意图画的本质特征。远古人在易于长期保存的岩壁或龟甲兽骨上刻画能表现事物形象特征的线条、图案,用来记录战争、天象、祭祀等重大历史事件,以及重要的日常生活经验,以便传诸后世。"文为黑暗"文身",使令人恐惧的黑暗得以被照亮,以文明之,文明也。文是一种象征性的转移,通过"文身",将不可知的力量转移到人的生命中,也记录经验,保留记忆。面具、音乐、舞蹈、语词……都是文。家是文的象征性转移,建筑物不仅仅是遮风避雨的实用的囚室。仁者人也,人与弱肉强食的野兽不同。仁,就是要诗意地栖居,仁义礼智信地栖居在美的在场中,栖居意味着意义的滋生而不是隔绝,意味着在场的好玩、好在。

如果在野的祭祀是一种动态的团结、和解、和谐、和平共处,那么四合院则是这个祭祀之场的居留,一种在场的、安静的"和"。四合院的空间格局就像乐队一样,以天井为中心,前院、后院、中堂、厢房、耳房……主次分明,尊卑有序,内外有别,轻重有度。和什么?理。理者,礼也。理,治玉,将藏在黑暗石头中的玉去蔽。礼,击鼓奏乐,以美玉美酒敬拜祖先和神灵。和,意味着有无相生,知白守黑。家不仅仅是建筑物的有、白,还要守着无、黑。栖居,要有诗意在场,要有美在场,要有神灵在场。四合院是一个充满意义的场,它是主人关于自己生活之意义的阐释,彰显着房主对"我是谁,我从哪里来,我到何处去"的回答。

四合院与商品房不同,商品房不是家,它只是建筑物,一种权宜之计、面积占有量、增值空间,从便宜到昂贵,从简陋到豪华……四合院是存在、安享、教化、传宗接代,是意义的在场,"子子孙孙永葆用享"。家是亲情的载体,人要脱离孤独和弱肉强食,要和好、和睦、和谐,只有安家。一旦觉悟到"和为贵",家就开始存在了。安家,生命才能脱离无意义的黑暗之物的控制,立心成仁,安享,好玩,滋生意义。家是文的场域化、定居处。"礼之用,和为贵。"(《论语》)礼是和的场域化,家就是礼的在场。"家,居也。'居'与'育'本同源,后分化。居,甲骨文表示妇女生子并加以抚养。'居'的金文异体字表示人们站在屋下休歇。在家休歇或生育为'居',体现'生息'之于'安居'目的性意义。安,甲骨文表示新房中有新娘。古人称娶亲成家、宁神度日为'安',称衣食充足而娱乐养心为'宁','安'是'宁'的基础,'宁'是'安'的高级境界。"段玉裁亦说:"在,存,察也。存,恤(恤,忧也,收也),问也。按虞夏书,在,训察。在之义,古训为存问。"作为家,四合院不仅仅是建筑,它意味着停止、安宁、和,以及运思。只有安宁、和,思才会敞开,家是对生命的安享、守护。

与柯布西耶所谓"房子是一种用来居住的机器"不同,四合院是一种文宅。人居其中,并不仅仅像原始人那样躲避风雨,而是居者对"仁者人也"的在场性阐释。文宅不是千篇一律的、同质化的,而是像诗那样,依据居者对文的理解的深浅而不同,看谁更接近孔子的教导、老子的教导、庄子的教导……这是一种教堂般的宅邸。人在里面不仅要住得舒适，而且要像在宗教建筑里那样实施教化。礼，并不只是置于书房的一部叫作《礼记》的线装书，而是一旦进入四合院，人就进入了礼的场，受礼的潜移默化。门槛多高、多长，大门开向何方，走廊的长短，台阶的级数，家具的位置……都意味着礼数。"室而无奥阼，则乱于堂室也。席而无上下，则乱于席上也。车而无左右，则乱于车也。行而无随，则乱于涂也。立而无序，则乱于位也。昔圣帝明王诸侯，辨贵贱、长幼、远近、男女、外内，莫敢相逾越，皆由此涂出也。"(《礼记》)"礼：履也。见礼记祭义，周易序卦传。履，足所依也。引申之凡所依皆曰履。此假借之法。屦，履也。礼，履也。履同而义不同。所以事神致福也。从示。从丰。礼有五经。莫重于祭。故礼字从示。"(段玉裁《说文解字注》)礼就是通过定位赋予事物各种"止于至善"的意义。礼一旦走极端，也会成为生命的桎梏。建水的四合院，在礼与野之间，在礼数上没有中原那么严格，更热爱大地，花明柳暗、道法自然的意味更重，所以建水的四合院，有一般四合院的基本格局、礼数，但没有它们的压抑、拘谨。

四合院依礼而造。教化、礼节不是观念，而是场，形而下的教化，即场的教化。上帝存在于细节之中。真理绝不是斩钉截铁的，真理是一种行动，只有在场的才能澄明。这个"明"是对度的把握，是中庸之度，而不是量的核准。文字也是场，不是概念，比如在中堂贴个福字，那就是一个叫作福的神在场。只要在中堂祭香一支，就是与神灵沟通。天地君亲师、祖先牌位、楹联、匾额无不是神灵的象征性在场。符号、文字、图案都是神的代表，数是有意味的，不仅仅是几何学、空间的量化。"可欲之谓善，有诸己之谓信，充实之谓美。"(《孟子》)文宅的实用就是无的在场，美的到位。最伟大的教化是"道法自然"。土木结构之间，到处是文的符号，雕梁画栋是文，花鸟虫鱼是文，竹子桂花是文，新月落日是文，轩窗回廊是文，假山盆景是文，匾额楹联是文，琴棋书画是文……四合院也是一个好玩的场，无时无刻不在滋生着意义，人生不会无聊。

天井是四合院的核心，寓示着人与天的关系。天井就像祭坛的中央，苍天在上，庇护着安居之人，安居之人亦守护着天，天不仅是四季春花秋月之天，也是"诸天"之天，上天之天。天是神的在场、保佑、监督。天井敞开了真理，天作为大地的"文章"，时时刻刻被阅读着。天在四合院里是真理，是神性的在场，令人自省，令人沉思，令人小心自己的行为，三思而行。

四合院不是死硬的几何数学和建筑材料的量化、物化。雕梁画栋、飞檐回廊是对原材料的"文身"，像大地一样，土木结构顺应着大地的变化。材料与人类最初筑居的时代所用的差不多，以大地出产来构造，木料、石头、泥巴、草……"道法自然"要在自家的私宅内时时刻刻把玩。四合院是一个界限，区分万事万物，外是物，越过四合院的门槛，就成为灵物、作品、神灵的化身，是在场。花鸟鱼虫、假山怪石、壁画匾联……都是写照大地之象。诗意、真理就在自家的庭院里。一旦进入四合院，曲廊幽窗、家具式样、松梅兰竹、石头、青苔、黄鹂等就不再是物，而是诸天的现身、在场。一株野草，从大地上移到园内，就像杜尚将日用品搬进博物馆那样，不再是俗物，而是神的在场，"君子兰"。一块普通的石头，越过四合院的门槛，在庭院中立起来，那就是"为天地立心"，神灵到场，"石涛之石"。"道法自然"是在自己的家里法，自然越界进入四合院，成为道的在场。有无相生，无就是神的在场，神不显形；"天何言哉"，人通过文，语言暗示天（无、神灵）的在场。仁者人也，只有人能够感知神的在场。无是对有的赞美、感激，赞"天地有大美而不言"，通过诗、文章、琴棋书画……鬼斧神工地赞美着无，守护着无，守护着无言的大美。真理的教师登堂入室，真理不是观念，而现形于四合院里的各种构建、设施、摆设。即使是一张睡觉的大床，一个香案，也要雕得花团锦簇。花园式的床，对眠者形成一种暗示，在对大地的感激中安眠。人们在自己的家里"道法自然"，赞美、守护、把玩着大地。居室"大地化""花园化""博物馆化"，人们与梅花、怪石、竹子、松风、明月共度此生。各家各户，依据自己的经济能力、文化层次、与形而上的远近、对有无相生的理解，所营造的格局、细节各不相同，朱门大院、小家碧玉、殷实之家（比如朱家花园显耀经济实力，曾家大院文质彬彬，萧茂元的宅子暗示的是文的深邃，黄锦的宅子曲径通幽、藏龙卧虎……）。"谈笑有鸿儒，往来无白丁"是一种境界，"采菊东篱下，悠然见南山"是一种境界，"独坐幽篁里，弹琴复长啸"是一种境界，"月明华屋，画桥碧阴。金樽酒满，伴客弹琴"是一种境界，"玉壶买春，赏雨茅屋。坐中佳士，左右修竹。白云初晴，幽鸟相逐。眠琴绿阴，上有飞瀑。落花无言，人淡如菊。书之岁华，其曰可读"是一种境界。一切基础、构件、设施、工艺，大门的气派堂皇或朴素中正，中堂的宽敞深奥或简朴大方，后院的安静幽密或随便自然……无不彰显着仁者人也、止于至善。人诗意地领导着建筑物而不是建筑物冷冰冰地控制着人。"元丰六年十月十二日夜，解衣欲睡，月色入户，欣然起行。念无与为乐者，遂至承天寺寻张怀民。怀民亦未寝，相与步于中庭。庭下如积水空明，水中藻荇交横，盖竹柏影也。何夜无月？何处无竹柏？但少闲人如吾两人者耳。"（苏轼《记承天寺夜游》）真是神灵飞扬的时刻！

　　子子孙孙永葆用享，永，就是像大地那样地久天长，地久天长意味着以不变应万变，也意味着生生之谓易。建筑只在无的层面上追求子子孙孙永葆用享，在有的层面，它顺应大地的生死变化，元亨利贞。千年来，无数四合院建造出来又成为废墟，没有永不消亡的四合院，但四合院的制式将一直持续。

　　米尔恰·伊利亚德在《神圣与世俗》中说，宇宙的象征意义正是在人的居住结构中得以发现的。四合院不是，四合院是"道法自然"的结果，它是大地和时间的产物，暗示着元亨利贞的时间观，人可以在其中诞生，也可以在其中走向一死。它不是在路上的帐篷，也不是天国在人间的转运站，它就是生活的在场、在世，是人世的小天堂。中国人都在追求一个四合院这样的居所，为了在一生经营的充满意义的场里安然而逝。如果不是迫于外力的话，很多建水人至今不愿意搬离建水，他们知道，生命可以在这个家中返璞归真，因为"道法自然"不是观念，而是生活一直在经营琢磨的在世。

二十六

建水文庙在建水城中轴线的临安大道上,它今天依然是城里最辉煌气派、质量第一的建筑物。一切都在它面前黯然失色,人们一直以最高标准来建造、维修着文庙。在蔚蓝的天空下,这座圣殿朱红色的墙壁,经卷般的斗拱,乳白色的岩石以及其上的纹饰,石雕的狮子、大象、麒麟,牌匾上庄严伟岸的文字,精雕细刻的门窗……交相辉映,暗示着一种伟大的监督,天通过这庙宇在世上守护着文明,监管着权柄、秩序、道德、伦理、人生。文庙意味着一种制度化的监督,意味着有高于一切世俗权力者的存在,守护着这个世界的底线,谁也不能逾越!

这栋伟大的建筑建于元泰定二年(1352年),那时候,建水城还是一个土墙包围着的集市。建造之初,建水文庙就担负着重责。"云南古徼外夷地,去京师西南万里,三代以前,声教之所不及,临安属府在其西南,盖又远矣。其地杂百夷,其民椎髻编发为饰,佩弓刀,战斗,采猎以为生。固不知文字为何事……土官,习性桀骜,未易驯服,悉遣其应袭子弟入庠序,与诸生聚处讲习,熏以中国礼乐文物之化,久之,仪度可观者亦多也。"(《重修临安府庙学碑记》)"士习始变、人文始著、临安子弟无不学焉者矣……而临士之第进士者自兹始,仕者相望于朝……"(《复修寄贤祠碑记》)自明代正统七年(一四四二年)建水产生第一个进士起,明、清两代建水共出现文武进士一百一十人,文武举人一千二百七十三人。

文庙在这土城中突然崛起,就像一艘宇宙飞船突然降临。此后的近千年,一代一代人五十多次心怀喜悦、感激,以得救般的虔诚,毕恭毕敬、战战兢兢、诚惶诚恐地守护、修缮着文庙。人们将最优质的材料、最杰出的工艺、最敬业的匠人都加入到这项事业中去。在清末的时候,建水城里有鲁班会,里面都是技艺高超的匠人,文庙动土自然是首选这个会的人。石头、木材、青铜、柏树、花草……那些暗藏在原材料中的先验性的精神品质——中正、宏伟、崇高、森严、厚重、博大、深邃、结实、坚固、朴素、悠久……通过文庙以得到敞开、彰显,尽美尽善。

"祭神如神在。"神如何在?只有"亲在",神才会到场。亲在就是材料、做工、人事之在。"岩石只是在它支撑神殿时才得以成为岩石。同理,金属得以闪烁,颜料得以斑斓,音响得以欢唱,言辞得以诉说。"(海德格尔)如何文,什么材料在哪个位置,高度、宽度、深度、规模都蕴含深意,构成一个尊卑有序的场。象征不是概念,而是具体地由材料、布局、做工暗示出来的。从伟岸森严、高悬着镀金的"太和元气"巨匾的牌坊下面进去,石雕的大象、狮子、麒麟和龙在石座上仪仗队般敦厚、威严地俯视着来者,一旦越过,你不能再轻举妄动,你已经进入了一个仪式场,开始被真理检阅。再绕行面积二十余亩的学海,学海是小湖,夏天开着荷花,走完这段大约要一刻钟,这是一个"三省吾身"的时刻。沿湖往右行可达石雕的礼门牌坊,往左行可达义路牌坊。在牌坊旁边,立着一块两米高的方石,上面刻着:"文武官员到此下马。"一个伟大的命令。不由分说,管你是将相还是庶民,君子还是小人,大官还是小官,乞丐还是富翁,文豪还是文盲,下马!下马之后,开始上台阶,离开了地面,朝"上"行。来到"洙泗渊源"坊,龙、麟、狮、象巨型石雕再次高踞于座上,数吨被文身的巨石垒砌成一组具有巴洛克风格的建筑,仿佛是更精致的希腊神庙,坐落于地面而不是高踞山顶。中国的文庙总是位于市井,它监督、警戒的是在世而不是来世。这些年代久远、只能仰视的石头,有些已经风化,但仍岿然不动。之后到达棂星门,这个建筑是土木结构,森严伟岸的气氛消失了,空间亲和起来。之后进入园林,松树出现,苍苍郁郁,监督者来自大地。园西有乡贤祠。此段可以小憩,放松,沉思。朝圣之路不会一蹴而就,如果第一进"太和元气"坊是阳的话,第二进学海是阴,如果第三进"洙泗渊源"坊是阳的话,第四进棂星门是阴。

经过棂星门后面的松列,出现了一个亭子,这是杏坛。杏坛中有孔子的石刻像。孔子的雕像经常被抚摸,额头已经被摸出了一个凹处,导游们乐于将孔子解释成一个聪明人,考大学得了第一名似的。现代人热衷将孔子解释成罗丹雕的思想者那样杵着下巴做沉思状的枯燥思想家,仿佛他那些思想都是来自常人无法企及的孤独思索。"暮春者,春服既成,冠者五六人,童子六七人,浴乎沂,风乎舞雩,咏而归。"(《论语》)孔子的思想从来不在书斋中,虽然他"韦编三绝"。孔子是大地上的圣哲、先知,他的思总是在路上,在途中,在场,触物涌思式地即兴而发。在路上,不仅是他的行为、行动,也是他"思的形式"。"思"这个字是田和心组成,心思需要在田。思,容也,思要有一个容器,这个容器就是大地、在场、行动。"三思而后行",思必行。孔子的思是在路上的、具体的、在场的。宗教也是立心的,宗教喜欢解释、定义。孔子从不定义仁是什么,他只是指出仁如何呈现。仁,必须在人生的现场、此在、当下、细节、材料中格物致知。

第六进,穿过大成门中间的通道,两边是东庑、西庑,各有房舍十五间。来到一个方形的巨大空间,其间有松柏、桂树、山茶、石象、铜瓶。整冠理带,再上台阶,大成殿出现了。

这是阴阳合一的伟大建筑,谦卑、朴实,匍匐在大地。五开间,琉璃黄瓦,歇山顶,二十八根高五米的巨柱支撑着大殿,其中有二十二根青石大柱是用整块石头凿成的。五截门槛亦全用整石凿成,其中三道各长五米七,高宽各四十厘米,石色灰白,中含黑纹,光可鉴人。前檐下的青石柱子有两根位于大殿左侧和右侧,雕出深邃的龙纹,刚健、肥厚、稳重,犹如础天之石。大殿有二十二扇木屏门,镂刻着"双狮分水""喜鹊闹梅""犀牛望月""三羊开泰""麟吐玉书""封(蜂)侯(猴)挂印""旭日东升""竹报平安"等画面,共有一百多个大小动物形象,一切仁义、美好、至善的象征都呈现其中,仿佛天堂之门。大成殿门头悬着"先师庙"三个鎏金大字,雄浑遒劲。从"太和元气"坊来到先师庙,阴阳交替,已经六进,再狂妄轻浮的家伙,现在也要诚惶诚恐、战战兢兢,严肃、敬畏、沉思、自省……已经在对空间和材料的感受中建立起来,意义已经饱满。

迈过石头门槛,以为就会抵达某种最高者、终结者,像在大教堂里面来到耶稣的塑像面前那样,却看见大殿中间坐着一位笑眯眯的老爷爷,"温温孔父"(颜真卿语),他不是神,他是一位平易近人的老师、长者。就这个过程所产生的意义的淳厚深邃来说,此时仿佛抵达了"空"。"修辞立其诚",诚就是空、真诚。文庙与教堂不同,教堂崇高,追求无限,文庙朝向深处,最后深入浅出,追求在世。崇高伟岸、清明开阔、中正庄严……只是纵深中的细节,一切都向着崇高、伟大、中正、朴素、久远这些抽象的概念,但不是教条,而是可以体验的具体过程,是一个礼仪的完成。

孔庙是文教的圣地。"宗教……和教育或文化抱同一个目的……只是要在理论方面把自然弄成一个可以了解的东西,在实践方面把自然弄成一个如人意的、适合人的需要的东西,所不同的只是文化用手段来达到目的,并且用的是窃自自然本身的手段,宗教则不用手段,或者用祈祷、虔信、圣礼、巫术等超自然的手段,这其实是一回事。因此,在人类文化的进程中,凡是变成了教育、自发活动、人本学的事情,起初都是宗教或神学的事情……"(费尔巴哈《宗教的本质》)人在混沌时代,乃是一些无意识的碎片,语言使人从混沌中走出来,开窍了。一旦从黑暗中出来,进入语言世界,也就进入了孤独,人开始意识到自己原始的碎片性质,意识到自己与世界的原始关系是孤独,开始觉醒。孤独是因为人升华了,"仁者人也"出场了。"我是谁?从哪里来?要到哪里去?"天地无德。德,升也。德就是道的此在、亲在。道不可见,德却是人间迹象。"德不孤,必有邻。"仁者人也。仁,亲也。亲,意味着亲密、理解、团结、和睦。如何亲,许多宗教的办法是排斥异教,在独一无二的神的领导下团结起来。宗教通过精神世界将人联系起来,但身体是孤独的,人依然是陌生人。孔子的办法是有教无类,诗可以群。"群,偏旁君,既是形旁也是声旁,表示主宰、统治。群,甲骨文像众多羊只,表示牧羊者吆喝着将四处散落的羊只驱赶到一起。"(见"象形字典")诗就是文,郁郁乎文哉!诗可群,使人成为亲人,孔子意识到文的宗教性力量。段玉裁《说文解字注》说:"文,错画也……黄帝之史仓颉见鸟兽蹏迒之迹。知分理之可相别异也。初造书契。依类象形,故谓之文。"文的发明是为了立心。心是先验的,王阳明说:"离却我的灵明,便没有天地鬼神万物了。""位天地,育万物,未有出于吾心之外者。""你未看此花时,此花与汝心同归于寂;你来看此花时,则此花颜色一时明白起来,便知此花不在你的心外。"张载亦说,"为天地立心",先要有心,才能立。灵明如何明,天地如何立,以文明也。

　　立心不是通过概念、观念,而是通过"文身",通过对身体、材料的文,敞开大道、真理,大块假我以文章。西方将语言视为改造开发世界的工具,通过概念来定位。孔子则确立文的最高地位,文是概念的根基,是滋生概念的土壤。文的终极尺度不是概念,而是一个场,文变动不居,唯中庸可以把握,文就像自然之道那样,可以活万物于阐释,止于至善。"经纬天地曰文,道德博闻曰文,勤学好问曰文,慈惠爱民曰文,愍民惠礼曰文,锡民爵位曰文。"(《逸周书·谥法解》)"《周语》之略曰:'孝、敬、忠、信、仁、义、智、勇、教、惠、让,皆文也。'天有六气,地有五行,此十一者,经纬天地,叶和神人,名之为文。其实行也,文顾行,行顾文,文行相顾,谓之君子之文,为龙为光。上古云:'言之无文,行之不远。'"(顾况《文论》)郁郁乎文哉!文是天的在世,文替天行道,文不是教条,文是人把握万事万物的尺度,仁者人也,这个尺度亦通过文来彰显。文是一个动词,这个动的度就是中庸。活泼泼地,"张而不弛,文武弗能;弛而不张,文武弗为。一张一弛,文武之道也。""文胜质则史,质胜文则野。""文质彬彬,然后君子。"孔子是最伟大的文人,中国文明选择孔子为木铎,就像西方文明尊奉基督一样,并非某些强权者心血来潮的一己之私,而是植根于历史经验。

　　各时代都会有大逆不道者出来质疑这个最高者的合法性,但是,文庙这个场,任何革命都无法摧毁,哪怕在极端的"文革"时期。时至今日,文庙已是建水古代建筑的集大成者,这个建筑群本身就暗示着一种至高无上和穿越时间的监督、庇护。"文革"也不敢对文庙轻举妄动。文庙已经成为一种天的存在,毁文庙就是逆天。即使是一个文盲,文庙里的文字他一个都认不得,从未听说过《论语》,来到这伟大的建筑面前,也要毕恭毕敬、诚惶诚恐。

五四时代的反传统是以一种西方的思想方式反传统,深受未来主义、本质主义的影响,将中国文化视为某种观念性的文化,忽视了这种文化的在世、在场、天人合一。"不离日用常行内,直造先天未画前。"(王阳明)"身与道原是一件,至尊者此道,至尊者此身。尊身不尊道,不谓之尊身;尊道不尊身,不谓之尊道。道尊身尊,才是至善。""百姓日用即道。"(王艮)将天视为对立于人的形而上概念,势必对中国文化做对象化、本质主义的理解。五四时期的这种解释导致了观念的冒险。将文明抽象为观念、概念,脱离在场,这种镜像化的观念脱离了生活世界的真相,镜子只是假象,没有当下、现场。"文革"的后果,乃是生活世界的毁灭,天人合一,对天的革命必然摧毁人的世界。

鸦片战争以降,人们越来越不知道文庙意味着什么了,崇尚中庸,张弛有度、活泼泼、不执的文已经成为拘泥、束缚生命的枯燥概念、教条、制度。文胜质则史,云南总督鄂尔泰曾经来建水文庙考察,对文庙丁祭时摆设祭品的规矩的指示,就堪称迂腐:"肇圣五王,不惟簠簋豆笾照数增设,即牲牷亦应各增其四,有议共牲者,其说不可从,考之典礼,惟配享有可以共牲者,专主无共牲之礼。《书》云,文王骍牛一,武王骍牛一,其明征也。自三代至汉唐皆不闻有共牲之说。惟后汉有赤帝青帝共一犊,白帝黑帝共一犊。议者非之,唐开元时五品以上室,异牲六品。以下共牲。岂有王爵而可共牲者乎?"在建水县志中,记载着许多烈女:"某氏,年十八,殉夫,誓不再适。""某氏,方十七,且无子女,剪发入棺。""某氏,年二十七,夫亡无子,人劝再适不从,乃自缢。"在晚清时期,这些情况已经相当普遍了,革命势在必行。儒学经历了自其诞生以来最严重的劫难,就像耶教那样,但是它已经根基深厚,"文革"都于文庙无可奈何,这是一座圣殿。但是革命走向极端,"打倒孔家店"要打倒的本来只是明清以降的制度化的孔家店,却连孔子的原教旨也否定,其苦果今日中国仍在承受。但是，即使在最激烈的时代，孔子最根本的东西也在黑暗里岿然不动。文庙在"文革"后成为一座无用的建筑，但建水人立刻将它改成进行现代教育的建水一中的校园。

二〇一五年的秋天，我曾经带着几位西方诗人参加建水文庙的祭孔，包括美国"垮掉的一代"诗歌的教母安妮·沃尔德曼、后纽约派的代表诗人罗恩·帕特、墨西哥的土著诗人奎亚尔、信仰天主教的智利作家拉蒙。一个奇妙的组合，"垮掉的一代"意味着激烈的反传统，后纽约派意味着对物质主义时代的诗意偏离，土著诗人意味着每个地方都有建水从蛮夷之邦到文庙的经验，而天主教的某些基本价值与儒教相通，比如仁者爱人、博爱。"君子所以异于人者，以其存心也。君子以仁存心，以礼存心。仁者爱人，有礼者敬人。爱人者，人恒爱之；敬人者，人恒敬之。"(《孟子》)"你要尽心、尽性、尽意。爱主你的神，这是诫命中的第一。且是最大的，其次也相仿，就是要爱人如己。这两条诫命，是律法和先知一切道理的总纲。"(《圣经·马太福音》)我们一行在大成殿前面向孔子献了花。

二十七

指林寺在文庙的斜对面，现在是一家酒店。自一二九五年以来，指林寺一直是指林寺，二十世纪六十年代成为党校，后来又改为酒店。即使里面已经多年没有神位，指林寺的神性也没有消失，指林寺的神性不在于曾经塑在里面的神像、神龛，而在于它的材料、结构、做工。远观，大殿如一只刚刚飞落、翅膀依然张开的巨鹰，稳健地站在大地上，羽毛收敛、色泽深沉，正在飞与不飞之间。殿体由五十六棵直径零点五五米的柱子撑住，如一座森林。斗拱喷涌而出，森罗万象，又顷刻归于寂静。斗拱这种东西很奇妙，仿佛多余，它的出场不是实用，而是赞美，就像诗歌中的"兴"一样，要彰显出材料、语词本身的力和美。斗拱守护着"无"，这些木头不是承重的工具，而是美的出场！

二十八

瓦窑村在一片高原上,高原中间有些丘壑,出产黄土、白土、白泥浆土、青土和五色土。自元代开始,这里就在烧窑。至今还有六个烧柴的窑口,蟠龙似的盘在山坡上,叫作龙窑。龙窑主要烧碗、缸、瓮、盆、盘子之类。十九世纪末,文献之邦建水作为古代规格的城市已经成熟,百业兴旺,闲人渐多,有钱人不是将银子、现钞藏在床底下,而是一掷千金,附庸风雅,比文的高级、档次。玩场越来越文雅,这时候出现了紫陶,窑变不再满足于日常器皿,而是对文具发生了兴趣。有人开始将土陶烧制得更为坚硬,向瓷升华,但不是瓷,在陶与瓷之间。此种陶器定型、烧制、打磨之后,呈现深沉之色,或紫中蕴黑,或黑中含灰。一种说法认为首创者是建水知县卢咸,另一种说法是,陶工潘金杯将陶土泡水搅浆,过滤成绛红色陶泥,制坯烧出紫色或土红色烟斗,不上釉,用石料磨光,从而开创了紫陶。(见《建水县志》)陶坊纷纷仿效,其中以"八家斗"的烟斗最为有名。紫陶有八道工序:一、取泥;二、研磨泥粉配制原料;三、拉坯;四、在坯面上写字绘图(山水、侍女、书法等);五、将图案字样阴刻镂空;六、在镂空处填上白泥;七、烧制;八、打磨。这些工序分别由八家陶坊来完成,是为八家斗。在中原地区,陶器历史悠久,风格比较雅致轻巧,建水陶却呈现为一种云南高原粗狂荒蛮、古朴大气的重器风格,有古远时代青铜鼎的气象。三十年代有人送去欧美世界博览会,"均膺上奖",与江苏宜兴紫砂陶、四川荣昌陶、广西坭兴陶共称中国四大名陶。那时候出现了一种雅致的炊器:汽锅,用来制作鸡汤,建水人已经不满足于普通的土锅炖鸡。汽锅是钵形的,内槽环绕着中间的塔状柱,柱心与钵内贯通,上面是盖。锅的两侧,安着两个兽头把手。陶匠在汽锅的表面刻上书法、图画。切好的鸡块盛在槽里,置于滚锅上,蒸汽从塔心喷出,形成蒸馏水,直至鸡肉酥烂,鸡汤溢满槽心。这种锅可直接端上宴席。蒸过之后,汽锅往往乌黑铮亮,看上去就像年代久远的宣德炉。建水陶往往是文人与陶匠合作，建水文人经常为陶坊画画题字，这种风气一直传到今天。有时候，文人自己也是陶匠。王永清，字定一，号老农，岁贡生。"书法出入王虚舟，又学虞永芳，草书学《十七帖》，小篆学李阳冰，隶分仪桂未谷……每作一印章，必聚精会神，趋于美善，而讨论刀法无微不至，以泥入窑烧成，磨不坏，是其手创。有《印集》两卷，石刻十之一二，陶印则十之七八。"后来，王定一又将古鼎、旧碑上的文字，取其片断，"得翻卷残破之势"，"所谓补衮图化，初作小品扇面，人争宝之，后专施于陶器，遂相治成风矣"。如此制作的陶器，看上去就像断简残编在紫陶上出土，有一种古朴老迈的风格。建水陶名气最大的陶匠是向逢春。向逢春本不识字，拉坯拉得极好，后来自学，成了文人。他自己拉坯，画画，写字，烧，磨。二十世纪五十年代，向大师被划为右派，建水汽锅也因为是"供资产阶级享受的黑货"而停止生产。人们不敢玩了，紫陶业迅速萎缩，建水陶业又回到龙窑，以生产大碗、大缸为主。

向逢春的孙女和丈夫开着一家米线店，在一条小巷里的水泥小院，支着五六张桌子，只有熟人知道这个地方。米线十元一碗。光线阴暗的正堂也改为餐厅，支着两张桌子；靠墙支着一张供桌，上面摆着一只向逢春制的花瓶，旁边是向逢春的照片，这个大师看上去很忠厚，戴着鸭舌帽，穿着中山装。问起向逢春，孙女说，老辈人的事情，不知道。"以前院子里都是祖父做的陶瓶，全砸了，扔了，一个都不敢留。"二〇一六年，一个普通梅瓶，只要有向逢春的印记，开价二十万，然赝品甚多。

二十九

大板井。建水县的大街上，经常可以看见送水的马车，马车上绑着一只铁桶，里面装着井水。马车驶进小巷，将井水送给各家各户。在自来水已经普及的今天，城市里还有送井水的人，除了建水恐怕世界上再也没有第二个。这是一个古老的工种，我三十年前来建水的时候，就见过这些送水的马车。现在，马车已经被汽车包围了,依然雄赳赳气昂昂地跑在汽车中间,没有被取缔,是一个奇迹。送水的人骑在桶上,吆喝着湿淋淋的马车跑过建水城,像童话里的人物。马车一到,接水的人们心怀喜悦,开门出来,提着一桶芳香四溢的清水回家去。许多人家,没有这桶水,一天的生活便无法开始。

据说,建水地方,城里城外,公开的水井还有一百二十多口,藏在私人院落里的就不计其数了。小节井、玉洁井、月牙井、珍珠井、半天井、涌莲井、永宁井、延龄井、涩水井、搅车井、东林寺井、指林寺井、喷珠泉、香林泉、白鹤泉等等。东井,凿于元初;溥博泉(大板井),始建于明洪武初年;红井,凿于明初;诸葛井,凿于清;龙井,圈于明朝洪武年间……每口井的味道都微有不同,井口的位置、形状、大小也不一样。水井对于建水人来说,不仅仅是水源,而且是来自大地的保护神,每一口水井都具有神的地位。许多井的旁边,都盖着庙,里面供奉着龙王、水神,终年香火不绝。

马车送来的水,取自溥博泉。溥博一词,出自《中庸》:"溥博渊泉,而时出之。"朱熹注:"溥博,周遍而广阔也。"溥博泉民间俗称大板井,同治九年(一八七〇年)建水进士王鸣岐撰写的《重修大板井碑记》说,此井为"前太守薛伯阳先生所凿,先生精风鉴之术,创建郡城,规模皆其手定,凿井于斯,知必有关于龙脉风水也。况四城内外,井亦甚多而水味咸涩,总不若此井之清且冽。故自西而东,而南,而北,无不汤水同需。盖此井之有功建邑者,五百年于兹矣"。这段话表明,这口有六百多年历史的井,是与明朝洪武年间建水城的兴起同时开凿的。建水城的设计师就是薛伯阳,他不仅是一位行政官员,更精通堪舆之术,能与神灵沟通。碑记还说:"夫散财发粟,非无以济间阎,推食解衣,亦足以周穷困。然,能暂而不能久,能近而不能远。孰若斯井,泽被苍生,恩流百世。《易》曰:'井养不穷',其斯之谓乎。"这是真理之言,直指根本。建城首先建水。建水民谣亦说,先圈大板井,后建建水城。如果没有"井养",建水城不会建在此,文明不会兴起。至今,大板井的水依然清冽甘醇,一位前生产队的老会计守护着它。老伯已经七十多了,终日坐在井后面的小庙里,他后面是供着龙王的神龛。

建水立城以来,一直靠井水滋养。喝井水的人,已经死去无数,运送井水的人,也死去无数,但新一代的送水人仍通过送水而生活。这是一种故乡经验。井水是一封信,这是祖传的信,每个建水人都收到过这封信。井水令一代一代建水人信任大地,安居乐业。生生之谓易,送水人不会有怀疑,跟着祖先送水就行了。这一跟,令他成了一个保守派。破旧立新、怀疑旧物是这个时代的风气,改天换地,人们已经不再信任大地,不再道法自然了。送水的人必须守旧,大地之水是旧的,从来没有进步过一滴。这个时代的目标是"先富起来",送水的人像井一样,天然地自甘落伍。送水只能维持温饱,一年复一年地送水,做这个活计更得不为所动。但是,只要水在,他就不会失业,也不必担心成本。人们信任他,只要他的马车一到,各家各户就提着桶走出来,仿佛他是一个大地派来施水的使者。送水的人像写诗一样,送的是大地的现成,大块假我以文章。这个工作微不足道,没有技术含量,有力气就能干。但是,必须有人干,不能须臾或缺。他的职业精神,就是每一次送水都要恭恭敬敬的,忠实于一口井。他送来的是诚。

说实话,大板井的水与自来水管里流出来的没有多少区别,如果以技术检测的话,成分也不会有多大差异。这是一种"信",这种"信"非常古老,这是对起源、开始的"信"。人们迷信的是这个开始,通过对开始之水的迷信,人们永远记着祖先为什么在这个地方定居。科学的观点来看,这是迷信。科学只看到水的分子构成:"水 H_2O 是由氢、氧两种元素组成的无机物,无毒。在常温常压下为无色无味的透明液体。"科学不知道这种"信"来自时间、经验、细节,井是文明照亮的,水不是一般的水。水井唤起的是感激、敬畏、安享。大板井的旁边不仅有龙王庙,还有无数的传说、诗歌,无数来自祖母们的自生自灭的箴言……没有人会为自来水公司建一座庙,虽然它的有无也生死攸关。人们喝水管里的水只是因为契约、抵押、担保、制度,而不会对一个水表、一份供水合同恭恭敬敬。人们提心吊胆,担心着毁约。大地不会毁约,大地就是诚实。人们与大地的关系是"信",不是契约。

在每个天主教的教堂里都有个圣水池,总是有一坛盛在小池子里的水,有时候这个小池子被凿在教堂的石壁,信徒们走进教堂就蘸一点拍在额头上,水提醒他们曾经获得的洗礼,再次被净化。无论这个象征如何神秘、深刻、庄严、久远,可以肯定的是,这水来自《圣经》出现之前的大地,只是被汲取、转移到教堂里。水出现在教堂里,一个本没有水的地方。上善若水,宗教之"信"借大地之"信"得以转喻。信徒们与上帝的距离各不相同,自己心中有数,别人无从置喙。水沾湿额头,有一点凉,这是确定无疑的,大地之凉。信任油然而生。神是一个取水者。建水的送水人也许并不知道这些,他也不信教,只是诚实地信任着祖传的井,就像祖先们信任大地之水、开始之水。他通过日复一日运送这口唯一的井里的水,立其诚。他也是一个信徒。"夫无心而一,一而信,则物莫不得尽其天理,以生以死。"(苏轼)

黎明,马蹄声嘚嘚响起,送水的人来了,这是一个喜讯。有部电影叫作《都灵之马》,大风,灰沙弥漫,疯狂之马,最后的几颗土豆,一群吉卜赛人在荒野中找到一口干了的井。在整个世界上,井越来越少,一口接一口地少下去,现在,井就像诗一样卑贱而金贵。许多井已经不被信任,封了,填了。有一次我在苏轼老家的井边跪下去,像信任他的诗那样信任着,捧起一口喝掉,旁边的导演大喊:喝不得!他不信了。大地藏着毒药,不再信任井,这是一种新的觉,人类从来没有如此觉过,耶稣、佛陀、老子、庄子等的觉都是:井是好的,井就是诚实,可以信任、依靠。井藏着毒药,这种可怕的想法已经萌生。人们怀疑井,封井,就像往昔的宗教迫害一样。黑暗是什么?是送水的人不再来了。建水城可以信任,看哪,送水的马车来了!

三十

曾家大院在东林寺街。曾家门外有一口三眼井,井前有两棵榕树。曾家据说是曾参的后人,家谱还在。旧县志说,曾家"曾蕴经习商,营业所得,供诸家用,毫厘不自私,孝亲敬长,人无间言,地方恋善,尤尽力赞助。朋友有过,尤直言迁正。人多乐就之。其以礼自范,审义而行,恒为乡人称道"。有位文人曾经撰文赞美他家的水缸:"本邑习惯,广厦既成,多凿石为缸,以供玩赏。曾氏训古,昆仲沉潜君子也。从俗为之,非徒壮观瞻尔,殆借鉴于中之虚而益受其益夫。水之满而时戒其溢夫。天地见理不遗乎物,物既寓乎理,善穷理者,知理在物。即物悟理,善穷理者,随在能资考镜,随时有益身心。盖曾氏之石缸,即曾氏之物理学,寄以存焉。"(吴运昌《曾氏石缸铭》)

有个中午,我和马云去曾家大院串门,再次琢磨了一下他家的对联。这家对联多,大门上刻的是:三省传家承燕翼,一经教子绍箕裘;横批是"书香世第"。大门屏风刻的是:万物□□□□□□(六个字残损),庠生在抱宇宙威和;横批是"蹈德咏仁"。屏风背面刻着:贤者,古人;横批"舍和履中"。前厅刻的是:撰异三贤沂水春风狂者志,薪传一贯尼山时雨圣人施;横批是"善为至宝"。前厅堂屋刻的是:百事清平为有令德,一家和乐自是大年;横批"琴书是乐"。还有几块匾,刻的是:惠风和畅、秋水为神、春风化雨、不自足斋……曾家为什么要建造这个宅第,又如何居住在其中,这些文字真是解释得非常清楚。

忽然内急,曾家一人就领我去大门处,那里有一道小门,锁着。从裤腰带上取下钥匙,开门让我进去,里面有一个小天井,屋檐下有个蹲位,旁边放着一只桶,一把木瓢漂在面上。畅快时,蓝天白云可见,还飘某花之香,那棵树必种在曾家。曾家附近有家米线馆,卖大碗米线,帽子有牛肉、肥肠、酥肉。马云说,进去整一碗?好嘛。我同意,是因为这家馆子有件东西令人眼前一亮,正支在他家的明灶上。他家花了八千块新添了一口半径一米二、红铜打造的新锅。看样子,这家对自己的烹调功夫很有信心,要传代了。"有恒产者始有恒心",有这口锅,这家可以信任。掌勺的是个大姑娘,马云说,多加点汤。又问了一句,给是大板井的水?那姑娘响亮地回答,是呢!

(原载《人民文学》2017年第1期)

看　字

张　瑞　田

　　看字,看得如醉如痴,一定是看汉字。一味吹嘘自己的文化有多伟大,也许是心虚的表现,不过,看字,能看到天地,看到善恶,看到时间的悠长,看到色彩,汉字应该排在第一位。

　　懵懂中看字,容易记住"人""口""手"和自己的姓氏。与自己的生活紧密相关的字,会过目不忘的。偶然中看字,看到与亲人、与自己的名字相同的字,心中就有暖流。字与词颉颃,有意思的是,忽略词,只看字,也看得津津有味、心生禅机。

　　对字的敏感是在青少年时代。到博物馆参观,看到一个书法展,发现汉字的写法千变万化,一个字,有篆、有隶、有楷、有草,突然觉得汉字的不同凡响。这哪里是字,分明是一个生命,一个世界。一瞬间,被字迷倒,寻帖提笔,工工整整地写字。写颜真卿的楷书,笔画结结实实,掷地有声。在西安碑林,看到刻在石碑上的颜真卿的字,字口陡峭,线质刚硬,与石碑上寒冷的光泽匹配,让人胆战、敬畏。这是什么文化,一个字就会有力量;这是怎样的书写,一个字可以写得风流倜傥、性情展现。西安碑林中的字,字字有神情,行行是文章,身在其中,丝丝凉意沁入骨髓,能言善辩的嘴自然闭上,飞扬跋扈的表情顷刻间成为笑柄。这时候,一个字,就是一个字,一个人,就是一个人;一个字,也是一个人,一个人,就是一个字。

　　不同的字,以及不同的字组成的不同的语词,会让人浮想联翩。山东邹城,群山环绕,有的山遭到破坏,伤痕累累或夷为平地,但,岁月的痕迹、文明的光泽依然存在。北朝末年,名为安道壹的高僧在此修行,他在峄山、尖山、铁山、岗山、葛山、阳山的岩石上刻佛经、佛名。他用毛笔写下一段佛经、一个佛名,或一个词、一个字,刻在六座山上,史称六山刻石。我慕名而来,那是一个秋天,溽暑退去,树与草的绿色暗下一层,刻有安道壹书法的岩石在岗山的幽深处,无路可行。我拨开枝蔓,深一脚、浅一脚,高一下、低一下,向前跋涉,靠近刻有字的岩石。记得从平缓的西山坡下行,穿过百米长的凹路,登上一个山丘,在一块岩石上看到"明澈"二字。刻有"明澈"二字的岩石趋于椭圆,紫灰色,山野之气浓郁。"明澈"二字却端端正正,即使过去了一千多年,楷书"明澈"依然挺拔、坚实。字,是安道壹写的吗?他能写这么多字吗?这些问题突然不重要了。面对"明澈",似乎穿越了一千年的时光,看到了明明灭灭的生命延续,看到了明明灭灭的生命对"明澈"的执念。刻有"明澈"二字的岩石四周荒草萋萋,我拔掉了挡住视野的草叶,看着这两个让人刻骨铭心的字。不敢抚摸,一千多年的时光,安道壹的灵魂还在,彼时,他想传达的对这个世界的祝福,对人的良知的唤醒,可闻、可感。我永远记住了"明澈",把它刻在了我的心扉。从岗山下来,依然走南闯北,把这两个字带着,有时应邀写字,就写"明澈"二字,字少,意深。

看字,看到心里才好。有的人在旅途上着意风景,看重感受,有的人则在意经历,积攒见识。我旅途的兴奋点在于字。一个字、几个字、一行字,碑刻、摩崖,都会让我如梦如幻。在天台山国清寺,一株隋代的梅树朝气蓬勃。同行者把它比喻成参禅的老僧,我却从枝杈间看出一个字,一个人字。这株隋梅,栉风沐雨,还有天灾人祸,能够顽强活着,的确是一个奇迹。碑刻、摩崖,是字给它们生命,这株梅因为像字,有了另外的生命。如一个寓言,与隋梅相隔不远的寺庙,一块匾,让我丰富的表情即刻收敛。匾上有四个字:断惑证真。见于寺庙的字,均有丰富的人生含义。可是这四个字独有的力量,如一柄坚硬的锤,敲打我的心。我看一眼隋梅,再看一眼"断惑证真",心慌意乱。是人需要断惑证真,还是人本身需要断惑证真?人,与时俱来的困境,断惑证真的过程、目的,究竟是什么?我可以感悟,却没有答案。不会忘记"断惑证真"四个字,每每写字,尤其是一个人在书斋写字,常常写"断惑证真",是写给自己,也是写给我生活的这个时代。

汉语里,字本身有说法,字与字组成的词语还有说法,我要说,这很沉重,这也很幸运。另外,荒郊野地中的石刻字,寺庙楹联、匾额上的字,一样地耐人寻味。但,对于石刻上的字,废墟上的字,我有着独特的情感,甚至偏爱。最近,屡屡往山西永济访古,在蒲州古城遗址,仿佛看见了隋代将领尧君素誓死抗击李世民军队的刀光剑影,不屈服、不投降的尧君素,就是军人人格的体现。李世民对宁死不屈的尧君素表达了一代帝王的宏阔胸襟,他巡视蒲州城,没有忘记当年的对手,亲笔拟旨:隋故鹰击郎将尧君素,虽桀犬吠尧,有乖倒戈之志,而疾风劲草,实表岁寒之心;可赠蒲州刺史,仍访子孙以闻。李世民离开蒲州不久,或者说李世民死后不久,有了安史之乱,时任平原太守的颜真卿率军抗击。一场战争,颜真卿的哥哥、侄儿战死沙场。战争结束后,颜真卿任蒲州刺史,在这里写下了《祭侄稿》祭奠牺牲的颜季明,也为书法史留下了光辉的篇章,被誉为天下第二行书。我写颜体楷书,对他的行书依然沉迷。从青年时代始临《祭侄稿》,一直临到今天。总觉得《祭侄稿》中的字,也像人一样有激动的情感,不屈的气质,顽强的品德。即使是重重的涂痕,也有生命的张力。我是因为尧君素、李世民、颜真卿来蒲州凭吊的。我所看到的蒲州,已经不是尧君素、李世民、颜真卿的蒲州,而是荒野,是废墟,是我们的先人建功立业的地方。我激动地爬上古城废墟的最高处,看到巍峨的中条山,依稀见到栖岩寺的古塔,听到了黄河的波涛。蒲州城一片荒芜,李世民的拟旨处,颜真卿书写《祭侄稿》的刺史官邸,一一化为时间的碎片,只能在想象中猜想它的繁华与炽热了。

在蒲州遗址徜徉,看到一座凋敝的鼓楼。造型优美,有浮雕,栩栩如生的飞禽依然不离不弃;有匾额,颜体字,清刚雅正,完好无损。几根木柱支撑着摇摇欲坠的鼓楼,悲壮的样子,与蒲州遗址的沧桑混为一体。黄昏时分,夕阳暖暖的光线为古楼镀上了一层橘黄,支柱的影子,像楷书的线条,横着、竖着,交织成无法识读的字。我很像一个酒鬼,来到一个历经岁月的酒窖,使出浑身之力嗅着沉香。我着迷地看着鼓楼,围着它,走着,一圈又一圈,似乎一圈又一圈地走着会找回身临蒲州城的感觉。走了几圈,在鼓楼南门停下了脚步,抬眼看着匾额上的字,轻轻的吟读和奔涌的血液,顷刻聚焦了——迎熏解愠。字,特别自信,笔笔似铁;语词,很雍容,教养深挚。这是颜真卿的字体,这是蒲州城的风雅,这是一段历史的重量。中年不容易感动,我却被这四个字感染;写毛笔字的人,总会在别人的书写中看到不足,我被这四个字震撼;觉得旅行途中所看到的字词日趋俗气,眼下看到的是一本大书——迎熏解愠。

从永济回到北京,一年逝去,新春到来。与友聚会,写字相赠,屡屡写到"迎熏解愠"。这是一个有时间分量的字词,也是有现实意义的字词,写下来,相信迎熏解愠。

(原载 2017 年 2 月 13 日《人民日报·大地》)

诗歌史上最漫长的一场雨

毕飞宇

如果李商隐不是生活在诗歌的年代,而是小说的年代,他一定可以成为小说大师。李商隐是曹雪芹的前身,曹雪芹是李商隐的后世。一个凭诗行云,一个借小说行雨。

说起李商隐的雨,大家的第一反应无疑是"巴山夜雨涨秋池"。这句诗以及这首诗太有名了,我估计很多人在五六岁的时候就会背了:

> 君问归期未有期,巴山夜雨涨秋池。何当共剪西窗烛,却话巴山夜雨时。

一般说来,我们把这首诗当做"爱情诗"。其实,这首诗有麻烦。首先是题目。有些版本叫《夜雨寄内》,另一些版本则叫《夜雨寄北》。如果这首诗叫做《夜雨寄内》,那么,顾名思义,这首诗的应答对象,应该是李商隐的妻子,王茂元的七女儿王氏。可是,这个结论是有问题的。诗歌里有一个关键词,叫"巴山夜雨",这说明了一件事,李商隐那时候在川东,那是大中六年。然而,这时的王氏已经过世一年多了,李商隐不可能"寄内"。

那就《夜雨寄北》吧。但是,问题又来了。"北"是一个空洞的概念,它有可能指代王氏,也有可能不是。如果不是王氏,那么,和李商隐一起"共剪西窗烛"的那个人又是谁呢?

——我为什么要说这些呢,因为喜欢李商隐的缘故,我在年轻的时候喜欢阅读有关李商隐的书,老实说,我越看越糊涂。我想说,关于文学,尤其是关于诗,有些地方宜细不宜粗,有些地方则宜粗不宜细。作品和作者的私生活,它们之间的关系无限地复杂。我们不能用简单逻辑去面对这个问题。关于李商隐的爱情和爱情诗,我特别想说这样的几个看法:

李商隐十岁丧父,健康也不好,有一度,他表面上做了一个小官,其实是令狐绹的伴读,从本质上说,就是寄人篱下。这样的人生际遇对他的性格是有影响的,从他的诗歌里也给我们留下这样一个总体印象,他柔弱,敏感,胆小,多情,当然,他见过世面。因为和令狐绹厮混在一起的缘故,青年时期的李商隐实在是见过大世面的,他经常出席贵族的大派对。《琵琶行》里说:"五陵少年争缠头,一曲红绡不知数。钿头云篦击节碎,血色罗裙翻酒污。"高端,豪华,奢侈,放荡,这是琵琶女的生活,这又何尝不是青年李商隐的生活?虽然那样的生活并不属于他。

我不敢说李商隐的两性生活多么丰富,可是我敢说,李商隐见得太多了。那可是唐朝,富足而又开放。李商隐见得多,经历得多,有多少胎死腹中的一见钟情呢?我们不知道,但是,我们可以理解。清朝的贾宝玉见到薛宝钗的胳膊都要魂不守舍,唐朝的李商隐怎么就不会?所以我说,李商隐隐秘的情感生活很可能是一笔糊涂账,谁认真谁傻。

其次,李商隐是诗人,在写诗。写诗的动机极为幽暗、极为复杂,是情绪化的,那是真真假假、假假真真的,一阵风、一片云都可以让他产生爱意和一首诗。我是一个写小说的,以我的切身体会来说,用文学去考证私生活,用私生活去考证文学,通常是缘木求鱼。

再次,李商隐的诗歌大体上可以分作政治诗和爱情诗这两个部分。前面我说了,李商隐是一个政治抱负很大的人,他热衷于官场,可他偏偏就生活在官场的夹缝里头,"虚负凌云万丈才,一生襟抱未曾开"(崔珏《哭李商隐》)。"锦瑟无端五十弦",实际上,李商隐自己都不知道,他并没有能够活到五十岁。"一弦一柱思华年",真是一字一泪、一字一血,很让人痛心。一个有大抱负的人又没希望,他能怎么说呢?写夕阳自然是一个办法,更常见更有效更安全的,是写单相思。单相思懂的人更多,更能感同身受。所以,在李商隐的身上,他的政治诗和爱情诗通常是合一的。我们不能把诗歌里的爱情仅仅看做爱情,这一点特别重要。

又其次,政治诗和爱情诗合二为一,这不是李商隐的发明,是我们的诗歌传统和文学传统。这是中国的爱情诗和西方的爱情诗最大的区别。中国的爱情诗经常是指东打西的。从爱情诗出发,去考证诗人的个人情感,我们时常要扑空。

话说到这里,我特别想把话反过来说——不管诗人多么复杂,你既然写了爱情,那么,我干脆把你的诗当做爱情诗来读,那也挺好。再怎么说,爱情诗总是美好的。

《夜雨寄北》这个标题起码有四个内容,第一,时间,是夜里;第二,环境,正下着雨;第三,他要回信,第四,那个人相对于李商隐的生活居住处,在北方。中心词是雨,也可以说是夜雨。这可能是实情,也可能是心境和氛围。

这首诗一点也不复杂,这在李商隐的诗歌里头是很特殊的。李商隐创造了一项吉尼斯世界纪录,是一项文学纪录,——他描绘了中国诗歌史上最漫长的一场秋雨。这场雨到底有多长? 没有人知道。

一首七绝应该是二十八个字,可是,李商隐只用了二十三个。李商隐只用了二十三个字就写成了文学史上最为漫长的一场雨,秘诀是什么? 是李商隐天才地处理了诗歌内部的时空关系。

一般说来,处理时空关系是小说家的事。没有一个小说不为处理时空而煞费苦心。实际上,《夜雨寄北》这首诗虽然只有二十三个字,其实是有故事性的、有戏剧性的。它更像一部长篇小说。可以说,一部巨大的长篇小说就隐藏在《夜雨寄北》的内部。

关于时间,我有一点补充说明。时间可以分成两种。一种是通常意义上的、可以统计的时间,我们把它叫做物理时间。但是,时间这东西很鬼魅,它既是物理的,也是心理的和文学的,在电影上还有一个专业名词,叫银幕时间。——某个小伙子,他面对着镜头,一秒钟之后,小伙子的脸上长满了胡子,十年就这么过去了。电影院里的一秒是物理时间,而银幕上的时间它等于十年,这样的时间处理我们必须认可,否则电影就没法拍,小说也没法写。物理意义上的时间无比精确,一分就是一分,一秒就是一秒,而心理和文学意义上的时间则充满了弹性。可以这样说,心理和文学的时间弹性构成了艺术的难度,起码是难度之一。

虽然李商隐是一个诗人,但是,在《夜雨寄北》里头,他在时空的处理方式上已无限接近于小说,甚至是电影。我们来具体地看一看,这个太好看了。

题目:夜雨寄北——我们可以把写回信的那个夜晚当做此时,也就是现在进行时;那个地点叫做此地。

君问归期未有期——看信是现在进行时,此地。信里头"问"是"君"的问,这个动作却是过去完成时,彼地。那么好的,回信人开始回答了,又回到了现在进行时,此地。回答的内容呢?它指涉的是将来,当然是将来时,彼地。请大家注意一下信息量,就七个字,仅仅是时空关系就倒了好几个来回,噼噼啪啪的。这里的时间是接近物理时间的。

巴山夜雨涨秋池——作者的现场。现在进行时,此地。这是一段漫长的景物描写,是夜景,一个长镜头。和第一句的快问快答或不停地回闪比较起来,这一段的节奏突然变慢了,很慢,也许有好几个小时。我怎么知道是好几个小时的?是常识告诉我的,秋天的雨不是盛夏的暴雨,不可能是一眨眼的工夫。可以说,这个"涨秋池"写的就是时间,是时间的慢,时间的难熬,也可以说,这个"涨秋池"就是心理,孤独、寂寞和忧伤,他的孤独、寂寞与忧伤随着时间的流逝在上升,在往上涨。这句诗是很抒情的。这也是中国诗歌的妙处,我们的诗人到了需要抒情的时候,他反而会没心没肺地写景。这和西方小说里的写景有极其巨大的区别。我们的抒情很像京戏里头青衣的水袖,青衣害羞了,她会把水袖抬起来,让你看水袖。在这里,水袖就是情绪。

让情绪物质化,这是我们的特征。

"巴山夜雨"这四个字锻造得好。巴山,很偏僻,很遥远,夜雨,什么都看不见,也许都没什么动静。雨是自上而下,李商隐把这个动态写反了,水在自下而上,它悄无声息。它很像人类的内心,悄无声息。仿佛寓静于动,实则寓动于静。

它写的是雨,是水的动态,骨子里,写的是时间。是孤独与寂寞的长夜。这里不再是物理时间,这一段时间比物理时间要长一些,缓慢一些。

何当共剪西窗烛——时间哗啦一下拉到了遥远的未来,将来时,彼地。我说了,时间哗啦一下拉到了遥远的未来。

说"遥远"是不是夸张了?我没有夸张。诗人在第一句说得清清楚楚,"未有期"。一切都是不确定的。最起码我近期回不去。我想说的是,共剪西窗烛是一个温馨的画面,一个幸福的画面,但是,在这里,它并不温馨也并不幸福。道理很简单,这句诗遭到了当头一棒,那就是这句诗的第一个字,"何"。"何"是一个疑问副词,它既有发问的含义,也有不确定的含义。"何",意味着遥遥无期。可能是两个月之后,也可能是二十年之后。这里的时间是已经绝对和物理时间无关了,第一,是假想的,现实生活里并不存在,第二,它不确定,比慢还慢,也可以说,要等,等待的内容也还是等待。

却话巴山夜雨时——将来过去时,彼地,也是此地。时间绕了一个巨大的圈子,回到了原点。"却"是回过头来的意思,很肯定,把一切都落到了实处,但是,由于它对应的是"何",它又不能肯定了,这个"实"还是"虚"的,是"画饼充饥"里的饼。在这里,时间变得很魔幻了,像拉面师傅手里的面,一会儿是面团,一拉,成了面条,再一拉,又成了无数的面条,无限地纷繁。

魔幻现实主义的《百年孤独》,它的开头是这样的:

多年以后,奥雷连诺上校站在行刑队的面前,一定会记得他的父亲带他去看冰块的那个遥远的下午。

小说的叙述者的叙述时间当然是现在,它描绘的却是将来;站在将来的角度,所谓的"多年以后",又成过去完成时了。马尔克斯要记录的是马孔多的百年史,如果他按照物理时间的顺序,那么,这篇小说的篇幅将是惊人的,最起码也是多卷本的长篇小说。通过魔幻现实主义的手法,作者压缩了时间,小说的篇幅一下子缩短了很多。可以说,魔幻现实主义改变了小说的历史,它让小说的篇幅变小了,换句话说,容量变大了。所以,马尔克斯很自豪,他对他的太太说,他"不是在写小说,而是在发明小说"。就拿我们中国九十年代之后的小说来说,无论是长篇还是短篇,尤其是长篇,篇幅都缩短了,层面更厚实了,这个首先要感谢马尔克斯这位发明家。

但是,李商隐在《夜雨寄北》里早就使用这种方法了,几乎是一模一样的。

《夜雨寄北》这首诗最大的魅力就在于压缩了时间。

但是,时间是压不住的,它一定会反弹。这个反弹在哪里实现的?在读者这里。如果是一个合格读者,理想的读者,在阅读《夜雨寄北》的时候,首先看到的将是一个动人的画面,时间在眼前"轰"的一声爆炸了,时间升腾了,同时打开了它的蘑菇云。

说《夜雨寄北》里头有一部长篇小说的容量,道理就在这里。你如果不信,我们来做个游戏。如果你愿意,你决定写一部小说,题目叫《夜雨寄北》。那么,你有哪些内容需要补充呢?

一、在那个地方,我为什么要离开那个"君"?涉及了哪些事?涉及了哪些人?

二、我离开了,来到了这个地方,我为什么就回不去了呢?这又涉及哪些人?这又涉及哪些事?

三、事实上,在这里,我一直也没能回去。我还要面对哪些事?我还要面对哪些人?

四、在漫长的岁月里,在那个地方,那个"君",她如何了?二十年之后,我回来了,再一次来到这个地方,有可能人是物非。

五、二十年之后,我回来了,再一次来到这个地方,另一种可能也存在,不是人是物非,而是物是人非。

六、还有一种可能,物非、人非。然而,造化弄人,又把我们安排在了一起。

七、我们一起回忆了过去,回忆起了这个地方、这些人、这些事,我突然明白,我离开这个地方,原来是因为这些人、这些事。

八、我们同时还明白了,我在那个地方之所以回不来,是因为那些人、那些事。

九、天亮了,蜡烛即将熄灭,我大彻大悟,我的人生早就走完了。外面的雨还在下。和当年的秋雨一模一样。

这里头有颠沛的人生,有苍茫的、鬼魅般的、神龙摆尾的、身不由己的命运。老实说,《夜雨寄北》这首诗内部的时间能够产生多大的爆炸当量,完全取决于你的想象力,取决于你的人生阅历。但有一点我可以确定,不管你的想象力是怎样的,你的想象力一定会伴随着潮湿,伴随着无穷无尽的秋雨。

我的数学不行,我不能确定这场秋雨到底有多长,这个问题就交给清华大学的数学天才们吧。我想告诉你们的是,在我的阅读历史里,再也没有比《夜雨寄北》更长的雨了。

如果李商隐不是生活在诗歌的年代,而是小说的年代,他一定可以成为小说大师。李商隐是曹雪芹的前身,曹雪芹是李商隐的后世。一个凭诗行云,一个借小说行雨。

(原载 2017 年 3 月 4 日《文汇报·笔会》)

月亮村的记忆

雍 措

腊 月

村庄坐落在半山腰,由于坡度原因,房屋与房屋紧挨着,连成一片,远远看去,整个半山腰的房屋竟然像一个月亮的形状。腊月一到,村庄就亮得特别早,闲散的狗儿从一只、两只,最后汇集成一伙,你追我赶,在村庄的小路上穿梭着,过往的路人相互打着招呼:

"刀把子吴,轮到谁家了?"

"村东头高家了。"

"哪天到我家?"

"等几天吧。"

刀把子吴的声音最响亮,一到腊月,他的声音总是回旋在月亮村上空。钻进每家人的被窝里、鸡笼里、茅房里的事儿在农村并不是啥笑话,大家对这样的事也并不关心。最关心这件事儿的只有圈里的年猪了。年猪竖着耳朵听了之后,似乎明白还轮不到自己,又习惯性地"嘟嘟嘟"地贪食着槽里的食物。主人家却开始掰着手指计算着,高家过了刘家,刘家完了汤家,汤家过了聋子毕家……好不容易数落好了,才发现还得隔上两三天才轮到自己家,于是放心地干起其他事来。

刀把子吴还有一个名字叫阿布(叔叔的意思),也算是他帮村人杀猪，全村上下对他的尊称。阿布个儿不高，一年四季穿着深蓝色的帆布衣服，戴一顶带耳的呢绒帽，眼睛凹陷，皮肤黝黑。我家和他家挨得很近，两座房子之间只隔一堵墙。腊月是阿布最忙的时节，隔着墙我们都能听到他嚓嚓嚓的磨刀声。阿布就是阿布，在杀年猪的事儿上，从来没有因为亲情关系而破坏排在他心里的次序，所以，亲人骂他是呆子。

这个月里，阿布的身后总是牵着线似的跟着很多村娃，当然还有闻着腥味就发馋的流浪狗。村娃在阿布的身后嘻嘻哈哈，流浪狗们翘着尾巴跟着村娃。阿布朝左，村娃和狗就朝左，阿布东弯西拐钻进巷子，村娃和狗也像蚯蚓一样钻进巷子。

主人家早早烧着柴疙瘩等着阿布，帮忙按猪的七八个年轻人围坐在火炉边烤着火。阿布一到，大家都站起来给他让座。调皮的村娃学着阿布的口吻问主人家："伺候毛猪的水烧开没？"惹得大人们一阵哄笑。大锅里的水热气腾腾，水开了，主人家却说："不忙，不忙，等阿布的手暖和了才行。"阿布取出插在腰上的烟袋子，旁边坐着的人赶快用火钳夹着通红的火炭给阿布点燃烟叶，阿布的腮帮子立马深深凹陷下去，一会儿，吸进的烟从他的鼻孔里、嘴里冒了出来，阿布的脸模糊得像张水墨画。他询问着猪的大小，话末，还添上一句到每户家里都少不了的话："今早喂食没？"主人家说喂了。阿布点点头，不说话，又深深地吸上一口烟。其实，喂食对即将要杀的年猪来说，自然没有多大意义，反而，喂饱后处理杂碎是特麻烦的一件事，但大部分村人都不忍心看着养了一年的猪，饿着肚子离开。阿布对这样的事情不发表看法。

阿布吸完烟，在凳子上敲了两下，烟杆插回腰带，剩余的烟灰散落在地上。他起身，按猪人也起身，男主人急忙走出堂屋，打开圈门。阿布最后走出堂屋门，他径直走向那套装家什的竹篮子，掀开盖在篮子上发黑的蓝布，篮子里五花八门、奇形怪状的刀具便展露出来。村娃们与其说围着阿布，还不如说围着这一篮稀奇古怪的刀具。阿布在篮子里取出一把细长的尖刀，刀尖很细，刀口锋利无比。阿布用篮子里的一张小帕子擦了擦刀，口中念念有词。猪儿拉上院坝了,按猪人的使劲声,猪儿的嘶叫声,混合在一起。村娃们扔下阿布,像一阵风一样冲出堂屋。三三两两的浪荡狗站在远处,观看着这一切。

外面的人扯着嗓子喊着:"阿布,猪儿摆好了。"阿布转过头对女主人说:"准备好没?"女主人点着头。阿布走出门,女主人从灶后走到灶前烧火的地方。村娃子给阿布让出一条路,按猪人尽量给阿布腾出更多空间。猪撕心裂肺的尖叫突然变成了哼哼声。几只浪荡狗摇晃了一下脑袋,远远跑开了。村娃们盯着阿布,盯着猪,盯着按猪的人,谁都不敢说话。

女主人坐在灶前,烧着事先准备好的纸钱,嘴里不断地念叨着:"愿疼痛减少,来世别再投生成一头猪。"话末,点燃三支香,插在灶门前。

一切平静了下来,村娃们又开始闹腾起来,浪荡狗们闲散地在院坝里溜达着。

阿布用热水冲洗着那把锋利的刀,又从篮子里取出帕子擦拭着刀刃,擦干净后,放进篮子里。按猪人将一整头猪放进木桶里,用锅里沸腾的开水淋着。阿布站在旁边,问淋水的人:"来没?"淋水的人扯扯猪毛,还一句:"没有来。"过一会儿,阿布又问:"来没?"淋水的村人又用手扯扯猪毛,一大把猪毛握在手中,急忙答道:"来了,来了,来得快着呢。"阿布把整个篮子提出去,给按猪人每人发一把弯曲的刮毛刀,一阵"呱呱呱呱"的声响在桶中响了起来。村娃们也没闲着,发现没有刮干净的地方就大叫着:"这里,这里,还有这里呢。"一会儿,一头大黑猪,变成了一头大白猪了。村人把猪悬挂在一个搭建好的木桩上,头朝下,尾朝上,光溜溜的尾巴直挺挺冲着天空。男娃们开始戏弄女娃:"你的小辫子就像猪尾巴。"女娃们也不肯罢休:"看,快看,那猪的耳朵多像你们的耳朵呀。"喧哗声把整个院子吵得沸沸扬扬。

"这猪怎么没有腰子呀。"阿布剖开悬挂的猪,假装在猪肚子里四处寻找。村娃们停止吵闹声,拥挤过来。机灵的小眼睛似乎要把猪肚子盯出一条缝来。猪腰子丢了,他们的快乐也丢了。"在这里呢!"阿布像变戏法一样手里握着两个腰子。村娃们急忙从阿布的手中夺过腰子,冲进堂屋。女主人把腰子切成四半,涂上盐、味精、辣椒粉,放到火上烤。火上的腰子"嗞嗞嗞嗞"地发出声音,村娃们的喉咙里也"咕嘟咕嘟"响着。女主人用火钳把烧好的猪腰子放在菜板上,用油腻腻的手指点数着站在身旁的小脑袋,"一、二、三……"村娃们生怕被女主人忽视掉,垫着脚尖,高昂着小脑袋。女主人根据人数分好腰子,不过这时的村娃却显得害羞起来,谁也不好意思拿第一块腰子。女主人早知道他们的花花肠子,笑嘻嘻地故意走开。女主人前脚还没有跨出门槛,菜板上的猪腰子就被一抢而空。他们个个嘟囔着小嘴,心里想告诉女主人,其实她真没有必要出去。

冬意渐渐浓厚起来,偶尔有几场单薄的小雪轻轻地给村庄罩上了一层薄薄的纱衣。有雪了,雪的世界里装着村娃们天真无邪的童真和无穷无尽的快乐。这个时候,阿布最值得骄傲的日子就到了末尾,然而,像月亮一样的村庄却显得格外明亮、清澈。

年 花 花

腊月底,是年花花开放的时节,那"砰砰砰砰"的开放声,像诱饵一样吸引着村娃们。

年花花不是真花,是每到年关才能吃到的玉米花。过年的时候,玉米花像一道菜,摆在每家每户的餐桌上;像水果糖,揣在大人小孩的裤兜里。玉米花,就被村娃们叫成了年花花,年花花开得水深火热的时候,年也就离村庄越来越近了。

村东头有块大大的石堡,长得怪怪的,像牛不是牛,像龟不是龟,上面能容纳十多个村娃子嬉戏玩耍。站在石堡最突出的棱角上,能望见山梁上盘旋着的小路。

年味儿把村庄涂得浓浓的时候,大石堡上的村娃就会越来越多。

那时的村娃比早起的公鸡还要早,比田地里四处寻食的麻雀还要忙碌。敲敲这家的门,喊喊那家的村娃子:"出门啦,出门啦,背着年花花的人就快到了!"由远及近,一呼百应,由喊到唱,最后像一支激昂的晨歌,汇集在大石堡四周,停了下来。

太阳慢慢爬上东边山顶,村娃们眯缝着眼睛,对着山顶,争先恐后用小手指比画着阳光的高度。

"昨天,阳光爬到这么高的时候,背着年花花的人就已经出现在山底了。"

"不对,是爬到这么高的时候,背着年花花的人才到山底的。"

"是这么长,是这么长……"

吵闹声响彻在大石堡上,阳光的高度被村娃们比画得长长短短。

"年花花来了,背着年花花的人来了!"一声喊叫,阳光的高度瞬间像地面融化的积雪,不见了。村娃们朝着山脚呼唤着,声音顺着山坳一直传到山脚下,背着年花花的人停了停,往大石堡看了看,又慢慢地走着。

"听见了,他听见了。"石堡上的村娃们欢呼雀跃着。背着年花花的人随着山路钻进荆棘里,看不见了,村娃的呼喊声也停了,眼睛盯着荆棘,生怕消失。山路十九弯,背着年花花的人走进十九弯,村娃们眼神绕着山路十九弯。弯弯山路,弯弯心,弯着弯着,背着年花花的人汗流浃背地弯到大石堡上来。

村娃们簇拥上去,帮拿炭火的、拿口袋的、拿簸箕的忙得不亦乐乎。唯有一样,拿不动,就是背在背上能变出年花花的长着大肚子的机器。

跑得快的村娃们,沿着进村的小路,大声地呼喊着:"背着年花花的人来了,背着年花花的人来了。"声音钻进村子的沟沟巷巷里,忽然远了,忽然又近了。

大人们有的扛着口袋,有的背着背篓,有的拿着簸箕,里面装满了金灿灿的玉米粒,玉米粒在口袋里、背篓里、簸箕里你拥我挤,发出轻微的哗哗声。村娃有的拉着大人的长衫,有的抱着大人的裤腿,紧跟在后面。大人之间互相问候着:"你家今年的年花花可比往年多了呀?""你看,跟在后面好几张嘴巴呢!"大人边走边回头看着后面的村娃,哈哈地笑着。

大人到了,背着年花花的人也到了,从村子的四面八方嗅着年花花味道的狗呀、猫呀也到了,公社的院坝里顿时热闹起来。

背着年花花的人不慌不忙地安装着他那台被烟熏黑了的大肚子机器,村娃们四处寻找着引火的柴渣子,带有火柴的大人帮忙在火盆里引燃炭火。

背着年花花的人转悠在公社的院坝里,摸摸这家的玉米粒,嗅嗅那家的玉米粒,村娃们都知道,这叫"开门红",选上谁家的,就说明谁家玉米粒是最好的。背着年花花的人会把最好的玉米粒作为他开张的生意。玉米粒越大,炸开的年花花就会越漂亮。这也可以显示出背年花花人的手艺。一旦被选上,大人和村娃都得意地将自己家的玉米粒交给那人,放进那被熏得黑黑的机器里。

等呀等,盼呀盼,小狗小猫着急了,村娃们着急了,咕噜咕噜嘴馋的小肚子着急了。随着背着年花花的人一声吆喝,黑色机器里发出巨大的声响,接着一股喷香的味道传遍四周。村娃们围了上去,大人们围了上去。小狗小猫落在他们的身后,骨碌碌转着眼睛,随时都想跟上去偷一回嘴。

年花花开放的季节,整个月亮村沉浸在一片浓浓的香味里。

买　　水

缸满仓满灶门满。缸,装水的水缸;仓,装粮食的柜子;灶门满,指的是将柴火把做饭的灶门塞满。爷爷说过,阿妈阿爸也说过。年三十,把这些都装满,就意味着来年不愁吃穿,不愁柴火,不愁没有水喝。

爷爷举起手,指着村子背后的一座大山告诉我说,水的根就长在那里。我踮起脚尖,怎么也寻不着长在那丰密植被里水的根。根不见,我却能一眼瞧见那若隐若现像银带子一样流在村子水沟里的水,阳光洒在上面,折射出点点明晃晃的光,刺得人眼睛睁不开。

水,远看温温柔柔,流经跳水口时,发出呼啦啦的声响。这水,是村人的灌溉水,也是饮用水。

贾家屋后有个大大的水凼,大沟里的水流经这里时,似乎走累了,总是停停歇歇,撒欢片刻,又欢快地向东奔跑。荡起的水始终清澈见底,下坝子的村人都到这里来背水。每天清晨和太阳落山,这里一路都会洒下一串水瓢在水背里浪荡发出的哐当哐当声,悦耳动听。平日,这声音闲散而柔和,但到每年三十夜,这里的哐当声汇集起来,像是一个组合好的大合唱团,高高低低,快快慢慢,杂而不噪。

民间有说法,这天晚上背的水俗称头水,我们村把这叫做买水。

村子里,每家每户都拥有一口青石做成的水缸,结实耐用。我们家青石水缸是阿爸年轻时从高山上花了五天的时间背回来的。大年三十这天,水缸里的水就快满了,按阿妈的话说,还差的那一口,就是等着你阿爸买的水了。

那年,阿妈拗不过我的又哭又闹,答应我跟随阿爸去买一次水。我高兴地帮阿爸张罗着木瓢、水背。阿爸阿妈则忙着准备照明的竹子火把。买水一般是晚上十二点,可时间这东西在农村里白天还可以看天空的太阳来说话,一到晚上,谁也摸不着底。我们只有听外面的脚步声,脚步声越来越多的时候,阿爸带着纸钱和三根香,背上水背,拿着点燃的火把就出门了。我跟在阿爸的后面,扯着他的衣角,看着火把把我们的身影一会儿变粗、一会儿变细。路上遇见一些买水的人,见面只是互相点点头,失去了平时的莽撞与粗糙,文静得像是城里人。出门时,阿妈嘱咐过我,不能多说话,要不买水就不灵了。有了阿妈的嘱咐,我自然也就安静多了。

我们来到贾家后面的水凼,这里被一个个火把照得亮堂堂的,水凼旁边的路边上,多了一些已经烧完和正在烧的纸钱。我默默地注视着这些站着、坐着的村人,他们有的东瞧瞧西看看,有的坐在石头上抽着叶子烟。阿爸放下水背,带上纸钱和香,在路边烧着纸钱。火光把阿爸的脸映得红红的,我相信我的脸蛋儿也和阿爸一样红。他边烧纸钱,嘴里边念叨着什么,我听不清楚从他嘴里冒出的话星子。我学着阿爸,也动了几下嘴皮子,不知为什么,动的时候,让我想到了吃食的小猪崽子,于是闭上了嘴。

突然,一个年老的人用嘶哑的声音吼着几句吉祥的话,话音刚落,身后响起了木瓢碰到沟底发出的嗤嗤声,水倒进水背的哗哗声,这声音合起来,把贾家后面的水凼子吵得沸沸扬扬。我扯扯阿爸的衣角,示意他也该买水了。阿爸站起来,来到水边,可是这里已经挤满了人。他默默地背上水背,往水池的上方走去。这里的水很浅,浅得立马就映出我和阿爸的脸。阿爸把火把交给我,拿出木瓢舀起水来。因为水浅,我能清晰听见木瓢和沙石的摩擦声。买水的人越来越多,渐渐地,阿爸的上方也有人舀水了。沟渠怎么弯,买水的人排列队伍就怎么弯,手中举着的火把也随着排列的队伍怎么弯。买完水的人,终于可以开口说话了,那憋久了的声音有些沙哑。他们开着粗粗糙糙的玩笑,恢复了往日的模样。

阿爸买完水,将木瓢放在水背里,瓢在水背里轻轻地荡悠着,像我以前折过的纸船荡悠在水沟里。起身离开的人多了起来,小路上不断响起木瓢荡在水背里哐当哐当的声响。

大年三十的夜,脆生生的。

我拿着火把,走在阿爸身后,阿爸的影子变得长长的。我问阿爸,他烧纸的时候那翻动的嘴皮在说些什么呀?阿爸的声音从背着的水背后面传出来:"我在向水神祈祷,保佑在新的一年里,我们村人不缺水,每家的水缸都能装得满满的。"

哐当哐当,夜越静,这哐当声越是响亮。买水的习俗一直延续着,而我在时间的深筒里,却不知不觉"卖"掉了不少可贵的年华。

过　年　谣

风从结巴阿爷家果园里灌上来,卷着果园里橘子的香味,拂过结巴阿爷家陈旧的门槛。结巴阿爷坐在风中,风钻进他的嘴巴,半天没有吐出的话又被风灌进了他的肚里。他皱皱眉头,似乎咽下了一生的凛冽和沧桑。一阵过后,结巴阿爷的脸挣得红红的,脖子上的青筋像细绳一样,僵硬硬地趴在他的皮肤下。

"娃,娃们,阿爷今天教你们唱过年谣。"结巴阿爷终于从嘴里吐出这句话,然后轻松地抚了抚胸口,眨巴着眼睛,看着围在他四周的十几个村娃子。

我们挤成一团,像还未盛开的菊花的花瓣,实在受不了的,就用手腕撞撞身后的娃子,示意挤着自己了。结巴阿爷成了菊花的花心,直耸耸地立在那里。

结巴阿爷清了清喉咙,看着我们,开始唱起来:一鸡、二犬、三猪、四羊、五牛、六马、七人、八谷、九豆、十麦、十六鼠、二十风。奇怪,颤悠悠的调子竟然治好了阿爷结巴的毛病。唱完之后,他告诉我们说,这就是过年谣,祖祖辈辈到过年的时候天天都会哼唱。我们看着结巴阿爷,轻轻地学着他唱起来。唱着唱着,我们唱到了完全不着边的调子上,唱得相互间也别扭起来,越别扭,越是想笑,最后紧蹙的菊花瓣不安分地动起来,像被风吹乱了。阿爷结结巴巴地说:"娃子们,别……别闹腾,来……来跟阿……阿爷学着唱。"结巴阿爷眨巴了几下眼睛,又开始教我们唱。学过几遍后,我们都会唱了。结巴阿爷试听了一遍,点点头。他举起一只手,手掌在我们脑袋上空上下晃了两下,然后问我们:"娃……娃子们,让阿爷再给……给你……你们讲讲过年歌谣里的故事吧!"一听说讲故事,我们的嘴巴立马像上了线,闭得牢牢的,骨碌碌的小眼睛盯着阿爷白胡须下藏着的嘴巴。

结巴阿爷开始讲了。

大年初一鸡过年。那天可是鸡的主,每家每户都要把鸡当成上宾来伺候着,喂好吃的。这天,主人家也特别讲究,不能扫地,不能泼水,不能吃面,不能看见绳子或者秤杆。扫地、泼水会把家里的钱财弄丢了;吃面的话,农忙季节,自己家会经常遇见下雨;看见绳子和秤杆,会在新的一年里常常遇见蛇。

大年初二狗过年,初三猪过年。这两天是人们串门的好日子,大人带着家里的娃子给长辈们拜年,这两天的年过得尤其暖和。大家聚在一起,说说笑笑,拉着家常,临走时,长辈们会送一些平日里比较稀罕的东西给娃子,如一枚鸡蛋或者是自己手工做的鞋子、帽子等,多与少,都不重要,只要心意到。

初四羊过年。初四谐音"出事",这天,人们都很忌讳,全家老老小小不得出门,待在家里,晒太阳,做些闲散的琐事。

初五、初六牛马过年。牛马是村子里重要的劳力,这两天人们要对牛马尤其宽厚,喂上等的谷草。如果这天太阳好的话,村人们就会牵上各家的牛马,带上刷子,来到水沟旁,用水和刷子刷洗它们的身体,伺候得相当周到。

初七人过年。村人会把这天看得很重要,吃好的,耍好的,年味浓浓的。不下地、不做针线活,能怎么休闲就怎么休闲着。

八九十这三天粮食过年,粮食是村人的命根子。这天,人们会把粮食从冰凉的柜子里拿出来少许,象征性地晒晒阳光,说很多吉祥的话。

十六是老鼠年。老鼠是庄稼的敌人,影响着庄稼的成长和收成。这天,村人万万不能下地,下地的话,就会为来年引来成群的老鼠糟蹋庄稼。

二十是风过年。风来自四面八方,有乱的,有顺的。这天,村人会用烟子来祭奠风的到来,每家都会在门外或者锅灶里熏上烟,看着烟顺风飘,祈求来年没有风灾。

阿爷讲得结结巴巴,孩子们听得结结巴巴。有的把阿爷的话装进了脑子里,有的却像树桩一样半天回不过神来。李家娃子站起来,对阿爷说:"结巴阿爷,我要唱过年谣。"我们也跟着吵闹起来:"过年谣,过年谣。"

结巴阿爷笑了笑,这一笑,脸上的皱纹扎成了堆,"好好好,我们来唱过年谣。"阿爷说。

一鸡、二犬、三猪、四羊、五牛、六马、七人、八谷、九豆、十麦、十六鼠、二十风……

风从果园来,经过结巴阿爷家的门槛,卷着我们的歌声,匆匆拂过村庄。村庄在风中苍老,我们在风中成长……

(原载《民族文学》2017年第3期)

土陶本纪

宋长征

一 泥土调

村庄在时间之外静默,若有若无的云朵在村庄上空飘荡,一条弯弯的小河从村前流淌而过,过滤时间遗留的砂浆。在村子里,我们所见最多的是泥土,泥土的老屋,泥土的矮墙,汗水从毛孔里渗出,一搓是一粒黑黑的泥浆。——要不老祖母怎么会说人是泥做的呢?一场浩大的洪水淹没了整个世界,只剩下女娲和伏羲兄妹两人,躲在一个大葫芦里顺水漂流,最后来到了老河滩上。开始用泥巴捏出一个个泥人,后来女娲累了,折下一枝柳条,蘸满泥浆在地上不停地摔打,结果溅出的泥点点也变成了活着的人。

我们就是那群被女娲摔打出来的泥人。但悲惨的是,女娲用手捏出的泥娃娃所变成的人或传下的后代,统统成了社会贵族;而那些用柳条摔打的泥点点,却变成了村庄里的我们,以及村庄的子嗣,成为社会的贫困阶层。我当然不相信这种宿命论的说法,王侯将相宁有种乎?后来通过证实,原来村子里的人也能褪去身上的粗布衣衫,成为人模狗样的城里人。至于那些人的骨子里还有没有乡间泥土的基因,在这里不是重点不说也罢。

我小时候和泥巴有着最深的接触,每当河湾里的水几近干涸,我会撅着屁股在河道里挖泥巴。赭红的胶泥。与其他泥土的质地不同,胶泥有着柔韧的性格,埋在三尺多的地下,像岩石层,每一块胶泥之间都有一条分割开来的线条,保持着最初的品格。初挖上来的胶泥是硬的,就像一个倔强的乡间少年,需要时间的磨合,需要改变一些较为天真的想法,需要在经历中摔打,才能在空旷的世间柔韧有余。

  青石板是青的,作为一座简单的小桥的桥面,青石板经历着太多人留下的足迹。而我,只是在青石板上摔打着泥巴,捏出一座小小的院落,院子里有鸡有鸭,有看门的土狗,当然还有母亲父亲和我,父亲牵着一头牛走出家门,母亲走进厨房,为我们做粗糙的饭食。我呢,则叉开两腿坐在低矮的土墙上看云,神情有些呆傻,却对外面的天空充满期冀与幻想。但无奈的是,现在想来,那些泥巴捏出的景象有多么粗劣,以至于当我看见本地艺人龙人康的泥塑作品时,会以为那是另外一个我,在一个不为人知的角落慢慢长大,直至有一天用在青石板上摔打出的泥巴,捏出了一整个乡村世界。4月18日,当我在微信上再次看到龙人康的作品,不由自主写下了这篇《泥土调》:

  泥土。龙立的泥土,会说话的泥土,生长庄稼的泥土,歌唱的泥土,飞翔的泥土,沉默的泥土,孤独的泥土,会发光的泥土。大笑的泥土,悲恸的泥土,祖先的泥土,千秋万世的泥土。脱了裤子上炕的泥土,风骚的泥土,奶水一样的泥土,众神的泥土,众生的泥土。烧制成陶的泥土,盛放日子的泥土,生的泥土,死的泥土,在悲苦中泡大的泥土,诞生的泥土,轮回的泥土,银河坠落的泥土。历史册页中的泥土,金戈铁马的泥土,夹缝中的泥土。铁的泥土,青铜的泥土,高贵的泥土,世俗的泥土,火焰般的泥土,花朵盛开的泥土,跪着的泥土,求告的泥土,流浪的泥土,离别的泥土,悲声大放的泥土,流血的泥土,滚烫的泥土,冰冷的泥土。聋人康的泥土,鲁西南的泥土,憨厚的泥土,灵动的泥土,至死不渝的泥土,土黄的泥土,苍白的泥土,丰姿绰约的泥土,美轮美奂的泥土,笙歌里的泥土,柳笛中的泥土,天父地母的泥土。缠绵的泥土,生死之交的泥土,血浓于水的泥土,有风骨的泥土,喘息的泥土,木牛流马的泥土,颤抖的泥土,远行的泥土,梦里的泥土,嘴里咀嚼的泥土,眼窝深陷的泥土,老祖母的泥土,父亲母亲的泥土,村庄的泥土,城池的泥土,死不悔改的泥土,倔犟的泥土,温柔的泥土,子宫里的泥土,阴茎上的泥土,活着的泥土,死了的泥土。你我血肉中的泥土,骨殖里的泥土,筋脉寸断的泥土,赤裸的泥土,风化的泥土,飘荡的泥土,跪乳的泥土,反哺的泥土,对望的泥土,从眼中跌落的泥土,一抔一抔的泥土,撮土为香的泥土,我的泥土,你的泥土,泥土的泥土。

这时的泥土尚与陶无关,只不过从老河滩的地下刚刚醒来,曝晒于阳光之下。在有关陶的解释的条目中,陶是用黏土烧制的器物,可以组成陶俑、陶粒、陶瓷和陶器。这就有了盛放的可能,盛放日光与月光,盛放长长的烟火岁月,盛放我们的悲悲喜喜。

老子说:"埏埴以为器;当其无,有用之器。"是说糅合黏土制成陶器,正因为它的中空为"无",才"有"这器的用途。这把陶提高到了哲学层面,可见有太多的奥义与真理并非来自于信口开河,在浩渺的星空,在深邃的大地,在深埋千年的泥土里,只要躬下身来就能触摸到清晰的纹理。

二 盛放在陶里的村庄

母亲坐在老屋的门口,日光从椿树的枝叶间打下来,圆圆的影子落在鬓发上。萝卜是土生土长的红萝卜,有着琥珀一样的色泽,择去缨子,洗净,一层一层码放在陶罐里,上面撒一把粗粝的青盐,而后放上一块经年的青砖,压实。活在土地上的我们,为了吃饱穿暖,为了将儿女抚养成人,不得不日夜在田野上奔波。汗水是生命透支的证明,一行行顺着脸颊,顺着古铜色的皮肤流淌而下,凝结成盐。那盐是力量的散失,以至于造成了我后来的饮食习惯,不吃咸咸的东西就觉得浑身无力,腰膝酸软。

宁静的乡村时光中,母亲有很长一段时间用来腌渍咸菜。

秋后的胡萝卜，初春的雪里蕻，还有三月的香椿叶。我习惯了那些时间浸润的味道，一口咸菜一口馒头，吃到满头大汗，然后去田野上劳作，归来时已经星月满天。

但最地道的还是黄豆酱，夜色中的母亲，将筛选好的黄豆粒儿放在甑上蒸煮。母亲在等，火光映红母亲的脸庞，也温暖了那些老去的时光。隔着草木编织的甑盖，仿佛听见大地之水，一滴一滴跌落于黄豆的金色幻梦。有时烈火的历练不过是为了走向朴素的内心，有时高压下的隐忍不过是为了看见一缕飘渺的佛光。母亲的等待显得沉稳而漫长，宛若长夜里，化身成为一枚金色的黄豆，在灯火阑珊里守候。她在守望岁月赐予的莹润色泽，她在守望一家人平凡而朴素的暖，她将自己化作一盏摇曳的烛火，为我们照亮脚下的路。自己，一个人渐渐消失在星夜下的远方。

躺在甑锅里蒸熟的黄豆，粒粒饱满，母亲在深夜中一次次翻抄，让每一粒黄豆都浸透了地脉深处的水流。这是一次无言的沟通与交流，也是一次完美的契合与重逢。接下来是一场一场的风，风吹动落叶，风吹动远天的流云，吹散黄豆里地脉之水，却吹不走血浓于水的那份泥土的深情。

晒豆，腌渍黄豆酱最好要在腊月正月。《齐民要术》中说：腊月、正月为上，二月为中时，三月为下时。而地域不同，鲁西南的十一月才是腌渍黄豆酱最好的季节。干爽的西北风爬过院墙，拂下樗树上的最后一片落叶。抬望眼，长雁成阵，已向南飞。而接下来漫长的节气将是乡村青黄不接的日子。——不怕，因为有了黄豆，因为有了母亲，因为有了馥郁绵厚的黄豆酱，足以让枯燥的日月也变得莹润，有滋有味。

这是只有乡下母亲才会做的黄豆酱，轻轻启开陶罐上的封泥，就像轻轻打开尘封已久的记忆。

母亲在时，常在院子里养一些小鸭小鸡，毛茸茸，圆滚滚，散布在各个角落。长大后的鸡鸭就是母亲的移动银行，每逢赶集，母亲就挎着一土篮的鸡蛋鸭蛋守候在人声嘈杂的集市上，换一点儿柴米油盐钱，当然，也有我上学的费用。剩下的才积攒起来，放进陶罐里腌上。等到麦收季节，捞几个煮熟，算是犒劳在田野上劳作的我们。

母亲腌渍的咸鸭蛋与眼下市场上的不同，裹一层厚厚的泥巴，盐水中撒上八角、花椒一些入味的作料，时间无须太久，二十几天捞出即可食用。吃咸鸭蛋有吃咸鸭蛋的吃法，千万不要一刀切开，让内容大白于天下。一端在桌面上轻轻敲破，刚好放进去两根筷子，搅碎。这是形式大于内容的动作，流金四溢的蛋油，宛若霞彩的蛋黄，和清清白白的蛋清混合在一起，组成了协奏曲般深厚的浓香，单是想想就让人止不住口水。

而眼下的食物，已经形成人人共危的毒害链条，农民种出的作物有农药残留，工厂生产出的产品添加剂超标，猪肉、鸡蛋、牛奶，好像哪一样都不让人省心，三聚氰胺、瘦肉精、苏丹红，就像一个个潜伏在人身体里的定时炸弹，已经山雨欲来风满楼警示着世人，总有一天要为自己种下的罪孽付出巨大代价。

宋应星在《天工开物·陶埏》里说："凡陶家为缶属，其类百千。大者缸瓮，中者钵盂，小者瓶罐。"可见作为器物的陶在我们村是以家族的形式存在，成为不可或缺的陪伴。

有时我能在深夜看见那些飞翔的土陶，穿过乡村的屋顶，在风中旋转。大点的是盛放粮食的瓮，轰然有声，巨大的敞口望向田野，五月麦浪滚滚，似千万条箭矢被悉数收纳；十月是玉米的金黄，在经过一夏一秋的灌浆后，颗颗珠圆玉润，嘈嘈切切错杂弹，大珠小珠落土瓮。小一些的是水缸，就像一个静默如谜的诗人，在村庄的角落仰望，仰望布满天空的星群，仰望一如衫裙般的月光洒落，顺手写下清澈的诗篇，在水中荡漾。更小一些的是陶盏，母亲坐在摇晃的灯光下纺棉织布，用生命经纬那些细细长长的日子，用纯棉安抚我们容易嬗变的内心。

我曾经在一篇散文中写道："陶，你发现没有——圆圆的口儿，厚厚的底儿，中间一直圆圆鼓鼓。我想那是母亲才有的胸怀吧，把苦难和风雨咽在肚子里，把亲切与宽容慈祥地呈现，让每一个乡村的儿女都在土陶一样质朴的温暖里成长。"

这是陶最本真的地方，大肚能容天下难容之事，开口便笑世间可笑之人，以佛的姿态盛放着我们曾经生活的乡村，亦普度着众生的灵魂。

三　陶盆，或者消逝的莲花

盆窑就建在老黑叔家门口，一个村子里的面盆、脸盆，包括姑娘出嫁时用的莲花盆，都出自这座简陋的土窑。陶盆的品类按套算，大的叫斗盆，小一号的叫和面盆，再小些的叫什么我已经忘记，而最小号的被村里人称作点点盆，言外之意就是形状太小。

因为盆窑的关系我们村就有了卖盆人，农闲时节或徒步走村串户叫卖，或者套上一匹马到更远一些的定陶与菏泽。五叔算是一个常年卖盆的人，时间久了大概能知道他所去的哪座村庄又缺使唤的盆了，于是套上马车，一手执一把系了红绸子的木槌敲击拴在马车上的瓦片，叮叮当当，省了吆喝的力气。我那时喜欢盘算五叔出门几日该回家了，坐在村口的路边等。五叔轻易不会让人失望，从扣着的一只土盆下抓出几只蝈蝈，放进我预备好的蝈蝈笼子。夜晚，就能听见清脆的蝈蝈叫。

老黑叔是制作陶盆的首要人物，简直是陶盆的灵魂。我倚在门框上，土生哥在阴湿的作坊里摔打泥巴，老河滩上的胶泥，起初是红色，稍显坚硬，施一遍水摔打一次，渐变为柔和，颜色也由赭红变成土黄，泥土本真的颜色。然后用马刀切下刚刚好的泥团，放在老黑叔面前的转盘上。负责托放盆胎的是根生，窑场里都喊小名驴子，驴子跑得快，腿脚快，一手扶墙，一只脚在转盘的下部猛劲一蹬，转盘就飞快地旋转起来。

这时充分显现了老黑叔制作陶盆的功底，将泥胎放置在转盘中央，一边蘸水，一边扶着泥胎扶摇直上。眼看着一坨不成形的泥巴，被竖起，两只大拇指在中间并立开槽，泥胎就像一朵盛开的莲花渐渐开放。

每一次烧窑点火的时刻到来，土窑前会聚集很多人，老黑叔站在前面，举起手中的点点盆，里面是土法酿制的烧酒。八仙桌上，是泥塑的窑神，窑神是老子，也就是后来得道成仙的太上老君，究其根源，大概取老子是道家始祖之意，因为长于炼丹之术，所以能保佑烧制出成色更好的陶盆。

其实我是不相信所谓风水之说的，但世事总是难料。老黑叔原本有一个算是美满的家，家有一双儿女，儿子和我年纪相仿，女孩也比我小不了几岁，妻子叫莲花，模样端庄。有一年来了一个外乡人，说是当地没有烧制的陶盆，央求老黑叔把他留下，学习制陶技术，三年不要工钱。老黑叔心善，结算时总会余出一份分给那人。后来不知怎么一来二去和莲花好上了，三年未到，带着老黑婶一走了之，撇下一对嗷嗷待哺的儿女。

所谓莲花盆并非老黑叔的独创，我在一本有关土陶造型艺术的书籍里找到了莲花盆的踪迹。莲花盆是仿照莲花中莲蓬的造型制作，形象上介于盆和瓮之间。盆的上部开口较小，底座小于开口，盆的中间凸出，呈圆形。莲花盆的用途是养鱼赏花，不仅实用而且美观。老黑叔的做法是，先制作出陶盆的形状，上部稍显短窄一些，这与古时山西与浙江制作瓶器的方法不谋而合。先在土窑里烧制成瓦圈，像金刚圈的形状，承托其底部，外面以木槌打紧，使泥坯与瓦圈自然黏合。最重要的工序是在泥坯成型时用拇指按捏花边，并在上部刻出花藤的形状。莲花盆工序比一般的陶盆烦琐几倍，但卖价也高，常有城里人嘱咐卖盆的五叔一定要捎带几只。

有关风水不好的来历来自于母亲的讲述，说是刚开始在老黑叔家门口筑窑时，来了一位风水先生，围着工地转了两圈说："窑烧九岭，火断八山。"意思是后天八卦的火诀中说，天九地一，左三右七，二四为肩，六八为足，九指的是正南方向，也就是土窑所在的地方。这更像一句谶语，击中了这个平凡的四口之家。莲花婶走后，女儿渐渐长大认归了母亲，哥哥到了谈婚论嫁的年龄，想接母亲回家，无奈苦苦恳求终未回头，一瓶农药了此残生。剩下孤苦伶仃的老黑叔一人。

我本不信这些怪力乱神的说法，但有时又陷于无边的迷茫，人的一生到底要经历多少苦难，才能求得俗世里的安稳，而不是像一只泥做的陶器,易碎,却再也难以复原。

  老年之后的老黑叔常常在颓败的土窑前静坐,目光平静却略显空洞。他是否还会想起那些热火朝天的日子,儿女在一旁玩耍,手中的泥土轻柔绽放,就像一朵盛开的莲花。那莲花来得从容,从老河滩上一抔普通的泥土,被团转,被命名,被烈火炙烤,釉面光滑。那莲花消逝得却让人心痛,在记忆之河随波逐流,到最后只剩下一座破败的土窑,有关它的前路与归程再也无人问津。

四　青鸟飞过时间的林梢

  梅特林克写过一篇叫《青鸟》的童话小说,讲述了两个伐木工人的孩子,代表人类寻找青鸟的过程。在童话里青鸟是幸福的象征,通过他们一路上的经历,再现了人类为寻找幸福所经历的全部苦难,从而得出了一个结论:其实幸福并不那么难找,幸福就在我们的身边。

  有时我也会觉得自己就是其中一个孩子,在书写的过程中寻找那些与幸福有关的记忆。老屋在村庄里静默,秋日午后的阳光洒下来,那株歪脖子枣树,长了很多年,仿佛还是原来的模样,枝叶间的枣子大多被我们打光了,只剩下几枚红红的果实挂在最高的树枝上,面对夕阳,仿佛透明般折射出老屋的光影。我沿着土墙一路爬上去,我喜欢坐在高高的屋脊上看云朵走过村庄的上空,就像母亲赶着一群羊在天上放牧。靛青色的老瓦,由于时间的浸润,生出苔藓与瓦松,这使它们更像是老屋青色的羽毛,屋脊左边一扇翅膀,右边一扇翅膀,而年少时的我就乘坐在这只时间青鸟的背脊上,飞向未知的现在,未知的远方。

  在中国古代神话里,青鸟色泽亮丽,体态轻盈,传说是女神西王母的使者,在汉代画像砖上,常常见于西王母座侧。《山海经》载:"西王母梯几而戴胜。其南有三青鸟,为西王母取食。"说的是青鸟共有三只,它的使命不只是为西王母送来事物与书信,更将吉祥、幸福与快乐的佳音传递给人间。这与梅特林克的叙述不谋而合,看来在文学表达的层面上,人类有着共通的期望与寻觅,借助一只鸟在虚无的时间中穿梭往来,命名幸福的真义。

我注视着这些青色的瓦片,它们因为烈火的炙烤由泥土变成普通的陶,经历了裂变的阵痛,而后飞上乡村的屋檐。风吹着,几枚树叶飘落下来,与孤单的瓦松做伴,这些在屋顶上跳舞的精灵,再过一会就要迎来浓浓的夜色,清澈的露珠将滋润它们干涸的喉咙,轻盈的夜风将打开它们的思绪,漫天的星光将为它们照亮前行的路。而我呢,在最后一片霞光为暮色覆盖的时刻,被母亲从幻景中唤醒,青鸟停止了飞翔,我沿着高高的屋脊在母亲嗔怪的眼神中,瓦垄,土墙,再次回到现实主义的镜像里。

用于房屋建造的土陶,大概可以分为三类:

一种是垂在屋檐端上的瓦,叫滴水瓦当,遮盖椽头,以防雨水腐朽。我家的屋檐低矮,春天常有燕子飞来,老祖母说燕子是吉祥之物,不能驱赶,所以任由它们衔来老河滩上的青泥与草茎,不出几天就能垒好一个看似结构简陋却挡风遮雨的家来。三月的雨绵绵地下着,透过木格窗棂能看见一对呢喃的燕子在雨中低飞,用了不多久,滴水瓦当下面就会多出两只小燕子,伸出稚嫩的小嘴迎接母亲送来的食物。

滴水是瓦中的点睛之笔,相当于青鸟的眼睛,所以在房屋建造中被赋予了更深刻的寓意。达官贵人的堂屋瓦舍,一般会选择有威严的虎豹猛禽等动物作为形象代表,拓印在滴水瓦当上,从而体现出统治阶层的狐假虎威,大多用来吓唬平民百姓。再者是佛堂庙宇,各家有各家的道业与信仰,多以"惩恶扬善""造福人类"为基本信条,所以拓印以"佛""法"或者莲花的形象,以示普度众生之意。而最有威仪的是皇族,不仅在穿衣戴帽、生活用品等方面显示出与常人不同,更在房屋建造方面突出了门第等级,区分成三六九等。体现在小小的瓦当上,大多雕龙画凤,以彰显皇族的辉煌气派。

相比,我们村都是普通得不能再普通的平民百姓,再早是以茅草房为主,能用土陶作为建筑材料已经相当不错了,因此一般会用一些平平常常的花草图案纹样装饰自家居所。几天前回老家,我捡起一只坠落在草间的瓦当,拭去上面的泥土,一朵无名小花呈现在瓦当上,五片匀称的花瓣,几片稚嫩的叶子,不知经历了多少风风雨雨,就这样陪伴我们走过那么长艰苦的时光。

还有两种:一种叫云瓦,放在屋脊两边,以承接大面积的乡村老瓦;覆盖屋脊的叫做抱同瓦,单听名字就有合作协同之意,将屋顶上面两边的瓦片无缝对接,等同于青鸟的脊背。我们家到了秋天基本没有闲置的地方,老屋的山墙上、屋脊上挂满了刚刚收获的玉米,母亲在院子里辫结,二姐负责运送,我在屋顶上走来走去,将玉米摆放于高高的屋脊。别人家也是,树杈上、土墙上,凡是有点空隙都挂满了金黄。这时的村庄是喜悦的,连同那些朴拙的老瓦也透着一股子喜庆劲儿,翅膀奋力扇起,承载着村庄向时间更深处飞翔。

我所记忆的最后的制瓦人应该是老转叔,带领一家人在宽阔的老河滩上扎下阵营。土依然是村前小河里的泥土,先用圆筒做骨模,筒外画出四条等分线。老转婶把泥土调和好,一遍遍踩踏,形成熟泥,堆成四方体的形状。而后老转叔用铁线做弓弦,线上留出三分厚的空隙,线长一尺,用铁线向泥土墩直切下去,切出一片,像揭纸般揭起,将泥片围在圆筒模上。待河道里的风自然阴干,脱模而出,瓦片分裂成均匀的四片。

这是近乎行为艺术的制陶技术,一家人协作分工将沉埋千年的泥土糅合,分割,然后堆积于低矮的土窑中。跳跃的火光里,我看见靛青的老瓦一片片飞翔,凝集,浴火凤凰般从老河滩上飞出,飞过时间的林梢,飞向我们居住的村庄。

五 乡村的骨骼

我熟悉我家的那座老屋,就像熟悉每一位亲人,仲夏夜的傍晚,鸡们蹑手蹑脚上树,夕阳闪过最后一片光影,百无聊赖的我坐在门墩上,听蛐蛐的叫声起起伏伏,沿着薄薄的夜色传入耳廓。有时我想,这些弱小的精灵,滴露为饮,如何自由自在在村庄里生存,不用在田野上辛苦劳作,更不用为了明日的生计而发愁,只沿着季节的航道进入下一个轮回?

我找不到答案,一个乡村少年最大的兴致在于如何度过一个寂寥的傍晚,用细细的木棍在墙缝里寻觅蛐蛐的影子。年深日久,老屋的墙上布满洞孔,用手电筒一照结构一目了然。从下往上数,大概有十八道青砖,再往上是掺了麦草的泥土,一直延伸到屋檐。从外往里看,外面是一道青砖垒砌的单墙,里面是夹层,碎砖烂瓦败絮其间,最里面当然又是一层单墙,伪饰着墙体中间复杂的内容。

其实这还算村庄里不错的房子,有的只是在地基上铺几层青砖,墙体皆为泥土,风雨剥蚀,不知道哪一天就会在暗夜倾圮。我做过这样的梦,屋外风雨连天,屋子里到处是水,年迈的老屋摇摇欲坠,眼看着就要塌下来,以至于在梦中惊悸地抱住母亲,吓出一身冷汗。《天工开物》里说到的砖,大致分为眠砖与侧砖两类,眠砖为长方形,和我家老屋上的大致相同,用以砌墙,不惜工费一直砌上去。而精打细算的人家,则会在眠砖之上砌一排侧砖,侧砖中间以土石填实,等同于我家老屋墙内的夹层,主要目的是为了节约。

有一年夏天,二哥在村后的土窑场拓坯,日头高高悬挂在天空,知了在莫名歌唱,空气中没有一丝风,豆大的汗珠从二哥古铜色的皮肤上滚落,落在坯模上,混进泥土中,拓制成一块块土坯。二哥拓制的,其实就是《天工开物》里所说的楻板砖,铺在屋椽之上用以承瓦。砖模中间有一个圆圈,圆圈中间有一颗五角星。后来说是为了给我娶媳妇建筑的新房上就是用的这种砖,人躺在床上,屋顶星光闪闪,百种滋味凝集于心,悲欣莫辨。

我们好像天生就是一群善于和泥土打交道的人,双脚沾满泥巴在世上行走,血肉中混入泥土的味道,日久不散。即使到今天,当我在城市遇见那些蓬头垢面的或者衣着光鲜的乡亲,仍然能将泥土的身体一眼看穿。城市需要我们,添砖加瓦,修筑更高的生活,一边却又拒绝我们,唯恐身上的泥土沾染了他们高贵的灵魂。但我们生性木讷,不善于计较别人的眼神,只因城市之外还有我们赖以度日的村庄,村庄里还有我们血浓于水的亲人。

村外是宽阔的老河滩,老河滩上有取之不尽的泥土。那时,乡间土窑已大肆流行,买不起建筑房屋的红砖,我们就自己砌窑烧砖。常常是分工合作,你家制砖时取土我家牵牛带人去帮工,我家制砖你家推着板车紧紧跟上,一时间装土的装土,拉车的拉车,赶牛的赶牛,一条流水的长龙在农闲时节甩出二里多地。

大成哥是村里的能人,家里有一台24马力的柴油机,砖机,切割台,履带,一应布置停当,大成哥甩开膀子摇响了那台隆隆作响的柴油机。突突的声音天摇地动,冒出的黑烟凝聚成一团团黑云,飘荡在村庄上空。我放学归来,当然避免不了加入长长的制砖大军,二姐三姐,每人拉一辆载着泥坯的板车,我就在车前拉偏缏。到了一块空旷的场地,把泥坯一块一块用自制的工具插下来,风干,等待入窑。

火光在窑洞里熊熊燃烧,那时的三哥已经退伍,不时地往窑洞里添加麦秸。我查阅了一下资料,说制成的砖坯,将其装入窑中,装三千斤要烧一昼夜,六千斤则必须用二倍的时间才能够。谁能知道那些泥坯的重量呢,相信三哥的心里有数。有一次是意外,那天大概是成砖的最后一天,三哥胸有成竹地坐在低矮的地窨子里,特意打来一瓶酒,切了一段肥肠,那是我平生第一次吃肥肠,竟对这过滤秽物的动物器官留下难以磨灭的记忆。肥腻的香,有一股说不清道不明的怪味道,入口又化成浓香。一场大雨突然而至浇灭了窑火,清晨,三哥从醉梦中醒来,才发现一窑红砖泡汤,变成了无用之物。

时间在艰辛地往前行走,老河滩上的泥土经过火的历练,变成一块块坚实的红砖。村子里很多土屋倒下,很多红砖红瓦的新房起来。这是时局的逼迫,如果谁家在九十年代还没一座像样的房屋,那么家里的后生长大成人就很难找到媳妇。我家亦然,大哥在关外,二哥因为家境窘迫不得不步了大哥的后尘,远走异地他乡。三哥已经成家,那么就剩下我了。

新房建起的那天,母亲在小院里烧水做饭忙得不亦乐乎,招待建筑队里的人。接踵而至的是,我家因此欠下不少的债务。

好像是冥冥注定,但我觉得更多的是顺其自然,当新建的房屋收拾停当,我对母亲说我不去上学了,短暂的停顿之后,母亲既无责骂也无规劝,只说了以后后悔怨不得别人。

我无怨。事情过去那么多年,我的脑海里只剩下一团一团的火,在土窑里燃烧。那火起先是一缕小小的火苗,摇曳着,寻觅着前进的方向,沿着泥土的砖坯,亲吻,触摸,拥抱,而后化作一缕青烟飘荡在村庄上空。我能听见泥土裂变的声音,草籽噼啪开裂的声音,直至由遍地的土黄渐变为火焰的红。那或许是一种启示,在泥土化陶的过程中,让人看见生命的一缕微光,因而站立,因而坚固,因而从柔软蜕变成坚硬的乡村骨骼。

六 冶陶记

这是一座普通的村镇,与其他村庄不同的是每逢农历二六九是赶集的日子,镇街南面,紧靠着有一座小小的庙宇,供奉着历史上有名的孝子孙期。《后汉书·儒林传》载:"孙期字仲彧,济阴成武人也。少为诸生,勤习典籍。家贫,事母至孝,牧豕于大泽中,以奉养焉。远人从其学者,皆执经垄畔以追之。里落化其仁让。黄巾贼起,过期里陌,相约不犯孙先生舍。郡举方正,遣吏赍羊酒请期,期驱豕入草不顾。司徒黄琬特辟,不行,终于家。"意思是说黄巾军路经这里,曾经下过命令,不准侵扰孙先生的宅地。有人荐他做官,送来酒和羊肉,孙期也没动心,执一卷《孝经》赶着一群猪消失在草丛深处。

转眼,我在条镇街上已经待了十七个年头,出门去别人能叫得出我的名字,我却恍惚。我家的理发店很小,没接二楼时连同廊道24个平方,接了之后翻了一番。几乎每天,我都在这间小小的屋子里给人理发,日子一天天复制,没有故事也没有什么波浪起伏。七年前,我选择了写作,原因是买了一台低配置的电脑,不能浪费资源。七年之间的很多夜晚,我就像现在这样,坐下来,在电脑上写一些所谓的散文,修改,发表或者丢弃,既没觉得与常人有所不同,也没觉得比人矮了多少。

这与陶人的工作相仿,选择合适的泥土,糅合,在转盘上加以造型,润色,上釉,然后装进土窑,燃火烧制成器。《孟子》中说:"万国之室一人陶,则可乎？曰不可,器不足用也。"是说在有万户人家的地区,一个人即使再辛苦制陶,也无法满足需要,可见陶器在民间的重要性。而写作的目的正好相反,完全是一件比较私人化的事情,不是因为他人的需要你才坐下来调动语言与情节,进行细腻或粗粝的描写。唯一的相通之处,只能是过程,所以才有了文火慢工、炉火纯青这样恰当的形容。

陶人与旎人是两种不同的称呼。陶人做陶,一般是比较原始朴拙的瓦器,比如我们村常用的瓦盆、陶罐、缸瓮和老屋上的青砖红瓦;而旎人属于比较精细的工种,专门制作原始瓷器,这在《中国陶瓷史研究中若干问题的探索》一书中有明确描述,我尚不能了解全貌。

有关陶一字的解释,大概分为以下三种:

1. 陶工和铸工。比如二哥三哥老黑叔和后来去向不明的老转叔一家,多年的乡村生活使我们对泥土的性情有了初步的了解,使用最为简单的工具,在低矮简陋的作坊中日夜与泥土为伴。其实每一件土陶都熔铸了我们的禀性,木讷,淳朴,憨厚,却经久耐用。一只满面愁容的药锅也是泥土制成的陶器,不用太多,一个村子里两三个药锅在流转,就能减缓我们身上的疼痛。老祖母说,还人药锅时一定要抓一把粮食放进去,代表扼住病患传递的路径。这是分工说,《墨子·节用中》:"凡天下群百工,轮车鞼匏,陶冶梓匠,使各从事其所能。"造车的造车,打铁的打铁,做陶的做陶,鼓捣乐器的鼓捣乐器,各得其所。

2. 谓烧制陶器和冶炼金属。这是表示烧制陶器的过程,将制作成型的土陶放进土窑里,开始添柴加火。泥土是中庸的,火焰是烈性的,在烧铸过程中添加凉性之水,就坚硬了陶的品格。古有窑变一说,是说在正德年间,官宦监造御用陶瓷,因为宣红制法失传造不出来,烧铸陶瓷的人就有失身家性命的危险,于是一个人跳入窑内自焚,托梦给家中的亲人造出了宣红。此种说法虽然迷信,但也说出了烧陶过程亦有不可人工而为的成分。

由此可见,世间所有的物事并非是一成不变,只有经过漫长时日的历练,方能巧夺天工,方能独得气韵。

3.陶铸。教化培育。这一层是陶延伸出来的含义,陶铸,陶冶,怡养性情,是将冶炼土陶的过程上升为哲学层面。一个人的出生是天真质朴的,就像一张空白的纸页,那空白即是生命的底色,近乎泥土的天性。而后来的俗世浸染增加的多是功利的成分,为生活忙碌,为官位事业家庭忙碌,唯独失去了性灵陶冶的一面,逐渐丧失了天真与质朴。

钱穆在一篇文章中说道:"功利是纯现实的,而空寂则是纯理想的。功利是纯物质的,而空寂则是纯精神的。"那么是否暂时停一停现实的脚步,而享受片刻的空寂呢?我相信这有很多种答案,几乎每个人都能说出自己的理由。

镇街在经历过又一天的喧哗之后沉入黑夜的怀抱,我则从那些飞翔的陶器中侧身走出。每一次书写都是一次精神的穿越,从身穿布衣的陶人中间,从粗糙简陋的土陶作坊里,怀揣一只朴拙的陶器,一路行走,一路讲述他们一如泥土般朴素的流年。

(原载《黄河文学》2017年第2、3期)

阿伯拉尔与爱洛伊丝

赵 荔 红

终于有机会来到巴黎拉雪兹神父公墓。这里安葬的许多伟人,我只在纸上与他们相会。如今我就站在这块神秘土地,好像格列佛漂洋过海,无意间闯进了巫术岛,岛上有个长官,能够召唤亡魂,他得以见到高大俊秀的荷马,弯腰曲背、嗓音低沉的亚里士多德,以及笛卡尔和伽桑狄,他甚至看见恺撒与庞培,还有并肩走来的布鲁图斯……站在墓园导览图前,按字母检索出我敬慕的人名,——若有人将他们的魂灵一一召唤,让我一睹颜容,陪侍他们身边,那该是怎样的荣光与福分!或许他们的英灵,就在墓园漫游,只是我肉眼凡胎,不能识别是他们的衣袂拂过,或是风摇曳着树木枝叶。

与巴黎地铁内的拥挤喧嚣相比,这块小巴黎北部墓园,显得如此阔大、清寂。却不阴森,虽然满载沉甸甸的历史。也许是深秋,又赶上晴朗天气,天蓝云白,阳光所触,闪闪发亮;枫树、金黄银杏,半黄半赭半绿的梧桐,将整个墓园装点得异常明丽。来拜谒的人不多,与我们一样,安静地停停走走,大大小小丰碑上刻写着闪闪发光的名字,我所倾慕的先哲正隐身着与我一同漫步吧?无论是修葺整齐、雕塑庄严的家族墓群,还是鲜花堆放的名人墓,抑或铭文泯灭、青苔覆盖的无名之墓,全都静穆地排在一起,一如生前,安于各自的位置。

跨越数千里,从东方到西方,我没能带来什么用以祭扫,墓园中随手所得,皆能代表我一颗火热赤诚的倾慕之心,——在王尔德、德拉克罗瓦、比才、巴尔扎克、大卫·路易的墓前,我献上我的吻、躬身礼敬、一束刚刚采摘的野花、几片干净的火红枫叶,以及树上飘落如金币的银杏叶。当我站在肖邦摆满鲜花的墓前,两粒果子恰好掉在头上,我就将这果子放在他柔软年轻的肖像边上。至于我爱的普鲁斯特,在他墓前久久徘徊,亲爱的读者,说起来实在令人害羞,请别笑话我的幼稚,——我用捡拾来的小石子,排成一个心,中间放上了常用来写字的钢笔……

我这样在拉雪兹公墓久久徘徊,不觉间已是傍晚,阳光退隐,墓园变得昏暗,纷纷坠落的树叶与鸟儿的鸣叫都有了凄凉况味。转回。就在离墓园门不远地方,我看见一座特别坟墓,被栏杆围绕,一座哥特式小亭护盖着一具石棺。挨近细看,大理石棺盖上刻着一男一女并肩卧像,棺身的一面也雕刻一男一女,另一面写有铭文,我尝试着读出:"本修道院的创建者皮埃尔·阿伯拉尔生活于12世纪。他以学识渊博、成就卓著著称。……他曾与爱洛伊丝结合,……生前是爱将他们的精神结合在一起,身后是至情至性的书信把他们的爱留传后世。二人合葬于此……度过了基督徒的、精神的一生。"

15世纪的佛朗索瓦·维永在《古美人歌》中曾这样写:

> 那博学的女子爱洛伊丝在哪里
> 为了她皮埃尔·阿伯拉尔惨遭阉割
> 又在圣丹尼出家做了修士
> 是爱情使他这般不幸……

我对这对情侣的了解,出自两部作品:一是阿伯拉尔所著的《劫余录》,一是《阿伯拉尔与爱洛伊丝书信集》。《劫余录》是阿伯拉尔对1132年以前生活的回忆。原是写给朋友的私信,并不为了出版,阿伯拉尔试图以自己经受的苦难去宽慰处于苦难中的朋友,语气沉痛、激烈、怨恨,剖心剖肺地梳理了生命中两方面的遭遇。

一方面是回忆自身成长,梳理哲学神学观点,与人论辩经过及遭受迫害。

1079年，阿伯拉尔出身于布列塔尼一个小贵族家庭，天赋极高，热衷学问，抛弃财产和长子继承权，全身心"拜倒在密涅瓦脚下"。"我开始周游诸省，像真正的逍遥派哲学家那样（即亚里士多德拱廊下的漫步派），每当听说某地对辩证法有浓厚的兴趣，就到那里参加论辩"。他精通修辞学、逻辑学、神学、哲学，尤其擅长逻辑（辩证法），并运用到神学上。他是神学教学的改革者，以"论辩"代替传统的"解读"方式，即提出问题、在问答中讨论和解决问题，就像柏拉图对话一般。阿伯拉尔口才极好，天资过人，是出色的讲师、天赋的学者、天才的论辩家，学生们对他五体投地，从世界各地拥到巴黎修道院去听他讲课。阿伯拉尔在三十五六岁就获得了巨大声誉，成为12世纪思想革新的先锋，自然而然，他也成为保守派强烈攻击的对象。同时，他耽于论辩，恃才倨傲，毫不顾及师友情面，与唯实论者香浦的威廉、老师拉昂的安塞罗姆及其门徒皆有论辩，他虽获胜利、赢得声誉，却也结下了不少冤仇。巅峰之上的阿伯拉尔，命运急转而下，1118年身体遭受重创，1121年又被指控宣传异端，著作遭焚毁。《劫余录》中，阿伯拉尔叙述了与老师同道的论辩，第一次著作的被毁，认为这些都是出于嫉妒而对他施以的迫害。

《劫余录》另一方面内容，阿伯拉尔回顾了与爱洛伊丝的恋情及创伤。

爱洛伊丝1100年或1101年在巴黎出生，叔父菲贝尔监管她的生活，有人说她其实是叔父的私生女，17岁时，菲贝尔聘请阿伯拉尔做她的老师，两人迅速坠进爱河。在《劫余录》中，阿伯拉尔说自己可以轻易获得姑娘的芳心，当时他39岁，"相貌出众"，博学多识，才华横溢，是全欧洲年轻学子的偶像；爱洛伊丝天赋极高，对博学有才的师长，很容易崇拜爱戴。阿伯拉尔叙述这段恋情的口吻显得客观、冷淡，让人疑心他仅仅是出于肉欲而诱惑姑娘。须知，写此信时他已是丹尼尔修道院修士，心灰意冷，对过往激情持严厉的反省与压制。而当恋爱之初，阿伯拉尔与爱洛伊丝的欢爱可谓是生命的狂喜，沉湎爱恋之中，对外界的流言蜚语充耳不闻，"我们之间倾诉更多的是温柔言语而不是经书的诠释,交换更多的是亲吻而不是教导。""在爱欲驱使下我们试过了各种缠绵缱绻,如果能发现新的恋爱方法,我们也愿意尝试。"那时的阿伯拉尔,不再专注于阐释经义、教导学生,而写下许多情歌诗篇,被到处传唱。当爱洛伊丝的叔父发现这段恋情时,他们已经难舍难分,爱洛伊丝也已怀有身孕,阿伯拉尔就将她打扮成一个修女,送到布列塔尼妹妹处,在那里生下一个男孩,取名阿斯特拉波。

菲贝尔震怒异常!阿伯拉尔与他商谈,承诺补救的方式是与爱洛伊丝结婚,但必须是秘密的。《劫余录》中说,菲贝尔同意了,并见证了阿伯拉尔与爱洛伊丝的秘密结婚。但是后来,菲贝尔竟然施以暴力——买通仆人,乘阿伯拉尔半夜熟睡之际,将他阉割了!菲贝尔为何出尔反尔?《劫余录》的理解是:菲贝尔不能忍下羞辱,不满于秘密结婚,违背诺言,对外宣布这段婚姻;爱洛伊丝与之争吵,对外否认婚姻存在;为了爱洛伊丝不挨打,阿伯拉尔将她打扮成修女,寄托在阿让特伊修道院;叔父误以为阿伯拉尔将她送到修道院出家,是为了摆脱她,所谓的秘密结婚并不是诚意的。暴力行为就这样发生了。

关键在于,阿伯拉尔与爱洛伊丝既然相爱,为何只要"秘密结婚"?阿伯拉尔当时只是一名教士,经院讲师,并非僧侣,即便是僧侣,也只禁止高级教士结婚,对普通教士并不禁止。我想,当时阿伯拉尔声名显赫,如日中天,野心勃勃,他不愿意公开婚姻,是出于自私的考虑。因为在中世纪,进入教会,才能实现野心,而他是很可能成为高级教士乃至主教。其实在中世纪,直至文艺复兴的教会,许多教士虽不结婚,生活也很腐化,16世纪亚历山大教皇,不是有一大把私生子吗?阿伯拉尔在爱洛伊丝之前,专注学问,生活作风可谓雅洁,不公开结婚,只是为了保护声誉。阿伯拉尔为何又选择秘密结婚呢?我想一方面是对她叔父的保证(不遗弃),一方面也为了对爱洛伊丝的彻底占有,他后来在信中承认,"我渴望将我无比深爱的你完全留给自己。"他不愿意因为叔父的干预,放弃爱洛伊丝,任由她嫁给别人。

但爱洛伊丝则是完全反对结婚,无论公开的或秘密的。这首先出自她少女的完全奉献精神，不愿为了爱欲影响情人的事业与声名。其次，他俩都受到圣保罗与圣哲罗姆的影响，认为婚姻只是肉欲的合法化，无助于自由的爱情结合。再者，她以为像阿伯拉尔这样的哲学家，应如僧侣般是个坚定的独身者，不应将时间和精力放在家庭生活中，爱洛伊丝举出西塞罗、塞内加以及娶了悍妇的苏格拉底为例，说，"昔日的哲学大师们都鄙视尘俗，与其说他们谴责它，不如说是逃避它。他们摈弃了一切享乐，只有在哲学的怀抱中才寻找到安宁。"所以，她只愿做阿伯拉尔的"情人"，以为更符合她追求的"自由的爱""无私的爱"，她需要"爱情而不是婚姻的束缚，自由而不是锁链"，认为两个人的关系应建立在绝对的精神纯洁之上。以今天眼光看，这位12世纪的少女，真的非常独立。

爱洛伊丝既然反对结婚，在阿伯拉尔劝说下，虽与他秘密结合，一旦发现叔父违背诺言，公开宣布，便也断然否认这段婚姻。何况，正如她后来书信中对阿伯拉尔说的，她预感到，这种"秘密"的方式，更危险，更不妥当。

悲剧的发生已经道明，还是有令人疑惑处：爱洛伊丝的叔父既已参加并见证了他们的秘密婚姻，为何还是要认为阿伯拉尔抛弃侄女？须知婚姻是在上帝面前见证的，即便侄女对外否认、与他争吵、离家出走，婚姻究竟是存在的。阉割了阿伯拉尔，只会让爱洛伊丝更加痛苦、事件传扬也有辱门楣。菲贝尔究竟受谁的挑唆，竟采取这般暴力行动？我们不得不想到此时阿伯拉尔已结下不少冤仇，师友的？教会的？政治上的？有人要制造更大的丑闻，将阿伯拉尔彻底打趴下吧？后来有学者根据爱洛伊丝后来信中说，什么也满足不了她的叔父，怀疑菲贝尔对侄女有潜意识的性的占有欲，对阿伯拉尔"夺走"至爱的侄女，满心愤恨，才会用阉割这样的刑罚发泄！此外，事件发生后，只有仆人被挖眼睛、也被阉割，却没有对犯罪主谋、菲贝尔叔叔有什么惩罚的记录。

写作《劫余录》时，阿伯拉尔已经53岁，他叙述了事业与精神世界的巅峰与经受的迫害，恋情受挫及身体毁伤，他的反思是高贵的:"我已经被自负和淫荡彻底俘虏,上帝开恩送来了解决之道,以弥补我的这两种罪孽,尽管这两种方法并不是我自己的选择:对于淫荡,夺去了我施淫的器官;对于在学习中滋长的自负——则让我遭受了自己引以为豪的著作被焚毁这样的羞辱。"贝蒂·拉迪斯在此文出版导言中说:"这篇文章原来也许是一篇申辩,结果却成了真实的自我剖析。""从这个意义上说,《劫余录》是一种对自我认同的探索,可以和圣奥古斯丁、塞里尼、圣特雷莎和卢梭等人的自传相比拟。"我读卢梭《忏悔录》,看见了阿伯拉尔激愤自陈的影子,其《新爱洛伊丝》是以书信体写的爱情小说,当然源于阿伯拉尔与爱洛伊丝书信集的影响。

遭阉割之后,身心痛苦、羞耻、逃避众口喧嚣,连爱洛伊丝的面都没见,阿伯拉尔就躲进了圣丹尼修道院,出家为僧。"与其说是出于皈依天主的虔诚心,不如说是出于哀恸和痛苦中的羞耻感和不知所措"。这是1118年的事。如果从扮为修女进阿让特伊修道院开始算,爱洛伊丝比他还早出家。她与他只相处了18个月,19岁即抛却世俗生活,从此孤清地生活在修道院中。两人一别十年。直到阿伯拉尔要将创办的"抚安堂"移交给爱洛伊丝以收留被驱逐流散的修女时,两人才重新见面。此时,爱洛伊丝已是女修道院院长,读过《劫余录》,对十年来他的状况有所了解,这才与阿伯拉尔通信。我所读的《阿伯拉尔与爱洛伊丝通信集》为广西师大版的岳丽娟中译本,大标题是《圣殿下的私语》,收入阿伯拉尔与爱洛伊丝的书信七封,前四封是私信,后三封是"指导信函",附录为阿伯拉尔死后爱洛伊丝与彼得的通信。本文分析的是前四封私信,两人各二封。

爱洛伊丝的信激情澎湃,包含四方面内容:

第一,她倾诉自己的爱与幽怨。

自两人秘密结婚,到各自进修道院,十年时间,阿伯拉尔对爱洛伊丝的状况不闻不问。年轻的她,在修道院的幽闭中,对爱人,既牵挂,又怨恨。爱洛伊丝的两封长信,是一个恋爱的女人极世俗极真实的心语:"当我们在一起时,你从未说过一句安慰的话,我们分开后,你也从未写过一封安慰的信。但你必须知道,你对我是有义务的,而且因为我们的婚约和我对你的不渝爱情,你更加义不容辞。……我所失去的一切,让我感受到的剧痛,与失去你让我感受到的痛苦丝毫无法比拟。……你是引起我痛苦的唯一根源,因而你也是唯一能赐我以安慰的人。"

第二,阿伯拉尔是她唯一所爱,唯一的主人,而不是上帝。

第一封信之首,她称呼阿伯拉尔是"致她的主人,或毋宁说她的父亲;她的丈夫,或毋宁说他的女儿",而一个献身上帝的修女,基督才是她的父亲、主人。第二封信,她的抬头称呼是"她只属于信仰基督的他一个人",而不是"她属于基督"。信中,爱洛伊丝称自己为"卑者",因她视阿伯拉尔为"主"。

她坦言,"作为一个女孩,我并非是出于喜欢而接受修道院的艰苦生活的,而完全是出于你的要求。""为了服从你的意志,我放弃了所有的快乐,除了向你证明我现在甚至比以往任何时候更加属于你之外,我一无所有。"侍奉上帝,她是不甘不愿的,"为此我不应期盼上帝的报答,因为至今我还没有因爱他而做出什么。"她抱怨上帝隔绝了他们,"我则无法以忏悔之情来取悦上帝,因为我一直为他如此发泄愤怒而谴责他的残忍。由于不服从他的命令,我表现出的愤慨愈加冒犯了他。"

阿伯拉尔就是她的神,在他面前她低如尘埃,没有自尊也无所谓道德。作为女人她完完全全毫无保留献出爱,愿为他做任何事,要她成为修女就为修女,要她死她也会毫不犹豫,除了他这个人,她一无所求,偏偏是这个"人",上帝不给她!听听她多么动人的告白:

"有上帝为证,除了你本人之外我从未想要你的任何东西,我只想要你,而不是你的什么东西。我可以不要婚约,不要嫁妆,我努力寻求的并不是我的欢乐和愿望,而是你的,这一点你很清楚。妻子的名义似乎更神圣或更有约束力,但'情人'一词于我将永远感觉更甜蜜,或者如果你允许的话,叫做小妾或妓女。"

第三,强烈的爱欲与罪责纠缠着她。

爱洛伊丝认为自己有罪。原罪来自女人身体、夏娃之诱。

她为爱欲导致阿伯拉尔身体重创而心痛不已,说罪是两人同犯,加给爱人的体罚也应加在己身,"这对我该是多大的痛苦啊——我竟生来成为这种罪恶的起因!难道女人命中注定要给伟大的男人带来彻底毁灭吗?"但强烈罪恶感的同时,她又无法摆脱对爱欲欢乐的回忆与向往,即使在孤清的修道院,每日泣血告解,也全然无用:

"即使在做弥撒时——在这个我们本该更加纯洁地祷告的时候,那种淫荡的快感却牢牢抓住了我不幸的灵魂,让我的思想恣意放荡而无法集中于祈祷。我本该为我犯下的罪过忏悔,而却只能为我失去的一切叹息。我们所做的每一件事、共同度过的每一个时光、去过的每一个地方,连同你的影子都深深铭刻在我的心里,每每重温则仿佛昨日重现。即使在睡眠中这种感觉也丝毫不会减弱。有时我身体的动作或者不经意间突然冒出的言语会突然暴露出我的想法……"

一个中世纪修女,在幽闭的修道院里写下这些,八百年来,冲击力并不稍稍减去,令一个现代女子读之而不能自持。反复诵读这些话,除了抄录这些痛苦、赤裸、坦荡的情人的呢喃与喘息外,别无其他。

第四,愿意同死。

得知阿伯拉尔预言自己濒临死亡,爱洛伊丝悲痛不已,不愿独活,愿随他而去。"我们只会急于追随你而去而不是去埋葬你,这样我们就可以共享坟墓而不是我们将你独留其中。"但阿伯拉尔不要她死,要她"活着,但请别忘记我"。她后来比阿伯拉尔多活了20年,仅仅是为了服从阿伯拉尔要她活着,为他祈祷,让他的灵魂安宁。当她终于死去,安葬在阿伯拉尔身边,她应是解脱了,完成了她的命数,是幸福的、安宁的——他们终于得以团聚了。

爱洛伊丝写给阿伯拉尔的私信,直到她逝世一个世纪之后才在巴黎传抄(信件的真实性有多种争议!)。在当时,爱洛伊丝被认为是最具虔诚精神和博学多才的女修道院院长之一,假若有人读过她这些赤裸告白,关于性爱的回忆,对上帝的不敬言语,恐会大大降低她在信众中的影响与地位。但这些渎神的言语,是如此寂寞伤痛,又是如此真实、充满激情,连她所"不敬"的上帝听了,也会原谅她吧?这些苦痛呼吁,让人想起约伯对上帝的"控诉",因为真诚,上帝才终会宽恕吧?!基督降生,不是教人恨,是要人去爱。爱洛伊丝以其真诚的爱,终能回到上主的怀抱。

与爱洛伊丝激烈、语无伦次、弥漫着爱与情欲的书信比起来,阿伯拉尔的回信要理性克制得多。身体遭重创后十来年,他不断质问、反省自己;另一方面,"施淫的器官"已失,生理欲望不再控制思维,自然让他归于理性,或如他说,去掉了肉体的不洁感,他"更有资格走近圣坛"了。否则,欲火燃烧,无法遏制,"对圣规和上帝的虔敬甚至食用圣餐,都无法阻止我满足肉欲的渴望。"而爱洛伊丝尚未三十岁,那些在修道院写下的情欲燃烧的书信,是出于她的健康身体、生理引发的健康欲求。阿伯拉尔的信,主要围绕两点展开:

首先,生命终结之际,渴望灵魂得以安宁归宿。

与爱洛伊丝的爱恋之罪,与人论争、遭遇迫害,全都让他身心俱疲。当生命之灯渐至熄灭,他仅仅渴望有一处寄放灵魂的处所。基督是在女子的环绕中安息,基督的复活也最先显现给女子看,他也愿意死后安葬在爱洛伊丝身边,得她慈悲的祈祷与守护:

"我的处境非常危险,我每天都处在对生命的绝望中,因此,对我来说,考虑一下灵魂的安宁,在我还能为它做些准备时尽力而为是应该的,也是适当的。"

"他所经历的深重苦难,令其灵魂备受折磨的死亡让他感到恐惧,对生活的极度绝望和疲惫感,令他不愿接受他的教友们的祈祷——你肯定会理解这一切的。"

"我相信你代表我进行祈祷会更为虔诚,因为我们相互之间的爱情已经将我们紧紧联系在一起。"

阿伯拉尔称自己是"属于你的他";要求爱洛伊丝"活着,但别忘记我";他引《箴言》:"才德的妇人是丈夫的冠冕","得有贤妻的,是得到好处,也是蒙了耶和华的恩惠","房屋钱财是祖宗所遗留的,唯有贤惠的妻子是耶和华所赐的","不信的丈夫因着妻子成了圣洁"。他内心是把爱洛伊丝当作妻子,对她怀有温情与依恋,要求死后埋葬在她身边,信中交代,等同遗言:

"但如果主愿意将我交给我的敌人,让他们征服我杀死我,或者我碰巧不在你身边时候像别人一样死去,那么不论我的身体入土或没入土,不论它位于何处,请你把它运回你们的墓地……"

如果说生前分开是因为情欲,死后回归,则是对爱洛伊丝更大的爱与信托。这些平静理性的言语,倾诉了阿伯拉尔对爱洛伊丝亲人般的依恋和爱。

其次,劝慰爱洛伊丝不要抱怨上帝,他们应做灵魂结合的伴侣。

对爱洛伊丝并不随时间而消退的爱情和热烈的情欲,阿伯拉尔以平静的言语劝慰她。他说,上帝对他身体的惩罚,只为了禁止他世俗的享乐,让灵魂更圣洁地接近主,这是上帝更大的考验和更大的仁爱,希望爱洛伊丝也能如他一般更亲近更爱上帝,不要抱怨,这样,两人的灵魂才能在上帝面前真正结合:

"来吧,我不可分离的伙伴,与我一道感恩吧。在我犯罪时你是我的同伴,上帝对我慈悲时同样也有你一份。……当时,我渴望将我无比深爱的你完全留给自己,但主在那时已在计划着利用我们的结合让我们一道皈依他。"

爱洛伊丝遵从了阿伯拉尔的话,不再写抱怨的信。后来的三封"指导信函"是平静理性的。我想她是如此爱他,不愿意自己的情欲让他灵魂不安,愿意完全服从他的意志,一辈子按照他所说的去行。这是真正的爱。所以,她也没有随他死去,而是守护他的坟墓,直到老去,葬在他身边。

写完《劫余录》、与爱洛伊丝通信后,阿伯拉尔又活了十年。但这十年,如他所说,"比起身体的损害,名誉的毁伤更使我痛苦难当。"《劫余录》谈及的,1121年苏瓦松主教会议上他被指为异端,《论上帝的三位一体和一体性》被焚毁,这只是个开端。

阿伯拉尔并不甘心。三位一体著作被焚毁后,他重写、扩充,完成了《基督教神学》,继续将辩证法运用到神学问题中。1131年,他认识了伯尔纳。与伯尔纳的神学冲突及最后失败,是12世纪最重要的事件之一,也是阿伯拉尔悲剧性结局。

伯尔纳是本笃会的明谷修道院院长,"一丝不苟地遵守教规",主张简朴乃至苛刻、禁欲的生活方式,以为信仰是通过冥想抵达其神秘性;而阿伯拉尔才情洋溢,放任自由,主张论辩、自诩智慧。阿伯拉尔与伯尔纳之争,与其说是修道院的传统僧侣教育与开明教育的区别,毋宁说是个性的极端不同。阿伯拉尔出版《基督教神学》后,矛盾尖锐爆发,伯尔纳给教皇写信,称之为异端邪说。两人准备在1140年的桑斯会议一决高下。伯尔纳在教会及政治中的势力,显然远远超过阿伯拉尔,桑斯会议名义是公平的论辩,最终成了对阿伯拉尔的审判。教皇裁决:阿伯拉尔是持异端邪说者,其追随者全部驱逐出教,焚毁其所有著作,他本人也被拘禁在一家修道院并勒令永远沉默。后来虽经斡旋,教皇解除了禁令,但桑斯会议之后仅仅18个月,即1142年4月,阿伯拉尔与世长辞。

阿伯拉尔死时,声名已荡然无存,哀悼者寥寥,他在克吕尼度过的最后岁月究竟如何,势利的世人几乎一无所知或根本不想知道。由于伯尔纳的庞大势力,阿伯拉尔身后许多年,姓名也几乎湮没无闻,虽然教会学校继续沿用阿伯拉尔倡导的开明教学理念。阿伯拉尔对古希腊哲学尤其亚里士多德哲学的重视、阐释并运用到神学问题中,也是开时代之风气,可惜他生活在12世纪,若晚生二三百年,至欧洲文艺复兴,命运或许会很不同。朋友彼得为其写墓志铭,赞美他是:"高卢的苏格拉底,西方的柏拉图,我们的亚里士多德,学界的领袖……敏锐的思想家和辩证学家,他摈弃一切献身于基督的真正哲学家,从而赢得了最伟大的胜利。"但阿伯拉尔自己认为,他虽抨击教会的虚伪、堕落,却不否认信仰,只试图通过逻辑辩证法让人更好地理解信仰,他说:"如果做一位哲学家意味着和保罗相冲突,我便不愿做哲学家;如果成为亚里士多德意味着和基督隔绝,我便不愿做亚里士多德。"

彼得将阿伯拉尔的遗骸送回爱洛伊丝所在的抚安堂。将儿子托付到一个教堂任职后,爱洛伊丝专注于修道院事务。由于她领导有方,抚安堂成为法国最负盛名的修行场所,她一生共建立了6所修道院,是当时教会中地位最高的女修道院院长之一,她的虔诚精神和广博知识赢得众人的尊敬。爱洛伊丝的尘世之爱是真切的,对上帝的质疑也是真切的,她的心路历程、依从阿伯拉尔的劝告全身心侍奉上主,都是真挚的,在时间流逝中,她终究"消弭了所有的激情,寻找到了心灵的宁静"。

爱洛伊丝逝于1163年或1164年,比阿伯拉尔晚了21年,后人乐于认为她是63岁即与阿伯拉尔同一岁去世的。她被安葬在抚安堂阿伯拉尔的身边。1497年,因潮湿渗水,两人遗骸被迁移出去,分葬于离阿杜松更远的新礼拜堂两侧。之后在1621、1701、1780年又迁移过,直到1800年,被送到了巴黎亚历山大·雷诺阿的法国历史遗迹博物馆,最终合葬于拉雪兹神父公墓一具从圣马塞尔购买的石棺之中。传说爱洛伊丝下葬时,阿伯拉尔从墓中伸手接过她。这当然是想象。是后人赋予他们生不能同处、死后同穴的愿望。

1166年后,巴黎正式出版了阿伯拉尔的主要著作:《是与否》《基督教神学》《神学导论》《论上帝的三位一体和一体性》《认识你自己》《劫余录》,以及书信集。但长期来,这对情侣几乎被人遗忘了,事迹只简略记录在诸如《玫瑰的故事》之类的寓言故事中。在中世纪,如兰斯洛特与葛尼薇儿、特里斯坦与伊索尔德这类柏拉图式的骑士爱情故事更受人喜欢,而阿伯拉尔与爱洛伊丝的真实爱情显然更肉欲、更血腥,因而不够浪漫。第一个对这对情侣感兴趣的是彼得拉克,他在14世纪的书信手稿及《劫余录》页边空白处留有拉丁文笔记。阿伯拉尔与爱洛伊丝的爱情故事,后被以各种方式反复歌咏,短暂而缠绵,罪责与爱恋,瞬间而永恒,世间又有哪几对恋人如他们,将爱情如此圣洁地持续到永远?

我第一次在飞机上读《阿伯拉尔与爱洛伊丝书信集》,竟不顾及边上乘客,泪流满面。当时想起修女贝索亚1934年写下的这句话:"主啊,我没有爱。即使拥有预言能力和全部知识,就算我信仰,假如没有爱的话,我等于不存在。"在现世他们无法长久快乐地相爱,便渴望灵魂飞升,在天堂与主在一起。但他们毕竟相爱相知,即便短暂,也是幸福的。此次重读《劫余录》与书信集,依旧动人肺腑,但也读到了超越情感的内容,诚如贝蒂·拉迪斯在导言中说的:"他们的信件跨越了情感的极端——奉献,失望,悲愤,自信,雄心,不耐,自责和顺从——所有这些情感都被统驭到尖锐的批判的智性之下。"

当我在夕光昏沉之时,在拉雪兹不期然遇见这对恋人的合葬墓,心中涌动怎样复杂的情绪啊。当时情景,正如蒲柏在1717年的诗作《爱洛莎致阿伯拉尔》中描写的:

> 而在黄昏的树丛和朦胧洞穴中,
> 回音袅袅的甬道和错落交织的墓穴,
> 黑色的忧郁停留下来,周围落下
> 死一般的静默和死的宁静:
> 她那忧郁的存在使万物凝咽,
> 黯淡了每一朵花,憔悴了每一棵青草,
> 使那退却的潮水和低吟更加深沉,
> 为树林垂上一层更幽暗的恐惧。

(原载《南方文学》2017年第3期)

长江四鲜漫忆

丁 帆

长江鱼类中被历代文人墨客称颂鲜美者无非是那几个种类,素有三鲜和四鲜之争,无非就是鲥鱼、刀鱼、鲴鱼、银鱼与河豚,其排列次序各地不同,据我看,皆因所处的水域不同而定。由海洋洄游江河的鱼类品种主要是河豚、刀鱼、鲴鱼、银鱼、鲈鱼、鳗鲡、松鱼等,为什么公认度最高的是鲥鱼呢?作为溯江河类的鱼种,它们多于春末夏初洄游,分别从黄海、东海、南海进入长江、钱塘江和珠江产卵繁殖,而入长江的鲥鱼洄游距离最远可达宜昌,所以它的鲜美味道因受众面大而备受好评。鲴鱼(学名为长吻鮠)产卵期在四至六月间,集中于长江中游,洄游距离甚至可达上游的沱江,此鱼主要洄游于长江流域,但分布极广,闽江、珠江、淮河、辽河也有其踪迹。鲈鱼也是洄游距离甚远的鱼种,一句"休说鲈鱼堪脍"就扬名天下,却难以列入江鲜三甲。刀鱼(学名为凤鲚、刀鲚)最远可上溯洄游到洞庭湖一带,但是最佳赏味期却在洄游长江下游的时节。银鱼则是三月下旬开始进入江河下游产卵,受精卵随江流入海发育生长,第二年又回到江河下游产卵。河豚亦是如此,每年三月下旬开始在长江下游产卵,它们的生活方式就决定了人们对江鲜的不同评价标准。

之所以啰啰唆唆地掉书袋,就是想说明:因为不同鱼种的生活习性各异,就造成了不同地区选择美味标准的差异性,上游地区的食客因为难以品尝到下游地区的美味,所以无法参照和鉴别它们之间的鲜美差异性。因此,下游食客的标准是最可靠的,任何洄游的鱼种都得过下游的关口。如果选择长江四鲜,窃以为,应为河豚、刀鱼、鲥鱼和鮰鱼。历代的许多食客之所以不选河豚鱼入江鲜的原因就是他们很少有人品尝过河豚,一是因为它们只栖息在长江下游,只有下游的食客才有资格冒险;二是因为剧毒,勇食者寡。也许就是上述两点,河豚便溢出了人们的评价体系,这显然是不公平的,它应为江鲜三甲之冠!君不见扬子江中的扬中县每年都举办河豚美食节吗?银鱼因为体量小,只能做成银鱼蛋羹之类的辅菜,便失去了型的气势与韵味,只好忍痛割爱给河豚鱼或是鮰鱼了。若是只选三鲜,那么就十分简单了,去掉鮰鱼便是。因为已经专门写过河豚的文章,下面只谈另外三鲜。

  儿时在大院食堂里吃鲥鱼也算是上等菜肴了,价格堪比红烧肉,两毛钱一盘清蒸的鲥鱼段,肉质细腻,鳞下一层厚厚的油脂,一口下去,香脂满口,鲜美无比,不像现如今的鲥鱼,端上席来是整条的,其貌小而猥琐,看起来就如鲞鱼干一般,肉质干瘪且粗松,口感甚差,微鲜中尚存一丝腥气。殊不知,野生的鲥鱼是旧时的贡品,块头甚大,大者有十来斤的,我们当年所食的只是一小块而已,其鱼鳞大者如铜钱一般,小者也如大拇指甲一样,做法也很简单,厨师告诉我们,只需加葱姜酒,外加一小块猪板油在每盘鱼肉之上清蒸,原汁原味的鲥鱼就会让你回味三日。这样的鲥鱼自 20 世纪 90 年代以后就绝迹了,有一次江苏作家协会开会,鲥鱼上席后,一干人大谈旧时吃鲥鱼的体会,记得有人还专门讲了过去大户人家烧制鲥鱼时如何将大片的鱼鳞用线穿起来一同下锅的做法。人们在怀旧的叙述中都忘却了动箸,当有人提醒吃鱼时,传来的是一片今不如昔的慨叹。鲥鱼乃时鱼,吃的就是一个时鲜,一俟鲜味尽失,怎得个鲥之意也。苏东坡虽赞赏有加,却将它和鲈鱼相比:"尚有桃花春气在,此中风味胜鲈鱼",便是降低了它皇家贡品的贵气。清人吟咏鲥鱼的诗词甚多,除何景明、谢墉、吴嘉纪、郭士璟等人外,郑板桥的诗词最为大俗大雅:"江南鲜笋趁鲥鱼,烂煮春风三月初。""四月樱桃红满市,雪片鲥鱼刀。"难怪"吾将终老于此"。可见此鱼美味之魅力。

其实,刀鱼作为洄游鱼,也分三种,有江刀、河刀与海刀,毋庸置疑,江刀是最为鲜美的鱼种,其次才是河刀和海刀,我想,其他洄游鱼种亦是如此吧。刀鱼刺多,儿时,大人一般是不让小孩吃这种鱼的,至多就是取其中段脊背处的一丝肉让孩子们尝尝鲜味,张爱玲的人生三恨中就有恨刀鱼刺多。当然,江南有许多孩童天生就会吐刺,他们似乎从基因里就带有这样的天赋,一条条小刀鱼在他们的齿舌间翻转,真可以用"口舌如簧"来形容,瞬间,桌上就是一堆整齐的鱼刺,让观者目瞪口呆。虽然我没有那种吃刀鱼的本领,但也不至于被刺所卡,即便有小刺卡在喉咙,用馒头或饭团吞咽即可,从不大惊小怪。常常遇到北方人很自谦地说,我不会吃这种鱼,因为这鱼的刺太多了。其实这是太把鱼刺当回事了。倒是十几年前去苏北的靖江吃长江三鲜(河豚、刀鱼、鲥鱼),那里的刀鱼吃法解决了许多不善剔刺的食客怕刀鱼刺多的困扰。清蒸刀鱼或油煎刀鱼在上席前,厨师就拎起鱼头将脊骨主刺剔除了,一条条勉强成型的鱼肉供食客享用,从此免除卡刺之扰,美餐无忧。最令人吃惊的是,俟你刚刚品尝完无刺刀鱼肉的美味,厨师就端上一盘现炸的刀鱼头骨,撒上椒盐,连头咀嚼,香软酥脆,亦为一道绝妙菜肴。可惜我没有追问这种民间的烧制法,是旧有的,还是创新的。历代吟咏刀鱼的诗句甚多,比如大食客、大文豪苏轼:"还有江南风物否,桃花流水鮆鱼肥。"但他那句"恣看修网出银刀"虽好,却敌不过同代人刘宰"腮红新出水"句和高似孙的"鮆鱼一尺楷杷小,放溜船来酒满樽",更不如元人贡师泰的"荻笋洲青鸥鸟狎,杨花浪白鲚鱼鲜"。

鮰鱼肯定不像河豚与刀鱼那样金贵,说到鮰鱼,让我最难忘的一次就是十几年前在江都的大桥镇吃过的鮰鱼。自此,我才确信"食在民间"的真理。说实话,那次也是奔着河豚去的,但是鲫鱼的烧制却盖过了河豚大菜。记得那是一个十分简陋的餐厅,方桌条凳,让人想起了鲁迅笔下的咸亨酒店,刀鱼用完,上来的是一大盘红烧鲫鱼,我不知店家用的是什么祖传的秘制方法,让你吃后回味再三,不用勾芡,却能够把汤汁烧进肉里骨中的红烧鱼还是第一次领教,厨师硬是把一条肥硕的大鲫鱼烧到了绝妙,那是我生平吃到的空前绝后的红烧鱼,当时就赞不绝口,诸兄也都忘了举杯,径直悄无声息地大快朵颐,瞬间便风卷残云,中途只为鲫鱼肚谦让了一句——谁都知道那是鲫鱼最好吃的部位了,肥而不腻,弹性十足,口感极佳。

鲫鱼的吃法也是分红白两种的,却偏偏许多大酒店里不懂行的餐饮部经理愣是弄出笑话来。记得有一次我们在一个南京十分有传统名望的酒店里吃饭,其中点了一条鲫鱼,而菜单上却只有白汁鲫鱼一款,心想原料是一样的,就让他们改成春笋红烧鲫鱼,未想到餐饮部经理却回答道:这道菜没有红烧的,只能白汁,这是烹饪的行规。她如此一说,我倒较起真来了,便说,你请大厨就按我的说法去烧,果然,消息传来,可以!待酒过三巡,一条春笋红烧鲫鱼上桌,我一尝,便请来餐饮部经理,与她附耳道来:你和总厨说,这道菜没有"内口"!经理脱口便问,何为"内口"?我说,你和总厨一说他就明白了。俄尔,峨冠高帽的总厨抱拳而出,曰:前辈,失敬!失敬!我重做一道菜赔罪了。如此一出戏份,让同桌食客们丈二和尚摸不着头脑。所谓"内口",就是先用盐腌渍过再烧制;而在烧煮过程中才后加盐者为"外口"。他们不知道我年轻时曾经混迹于一干特级烹饪教师之中,除了略通烹饪技法理论与实践外,还知晓这个行当的"切口"。我小试牛刀,便也蒙混过关,总厨便视我为道中同仁了。此为吃鲫鱼吃出的花絮。

最后,我要强调一下的是江鲜中被人们遗忘与忽略掉的一味江鲜——白鱼,江白亦是长江独有的江鲜,据说过去江匪绑架赎票,就是用此鱼来定价的。江洋大盗大凡绑架一个儿童,都端上一道清蒸江白让孩子吃,视其第一筷吃哪个部位而定价:吃无刺的脊背肉价格最低,这是较穷人家子弟;食肚腩者为中,这是小康殷实之家子弟;而第一筷去捅鱼眼部位活肉者价格为最,因为这是大户人家子弟。江白作为一种具有大众审美口味的鱼类,它就是巨型刀鱼的翻版,刺多,但口味也很鲜美,价格也不高,且野生者众,不失为江鲜中大众版的选择。

当然,还有可与鲥鱼一拼的就是江鲇,那也是江鲜的好味道。

不过,三鲜也好,四鲜也好,我们现在吃到的江鲜多为"伪江鲜",也就是说,这些江鲜绝大部分都是养殖的。它们浩浩荡荡地从养殖基地出槽入罐,运往各地。更广大的食客们能够品尝到长江四鲜,这固然是好事,但此江鲜绝非昔日之彼江鲜,因为野生江鲜的美味与养殖江鲜有天壤之别,偶见有江上的渔船捕捉到一两斤野生刀鱼,单尾达四两者,最高价就可达上万元一斤,可见渔家卖的是个鲜字。归根结底,江鲜还是野生的鲜美。

(原载2017年3月31日《文汇报·笔会》)

人间事散记

林 纾 英

忧郁而美丽的土地

胶东民间有谚语:"朝报喜,夜报财,午时前后报客来。"说的是喜鹊叫。

天刚擦亮,我就被喜鹊们的大呼小叫给吵醒了。

喜鹊在楼外已经叫过很多个时日了,它们或许是在我楼前某棵树上做了窝,每天一早睁开眼我就会听到它们叽叽喳喳吵闹的声音。

这时,除了喜鹊,咖啡也在客厅隔着门向我发出哼哼唧唧催促的声音,我赶紧收拾下带它出了门。一路上遛着咖啡一路揣摩着喜鹊叫,明知道报喜报财那些说法有些虚妄,却还是存着好的心愿,希望真的会有什么喜事发生,这时便见到了路边菜农菜摊上的一扎苦菜。

他想给我送什么,却又不知道我爱吃什么,就问我:"你最喜欢吃的是什么?"我一点都没有犹豫,直接就告诉他:"我最喜欢吃苦菜。"

他很犯愁:"你想吃燕窝鱼翅都可以,就是弄不到苦菜。"

因为他问的季节不对,那个时候当然是不会有苦菜的。

冰箱里的苦菜吃完了,妈家里储存的也被我断断续续吃光了,算起来快有两个月没有苦菜了,每当想起来心里就会有一些刺痒。

不知道在我之前他带了多少来,菜摊上仅有的这一扎苦菜根有很多条不完整,或许是人刨苦菜时用力浅了些,菜根就从半腰给扎了去。指甲大小的苦菜叶子也蔫蔫的,而且很多棵根窝处黏糊糊的沾着些东西,心里就有些空落,对那些黏糊糊的东西也有些怀疑,有些恶心,就没有买。

忽然想起喜鹊一大早的叫,久不食苦菜如同"三月不知肉味"的我忽然见着苦菜算不算是一天的喜事?它们是不是要告诉我这个时候可以有苦菜吃了呢?

这个季节正是吃苦菜的时候,入冬后尽管苦菜叶子变黄脱落了,苦菜的根是不会死的,它们不停地吸收着土壤里的水分与养分,到春天时就蓄养得肥肥大大,苦味十足。

说起来,吃苦菜也就是吃它的根,有没有叶子倒不是很重要。我很喜欢吃苦菜,我曾跟人学会了一样特别的吃法,就是做苦菜脑。我将洗好的苦菜拌上生豆面,肉丁下锅爆炒,加水烧开,下入沾了豆面的苦菜烧熟就成了一锅苦菜脑。我常拿苦菜脑当饭吃。

妈知道我爱吃这口,每到春天就让爸进山挖很多苦菜,她将苦菜料理干净,用水焯过,用一个个塑料袋分装好放她的卧式大冰柜里冻起来。我每次回家时她都要给我带几袋,还有豆面,也是妈用自己种的豆子磨好的。

爸年前做了心脏支架手术,手术后他一直就不舒服,身体一直没有恢复起来,想来这个季节他是不能再进山挖苦菜给我了。想了想,就给妈打电话,跟她说我要回家挖苦菜,让她不要出门,在家等我回去,妈说好。

我吃了点东西,再给咖啡添了水加了狗粮,磨磨蹭蹭,与咖啡到妈家时就过了九点,妈的大门上刺眼地挂着一把明晃晃的大铜锁。

我往东西两侧看了看,没有见爸与妈的影子,倒是见着了进京家的。进京家的挎着篓子从西面走过来,她手里拽着一个三四岁的孩子,见我被锁在了门外,就停下来与我说话:"早晨还见二婆和二爷了,应该不会走多远,大姑你要不嫌弃就先到我家坐着等一会儿。"

我说不用,告诉她我一会儿给妈打电话。然后她就反反复复地上下端详起我来,看得我有些不自在。

她眼里透出些羡慕,说:"咱俩年龄差不几岁,你看大姑你多嫩俏,看我老成什么样了。"说着她就撩起额角被汗浸湿的头发给我看她眼角的皱纹。不知道在看见我之前她紧赶着做什么了,在凉飕飕的天气里,她额头和眼角那些深而粗硬的皱纹里满是汗水,在太阳照射下闪着清亮亮的光。

瞅着她黑红的满是皱纹的脸,我就看见了她内眼角两坨芝麻粒大小白花花的眼屎,她手里牵的那个孩子脸上有一抹一画的鼻涕痕迹,衣服也油渍麻花的,袖口和胸前襟脏得油光发亮,像铁打的一样。见我注意这个孩子,她就把怯生生的孩子往我面前扯了扯,说是她的二小子。

这不修边幅邋遢的娘俩令我一时间有些反胃地恶心,她的眼屎和小孩子腮上的鼻涕痕让我想起了路边见到的那扎根部黏糊糊的苦菜。不敢再去瞅,我赶紧把目光从他们身上移开,对她说就不去了,我在门口等妈会儿。

我拿出给妈带的天津大麻花给小孩子几袋,她过意不去,就拉起我的手硬拽着要我去她家坐等妈回来。

她与妈做邻居二十几年,虽然中间只隔一户人家,我却从来都没有登过她的门,不知她家里会是怎样情景,光凭外表我就可以想到她的家肯定不是干净的。我有些洁癖,除非自己的家,到哪里都放不开手脚,就执意不肯去。

她拉我的手干燥发硬,有些刺拉拉的,让我感到了不舒服,又想到了她的眼屎,心里犯疑,就赶紧把手给抽了出来。她似乎看出了什么,就说:"大姑,你是不是嫌俺脏?"我不好明说嫌她脏,一时又想不出什么理由来搪塞,只好一再地对她说不是不是。

见我执意不肯去她的家,她嘴里就念叨着"农村人跟城里人就是不一样",领着她的儿子一扭一歪地向前走去。

我想了想她的话,想不出她说的"农村人跟城里人就是不一样"具体指的是什么,是说我不肯去她家里坐,以为我各色,还是说身份与身相的差别?

进京家的是妈对进京媳妇的称呼。进京年龄比我大几岁,论辈分却比我小,两口子每次见到我都很自然又很热情地叫大姑。林进京是我不出五服的一个本家侄子。

少顷,我听不远处有门哐当响了一声,知道是进京家的带孩子回家了,就不再去掂量她的话。回过头,我又看见了妈大门上那把铜锁,就有些失神。我已经打电话给她要她等我回来,怎么就会锁了门呢?

我想不起妈在这个时候会到哪里去,就掏出手机给她打电话。妈平时出门是极少带手机的,没想到这时她竟很快地接了,说因为我慢性子,能磨蹭,爸等不及就拉着她先进了山。

妈说钥匙还在老地方,要我进家去等她回来接我。我没有进去,与咖啡坐车里等她。大约半小时后,我看见村西路上一摇一晃地走来一个胖胖的身影,知道是妈。

妈半年前做膝关节置换手术,还没有养好,走路照旧是一瘸一拐,我看了心里就有些发紧,有些疼,我迎上去对她说:"你把我领到山里就行了,你和爸回家,苦菜我自己去挖。"妈说:"你不知道哪里苦菜长得多,你爸知道,他年年都去那里挖。"我又问她干吗不等我回来一起去,她说:"你爸一辈子就性子急,到老也改不了。他一听说你要回来挖苦菜,早饭都没正儿八经吃,就急赤巴哈地把我拉上了山。"

爸早妈膝关节置换手术半年做了心血管支架手术,前不久又因脑血栓住了一周的医院,算起来出院还不满十天。我担心他自己一个人在山里,就埋怨妈不该扔下他回来接我。妈嘴上说没事,眼神却恍惚着,我看出了她心神的不宁。

妈虽然担心爸自己在山里,却还是开门进家拿了一块包头巾,一件毛衣外套,一副腈纶手套给我,说山里有风怕吹我头疼,又说怕挖菜时风吹皴了我的手,又说天冷,硬要逼我穿上她的那件厚毛衣。

然后她说:你开车吧,山里有路的。

妈上了车,我把咖啡牵上车,就向山里开去。山里的路不是很好跑,越往前开越窄,不一会儿就别别扭扭地难进了,而且,纪和嫂的树枝占了半边路,剩下半边路根本就开不过车去。

纪和嫂身后是她家的苹果园,她身侧那一堆手腕粗的树枝大概是她冬天里从果木树上修剪下来的。

从果木树上刚修剪下来的树枝一定是要放在果园里晾一段时日的,因为苹果树的木质较硬,那些硬实的枝干要经过一个冬天、一个春天雨雪的浸泡,再经过反复的风吹日晒,枝干糠一些才好烧火。纪和嫂这时就坐在路边拿一把斧头在剁木质有些糠的树枝,她已经剁了一大堆。

我不好意思要她搬开剁好的树枝让路,而且也不知道过了这段,前方的路还会不会变宽。

路太窄了,见了纪和嫂,我也没有下车,只是按下车窗玻璃,探出头同她打了招呼。纪和嫂说:"你不要往前开了,前面的路更窄。"

听了她的话,我想把车掉头开回去,却发现前后都没有可以掉头的地方,我让妈下车帮我看路,她看着路却又是说不清道不明地不会指挥倒车,我心中忽然一闹,就提高了声音对妈说:"这都是什么破路,这样的路你叫我开什么车?你看看这路,我怎么把车开回去?"

我的声音一高,妈的声音就低了下来,而且当着纪和嫂的面,她很难为情,脸就红了。她像一个犯了错的孩子一样,嘴里嗫嚅着说:"我不是懒得走这段路,我只是不放心丢你爸一个人在山里,他的病还是不好,动不动就犯头晕。"

她的语气神态让我心里一下子不忍起来,想起她做了手术还没有长好的腿,再想想一直就病歪歪面黄肌瘦的父亲,心中倏地一疼,泪就涌了上来。妈没有注意到车里的我几乎就要流下泪来,看着我进退不得的车,她挓挲着两手,呆呆地站在车头前,嘴里念叨着:"这怎么好?这怎么好?"

看着茫然无措的她,我更后悔刚才对她说出的重话。

纪和嫂站起身来,她和妈一左一右帮我看着路,我慢慢把车倒回一条岔路上,赶紧熄了火,不再去管车的事,挽着妈的胳膊,带着咖啡向父亲挖菜的地方走去。

山里的气温尽管还是有些低,却已不见了隆冬的萧瑟,农田里返青的麦子齐扎扎地长着,泛出油绿的光。路边的刺槐也绽出了寸许长紫红色的叶芽,想来过不久便会开出槐花了。

想着槐树花时就看见了父亲。

看见父亲时,他正弓腰刨一棵挺大的苦菜,看见我来他的眉眼就挤到了一起,脸上露出了很舒心的笑。

父亲挖苦菜的地方在后山,离村子比较远,高效率快节奏的土地与山林开发还没有延伸过来,周围山势地貌与十几年前没有多大变化。我依稀记起这里曾经是一块洋姜地。

地里长洋姜已是十几年前的事了,那时村子的山峦与土地还没有被开发征用,这一大片位于后山半山腰的洋姜地由于离村子较远一直就被撂在那里,地里的洋姜完全就是自生自长的,从来没有人追肥浇水,却在每个秋天里长出满地拳头大小一串串的洋姜,一些不嫌费事的人家就扛着篓子或背着麻袋进山挖洋姜回去腌咸菜吃。

后来,位于城乡接合部的这个村子被开发了,大半的土地被征了,成片的山林被砍尽伐光,自然生态平衡被打破了,化肥农药食品添加剂的大量使用,使人越来越多地对吃到嘴里的东西不信任起来,洋姜的食用价值医用价值才被人们所认识和发现,山里这一大片洋姜因此很快地就遭受了灭顶之灾。不几年时间,这里大大小小的洋姜就被人们采挖一空,地里再也长不出一棵像样的洋姜。后来有人试图在这块土地上种粮食,却光长秸秆不结果实,后来地就被撂在了那里,荒了,地里就只剩下了野草与苦菜。

妈说爸年年都要来这片地里挖苦菜。自从洋姜绝种,地里也不能够生长粮食后,村子里几乎就没人来注意这片荒芜的土地,也只是因为我爱吃苦菜,爸才会跑很远寻到了这块地,就年年来这里挖苦菜,这块地几乎就成了父亲的自留地。

父亲手里拿着一把镢头,发现一棵菜,他就弓下腰撅起屁股,将四五斤重的镢头高高挥起,然后重重落下,也只有这样才可以将苦菜扎得很深的根给完整地刨出来。今年春天的雨水很少,在这样干旱季节里刨地挖苦菜是一份很费力的活。

山里的气候是不比城里的,在城里看来一丝风都没有,到了山里却冷飕飕地拉人脸。幸好妈给我准备了头巾,捂住了我大半边的脸与嘴巴,只是她给我的那副手套戴起来很不得劲,三下两下之后就被我褪了下来。这样,只一会工夫,山土与山风就将我的手皴裂了,苦菜根冒出的那些白色汤汁就顺着皴裂的细小缝隙将我的手给染黑染黄,擦不去也洗不掉。镢头落在干硬的泥土上,也将我的手震得生疼,指关节也变得酸麻起来。

爸见我很吃力的样子,就带我另寻土质松软的地方。

已经很长时间没有雨水了,山里的气温也低,苦菜的叶子长得不起眼,在乱草中寻起来就费神。爸提着一只塑料桶爬到地堰坡一个苦菜多的地方。他斜着身子将两脚高低分开站在地堰坡上刨苦菜,见他摇摇晃晃的样子,我有些紧张。

爸病后的身子是那么瘦弱,我有些担心他,我生怕一阵风就会将他吹下来,也怕他踩不实松软的泥土而滑倒。

爸的耳朵有些背,我大声地喊他,要他下来,他不肯。我只好也上坡去离他近些以守着他。见我要上去,他就伸出手来要拉我,却还阻止我:"你不要上来,这里不好站,别摔着。"

……

二十多年前,父亲就是这样说的。那一次,我跟他去村西一条沟边捋槐树花,槐树长在沟坡上,父亲站在树下用铁钩子去钩槐树枝,他要把树枝钩下来去捋枝上的槐花。我想上去帮他,他就这样对我说:"你不要上来,这里不好站,别摔着。"

时光荏苒,二十年一个轮回,二十年转眼就过去了,二十年后的父亲再一次这样说,让我仿佛又回到了过去的时光,过去的那情景,那时的父亲……

"玉在山而草木润,渊生珠而崖不枯。"我多么希望他依然是二十多年前我的父亲,多么希望他伸出手来,能像多年前一样,一把就把我拽上高高的堤堰坡。

可是他再不能了,因为时光已回不到二十多年前了。

望着寒风下秋叶一样单薄的他,我泪流满面……

小张一家人

房子重装过后,家里就极少有人来了,进家的人是寥寥的,有我,有丫头,当然,父母是可以随时来的,只是妈的腿脚不好,她嫌房子楼层太高爬不上去不愿意来,因此,他们就连这个城市也一并不愿意来了。丫头的爸爸倒是来过几次,他在她假期里趁我不在时来看女儿,给女儿送点什么她爱吃的东西或帮女儿做点什么。我知道他来,我也没有说过不让他来,毕竟这个房子在我重装前他曾住过十几年。

另外还有三个人,是小张、小张的丈夫,还有她的儿子。

小张不属于这个城市,她原本不是属于追求生活质量的人,我也曾同大多数人一样认为她不够这个层次。她一直就马马虎虎地生活着,说到底,她只是一个拾荒人,她的一家人都是这个城市的拾荒人。

但,她有爱她的男人,有一个憨憨的、一旦笑起来颇有阿弥陀佛相的儿子,而且,她最近也讲起了养生,在南山公园的晨光中悠闲地打起了太极拳。

如果不是女儿抱回的一条小泰迪犬,我是不会知道她竟然也会赶时尚讲养生跟着人去打太极拳的。

咖啡在不到两个月大的时候女儿将它抱了回来,与小张儿子一样大的她似乎只负责抱它回来,其他的,咖啡的吃喝拉撒,她一概不管,一概丢给了我。

值一个通宵班下来人简直就要虚脱了一样,回家来除了拿出一些时间写作,大凡不是要紧事,其他的,我宁可不吃不喝也不愿下楼去。咖啡来了就不行了,它一日数次拉撒,必须定时带它出去遛,给它养成定时大小便的习惯,否则它就会拉尿在家里。

人家说泰迪有四五岁孩子的智力,这样说法有一些夸张,总之咖啡很聪明,它会看人眼色行事,你惹它不高兴了,它就会发一些小坏去惩罚人。我的窗帘是亚麻的,不能水洗,脏了就只能送干洗。咖啡憋尿了,它围着你转几圈,哼哼一会儿,如果再不理它,不带它出去,它就将尿撒到窗帘上,然后看着我很心疼地摘下窗帘花钱去洗。

每天天一放亮,咖啡就会准时卡点过来抓我房间门,我就被它硬生生地给拖下楼去。

后来我告诉了他咖啡这些聪明却促狭的事,他就笑我,对我说:"那是咖啡心疼你,见你整天不挪窝写作,怕累坏你,想要你下楼去锻炼锻炼你那个破身体。"他有时候还会发信息问我:"还在写吗?差不多了就让咖啡领着你去外面溜达溜达。"他这话说得很形象,我们俩出了门,总是咖啡在前,我在后握着绳子,它跑哪里我跟到哪里,真的就像是咖啡领着我在外面溜达。

轻车熟路的,不用十分钟咖啡就把我给领到了南山公园门口。那一次,我在看公园门口广场上的人打太极拳时,就看到了小张。小张排在打太极拳的队伍末尾。

小张的头发很稀,她的发质属于不染就自来黄的那种。除了额前的一抹刘海,剩下不多的头发被她从后边给束扎起来,更显出了她头发的细弱可怜。

我小学同学的妹妹叫华子,她人长得俊俏,个头精细,肤色有一种扎眼的白,头发也是自来黄而稀疏。华子与我一个村,从小时候起我就认为村里人不喜欢她,因为他们背地里都叫她黄毛丫头。黄毛丫头在我们那里是对不招人待见的女孩子的一种轻薄称呼,是说这个女孩子长得像稻草一样轻贱。我妈对这种说法颇不以为然,她说:"自古贵人就不顶重发,别看华子头发长得这样少,这样黄,她长大了一定是享大福的人。"

妈不是会看相的人,我们都以为她的话是替华子抱不平,谁都没有去当真,不想多年以后,华子的命果然就被妈说中了。长得不怎么起眼,大了以后依然是一头稀疏黄毛的华子不明就里地嫁给了一个外国人,因为嫁得好,她的父母后来就被她接去了国外,哥哥弟弟也都住上了她给买的洋房,开上了豪车。

小张差不多快有四十岁年纪,如果妈看见她与华子长得一样的头发,会不会说她也是命里的贵人,是会享大福的人呢?

拾荒人小张,她的命再好又会好到哪里去呢?

小张不是本地人,我不知道她来自哪里,也不记得问过她这个问题,也或许是不经意地问过了,只因为没有当真要知道就不记得了。

小张一家三口人租住在小区西北角某幢房子里,他们承包了整个小区街区卫生的拾掇打扫,也承包了小区的废品收购。从事废品收购的人在我们这里被称作"收破烂的",因为不知道她的名字,为了便于记忆管理,我把她的电话备注为"破烂小张"。破烂小张的丈夫也姓张。

小张年龄应该不到四十岁,她的儿子有十七八岁的样子。她的丈夫老张很瘦,又很老,身子骨看起来不是很结实,脸色一贯蜡黄灰暗,街上是不常见到他的,日常小区卫生基本上就见她与儿子在打扫。他们有一辆破旧电动三轮车,由她丈夫与儿子开着。

我不知道小张一家靠着拾掇小区卫生与收购废品一年到底可以赚多少钱,我总是认为她的条件与我是不可同日而语的,但她却还有令我羡慕着的东西,是我至今都不曾得到的。

有一段时间我曾非常地羡慕她,那时我没有离婚。我的前夫为人正派,而且有着一定的社会地位。或许是因为他身上的担子过重,他的性子就不是很好,脾气暴躁,让我和孩子在他面前常有心惊胆战如履薄冰的感觉。逢他在家,家里的气氛就会变得紧张起来,这样的生活使我很压抑,不甘。在外面看到轻松言笑的夫妻,我总会有一些羡慕,有一些难过,有时候还会自卑。这样的情况下,我就见到了小张和她的丈夫。

小张的丈夫老张开着一辆大概是二手的破旧电动三轮车,三轮车后斗上坐着小张。

老张样子看起来要比小张大很多,他或许怕路上有什么东西把小张给颠下车来,他的车开得很慢。小张那时坐在他身后车斗的前沿上,她身子向前扭着,双臂搭在老张的肩上,脸靠着老张脖颈。她闭着眼睛,样子似乎是睡着了,表情中带些慵懒,也带些娇憨。老张一边开车一边歪着头用腮帮子去磨蹭小张搭在他肩上赤裸着的右臂,旁若无人地从我身边慢慢地开了去。

这一幕或许是老天对我的警示,他要我抛却让我引以为自豪的一些东西,要我重新去审视我的幸福、我的婚姻与爱情。

我盯着他们,一直到他们的破旧三轮车开出很远,转出了我的视线。此后我经常会想起他们在我面前的这一幕,特别是前夫冲我发脾气的时候,我总会想起他们。是他们坚定了我离婚的念头。

在见到他俩那一幕前,我是没有拿正眼去看过他们的,也不曾正式地去思考过他们什么,自那以后我才注意到他们一家,向人打听起他们的情况。

小张一家来小区十几年了,最初时候是靠着翻捡人们丢弃的垃圾,以拾荒和收废品为生,后来就承包下了小区几平方公里街区卫生的打扫。他们在做这些活时小区不付给他们一分钱,只以另一种方式来补贴他们。

小区在市委市政府搬迁前是市直机关家属区,住户的经济条件都不错,每天会淘汰下来很多废旧物品,每天也招引了很多收废品的人。从小张一家承包了小区卫生后,小区就不允许其他人进来收购废品,所有废旧物品都由小张一家来收购,他们再倒卖给废品收购站换取一些差价。

我不知道他们一年能从拾荒与收购废品这样的差事里赚多少钱,我也从来就没有问过小张。我曾听人说他们靠着废品收购买上了车,只是我从来没有见他们开过什么正儿八经的车,他们开的一直就是那辆破旧的电动三轮车。

我不知道小张一家与其他住户关系怎样,我与破烂小张一家的关系应该算是可以的,起初是因为先前见到的一幕,更主要的是因为她的儿子让我喜欢。破烂小张的儿子个头不到一米七,长得敦敦实实,挺朴实,也挺能干。

2010年我结束了不开心的婚姻,此后三年我就宅在了家里。2013年夏天,初步缓过神来的我决定与之前的生活做彻底的决裂,不想留下一丝一毫与他一起生活的痕迹,于是我决定重新装修我的房子。

孩子上学住校,我搬到了离我家有半小时路程的妈的家里去住。

前夫是爱书如命的人,我们一起生活那些年他每年都会订很多份杂志,购买的书籍也很多,而且他上学时读过的书,连小时候读过的一些小人书都一直保存着。家中书柜里、床厢、写字台、地下室里,总之,能放书的地方到处都是一摞一捆、一箱子一箱子的书。搬家时,从各个角落里收拾出来的书大致有四五百斤重,我挑拣了一些喜欢的留下来,其他的就堆在一起,叫过小张的儿子,他就一摞一摞地搬到楼下他的三轮车上,整整拉了三车走。而后他就回过头来帮我打包整理家里别的东西,搬上搬下地忙碌了一个上午,之后一车车地送到我妈家。我过意不去,那三车书就没要他的钱。因为我对钱财不是很算计,也因为我不懂旧书作为废品卖的价格,又懒得去打听,当时他对我喊出了收购价,我也没往心里去,当我知道旧书里有珍品时,已经是过了一年后的事情了,但是我没有后悔,也没有去问他们究竟是怎样处理掉那几车书的。

拾掇家时我挑拣出很多过时的衣服,有我的、孩子的,还有前夫留下来的。那些衣服一点也不旧,而且很多是上档次的品牌服装,只是我不喜欢了,极少穿了,就全送了小张。还有一些小家电,有的装在箱子里,连封都没有开。平时一个人生活,这些小家电是极少能派上用场的,留下来也只是白占地方,也送了她。就连沙发,桌椅板凳,和一张高档席梦思床,凡我不喜欢的东西,都一并送了她。

小张的儿子小洋,个子不高,身板却挺结实,长着胖乎乎的脸蛋,笑起来眼睛眯缝着,是很讨人喜欢的一个小孩子。在别家同龄的孩子还在上初中、上学放学都要父母接送的时候,小洋就跟着父母一起来这个城市做清洁工,一起打工拾荒了。

装房子的头几年,小洋若碰巧见我往楼上拿重物,他总会跑过来帮忙,他胖乎乎的小脸见我就带着甜甜的笑,而且嘴巴也很甜,东西搬上了楼,我要给他一些钱他从来都不肯要。

就是这样一个孩子,当见着他在街上做活,眼瞅着他胖乎乎稚嫩的脸蛋,总会触动我心底的柔软,像见我女儿在做脏累的活一样,会让我心里多多少少地疼一下。为了让这个与女儿一般大小的孩子能生活好一点,家里有废旧纸箱旧报纸和其他可以回收利用的东西我就堆在地下室门口,遇到时就给了他。

破家值万贯,何况不是破的东西。因为疼与怜悯,也因为感激他们帮忙,收拾家时,那些留着价值不大的,我收拾收拾也都白送了他们。手里有好吃的东西遇到小洋时也会塞一点给他。

破烂小张细看起来其实是不丑的,除了皮肤粗黑,她身材还是蛮好的,如果注意护理下肌肤,再认真地打扮一番应该是挺好看的一个女人。小张在我这个小区做工有十几年了,十几年里我不记得见她穿过什么体面的衣服,连我给她的那些衣服也从没见她穿过。我每次见她时她都拿着扫帚在扫街,或拿铁簸箕把扫在一起的垃圾铲到垃圾箱里。或许是因为她总在干脏活,不舍得穿我给她的在她看来很体面的一些衣服,她一概是穿着军绿色或卡其色过大的服装。就像这次随十几个人很体面地晨练打太极拳,她也是穿着军绿色迷彩服。她身上的迷彩服显得她腰身粗笨,还有些罗圈腿,人就四不像的,打拳也打不出太极的柔韧味道来。

小张是知道感恩的人,得知我一个人生活后,就对我说,日常家里有什么做不了的体力活就给她打电话,让她儿子老公来帮我做。果然在后来我装修房子期间,她的儿子就一直在我房子里做帮手,她与老公也不时过来看看,见到活就顺手干一点,而且楼上楼下搬搬抬抬的帮我做了很多活。房子装好了他们又来帮我把装修垃圾拾掇清运出去,房子也从上到下地擦扫干净,我过意不去要给钱,她一分都不肯要。

我接受了小张一家,咖啡从来就不肯认可他们,不管他们与我多么接近,每次见到他们,咖啡总像防盗贼一样防着他们,不管他们如何对咖啡示好,咖啡从来都不领情,每一次都恶狠狠冲他们咆哮。

"狗眼看人低",这是狗的本性。

最后的桑树

杨放枪会拉胡琴,他也喜欢喝酒。杨放枪喝的酒是一毛五分钱一竹筒的地瓜干酒。

供销社设在村中央四合院里,柜台是水泥和砖砌起来的,木头台面上靠里角放着一个棕黑色大坛子,坛子口上压着一个猪肚沙袋,几毛钱一两的地瓜干酒就装在这个棕黑色的坛子里。量酒用的器具是一个竹筒,竹筒伸进坛子里,提起来时就是一两酒。杨放枪每次去供销社只买一竹筒,那时候他就两腿叉得很开,上半身趴在柜台上买酒与喝酒。

杨放枪身子高而细,想来,他如果穿了破落的灰色长衫,手里再抓一把茴香豆,按着他的身形与做派,应该是活脱脱一个孔乙己形象的。

杨放枪的手鸡爪子一样瘦长,指甲很厚,甲沟里总是塞满了黑色的泥垢。杨放枪喝酒也比别人喝得怪,他用这样的手端起鸭蛋绿色盛酒的大海碗,揪起嘴,贴着碗边,滋溜溜小口吸着碗里的酒,之后他的两个腮帮子会轮番鼓起,让一小口辛辣的地瓜干酒在他口腔里左冲右突,口腔过足辣瘾后他张开嘴,嘶啦啦吸口气,酒随着他一口气就下了肚。

杨放枪会拉胡琴,他的胡琴拉得很好,他拉胡琴多半是在中午或晚上七八点钟的时候。

逢村子里过年排戏,杨放枪很好的胡琴手艺就派上了用场,那是他最舒心的时候,人就会有一些展样起来。坐在舞台一角的他那个时候会穿戴起他最好的衣服,一套八成新的黄色军装。其他时候,他多半是穿一件破了边的灰不拉唧人造棉衣服,系一条长过膝盖、黑乎乎油光发亮的猪皮围裙,手里或提一只木桶,一只手拿水舀子,或抱一抱柴火。

只有过年演大戏时,杨放枪才会穿起他那套压箱底的好衣服,会很仔细,一点点地抠去他指甲里黑色的泥污,理一个发,洗一次澡。

杨放枪是生活在村子最底层的人,或许他自觉人嫌弃他,日常几乎就不怎么与村人搭腔。因为根本就没人愿意去理睬他,也没有谁在意他做什么,他日常只在饲养院、在他的家里转悠,还有,就是他常去买酒喝的供销社。村里开社员大会不用他参加,集体活动,像村里组织进城看电影等也都没他的份,他在村子里一点话语权都没有,就连死他也死得风平浪静。

杨放枪已经死去二十年了。

杨放枪死后,村里人对于他的话题只存续了极短的一段时间。他就像一株一度生长在山野旮旯里卑微的野草,活着时没有人去追究他的身世,也没有人在乎他在这个世界无声的消亡,他的生生死死都显得那么从容与自然,那么微不足道。

此时想到杨放枪,感觉他的名字有些拗口,却似乎也另存着一些讲究,因为他名字三字是通韵的。杨放枪与村人的口音不一样,明显不是土生土长的本地人,带着吴地一些吴侬软语。但他的杨姓,却从了我们村的姓氏大宗。

杨放枪来自哪里我不知道,此时想起来,他的名字会不会是"佯放枪"三字的寓意谐音?果若这样,他很可能是当过兵的人,这一点我是从他的名字与他一直就珍视的那一套八成新黄色军装上突然想起的。

杨放枪的相貌与众不同,脸有些长,颧骨以下直接就凹了进去,似乎除了咬肌再无余肉,眼睛也不够大,整个面部除了两块油光突兀的颧骨,几乎不会令人注意到其他部位。还有,他的个子在村子里算是高的。

依照相术说,颧如孤峰耸立,腮削无半两余肉之人,会时刻计较得失,对别人的处境置若罔闻,重眼前而不及其余,多口舌逞强,言辞逼人,因其心生发乎其外,颚下无肉也由此而生,此种人晚景不免凄凉无助,惨淡孤独。

这样的命相应该说是很符合他晚年境遇的。

杨放枪活着的时候,我与他前院的小桂上小学是同桌,两家距离很近,步行也只不过两分钟路程。每天放学后我去叫上小桂,与她结伴扛着篓子去山里挖野菜喂家里的猪与鸡,也与她一起背着网包去山里搂草给家里烧饭用。

小桂早慧,也是一个能干的女孩,十岁时她就成了家里半个劳动力。

农村土坷垃里长大的孩子很小就要帮家里做一些力所能及的活,在我稍大一点、能挑起半担水的时候,妈有一次无意中对人提起:"小桂这个孩子很可怜,她爸瘫在炕上,她除了扫地扫院子挖菜搂草,她还那么小每天就要给家里挑三担水,真叫人疼。"

我打小就要强,妈对邻居说的话被我听到了,那时我还不能够明白妈为什么会说小桂"很可怜",只知道从听到妈那几句话后,我也每天给家里挑三担水,我也想让妈为我自豪。

我的个子比小桂矮,妈说那话的时候我的个子还不能够担起一担水,妈怕我被担子压了不长个,坚决不许我挑水,我就趁着她不在时悄悄地把家里的那口不大的水缸挑满,时间长了,妈没办法也就默许了。

妈挺喜欢小桂,也疼她。小桂家条件比我们家差很多,每次她去找我,妈就拿出家里的东西给她吃,完后再给她捎一些回去,时间长了,在以后夏天有桑葚的季节里,小桂去我家,常会带去一瓢桑葚。

关于小桂不是她那个瘫子爸生的这事是后来我从同学那里听到的,据说杨放枪才是她的生父。想起杨放枪的怪模怪样,再想想小桂,我有些不信同学的话,就回家问妈。妈说:"小孩子说话不知轻重,不要胡乱说话。"妈也不许我在外边说与问这类的话。

杨放枪就住小桂家后院,小桂家的房子有后门,后门直接通向杨放枪的院子,杨放枪的院子因而也就成了小桂家的后院。杨放枪的院子里长着一棵很大的桑树,夏天的时候,树荫就遮了半个院子。夏天的桑葚熟了,我去小桂家,小桂拉开她家后门门闩,就带我爬上杨放枪院子里的那棵很大的桑树,我就骑在树杈上摘熟到发黑的桑葚吃。哪天不想爬树了,我们就用棍子、用担杖打,打下的桑葚落到地下有时候会摔碎,就无法吃了。打桑葚时,也常会带着打一些桑蚕下来,捡完了囫囵的桑葚,小桂就将她家的鸡赶到杨放枪院子里吃落到地上的碎桑葚、桑蚕和桑叶。

我们吃桑葚,打桑葚,杨放枪从来就不管。他在家时就倚着他倾斜破败的门框,微微笑着看我们,他那无肉的脸上堆起的笑是很古怪很诡异的,深陷的眼窝仿佛一个无底黑洞,看不见他的眼仁。

回忆至此,杨放枪的立体印象就像一个模糊的远镜头被慢慢地拉近,放大了,固定成了一个特写:灰黄的肤色,乌黑的眼圈,深陷进眼窝里的双目,高高隆起的颧骨,塌陷的双腮,颇像一具年份久远的干尸木乃伊,回想起来有些瘆人。但那时我和小桂一点也没有害怕他,他除了喜欢小桂,似乎也挺喜欢我,因为除了我俩,他的东西是任何人都不能动的,特别是他的桑树与桑葚。有时候他看我们够不着了,还会用担杖连枝带叶地打一些桑葚下来,然后弓腰捡起囫囵地放到我和小桂手里,他自己一个不吃,就站在一旁看我们吃。

杨放枪的桑树太大了,就伸出一些到院墙外。从他墙外过往的孩子看到枝头那些诱人的桑葚,想吃了,手边没有棍子,就会往他的树上扔石头。桑葚成熟时他的院子里每天都会多出一些石头,他家里的缸与尿罐子在那个季节是不敢放院子里的,会被院子外扔进的石头打碎,就连他自己也多次被外面扔进的石头给打伤过。

夏天桑葚成熟那些日子,因为尿罐子总被他摆在屋里,而且他从来就不刷尿罐子,他的房子里总有刺鼻的尿臊味。

那些馋嘴顽皮的孩子扔石头打他的桑葚,只要被他发现,他会持着担杖满街追撵他们,直到他们跑回家,插上街门门闩他才停止追撵。然后他就梗着脖子,斜眼瞅着他们的街门,他那因为脸面无肉而愈加突出的嘴巴不停地扇动着嘟囔着。

杨放枪就以这样僵硬的姿态站在这些孩子的街门前嘟囔着,几分钟不见动静后,也就低下头持着担杖,一撇一撇地撩动着他瘦长的腿回家了。

杨放枪在那一时刻都嘟囔了些什么没人知道,因为他的嘟囔从来都是不出声音的,村子里的人就传他是在念咒语,诅咒那些打他桑葚的孩子及他们的家人。

因为他怪异的面相,加上他无声的嘟囔,村里人对他就有些忌讳,也不许自家孩子去招惹他,只是夏天他那一树黑紫肥腴的桑葚对孩子们诱惑力太大了,依然不断地有孩子偷偷跑到他院墙外扔石头打桑葚。

他追撵过不少往他院子里扔石头打桑葚的孩子,却从来没有撵上一个,无论多小的孩子他都没有追上也没有抓住过一个。他每一次追撵那些调皮馋嘴的孩子时都会惊天动地地跺脚呼喝,一直追撵他们到家门口,看着他们跑进家,插上门,他才停下来,也不再跺脚呼喝,他就只歪着头,愤愤地斜瞅着他们的大门,无声地开阖着他缺了几颗牙齿的干瘪嘴巴做"诅咒"状地嘟囔。

很多孩子害怕杨放枪的长相,村人吓唬自家不听话的孩子有时会说:"你再不听话杨放枪就来了。"

杨放枪实际上没有伤害过任何人,他活着时没有与谁发生过争执,无论人家如何对待他,他也只会无声嘟囔,那似乎是他用以自卫的武器。之前之后很多的事实证明,除了"多口舌逞强,言辞逼人"一说用在他身上不太确切,其他命相与他的貌相竟弥合得分毫不差。

据说杨放枪所有的亲人都因他"颧如孤峰耸立,腮削无半两余肉"这一面相给克死了。在这个世界上,除了小桂这个不确定也不能公开的女儿,他再没有其他的亲人。杨放枪的身子细瘦,他的脸是灰黄色的,身子骨很不结实。我们那一带是称孤寡男人为孤老棒子的,村子里就他一人是孤老棒子,孤老棒子说得好听些就叫五保户。为了照顾五保户,大队上就让他做了集体的饲养员,他日常基本就吃住在饲养院,负责每日铡牛草,熬猪食饲养集体的猪马牛。

白天下地干活的村人是要午睡的,饲养院里的猪与牛中午吃饱了也要午睡,杨放枪就在村人和猪牛午睡的时候拉胡琴。

饲养院建在村子南头,离饲养院近的人总能隔三岔五听到他如泣如诉的胡琴声,就传了他很多的故事,说他自己一个人拉着胡琴边拉边唱边哭,而且说他常常对着牛拉胡琴,说他对牛拉胡琴牛是能听懂的,牛也会跟着他哭。

村子逢年过节要杀一些猪,肉分给村人。杨放枪除了分到一份肉,因为猪是他养的,也因为他是无依无靠的孤老棒子,分完猪肉猪骨后剩下来的猪尾巴也都照顾给了他。他就将那些猪尾巴连皮带毛地埋到锅底灰里,一大锅猪食熬好了,几条猪尾巴也烧熟了。这些烧熟的猪尾巴他只给自己留一条,其他的就带回家给小桂吃,小桂再给我一条,之后,他就带着他特有的、有些诡异的笑,边咽着口水,边看着我和小桂很香地啃吃他烧的黑乎乎硬邦邦的猪尾巴。

多少年后想起来,似乎自杨放枪死后,我吃过的所有的肉都不如那时候他烧得熟焦的猪尾巴香。

杨放枪在我小学三年级那一年不在了,是喝酒喝死的。那一年中秋节前村子里照例杀了几头猪,分完猪肉,几个生产队就召集社员轮流会餐,最后一顿会餐结束后,剩饭剩菜就给了杨放枪。他就用两只挑猪食用的木桶划拉划拉把所有他和他的猪能吃的都带回了饲养院。第二天傍晚还有人看见他喂猪喂牛,隔天晚上,饲养院里的百多头猪无缘由此起彼伏地嗷嗷仰天长嚎起来,那样的叫法也只是在猪将要被宰杀前才会发出的绝望的哀嚎。

异常的猪叫声一时响彻了不大的村庄,狗也狂躁不安起来。村民们不知道发生了什么事,以为是地震前兆,纷纷丢下手中的活惊惶不安地跑出家门跑到了街心。父亲当时是村支书,就带着几个胆大的人去看情况,才发现杨放枪死了。事后传话说是因为吃了隔夜的猪头肉拌黄瓜亚硝酸盐中毒了,因为他死后嘴唇是甘蓝色的。

杨放枪是大张着嘴巴死去的,按照村里老人说法,人死了,嘴巴张着是因为人活着时亏嘴了。杨放枪活着的时候,家里有什么好吃的东西他自己是舍不得吃的,总要叫过小桂去吃,他死后,也只有小桂为他哭坟,小桂哭了好久好久,请了一周多假没有去上学。因此,关于小桂是他孩子的说法便成为更多人言之凿凿的凭据。

可是他死后,他留下的仅有的一点财产,那栋黑乎乎、连门框都几乎要倒下来的房子却没有落到小桂的名下,因为小桂只是杨放枪的一个传说。

杨放枪死后不久,作为孤老棒子的他,他的房子和院子很快就被大队收去整理做了村里的油坊,院子里那棵村子里唯一的大桑树不久也被伐掉烧掉了,小桂家屋后门也在极短时间内被几十块灰黑的砖头给堵死了。

在杨放枪死后,他的院子里再也没了我与小桂绕着大桑树的那些欢欣,也不再有人往他的院子里扔石头瓦块了,有的只是那台榨油机很多年里时断时续响起的嘤嘤嗡嗡声,像哭一样。

(原载《山东文学》2017年第3期)

父亲和我

肖复兴

一

我对父亲最初的印象,来自母亲去世之后第二年的清明节。那一年,我六岁。一清早,父亲便催促我和弟弟赶紧起床,跟着他走到前门大街。那时,我家住在西打磨厂老街,出街的西口就是前门楼子,路很近,很快就到前门火车站前的小广场,坐上5路公共汽车,一直坐到广安门的终点站。

广安门外,那时是一片田野。我不知道前面是没有公共汽车了,还是有,父亲为了省钱没再坐。沿着田间的小路,父亲领着我和弟弟往前走。不知走了多远的路,反正记得我和弟弟已经累得不行了。那时,弟弟才三岁,实在走不动了,父亲抱起弟弟,继续往前走。我只好咬着牙,紧跟在父亲的屁股后面。开春的田地在翻浆,泥土松软,鞋上沾了一鞋底子的泥。记忆中的童年,清明节从来没下过雨,天总是湛蓝湛蓝的。在这样开阔的蓝天和返青发绿的田野背景下,父亲抱着弟弟,像一帧剪影,给我童年留下难忘的印象。

一直走到田野包围的一片坟地里,父亲才放下弟弟,走到一座坟前,从衣袋里掏出两张纸,然后扑通一下跪在坟前。突然矮下半截的父亲的这个举动,把我吓了一跳。

坟前立着一块不大的青石碑,那时我已经认识几个字了,一眼就看见了碑的左下侧有一个"肖"字,一下子猜想到那上面刻的是父亲的名字,而碑中间的三个大字,我不认识,一直过了好几年,我才认识上面刻着的母亲的名字"宋辅泉"。又过了好几年,我才明白母亲名字的含义:父亲的名字中有一个泉字,母亲的这个名字是父亲起的,是要母亲辅助父亲支撑这个家。可是,母亲三十七岁就去世了。父亲比母亲大整整十岁,母亲去世的那一年,父亲四十七岁。

这片埋葬着我生身母亲的坟地,除了这块墓碑,再有就是旁边不远处有一条小溪,之外,我没有别的印象了。之所以记住了这条小溪,是因为给母亲上完坟后,父亲要带着我和弟弟到小溪边捉蝌蚪。小溪里,有很多摇着小尾巴的蝌蚪,黑亮黑亮的,映着春天的阳光,小精灵一样,晃人的眼睛。我和弟弟都盼望着赶紧上完坟,去小溪边捉蝌蚪。

那时候我还不懂事。父亲每年清明都要到母亲的坟前来祭奠,我能理解;让我不理解的是,父亲每一次来都要跪在母亲的坟前,掏出他事先写好的两页纸,对着母亲的坟磨磨叨叨地念上老半天,就像老和尚念经一样。我听不清他念的都是什么,只见他一边念一边已经是泪水纵横了。念完了这两页纸后,父亲掏出火柴盒,划着一支火柴,把这纸点燃。很快,纸就变成了一股黑烟,在母亲的坟前缭绕,然后落下一团白灰,像父亲一样匍匐在碑前。

真的,那时候,我实在太不懂事,只盼望着父亲赶快把那两张纸念完、烧完,就可以带我和弟弟去小溪边捉蝌蚪了。

更让我不理解的是,除了清明节来为母亲上坟,到了中秋节前,父亲还要来为母亲再上一次坟。而且,父亲照样是跪在坟前,掏出两页写满密密麻麻小字的纸,念完后烧掉。我当时常想,那两页纸写的都是什么内容呢?每次写的内容是一样的吗?像是惯性动作一样,每次来给母亲上坟,父亲都要写这样长的信,念给母亲听,母亲听得到吗?父亲怎么有这么多的话要对母亲说呢?

这样做,打破了常人的习惯,因为一般人都是一年一次在清明节给亲人上坟,不会在中秋节再第二次上坟的。当然,长大以后,我明白了,这说明父亲对母亲的感情很深。但是,在当时,中秋前后青蛙已经绝迹,小溪边更没有蝌蚪可捉,又要走那么远的路,我和弟弟对母亲的思念,常常被对父亲的抱怨所替代。特别让我不能理解的是,为了省钱,给母亲上坟回来的时候,父亲常常是带着我们从广安门上车坐到牛街这一站就提前下车,然后对我和弟弟说:"你们是想继续坐车呢,还是走着回家?现在,咱们要是坐车坐到珠市口,一张车票是五分钱,要是不坐车,就用这五分车票钱,到前面的菜市口,给你们买一包栗子吃。"那时候,满街都在卖糖炒栗子,香味四散,勾着我和弟弟的馋虫。我和弟弟抵挡不住栗子的诱惑,选择不坐车,用省下的五分钱买栗子。

五分钱能买一包栗子,可是,常常是吃不到珠市口,栗子就吃完了。我和弟弟还想吃,父亲说:"从珠市口坐车,坐到前门,一张车票也是五分钱,你们要是不坐车,就可以用这五分钱再买一包栗子。"我和弟弟当然又选择了栗子,就这样跟着父亲走回了家,天已经不知不觉黑了。父亲没有吃一口栗子。下一年中秋节前,父亲带我们去为母亲上坟,尽管知道要走那么远的路,但一想到栗子,我和弟弟还是很愿意去。

现在想想,那时我和弟弟毕竟小,对母亲的印象是很模糊的,对母亲的感情也远没有父亲那样深。父亲之所以用这种方法带我们去为母亲上坟,是为让母亲的在天之灵看看我和弟弟。这其实是父亲对母亲的一份感情。只是,我不懂。我更不清楚,父亲和母亲是怎么相爱的,又是怎么结婚的,在那些战火纷飞的日子里,又是怎样一路颠簸,从信阳到张家口最后来到北京的。清明的蝌蚪,中秋的栗子,小孩子的玩和馋,同大人的感情拉开了距离。一直到父亲去世,我也并不了解父亲,更谈不上理解。似乎命中注定,我和父亲始终很隔膜,像是处于两个世界的人。我童年时在坟前对母亲那种迷迷糊糊又似是而非的感情,和父亲在坟前对母亲毫无掩饰而且是无法遏制的感情,只不过是我和父亲隔膜与距离的一种象征。

我只知道，母亲是河南信阳人，个子很高，看过我家唯一存下来的她的照片，长得肤色白皙，应该属于漂亮的女人。父亲是在那里工作时和母亲结的婚。那时，父亲在南京国民政府的财政局受训之后，来到信阳工作。一九四七年，我出生后，父亲先到张家口，又紧接着到北京工作。父亲在北京安定下来，母亲抱着刚刚满月的我，带着我的姐姐随后投奔父亲。因为正是战乱，张家口站特别拥挤，母亲带着我们没有挤上火车，只好坐下一班火车。火车开到南苑时停了下来，停了很久也没有开。一打听，原来上一班火车爆炸了，而正在前门火车站接站的父亲，以为母亲和我们都在这列火车上，心急如焚。

很多年后，当姐姐对我讲起这件往事的时候，想象着当初的情景，我才多少理解了父亲对母亲的一份感情。战乱动荡的时局中，普通人之间的爱情，便显得那样揪人心肺，而彼此之间的相濡以沫，又弥足珍贵，所谓聚散两依依。

母亲的突然离世，对父亲的打击显然很大。那时，北京刚解放三年，日子刚安定下来不久。只是，我太小，难以理解人到中年的父亲的心情罢了。母亲去世不久，父亲回了一趟老家，带回一个女人，她成了我和弟弟的继母。继母比父亲大两岁，比母亲大十二岁。还有和身材高挑、面容清秀的母亲不同的是，继母缠足。

那时，我不懂得父亲为什么给我们找一个继母，我不懂得父亲所做的这一切，都是为了幼小的我和弟弟。

一九九四年，孙犁先生读完我的《母亲》一文，知道我小时候生母去世后父亲回老家又为我和弟弟找来一个继母的这段经历，来信说："您的童年，无论如何，不能说是幸福的，使我伤感。"然后，又驰书一封特别说："关于继母，我只听说过'后娘不好当'这句老话，以及'有了后娘就有了后爹'这句不全面的话。您的生母逝世后，您父亲就'回了一趟老家'，这完全是为了您和弟弟。到了老家经过和亲友们商议、物色，才找到一个既生过儿女、年岁又大的女人，这都是为了你们。如果是一个年轻的还能生育的女人，那情况就很可能相反了。所以，令尊当时的心情是痛苦的。"

孙犁先生的信,让我没有想到,因为在我写《母亲》这篇文章的时候,一直到文章发表之后,都没有想到过哪怕一点点父亲当年那样做时内心真实的感情,而只是一味地埋怨父亲。孙犁先生的信提醒了我,也委婉地批评了我。真的,对于父亲,我一直都并未理解,一直都是埋怨,一直都是觉得自己的痛苦多于父亲。也许,只有经历过太多沧桑的孙犁先生,对于哪怕再简单的生活也会涌出这样深刻的感喟吧。而我毕竟涉世未深,我不懂得一个人到中年的父亲,选择一个比他年纪大的女人,作为我和弟弟的新母亲,是为了我和弟弟;我不懂得孙犁先生所说的父亲"当时的心情是痛苦的"。

当时间和我一起变老的时候,童年时父亲带着我和弟弟为母亲上坟的那一幕,便越发凸显;父亲跪在母亲的坟前为母亲读信的那一幕,也越发让我心动。可惜,我从来不知道父亲在那两页纸上密密麻麻写的都是什么,但我可以想象得出来。想象得出来,又有什么用呢?人老了之后,才渐渐明白了一点儿人生,才和父亲有了一点点的接近,付出的却几乎是一辈子的代价。我终于明白,在这个世界上,亲人之间离得最近,却也有可能离得最远。

二

在我的印象中,父亲胆子很小,一直到他去世,都活得谨小慎微,有毒的不吃,犯法的不干,树上掉片树叶都要躲着,生怕砸着自己的脑袋。长大以后,当我知道这件事情之后,对他的印象有所改变。

父亲很年轻的时候,曾独自一人离开家乡河北沧县,跑到天津去学织地毯。我的爷爷当过乡间的私塾先生,略有文化,他有两个孩子,一个是父亲,一个是父亲的哥哥。和一辈子守在乡下种田的哥哥不同,父亲在乡间读完初小,就想离开家乡。别人怎么劝都不行,他还是来到了天津。天津离沧县一百二十里地,是离沧县最近的大城市。沧县很多人都曾经到天津跑码头,这个传统一直延续至今,现在天津的街头还能碰到不少打工者,操着沧县口音。想想父亲只身一人跑到天津学织地毯的情景,很像如今那些北漂,尽管时代相隔了近百年,年轻人躁动的梦想和盲目的行为方式,却基本相似。那时候的父亲,胆子并不小,性格里有很不安分的成分。

我一直在想,父亲为什么会有这样不安分的性格,后来,又为什么将这种性格磨平乃至变得如此谨小慎微呢?

受我爷爷当私塾先生的影响,父亲读书的时候,爱看一些杂书,特别是章回体的旧小说。我读小学的时候,晚上和弟弟睡觉前,他常常讲《三侠五义》《施公案》《水浒传》《聊斋志异》里的一些故事给我们听,也不管我们听不听得懂,爱听不爱听。他也喜欢沧县地区有名的文人纪晓岚的《阅微草堂笔记》,常讲一些他小时候听到的关于纪晓岚的民间传说。直到现在我还记忆犹新,他有声有色地说起纪晓岚小时候,有一位从南方来的大官,看见纪晓岚在田里放牛,大夏天还穿着一件破棉袄,摇着一把破芭蕉扇,觉得很可笑,就随口说了句:"穿冬衣,拿夏扇,胡闹春秋。"纪晓岚回了一句:"到北地,说南语,不识东西。"讲完这个故事,父亲呵呵地笑,他故意将"识"说成"是",然后又对我们讲这里一语双关的意思,讲这个对子里的对仗,对得非常简单,又非常有趣。我和弟弟也觉得特别好玩。父亲去世之后,整理他极其简单的几件遗物,其中有一本旧书,就是《阅微草堂笔记》。

父亲从来没有对我讲过这类文学书对他的影响,他只是说自己从小喜欢读书,以此来教育我和弟弟要好好读书。所以,只要是我买书,他从来都不反对。读小学一年级的时候,他为我买的第一本杂志,是上海出的《小朋友》,那是一种很薄的画册。以后,我识字多了,他为我买《儿童时代》。再以后,他为我买《少年文艺》。这三种杂志,成为我童年读书的三个台阶,应该说是父亲领着我一步步走上来的。

那时候,我家住的大院斜对门有一家邮局,是座二层小楼,据说,前身是清末在北京成立的第一家邮电所。那里卖杂志,跟着父亲到邮局里买杂志，成了我童年和少年时代最快乐的事情。我想，后来我能写一些东西，最初应该就是父亲在我的心里埋下的种子。父子两代人，总有一些相似的东西，影子一样叠印在彼此的身上，是遗传的基因，也是潜移默化的结果，更是上一辈人未曾实现的梦想不由自主的延续。

偶尔一次，父亲对我说，在部队行军的途中，要求轻装，必须丢掉一些东西，他还带着这些旧书，舍不得扔掉。说这番话，父亲其实只是为了教育我要珍惜读书，不小心说秃噜嘴了，无形中透露出他的秘密。我当时想，部队行军？这么说，他当过军人。什么军人？共产党的还是国民党的？那时候，我也就刚读小学五年级，心里却一下子警惕了起来。如果是共产党的军人，那就是八路军，或者是解放军了，应该是那时的骄傲，他应该早就扯旗放炮地告诉我们了，绝对不会耗到现在才说。所以，我猜想，父亲一定是国民党的军人了。

事实证明我的猜想没有错。

我家有一个黄色的小牛皮箱，我知道，里面放着粮票、油票、布票等各种票据，还有就是父亲每月发的工资，都是我家的"金银细软"。有一天，我打开这个小牛皮箱，翻到了箱子底，发现了一本厚厚的相册和一张硬皮纸的委任状。委任状上写着北京市政府任命父亲为北京市财务局科员，下面有市政府大印，还有当时北京市市长聂荣臻手写体签名的蓝色印章。这是北京和平解放之后，对于像我父亲这样的国民党政府留下的人员接收时的证明。应该说，委任状没有任何问题，问题出现在那本相册上。那是一本厚厚的道林纸印刷品，我打开相册，看见里面每一页都印着一排排穿着国民党军服的军官的蓝色照片。这样的国民党军服，只有在电影里才见过，是那些杀人不眨眼的刽子手才穿的军服。我一下子愣在了那里，小小的心，如被万箭射穿。我几乎忽略掉了这本相册下面还压着四块银圆。

读中学之后，我才渐渐弄清楚，父亲在天津学织地毯并没有多长的时间，他觉得这样一天天织下去，织不出什么前途，就投奔了在冯玉祥部队当军需官的一位亲戚（这位亲戚后来官居国民党少将，居于并逝世于上海）。父亲不安分的心，再一次蠢蠢欲动。因为他多少有一些文化，在部队里很快得到了提拔，最后当了一个少校军衔的军需官。抗战结束的一九四五年，他随部队集体到南京国民政府受训，然后转业到地方的财务局，一路辗转，从信阳到张家口又到北京。

国民党，还是一个少校军官。父亲曾经拥有过的这样一个身份，对于我简直像一枚炸弹，炸得我五雷轰顶。

而这样的一个身份，也如一块沉重的石头，一直压在父亲的档案里和心里。

我读初一的时候，已经是一九六〇年。新中国伊始的许多政治运动，如"三反""五反"和反右等，都已经轰轰烈烈地过去了。父亲都相安无事，实在是不容易的事。后来，我才发现父亲写的那些交代材料一摞一摞的，不知有多少。父亲对我也不隐瞒，就放在那里，任我随意看。很多时候，也是故意放在那里让我看，好让我和他划清界限，怕影响我的进步和前程。那个年代，不止父亲一个这样以自愿牺牲而成全孩子的人。

那一摞又一摞的交代材料里，有他的历史，有他的人生。有一段时间，我非常好奇，曾经翻看父亲的这些交代材料，有很多都是重复的车轱辘话，不厌其烦地反复地讲，还要发自肺腑地深刻地讲，食不厌精、脍不厌细一般，不怕交代得琐碎，不怕检查得絮叨。父亲的字写得很小，又挤在一起，像火车站拥挤的人群，生怕挤不上车，眼睁睁地看着火车开跑，自己被无情地甩下。那些密密麻麻的钢笔字，有很多颜色已经变浅，甚至模糊，不知为什么让我想起给母亲上坟时，他写的那两张纸上密密麻麻的字迹。同样是不厌其烦地反复讲的车轱辘话，同样也发自肺腑深刻讲的话，却是那样的不同。

读初三的时候，我十五岁，退了少先队之后，要申请加入共青团，首先一条，就是要和家庭划清界限。于是，步父亲后尘，如同父亲写交代材料一样，我不知写了多少对家庭出身、对父亲历史认识的报告，交给团支部，接受组织一遍遍的审阅、一次次的考验。我才知道，写这些材料，不是一件简单的事情。尽管那时我的作文写得不错,但是,这样的材料,远比作文难写,总觉得写得枯燥,笔重千钧,心很累。但是,我并没有理解父亲写这些交代材料时的真正心情。那时,我只顾自己的心情,觉得好多的委屈,埋怨自己为什么会摊上这样一个父亲,却难以体会父亲的心情,其实是更为复杂、更为疲惫不堪的。

有时候,为了表现出和家庭划清界限,还要做出一些决绝的举动,对父亲的伤害,就更不知晓有多深了。

记得有一次,我们大院里一个在解放以前曾经当过舞女的女人,突然和我们大院的油盐店的少掌柜生下一个私生女。从不多言多语的父亲,在家里和我妈妈悄悄地议论这事,说了句:"王婶也不容易,一个女人带着两个孩子,日子怎么过呀!"没有想到,他的话,被我听到了,我当时就反驳他:"你站在什么立场上说话?还王婶王婶地叫着。"父亲立刻什么话也不说了,像霜打的茄子,蔫蔫地待在一旁。那时候,我不懂上一辈人的历史,也不懂生活的艰难,只知道阶级立场,只知道要时时刻刻睁大眼睛,警惕地和父亲划清界限。

父亲棱角就是这样被渐渐磨平的。年轻时候的不安分,本来就是摇曳在风中的一株弱小的稗草,更禁不住一阵又一阵风雨的洗礼了。而在这一番番风雨中,父亲所要经受的,不仅来自时代和社会,也来自家庭,而在家庭中,主要是来自追求自己前途的我。

年轻的时候,谁没有过不安分的心思和性格呢?不安分,其实就是不安现状,渴求一种新的生活。年轻的时候,谁不像一株迷途而不知返的蒲公英一样盲目而莽撞呢?我长大了以后,要去北大荒插队,和曾经的父亲当年一样,没有和他商量,就那样毅然决然地离开了家。父亲当时什么话也没有说,他知道说什么也没有用,眼瞅着我从小牛皮箱里拿走户口本,跑到派出所注销。我离开家到东北的那天,父亲只是走出了家门,到屋门前的大槐树下便止住脚步,连大院都没有出来。他也没有对我说任何送别嘱咐的话,只是默默地看着我离开了家。那是一九六八年的七月,酷暑中的我拎着笨重的行李,淌了一脑门子的汗珠。

父亲的身影,留在槐树的阴影中。

现在想想,就像父亲年轻时离开沧县老家跑到天津学织地毯一样,远方,总是比家更充满诱惑,总以为人生的理想和前途在未知的前方。尽管成长的历史背景完全不同,父子各自的性格以及一生的轨迹,却总会有相同部分,命定一般地重合,就像父子的长相,总会有相像的某一点或几点。

后来,看北岛的《城门开》,书中最后一篇文章是《父亲》,文前有北岛的题诗:"你召唤我成为儿子,我追随你成为父亲。"文中写道:"直到我成为父亲……回望父亲的人生道路,我辨认出自己的足迹,亦步亦趋,交错重合——这一发现让我震惊。"读完这篇文章,我想起了我的父亲,眼泪打湿了眼睛。

三

父亲不善交往,也不愿意交往。每天骑着自行车,上班走,下班回,两点一线,连家门都不怎么出。只有退休之后,每天清晨天不亮就出家门,到天安门广场南面的花园练太极拳,才在大院里多了出出进进的次数。那时候,还没有建毛主席纪念堂,从那个位置一直往南到前门楼子,是一片花园。从我家出来,走十来分钟就到。他到那里练拳,独自一人,面对花草树木和天安门与前门楼子,可以什么话都不用说。不知那时他心里都想些什么,他从来没有对我讲过,我也从来没有问过。他像一个独行侠,其实,他的身上没有一点儿侠的气质,倒像一个瘦弱的教书先生,尽管他练的拳脚很正规,而且,特意买了一双练功鞋,并在鞋帮上缝上两个带子,系在脚脖子上,以免使劲踢腿时把鞋踢飞。

现在想想,自从退休后,那里是父亲唯一外出的地方,远避尘世,有花草树木相拥,那里是他的乐园,一直到他去世。

在我的印象中,父亲这一辈子似乎只有一个朋友,便是崔大叔。

崔大叔和父亲是一起在南京受训时认识的,然后,两人一起到信阳、张家口和北京,一直都在一个税务局工作。崔大叔和他的妻子都是河南信阳人,我的生母,就是崔大叔两口子做的媒,才和父亲相识结的婚。崔大叔先到北京找到工作,然后邀请父亲前往北京。母亲带着我和姐姐从张家口来北京投奔父亲,起初没有住处,是先借住在崔大叔家的。住了好长一段时间,父亲才在前门外西打磨厂的粤东会馆找到了房子,搬的家。有意思的是,父亲带着我们全家从崔大叔家搬出,崔大叔到我家庆祝父亲乔迁新居的那天晚上,两个人都喝多了,一个小偷溜进我家外屋,偷走父亲新买的一袋白面,扛在肩上,大摇大摆走出我们大院,一路上还和街坊们打着招呼,以至于街坊们都以为小偷是我家的什么亲戚,这成了父亲和崔大叔的笑谈。

只有和崔大叔在一起,父亲才会喝那么多酒,一种新生活即将开始的兴奋,让他们两人都有些忘乎所以。

崔大叔是父亲唯一一个可以无话不谈的朋友。我渐渐长大,父亲的话变得越来越少,几乎成了一个扎嘴的葫芦。因为,在那个阶级斗争的弦紧绷的时代里,他知道像他这样历史有"问题"的人,要谨防祸从口出。而且,因为和我越来越隔膜,父亲更是很少对旁人说起对我的评点。但是我知道,他一定对我有他的看法,甚至是意见和不满。只有一次,春节在崔大叔家,父亲和崔大叔喝酒时说到了我,我听见一句:"复兴呀,我看他将来当老师!"这让我有些奇怪,因为那时我还很小,刚上小学几年级,父亲怎么就一眼看穿,断定我以后得当一名老师呢?

每年过年的时候,父亲都要带着我和弟弟去崔大叔家拜年。除此之外,父亲没有带我们到任何一家去拜年,足见崔大叔对于父亲的特别重要。记得最清楚的是,每次去崔大叔家的路上,父亲都要教我见到崔大叔和崔大婶以及他家老奶奶的时候问候拜年的话。那时候,我脸皮薄,特别害怕叫人,在路上一遍遍地重复着父亲教给我的话,让这一路显得特别长。

其实,从我家到崔大叔家很近,过前门,从东南角到西北角,一条对角线,穿过天安门广场,走几步就到了。崔大叔家就住在那里一个叫作花园大院的胡同里。这个名字很好听,我一下就记住了,怎么也忘不了。崔大叔家的大院门前有一棵大槐树,总把老枝枯干慈祥地伸向我们。那院子是北京城并不多见的西式院落,高高的台阶上,环绕着一个半圆形的西式洋房,特别带着有宽宽廊檐的走廊和雕花的石栏杆,以及走廊外面伸出几长溜排雨筒,都是在别处少见的,更是大杂院里见不到的景观。崔大叔就住在正面最大的房子里,里面是一个非常宽阔的大厅,一边一间小房间,全部铺的是木地板。那个大客厅,更是属于西式的,中国人一般住房拥挤,哪还会弄出一个这么宽敞的客厅来。后来,崔大叔的孩子多了,客厅的两边便搭上了两张床,让孩子们睡在那里了。那时,他家的老奶奶,也就是崔大叔的母亲还健在,就住在刚进房门的那一间小屋里。老奶奶总是对我说:"你爸你娘带着你,就住在我这屋子里,那时还没有你弟弟呢。"去一次,说一遍。

崔大叔人长得特别英俊,仪表堂堂,很高的个子,戴一副近视眼镜,知识分子的劲头很足,说话很开朗,特别爱笑。呵呵大笑的时候,仰着头,很潇洒的样子,在"文化大革命"期间,让我觉得很有几分像当时正走红的乔冠华。特别是冬天,崔大叔爱穿一件呢子大衣,从远处那么一看,威风凛凛的样子,就更像乔冠华了。

很长一段时间里,我对崔大叔并不了解,父亲也从不对我说崔大叔的经历,只是每年要带我和弟弟去给崔大叔拜年。

小时候,我不懂事,只是觉得那一年去崔大叔家,他家好像有了一些变化,到底有什么变化,我又说不清。后来,我仔细想了,是崔大叔没在家,每次去,他都会在家的,他都要烫上一壶酒,陪父亲喝上几杯的。为什么父亲带着我们特意去他家,他偏偏不在家呢?而且,又是春节,难道他不放假吗?

后来,发现父亲不仅仅是春节时带我们去,而是隔一段时间就去一次。奇怪的是,每次去,崔大叔都不在家,这在以前是绝对不可能出现的情况。这让我的疑惑越来越重。我问过父亲,父亲并不回答我,只是时不时去崔大叔家。每次去,都和崔大婶在一旁低声说着什么,老奶奶在一旁叹气,不时咳嗽。

在我的记忆里,大概就是这前后,老奶奶去世了。后来再去崔大叔家,因缺少了崔大叔爽朗的笑声,也因缺少了老奶奶温和的话语声和一阵阵的咳嗽声,让我觉得这个家不仅少了生气,还笼罩着一些悲凉的气氛。那是我十岁左右的事情了,一切雾一样迷离,那样似是而非,又那样遥远而弥漫着轻轻的叹息。

直到我读了高中以后,我才对崔大叔有了一些认识和理解,那种突然之间撞在心头的残酷现实,让我认识了崔大叔,也让我认识了父亲。在同一个西城区税务局里,崔大叔混得比父亲要好许多,他曾经当过部门的一个小官,而且是一名经济师。但是,出头的椽子先烂,混得好的容易遭人忌恨。一九五七年"反右"时,父亲侥幸逃离,崔大叔却当了右派,被送到南口下放劳动,一般不允许回家。他和我父亲都是从旧社会过来的人,在国民党的税务局干过事,加上他爱说,就这样成了右派。

我私下里曾经莫名其妙地涌出过这样奇怪的想法:是不是崔大叔人长得气派,也是他成为右派的一个理由呢?但我很快否定了这个想法,因为在我小时候的印象里,在电影和小人书里,那些从国民党里出来的人,都是猥琐的,或者像项堃演的国民党一样阴险,起码不应该长得这样堂皇。莫非崔大叔的相貌也可以打着红旗反红旗?我陷入了不得其解的迷茫中。

我记得那时父亲在拼命地写检查材料。在税务局里,一定谁都知道他和崔大叔非同一般的关系吧?父亲谨小慎微,态度极其恭顺,也就是他的性格帮助了他,好歹没有跟着崔大叔一起倒霉。父亲所能够做的,就是在崔大叔劳动改造的日子里,多去几次崔大叔家,看望崔大婶一家。我长大以后,回想这一切的时候,就像看一幅老照片,拂去少不更事和时光落满的尘埃之后,才渐渐清晰起来。崔大叔应该是父亲唯一的朋友。在父亲坎坷的一生中,他唯一能够相信,并且能够雪中送炭给他一些帮助的,只有崔大叔一个人。而在崔大叔落难的时候,他唯一能够做到的就是多去几次崔大叔家里。尽管父亲所做的这些如同一粒小小的石子投入河中,溅不起多大的水花,是那样的微不足道,却是父亲平淡乃至平庸的一生中最富有光彩的举动。起码,父亲没有落井下石,将这枚小小的石子砸向崔大叔。

崔大叔大概是由于劳动改造得好吧,没过几年——也许是过了好多年,在小孩子的记忆里,时间的概念和大人是不同的,更何况是崔大叔劳动改造那艰难又不准回家的日子,一定就更显得漫长吧——便被摘下了右派的帽子,又重回税务局工作。再去他家的时候,又能够看见谈笑风生的崔大叔了。我们两家的聚会便又显得那样愉快了,父亲和崔大叔多喝了两杯酒,都已成酡颜了。也是,作为一般人家,图的还不就是一家子平平安安和团团圆圆?但是,他们两人再没有一次像那年父亲搬家后在我家喝那么多过。我想,他们或许年龄已经大了,再不是以前的心绪了。

我从没有见过他们在一起交谈过去,不管是他们的伤怀往事,还是他们曾经的飞黄腾达,仿佛过去的一切都并不存在。也许,他们是在有意避讳我们孩子,那些事情毕竟沉重,他们不愿意让那黑蝙蝠的影子再压在我们身上。也许,他们都相知相解,一切便尽情融化在那一杯杯酒之中了,所谓"功名万里外,心事一杯中"吧。

"文革"中,我去了北大荒,弟弟去了青海油田,崔大叔都是派了他的大女儿小玉来送的我们,一直把我们送上火车,我们在车窗里掉下了眼泪,小玉在车窗外也跟着哭。小玉的年龄和我一般大,但比我工作得早,她初中毕业就到地安门商场当了一名售货员,那时候,崔大叔正在南口劳动改造。她早早地替家里分忧,担起了生活的担子。我和弟弟离开北京之前的那些日子里,小玉下了班后,一趟趟往我家里跑的情景,总让我忘不了。贫贱而屈辱的日子里,两代人的心便越发地紧密,让酸楚中有了一点儿难得的慰藉。

我们离开北京没多久,小玉的两个妹妹分别去了内蒙古兵团和山西插队,最小的弟弟最后也参军去了甘肃。和我家一样,她家也只剩下了崔大叔老两口。我们再想见他们,只有在回家探亲的时候。走进花园大院,一种从来没有过的凄凉感,不禁油然而生。坐在客厅里,感觉是那样的空空荡荡,说话的回音在木地板上跳荡着,让我忍不住把话音放低。

那年冬天,我从北大荒回来探亲,崔大婶看见我穿的棉裤笨重得很,棉花赶毡都黏在一起。她特意为我做了一条丝绵的棉裤,说我在北大荒天寒地冻的,别冻坏了,闹成了寒腿,可是一辈子的事。那棉裤做得特别好,由于里面絮的是丝绵,又暄腾又轻巧,针脚分外细密。我接过来,感动得很,一再感谢她,并夸她的手艺好。她叹口气说:"你的亲娘要是还活着,她比我做活儿好,还要细呢!"

父亲去世的那一年,我还在北大荒插队,弟弟在青海油田,接到我妈(继母)打来的电报,我和弟弟星夜兼程往家里赶。我妈见到我时对我说,崔大叔和崔大婶听说父亲去世后,先来家里看望过了,他们担心老母亲一个人怎么应付这突然到来的一切。我到现在还清晰地记得崔大叔当时对我妈说过的话:"老嫂子,有什么困难,或有需要我们做的事情,一定要说啊!"每当想起崔大叔这些话的时候,眼泪总会忍不住湿润了眼角。

弟弟回来后,我们一起去崔大叔家,见到他们两口子,我和弟弟忍不住要落泪,忽然间觉得父亲去世了,他们是我们唯一的亲人了。

以后,我结婚,生了孩子,都曾经特意到崔大叔家去,为的是让他们看看。他们是我的父母一辈子仅有的朋友,现在,我们去看他们,也就等于让父母看见我们长大了、成家立业了吧。他们看见后都很高兴,崔大叔连连地对我们说:"好!多好啊,多快呀,你们都大了!"崔大婶则一边抹着眼泪一边说:"要是你们亲娘活着,该多好啊!"

似乎是一眨眼的工夫,我们都长大成人了,而他们却都老了。从税务局退休后,崔大叔一直没有闲着,因为有技艺在身,懂得税务,又懂得财务,许多地方都争着聘他去继续发挥余热。后来,他参加了民主党派,还曾经当过一段时间的区政协或人大的代表。晚年的崔大叔,应该是充实的,也算是苦尽甘来,是命运对他的一种补偿吧。有时候,他会想起我父亲,对我说:"你父亲是个好人,他要还活着,该多好啊!"我站在他的身边,不知该说些什么。我应该感谢父亲,是他让我拥有了这样一位长辈,在父亲不在的时候,替代了他的位置。我想,这应该是父亲做人的一种回报吧。

四

我小时候亲眼看到,父亲有三件宝贝。这三件宝贝都挂在我家的墙上。

一件是一块瑞士英格牌的老怀表,但父亲从来没有揣在怀里过,一直挂在墙上当挂钟用。那时候,家里没有钟表,就用它来看时间。我和弟弟小时候,常常会爬上椅子,踮着脚尖把老怀表摘下来,放在耳朵边,听它嘀嘀嗒嗒的响声,觉得特别好玩。

一件是一幅陆润庠的字,字写的什么内容,一点儿印象都没有了,只是听父亲讲过,陆润庠是清朝大学士,当过吏部尚书,是皇上溥仪的老师。另一件是郎世宁画的狗,这个人是意大利人,跑到中国来,专门待在宫廷里画画。他画的狗是工笔画,装裱成立轴,有些旧损,画面已经起皱了,颜色也已经发暗,但狗身上的绒毛根根毕现,像真的一样,背景有树,枝叶茂密,画得很精细。

我不知道这两幅字画,父亲是怎样得来的,又是什么时候得来的,从字画陈旧且保存不好的样子看,再从父亲喜爱又熟悉的样子看,应该年头不短了。

我猜想,父亲并不是为附庸风雅,或真的喜欢字画,他只是喜欢两幅字画的名气。值钱,使得这两幅字画的名气,在父亲的眼里更形象化了。父亲就是一个俗人。在一面墙皮暗淡甚至有些脱落的墙上,挂这样的字画,多少显得有些不伦不类。不过,这种不伦不类,让父亲心里暗暗自得。在税务局里所有二十级每月拿七十元工资而且始终也没有增长的同一类职员里,父亲是得意的,起码,他拥有陆润庠、郎世宁,还有另一位,就是他的老乡:纪晓岚。

墙上的这三件宝贝,常常是父亲向我和弟弟炫耀他学问的教材,同时,也是他借此教育我和弟弟的机会。父亲教育我们的理论就是人生在世要有本事，所谓艺不压身。不管什么本事都行，就是得有本事，像陆润庠不当官了，写一手好字，照样可以活得挺好；像郎世宁画一手好画，在意大利行，跑到中国来也行。父亲常会由此拔出萝卜带出泥，由陆润庠和郎世宁说出好多名人，比如，他会说，同样靠一张嘴，练出本事，陆春龄吹笛子，侯宝林说相声，都成为雄霸一方的能人。本事有大有小，小本事有小本事的场地，大本事有大本事的场地，只怕什么本事都没有，就只能人家吃肉你喝汤了。

在我小时候，父亲不像我长大以后不怎么爱说话，而是话很多，用我妈的话说是一套一套的，也不怕人家烦。

父亲的教育理论中，成名成家的思想很严重。我大一点儿的时候，曾经当面反驳过他，他并不以为然，反问我："不是说成名成家，而是说本事大，对国家的贡献就大。你说说，到底是一个科学家对国家贡献大，还是一个农民对国家贡献大？"我回答不上来，觉得他讲的这些也有些道理。一个科学家造原子弹成功，对国家的贡献当然比只种出几百斤几千斤粮食的一个农民要大。但是，在我长大以后，还是把小时候听到的父亲的这些言论，当成了反面材料，写进我入团的思想汇报里，在那些思想汇报里，我对父亲进行了批判。

现在回想起来，父亲的这些言论，一方面潜移默化地激励了我的学习，一方面又成为我入团进步的垫脚石。父亲的这些话，一方面成为开放在我学习上的花朵，一方面又成为笼罩在我思想上的乌云。在那个年代里，我的内心其实是有些分裂的。在这样的分裂中，对父亲的亲情被蚕食，而父亲的教育理论，作为批判的靶子，常常冷冰冰地矗立在面前，可以随时为我所用。

父亲教育我和弟弟的另一个理论，也曾经潜移默化地影响着我，那就是他常说的"本事是刻苦练出来的"。那时，他常说的口头语，一个是"要想人前显贵，就得背后受罪"，一个是"吃得苦中苦，才能享得福中福"，还有一个是"小时候吃窝头尖，长大以后做大官"。

如果我考试得了九十九分，父亲就会问我："你们班上有考一百分的吗?"我说有,父亲就会说:"那就得问问自己,为什么人家考了一百分,你怎么就没有考一百分?一定是哪些地方复习得不够,功夫没下到家,你就得再刻苦!"

父亲教育我和弟弟的方法,就是不厌其烦。父亲的脾气很好,是个慢性子,砸姜磨蒜,一个道理、一句话,反复讲。有时候,我和弟弟都躺下睡觉了,他还站在床边一遍又一遍地讲,一直讲到我和弟弟都睡着了。

弟弟不怎么爱学习,就爱踢足球,父亲不像说我一样说他,觉得说也没有用,便由着弟弟的性子,踢他的球。弟弟磨父亲给他买一双回力牌的球鞋,那是那个年代里最好的球鞋,一双的价钱比一双普通的力士鞋贵好多。父亲咬咬牙,还是给他买了一双。这对父亲来说是不容易的,在我和弟弟的眼里,他从来是以抠门儿而著称的,很难让他从衣袋里掏出钱来。我读中学的时候,他每月只给我三块钱,买公共汽车月票就要两元,我便只剩下可怜巴巴的一元钱。过春节的时候,弟弟要买鞭炮,他会说:"你买鞭炮,自己拿着想去点鞭炮,还害怕,你放炮,别人在一旁听响,所以,傻小子才买鞭炮放。"他有他的花钱的逻辑和说辞,我和弟弟常在背后说他是要饭的打官司,没的吃,总有的说。

从王府井北口八面槽的利生体育用品商店买回一双白色高帮的回力牌球鞋,弟弟像得了宝,穿在脚上,到处显摆。父亲对他说,给你买了这双鞋,是要你好好练习踢足球,不管学什么,既然学,就一定把它学好!对于我和弟弟,在我们渐渐大了以后,父亲采取的教育策略也相应进行了调整和改变,他不再说那些大道理和口头语了。说得好听一些,他是因材施教;说得通俗一些,就是什么虫就让它爬什么树。他认定了弟弟不是学习的料,既然喜欢踢球,就让他好好踢球吧,兴许也能踢出一片新天地。

弟弟鸡啄米似的点头听父亲的说教,心里想着的是这双回力牌球鞋终于到手了。父亲并不懂得弟弟买这双回力牌球鞋,其实不是真的为了踢足球,而是为了显摆。这种高帮的回力牌球鞋,有一层厚厚的蓝色海绵,适合打篮球,没有人会用它去踢足球,弟弟也舍不得穿着它去踢足球。他只是每天到学校上学时穿上它去臭美，觉得只有穿上了它，才像是个练体育的。

初一的时候，弟弟没有辜负父亲给他买的那双回力牌球鞋，终于参加了先农坛业余体校的少年足球队。弟弟从业余体校回来，很兴奋地对父亲说，教练说了，我们练得好的，初中毕业就可以直接升入北京青年二队。父亲听了很高兴，鼓励他把足球踢好也是本事，你看人家张宏根、史万春、年维泗，就得好好练出和人家一样的本事！

我家墙上的陆润庠和郎世宁，就这样成了父亲教育我和弟弟的药引子，可以引出无数的说法，编着花儿地说明他的教育理论。

在父亲的心里，有一个小九九，一碗水没有端平，而是偏向我的。他觉得弟弟学习不成，而我的学习不错，把我培养上大学，是他最大的希望。

二十世纪六十年代，我读初中，父亲突然病了。那正是全国闹天灾人祸的时候，连年的灾荒，粮食一下子紧张，我家又有弟弟和我两个正长身体的男孩子，粮食就更不够吃。一般每个人每月定量，在我家，每顿饭要定量，要不到月底就揭不开锅。因此，每顿都吃不饱肚子。父亲和母亲都尽量省着，让我和弟弟吃，可仍然解决不了问题。

有一天，父亲不知从哪里买来了好多豆腐渣，开始用豆腐渣包团子吃。团子，是用棒子面包着馅的一种吃食，类似包子。开始的时候，掺一些菜在豆腐渣里，还好咽进肚子里。后来，包的只是豆腐渣，那东西又粗又发酸，吃一顿两顿还行，天天吃，真有些受不了。可是，父亲却天天在吃豆腐渣，中午带的饭也是这玩意儿，最后吃得浑身浮肿，连脚面都肿得像水泡过一样。单位给了一些补助，是一点儿黄豆。但是，这点儿黄豆，已经远不够补充父亲身体的严重欠缺。他开始半休。等他的身体稍稍恢复了以后，他的工作却被调整了。

但是，父亲一直没有对我们说，他是怕我们为他担心，也是怕自己的脸面不好看。直到有一天，我发现父亲下班回来没骑他的那辆自行车，才发现了问题。原来，父亲把这辆自行车推进委托行卖掉了。

父亲的那辆自行车,就像侯宝林说的相声里那辆除了铃不响哪儿都响的破老爷车,一直是父亲的坐骑。父亲上班的税务局在西四牌楼,从我家坐公共汽车,去一趟要五分钱,来回一角钱,父亲的这个坐骑,可以每天为他省下这一角钱。现在,这个坐骑没有了,他要每天走着上下班了。

大约就在这个时候,姐姐来了一封写得很长的信,家里一下子平地起了风波。姐姐想把我接到呼和浩特她那里上学,这样,家里少了一个人的开销,特别是我读中学之后,又要买书,花费就更大一些,姐姐想用这样的方法,帮助父亲解决一些困难。

我不知道我自己的命运会有怎样的变化,从心里讲,我很想念姐姐,姐姐在我生母去世之后不久离开北京,到内蒙古去修那时刚刚开始建设的京包铁路线,为的是多挣些工资,多为父亲分担一些。姐姐走的那一年,才十七岁多一点儿。如果到呼和浩特去,我就可以天天和姐姐在一起了。只是,离开北京,离开熟悉的学校和同学,我又有些舍不得。而且,到一个陌生的新学校去,也有些担忧,况且,我们的学校是一所百年老校,是北京市的十大重点中学之一。姐姐帮我选择的学校是她们铁路的子弟中学,教学质量肯定不如我们学校。我拿不定主意,就看父亲最后是怎么决定了。

父亲没有同意,他没有像我这样瞻前顾后,而以果断的态度给姐姐回了一封信,不容置疑地回绝了姐姐的好意。对于一辈子优柔寡断的父亲而言,这是唯一一个毅然决然的决定。或许,这是父亲性格的另一面,在年轻时的军旅生涯中有所体现,只是那时还没有我,我不知道罢了。

父亲在给姐姐的信中说,他可以解决眼下的困难,他还是希望把我留在北京,以后在北京考大学,各方面的条件都会更好些。

姐姐没再坚持。其实,姐姐和父亲都是性格极其固执的人,如果不是固执,姐姐不会主意那么大,那么不听人劝,十七岁时就独自一人跑到内蒙古,在风沙弥漫的京包铁路线上奔波一生。

当时,我猜想,姐姐一定明白,在父亲的心里,我的分量很重,亲眼看到我考上大学,是父亲一直以来的期待。姐姐也一定明白父亲的想法,因为她只读了小学四年级,便参加工作了,父亲一直笃信自己的教育水平,不会相信她,更不会放心把我交到她的手里。

在我长大以后,我的想法有了改变,我猜想,除了对姐姐的不信任,和希望亲眼看到我上大学之外,他的心里还一定在想,已经把一个女儿送到塞外了,不能再把一个儿子也送到塞外。在父亲的眼里和懂得的历史中,尽管呼和浩特是一座城市,毕竟无法和首都北京相比,怎么说,那里也是昭君出塞的地方。记得那一年春节,姐姐从呼和浩特回北京,父亲从床铺底下抽出他珍藏多年的一整张小羊皮,让患了关节炎的姐姐拿走,却把我留在北京。

我留在了北京。父亲继续步行,从前门到西四上班。日子,似乎又恢复了平静。只是,粮食依然不够吃,每月月底是最紧张的时候,面对两个正在长身体的男孩子,父亲和母亲常常面面相觑,一筹莫展。

没有过多久,我发现墙上的那块英格牌的怀表也没有了。

又没过多久,墙上陆润庠的字和郎世宁的狗,也都没有了。

我知道,它们都被父亲卖给了委托行。那时,我妈吐血,为给我妈治病,也为治他自己的浮肿,要买一些黑市上的高价食品,父亲不得不卖掉了他仅有的三件宝贝。

我知道,父亲是希望用这样的方法,补我妈的身体,更为挽救自己江河日下的身体,好尽快恢复原来的工作。

可是,这三件宝贝没有挽救得了父亲的身体。他的身体状况下滑得厉害,而且,黄鼠狼单咬病鸭子,又患上了高血压。税务局让他提前退休了。那一年,他五十七岁,离退休年龄还有三年。

退休那一天,我去税务局接父亲,顺便帮他拿一些东西。我才发现,他被调整的工作,不再是税务局,而是税务局下属的第三产业,生产胶木产品的一个小工厂。在税务局旁边胡同里的一个昏暗的车间里,我找到了父亲,他正系着围裙,戴着一副白线手套挑胶木,做什么电源开关。听见同事叫他的名字,他抬起头来看见了我,站了起来,和同事打过招呼之后,和我一起走出车间。我能感到,车间里几乎所有的人的目光都落在我和父亲的身上。我不清楚那些目光的含义,是替父亲惋惜、悲伤,还是有些幸灾乐祸?

那一天,我和父亲从西四一直走到前门,一路上,我们什么话也没有说,就这么默默地走在车水马龙的大街上,想象着从新中国成立以后,他一直是骑着自行车来往在这条大街上的。现在,工作没有了,自行车也没有了。我知道,父亲的心里一定很痛苦,他一定没有想到自己会以这样的一种方式,告别了工作,提前进入了拿养老金的人的行列里。他一定不甘心,又一定很无奈。

很久以后,也就是父亲去世之后,税务局的工会派一位老人来家里进行慰问。因为这个老人在税务局工作的年头很长,曾经和父亲一起共事,对父亲有所了解。他对我说起父亲,说他脾气倔,工作认死理,他去人家单位收税的时候,据理力争,虽然得罪人,但是总能把税给收上来。他的话,给我留下的印象很深,但不知为什么,删繁就简,最后没有了收税,只剩下了得罪人。

父亲退休以后,开始练习气功和太极拳。他做事有定力和恒心。那时候,因为父亲是提前退休,每月只能拿百分之六十的工资,四十二元钱,家里的生活一下子变得更加拮据,便把原来的三间住房让出一间,节省一些房租。家里就剩下两间屋子,清晨是父亲练太极拳的时候,晚上是父亲练气功的时候,雷打不动,无论什么情况,他都能坚持,特别是晚上,不管我和弟弟在外屋复习功课或说笑打闹有多吵多乱,他都会一个人在里屋练气功、站桩一动不动。

父亲的举动,让我很受触动。不仅是他的耐性和坚持,还是由于他的提前退休,让家里的日子变得艰难。我本想读高中,将来考大学的,在初中即将毕业的时候,把这个念头打消了,想着考一所中专或师范学校,上学可以免去学费,又能管吃住,帮助家里减轻一点儿负担。父亲知道后,坚决不同意,说:"砸锅卖铁也要供你上大学。你弟弟不爱读书也就算了,你学习成绩一直不错,绝不能因为我耽误了你!"

这时候,我姐姐知道了,她每月从工资中寄来三十元,说是补齐父亲退休前的工资,一定要我读高中,考大学。

我如愿考上了理想的高中,父亲多日阴云笼罩的脸上露出了笑容。

读高中的时候,我迷上了文学,常常在星期天的时候逛旧书店。那时候,北京几家有名的旧书店,琉璃厂、东安市场、隆福寺、西单商场……我都去过。西四的旧书店,也是我常去的地方。父亲曾经工作过的税务局,就在书店旁边,路过它的大门的时候,我想起父亲,想起父亲退休那天我来接他的情景,心里总会涌出一种酸楚的感觉。我暗暗地想,一定好好地读书,考上一个好大学,为父亲的脸面争光。

我的儿子读高中的时候,我曾经带着他到西四去过一趟,西四牌楼早就没有了,书店还在,过西四新华书店不远,税务局也还在,大门依旧。我指着这扇大门对我的儿子说:"你爷爷以前就是在这里工作。"

五

初三毕业的那年暑假,一天晚上,我已经躺在床上睡下了,父亲走进来,轻轻地把我叫醒。我睁开惺忪的睡眼,望着父亲,不知有什么事情,都已经这么晚了。父亲只是很平淡地说了句"外面有人找你",就走出了房间。

大了以后,父亲不再像我小时候那样砸姜磨蒜、絮絮叨叨地教育我,他知道我不怎么爱听,和我讲话越来越少。初三那年,我正在积极地争取入团,和他更是注意划清阶级界限。父亲显然感觉得出来,更是明显地和我拉开距离,不想让自己成为我批判的靶子,当然,更不想影响我的进步。因此,他和我讲话的时候,显得十分犹豫,不知该说什么才好。最后,索性少说,或者不说。

我穿好衣服，走出家门，看见门口站着一个女同学。起初，我没有认出是谁，定睛一看，是我的小学同学小奇。她笑着和我打着招呼。我们是小学同学，她是上四年级的时候，从南京来到北京，转到我们学校的。我们同年级，不同班。第一次见面的情景，立刻在她向我挥手打招呼的瞬间闪现。我们学校有几台乒乓球案子，课间十分钟，是同学们抢占案子的时候，每人打两个球，谁输谁下台，让另一个同学上来打。那时候，我乒乓球打得不错，常常能占着台子打好多个回合。有一天，上来的同学劈头盖脸就抽了我一板球，让我猝不及防，我忍不住叫了声："够厉害的呀！"抬头一看，是个女同学，就是小奇。

小学毕业，我们考入不同的中学，初中三年，再也没有见过面。突然间，她出现在我家的门前，这让我感到奇怪，也让我感到惊喜。看她明显长高了许多，亭亭玉立，是少女时最漂亮的样子。

她是来我们大院找她的一个同学的，没有找到，忽然想起了我也住在这个院子里，便来找我，纯属于挂角一将。但那一夜，我们聊得很愉快。坐在我家旁边的老槐树下，她谈兴甚浓，五十多年过去了，谈的别的什么都记不得了，唯独记得的是，她说暑假跟她妈妈一起回了一趟南京，看到了流星雨。我当时连流星雨这个词都没有听说过，很好奇地问她什么是流星雨。她很得意地向我描述流星雨的壮观。那一夜，月亮很好，星光璀璨，我望着夜空，想象着她描述的壮观景象，有些发呆，对她刮目相看。

谈不上阔别重逢，但是，少年时期的三年，正是人的模样、身材和心理迅速变化的三年，时间过得很快，回想起来却显得很长。意外的重逢，让我们彼此都有一种异样的感觉。就这样接上了头，令我们自己都没有想到的是，我们的友谊，从那一夜蔓延到整个青春期。高中三年，"文革"两年，一直到我们分别到北大荒插队，从十六岁到二十一岁，整整五年的时间。

从那个夜晚开始，几乎每个星期天的下午，她都会来我家找我，我们坐在外屋那张破旧的方桌前聊天，天马行空，海阔天空，好像有说不完的话，窄小的房间，被一波又一波的话语涨满。一直到黄昏时分，她才会起身告别。那时，她考上了北京航空学院附中，住校，每星期回家一次，她要在晚饭前返回学校。我送她走出家门，因为我家住在大院最里面，一路要逶迤走过一条长长的甬道，几乎所有人家的窗前都会趴有人影，好奇地望着我们两人，那眼光芒刺般落在我们的身上。我和她都低着头，把脚步加快，可那甬道却显得像是几何题上的延长线。我害怕那样的时刻，又渴望那样的时刻，落在身上的目光，既像芒刺，也像花开。

我送她到前门22路公共汽车站，看着她坐上车远去。每个星期天的下午，由于她的到来，变得格外美好而让我充满期待。那个时候，我沉浸在少男少女朦胧的情感梦幻中，忽略了周围的世界，尤其忽略了身边父亲和母亲的存在。

所有这一切，父亲是看在眼里的，他当然明白自己的儿子发生了什么事情，又在经历着什么事情。以过来人的眼光看，他当然也知道应该在这个时候提醒我一些什么。因为他知道，小奇的家就住在我们同一条街上，和我们大院相距不远，也是一个很深的大院。但是，那个大院和我们大院完全不同，从外表就可以看得出来，它是拉花水泥墙，红漆木大门，门的上方，有一个浮雕的大大的五角星。这便和我所居住的那种广亮式带门簪和门墩的黑色老门、老会馆，拉开了不止一个时代的距离。

其实，这一点我是知道的，每天上学下学，都要路过那里。但是，当时的我对这一点却根本忽略不计。对于父亲而言，这一点是表面，却是直通本质的。因为居住在那个大院里的人，全都是解放北京城之后进城的解放军军官或复员军人和他们的家属。那个被称作乡村饭店的大院，是解放之后拆除那里的破旧房屋后，新盖起来的，从新老年限看，和我们的老会馆相距有一两百年的历史。在父亲的眼里，这样的距离是不可逾越的。不可逾越，从各自居住在不同的大院就已经命定，地理里有无法更易的历史，地理里有难以摆脱的现实。我发现，每一次我送小奇到前门后回到家，父亲都好像要对我说什么，却又都欲言又止。以我那时的年龄和阅历来讲，我无法明白父亲曾经沧海的忧虑。

我和父亲也隔着一段无法逾越历史与地理的距离。

有一天，弟弟忽然问我："小奇的爸爸是老红军，真的吗？"那时，我还真不知道这个事。我觉得老红军应该在电影《万水千山》里，在小说《七根火柴》里，从没有想到老红军就在自己的身边。弟弟的问题，让我有些意外，我问他从哪儿听说的。他说是父亲和妈妈说话时听到的。当时，我不清楚父亲对母亲讲这个事时的心理。后来，在我长大以后，我清楚了，我和小奇越走越近的时候，父亲的忧虑也越来越重。特别是在北大荒插队，生产队的头头整我的时候，当着全队人叫道："如果蒋介石反攻大陆，肖复兴是咱们大兴岛第一个打着白旗迎接蒋介石的人，因为他的父亲就是一个国民党！"

两个父亲，两个党，一个共产党，一个国民党。

后来，我问过小奇这个问题，她说是，但她并没有觉得父亲老红军的身份对自己是多么大的荣耀。她只是说当时父亲在江西老家，十几岁，没有饭吃，饿得不行了，路过的红军给了他一块红苕吃，他就跟着人家参加了红军。她说得那样轻描淡写。在当时所谓高干子女中，她极其平易近人，对我一直十分友好，充满温暖的友情，即使是后来"文革"格外讲究出身的时候，也从来没有某些干部子女的趾高气扬、居高临下。那时候，我喜欢文学，她喜欢物理，我梦想当一名作家，她梦想当一名科学家。她对我的欣赏，给我的鼓励，表露于我的友谊和感情，伴随我度过青春。

说心里话，我对她一直充满似是而非的感情，那真是人生中最纯真而美好的感情。每个星期天因她的到来，成为我最欢乐的日子；每个星期见不到她的日子，我会给她写信，她也会给我写信。整整高中三年，我们的通信有厚厚的一摞。我把它们夹在日记本里，胀得日记本快要撑破了肚子。父亲看到了这一切，但是，他从来没有看过其中的任何一封信。

寒暑假的时候，小奇来我家找我的次数会多些。有时候，我们会聊到很晚，送她走出大院的大门，我们站在大门口外的街头，还接着聊，恋恋不舍，谁也不肯说再见。那时候，不知道我们怎么总有说不完的话,长长的流水一般汩汩不断,扯出一个线头,就能引出无数条大路小道,逶迤迷离,曲径通幽,能够到达很远很远、未知却充满魅力的地方。

路灯昏暗,夜风习习,街上已经没有一个行人,安静得像是睡着了一样。只有我们两人还在聊,一直到不得不分手。望着她向她家住的乡村饭店的大院里走去的背影消失在夜雾中,我回身迈上台阶要回我们大院的时候,才蓦然心惊,忽然想到,大门这时候关上了。每天晚上都会有人负责关上大门。那样的话,可就麻烦了,门道很长,院子很深,想叫开大门,不是件容易的事情。很有可能,我得在大门外站一宿了。

当我走到大门前,抱着侥幸的心理,想试一试,兴许没有关上,没有想到,刚刚轻轻一推,大门就开了。我庆幸自己的好运气,大门真的还没有关闭。我走进大门,更没有想到的是,父亲就站在大门后面的阴影里。我的心里漾起一阵感动。但是,我没有说话,父亲也没有说话,都转身往院里走。我跟在父亲的背后,走在长长的甬道上,只听见我和父亲咚咚的脚步声,月光把父亲瘦削的身影拉得很长。

很多个夜晚,我和小奇在街头聊到很晚,回来的时候,总能轻轻地就把大门推开,看见父亲站在门后的阴影里。

那一幕情景,定格在我的青春时代,成了一幅永不褪色的画。我也当上了父亲之后,曾经想,并不是每一个父亲都能做到这样的。其实,对于我和小奇的交往,父亲从内心里是担忧的,甚至是不赞成的。因为在那个讲究阶级、讲究出身的年代,一个共产党,一个国民党,他们的"水火不容",注定了他们的后代不同的命运。年轻的我吃凉不管酸,父亲却已是老眼看尽南北人。

只是,他不说什么,任我任性地往前走,因为他不知道该如何说,他怕说不好,引起我的误解,伤害我的自尊心,更引起我对他的批判。更重要的是,他知道说了也不起什么作用,不同生活经历与成长背景的两代人,代沟是无法填平弥合的。那个深夜为我守候在院门后面的父亲,当时,我并不明白他这样复杂曲折的心理。只有现在,我到了比父亲当时年龄还要大的时候,才会在蓦然回首中,看清一些父亲对孩子疼爱有加又小心翼翼的心理波动的涟漪。

六

"文革"爆发的那一年,我高三,正准备迎接高考,但几乎是在一夜之间,上大学的梦想破灭了。这对于我和父亲,无疑是最大的打击。突然降临的大风暴,席卷着我们,让我们无暇顾及个人梦想在风雨中的落花流水,是那样的无足轻重,又那样的无可奈何。在"老子英雄儿好汉,老子反动儿混蛋"的观念疯狂肆虐下,父亲国民党少校军需官的历史,一下子格外彰显,像刻在他的脸上、也刻在我的脸上的一个罪恶的红字,让我和父亲都抬不起头来。

那时候,我从心里怨恨父亲当时为什么不在天津就学织地毯学到底,起码现在我的出身可以算作工人,在"文革"的年代,是红五类。而现在,我却沦为了黑五类。

所谓的红八月里,到处都在抄家,到处都在批斗,身穿绿军装、手挥武装带、臂戴红袖章、被领袖在天安门城楼上接见的红卫兵们,耀武扬威。在我们学校,校长高万春不忍红卫兵的毒打,被逼跳楼自杀。从学校回家的一路上,很多大院的门口贴着墨汁淋漓的大字报,说是"庙小神通大,池浅王八多",或叫喊着把什么坏人揪出来示众。好像每个院子里都有坏人,还不止一个,各式各样,五花八门。我们大院里最先被揪出来的人,是以前当过地主的后院主人,紧接着是当过舞女的王婶。我的心小把儿紧攥着,生怕哪一天,在大院外的墙上贴着揪出父亲的大字报。每天从学校回家,我都要先紧张地看看院门口的墙,没有父亲的大字报,才稍稍安心。那一面墙,成了我的晴雨表。

我猜想,那时候父亲的心里一定比我还要紧张。

为了积极表现,父亲主动上缴了小牛皮箱里那四块银圆,除此之外,他没有什么可以上缴的了。那本南京受训时印有他身穿国军制服的相册,早被他毁掉了。

红八月终于过去了,父亲没有被揪出来批斗,我的心里一块石头落了地,便和班上当红卫兵的同学一起,冒充红卫兵去大串联了。当我从广州、衡阳、株洲,然后是韶山和南京一路归来的时候,发现父亲和母亲正在院子忙乎接待红卫兵。那时候,很多外地的红卫兵串联到北京,就住在我们大院各家里。

在我离开家这些天里,父亲做了两件事,让我格外吃惊。

一件是居然教会了我妈背诵毛泽东的"老三篇"中的《为人民服务》。要知道,我妈是大字不识的呀,能够全文一字不差地背诵下来《为人民服务》,与其说是我妈的奇迹,不如说是父亲的奇迹。在那个疯狂的年代里,什么样的事情都有可能发生。

另一件是在我家的柜子和窗台之间,用火筷子在两根很粗的竹子上扎了眼儿,然后连上几块木板,成了书架,前后可以放两层我的一些书本。那时,我珍贵的藏书,有泰戈尔文集中的两本,还有就是从一九一九年到六十年代所有的儿童文学选集。这些书一直放在地上一个鞋盒子里,现在,终于有了堂而皇之摆放它们的书架了。弟弟告诉我,这是他和父亲一起做的,竹子是南方来的红卫兵到北京串联时留下来的,被父亲废物利用了。

一直到现在,我都觉得这是父亲做得最大胆的一件事情,完全和他谨小慎微的性格不符。

这是我家的第一个书架。我有些惊讶,在那个读书无用、革命唯此为大的年代里,父亲居然还有心做书架,还惦记着我的读书,而且敢于把这些书放在书架上。这是他在"文革"中的得意之作。他从来相信艺不压身,到什么时候读书都是需要的,更何况,这些书确实也不是什么见不得人的"封资修"。也许,这是父亲为我做这个简陋书架的心理依据。

这样平静的日子很快就到头了。秋天刚到,我们大院里突然揪斗出一位工程师,说人家是反动学术权威。这是院子里新搬来的一个街道革委会的积极分子干的。所谓街道积极分子,在那时是一种特别的称谓,更是一种特别的身份。她们大多是家庭妇女,并不是街道居委会的正式工作人员,但因为家庭出身好,又积极为街道居委会跑前跑后干些宣传、收费或节日里站岗巡逻的事,被聘为街道积极分子。这些积极分子中,大都是热心公益事业的人,但也有不少借此狐假虎威或谋取私利的人。这个积极分子,就是人们痛恨的狐假虎威者。她找来一帮红卫兵,当天下午在我们大院里开批斗会。她来到我家,找到父亲,要求父亲参加大会,并且准备发言批判。我看见父亲认真地写批判稿,写了好长时间,密密麻麻足足有两页纸。其实,父亲和工程师平常没有什么来往,甚至连说话都很少,他对工程师的了解有限,真不知道批判稿都写了些什么。

下午,批判会在我们大院的后院开始了,那里房前有宽宽的廊檐和几级台阶,正好当成了舞台。批判会开始的时候,父亲第一个走上台发言,他身穿一身整齐的制服,激动地抖动着手中那两页纸,像是受惊的鸟不住纷飞的羽毛。然后,我听见了他的声音,那声音让我特别吃惊,突然地高八度,一下子变得非常尖厉。我从来没有听见父亲这样说过话,平常他说话都是细声细语,怎么会突然变成了声嘶力竭呢?我知道,他是想表现自己,作为划清界限的姿态,拼命地站在革命阵营这方面来。可是,他的声音太刺耳了。我有些替他脸红,没有听完他的批判发言,就悄悄地溜出了大院。

父亲这样异常的表现,并没有能够保住自己,他被那个街道积极分子给耍了。第二天清早,我出门要去学校,看见大门口外面那面墙上贴出了大字报,只有一张纸,但我一眼就看见了父亲的名字,然后看见了国民党和少校军需官的字样,是那样的醒目,如飞驰而来的箭镞,直射入我的眼睛里。父亲步工程师的后尘,这一天下午,还是在我们大院,要开批斗会了。

我害怕这个街道积极分子像找父亲一样,来家里找我写批判父亲的发言稿,然后让我登台发言批判父亲。一整天,我都没有敢回家。我记得特别清楚,上午我去学校,虽然在复课闹革命,但上课没有什么内容,下午就没事了。下午,我坐5路公共汽车,从前门坐到广安门终点站,再从终点站坐回前门,来回不停地坐,一直坐到天完全黑了下来,才像丧家犬一样悻悻地溜回大院。父亲看到我回来,没有说话,他在找他在税务局工厂发的劳保手套。我猜想,明天,他将和我们大院的工程师、地主和舞女一起,去街道接受劳动改造了。整整一个晚上,谁都没有说话,一盏十五瓦的昏黄的灯下,全家静悄悄的,空气凝滞了一样,非常压抑。

我不知道,对于这一连两天批斗会上的遭遇,父亲是怎么看待的,我从来没有和他交流过。我只知道自己那时的心情非常复杂和慌乱。我第一次看到了人心的险恶,对那个积极分子嗤之以鼻。我也第一次看到了父亲的另一面,居然为了保护自己可以这样声嘶力竭。同时,我也是第一次面对自己,害怕父亲被批斗,其实是害怕自己的身份进一步下跌。我是这样的胆怯,无力应对眼前发生的一切,只有选择逃避。

也就是从那时开始,我成了所谓的逍遥派,彻底逃离了"革命"的旋涡,就像鲁迅批评柔石的小说《二月》中的主人公肖涧秋时说的那样,衣襟上溅了一点水花,就落荒而逃。我先是躲在一边,后来又跑到呼和浩特姐姐家,偏于一隅,埋头读书。而父亲则开始在街道修防空洞,每天干搬砖砌洞等年轻人干的力气活。想想,那一年,父亲已六十一岁。

第二年的年底,弟弟忍受不了这样压抑的气氛,报名去了青海油田。又过一年的夏天,我也离开北京,去了北大荒。弟弟和我走的时候,父亲都没有送,也没有一点儿分别的嘱咐,只是走出屋门,看着我们离去,连挥挥手都没有,显得那样麻木。

很久很久以后,我和弟弟谈起这些往事的时候,才觉得真正麻木的是我们。为了自己,我们那样毅然决然地选择了离开家,而且想离得越远越好,所谓是眼不见心不烦,企图寻找世外桃源,躲个清静,而把已经年老多病的父亲和母亲毫无顾忌地丢在一旁,丝毫都没有想过和他们一起患难与共,陪他们度过余生残年。年轻时的我们,被所谓革命的风鼓胀得身心膨胀,其实是自私和胆怯,它们如蛇一样悄悄地爬出心头,一点点地蚕食着人性中对父母的亲情。

在那场疾风骤雨的运动中,父亲就是一条落水狗,可以被人任意欺凌。他的国民党和少校军需官身份,就是他的原罪。庆幸的是,父亲从来都不多言多语,逆来顺受,任劳任怨地修防空洞,工余的时候,还负责为这些戴罪的劳动者读报。所以,他没有被遣送回老家,总算保住了他的老窝。但是,最后他付出的代价是,得换出他的房子。在我离开北京的第二年,那个街道积极分子对父亲说,你们的孩子都走了,不用住那么大的房子,应该把房子交给工人出身的人住。父亲老老实实地交出了房子,住进了对门院子里两小间矮小的屋子里。而那个批斗了父亲和工程师的街道积极分子,则占据了工程师家一间宽敞的正房,给自己的女儿做了婚房。她的女儿嫁给了一个海军军官,她似乎更为虎上添翼,越发威风了。

离开北京两年后的夏天,我从北大荒第一次回北京探亲。走进陌生的大院,来到父亲信中说的家门前,心里一阵酸楚。我第一眼看到的是家门玻璃窗前的窗帘,是母亲用碎布一点一点地拼接起来的。打开门,被风吹动的那块像小孩褯子布一样的破窗帘,让我脸红。我不在家的日子里,父母的日子过得这样狼狈不堪,而且被人欺负,不费吹灰之力便被赶出自己的家门。

那时候,父亲还在修防空洞,母亲去把父亲叫回家。父亲看见我一脸被霜打的样子,很清楚我想的是什么,对我说:"没被扫地出门、赶回老家就是万幸。窝还在,你们回来探亲,还有个家。"他轻描淡写地说,却说得我心里不是滋味。说着,父亲让母亲赶紧拿瓜子和花生给我吃。母亲从床下拿出一个笸箩,里面盛满了葵花子和带皮的花生。那时候,只有过春节每户才能买到半斤花生和瓜子。父母就是将春节不舍得吃的花生瓜子,一直留到现在,都已经半年了,瓜子和花生放得都有些哈喇味儿,但是,我还是装作挺好吃,咽进肚子里。

第二天,父亲又去修防空洞了。现在,父亲参与修的这个防空洞还在,成了供人们参观的人防工程,长长而宽敞的防空洞,成为前门地区的一道景观。父亲却早已经不在了。那个防空洞的洞口就在街道办事处旁边,每逢路过它的时候,我都会想起父亲,也会想起批斗过父亲和工程师乃至舞女的那个街道积极分子。人生的遭际,在历史的跌宕中有阴差阳错的选择;人心的险恶,在时代的动荡中有不由自主的表现,像排泄粪便一样忍无可忍,不能自已。前者,其实更多是出于个人生计的选择;后者,则更多是人性潘多拉盒子的乍开。我相信,每个人的心里都不会鲜花一片,只是有的人不让或者少让心里藏着的魔鬼出来,而有的人愿意让魔鬼趁机出来兴风作浪,浑水摸鱼。一般而言,后者会活得放得开,什么时候都容易如鱼得水,甚至活色生香;前者则活得谨小慎微,甚至压抑,夹着尾巴做人,却总让人踩住尾巴。父亲显然属于前者。

七

一年多以后,也就是一九七二年的冬天,我再次从北大荒回北京探亲。可能是一年多前回家时那个破窗帘对我的刺激太深,这一次回家,我想应该为父母做点儿什么。

那时候,我的思想还处于阶级斗争理论的笼罩下,尽管已经松动,但脑子里还有阶级斗争这根弦,就像风筝还被线拽着。因此,我的这个念头,其实也是在矛盾中时起时伏。有时候我会想,毕竟父亲当过国民党的少校军需官,国民党那时是共产党的敌人,即使父亲已被改造好,不会站在敌对的阵营里,但他也不属于无产阶级阵营呀。有时候我又会想,父亲真的就是在电影和小说里看到过的那种凶神恶煞的国民党吗?怎么看都不像。从我记事开始,父亲都是唯唯诺诺的,见谁都客客气气,走路都怕踩死蚂蚁,街坊们对他一直很友好。即使"文革"开始,即使沦落到修防空洞了,除了那些街道积极分子直呼过他的名字,街坊们见到他,也客气地叫他肖先生。不过,我又想,国民党是很狡猾的,会伪装的,也许,这只是父亲伪装出来的假象。

这是我当时真实的心理活动,按下葫芦起了瓢,自己跟自己较劲、打架。

我回到家之后,弟弟先给我寄了点儿钱,那时,他在青海油田当工人,有高原补助,工资高。弟弟来信说,让我用这钱给父亲买点儿好酒喝。我和弟弟都知道,父亲一辈子爱喝点儿小酒。

父亲的酒量不大,可能年轻的时候酒量大些,这时候,一天只在晚上喝一次,八钱的小酒杯,他能喝一杯,却只喝半杯浅尝辄止。一瓶二锅头,可以喝半个月。但是,父亲喝酒有自己的规矩,就是不管天冷天热,都得把酒烫上。他的理论是,冷酒伤身。记得我和弟弟小的时候,父亲每次喝酒,都要把酒烫在开水碗里,烫好了,先不喝,而是把酒往桌子上倒一点儿,然后划着一根火柴,在酒上一点,立刻燃烧起一团淡蓝色的火焰,蛇一样蠕动着,特别好看。然后,他会用筷子蘸一点儿酒,让我和弟弟一人尝一口,常常惹得我妈说他:"小孩子家的,喝什么酒。"我和弟弟被酒辣得大叫,父亲端着酒杯呵呵地笑。那是一家人最开心的画面了。

弟弟在我之前回北京探过一次亲。那时,他买了好多瓶名酒给父亲喝,看到父亲难得地高兴,难得喝得微醺酡颜,便让我照方抓药,告诉我到哪里能买到这些名酒。拿着弟弟寄来的钱,我到弟弟指定的商店,买回来好几瓶名酒,有五粮液、古井贡、竹叶青、西凤、汾酒,还有一瓶三花酒。这后一种酒,是我自作主张买来的,当时看到三花酒出产地是桂林,早就在贺敬之的诗中知道桂林山水甲天下,一直很向往,虽然没有去过,买一瓶酒回来尝尝,也像是去过那里一样了。

回到家,我找到几个酒杯,把每一种酒倒上一点儿,分别用开水烫好,让父亲都尝尝。看到父亲坐在桌旁,望着一杯杯的酒,在灯下泛着光,他的眼睛也放着光,像小孩子一样兴奋,然后,依次端起酒杯,眯缝上眼睛,每杯抿上一小口,美滋滋地品味着。那一刻,真有点儿六根剪净、万念俱灭的意思,以前所有的日子,都融化在这一杯杯酒中了。

他抿完三花酒,特别对我说:"这种酒我从来没有喝过。"我问他味道怎么样。他说不错,比五粮液柔和,有股甜味儿。我就又给他倒上一杯三花酒,也给自己倒上一杯,然后和他碰碰杯,一饮而尽。他说我,酒哪有这么喝的,得慢慢地品。我看着他慢慢地品着,忘却了曾经发达、耻辱或悲凉的一切。

那情景让我感到,父亲就是一个俗人,简直就像一个农民,一点儿都不像小说和电影里看到过的国民党坏蛋。

他已经被共产党改造好了,我在心里这样安慰自己说,让自己找到一种重新看待并对待父亲的依据。或许,在那一刻,无法泯灭的亲情,还是无可救药地占了上风,一种从古至今绵延存在、无法剔除的人性中柔软的东西,让再冰冷的石头也能变热吧。

那时候,电影院里正在上演朝鲜电影《卖花姑娘》。相对于一演再演的《地道战》之类的老电影,这是一部新电影,演员演得好,里面的歌唱得也好听,特别叫座。我到大栅栏的大观楼电影院,买了三张电影票,请父母一起看这部电影。我妈没有显出多么高兴,父亲却很兴奋,他已经好多年没有看过电影了。这部《卖花姑娘》,他在报纸上看过介绍,知道是一部很好看的电影,心里很期待。

我第一次看电影时还很小,是没有上学的时候,是父亲带着我去看的,在长安街上的首都电影院,他们税务局包场发的电影票,看的是《虎穴追踪》。而我带父亲看的第一场电影,已是父亲老的时候了。这一年,父亲六十七岁了。

坐在电影院里,看着父亲的侧影,忽然想起往事,心里有些愧疚。记得许多年前,大概是一九六一年年初的寒假,也是在这个大观楼电影院,那时它被改造成北京唯一一座立体宽银幕电影院,放的电影是《魔术师的奇遇》。因为不仅是宽银幕,还是立体电影,进电影院后,要先发一副特殊的眼镜,看电影的效果才是立体的。如果是水流就真的像是向你流过来一样,浪花能够溅湿你的衣服似的。所以,特别吸引人。排队买电影票的人非常多,我和弟弟一起去买票,长长的队伍像长蛇一样,都排到门框胡同了。可是,我和弟弟没有为父母买票。

年轻的时候,真的有很多幼稚和自私,表面上说是为了革命,其实,心里想着的是自己,甚至可以是和自己没有任何关系、八竿子都打不着的人。比如那时叫喊着要解放世界三分之二受苦受难的人民,却很少想到关心一下身边的父母。尤其是对于当过国民党少校军需官的父亲,更是理所当然地冷落在一旁。

这样做，没有觉得有什么不妥，反而觉得是阶级立场应有的表现。

年轻的时候，真的还有非常可笑的事情。《卖花姑娘》现在来看，这是一部很会煽情的电影，卖花姑娘的悲惨身世和故事，让很多人感动，当时的电影院里嘤嘤的哭声一片，有人甚至说，看《卖花姑娘》之前，得带一条手绢。那天，我看电影时擦完眼泪之后，瞥了一眼坐在身边的父亲，忽然发现他也在掉眼泪，在用手不停地擦着眼角。我心里想，他是一个国民党呀，怎么国民党也会为贫苦的百姓掉眼泪呢？当时的我，就是这样可笑。那一年，我已经二十五岁，难道还是一个小孩子吗？却比小孩子还要可笑。

隔了几天，我就要回北大荒了。我想在离开北京之前，带父母看一次京剧。因为我知道，父亲很爱看戏，小时候，他常常带我到鲜鱼口的大众剧场看评戏。我看的第一个评戏《豆汁记》，就是父亲带我去的。只是那时，除了样板戏，没有什么戏可演。我便在离家不远的肉市胡同里的广和剧场买了三张《红灯记》的京剧票。

看戏的那天晚上，天下起了大雪。鹅毛般的大雪，没有阻挡住父亲的看戏热情，他和我妈相互搀扶着，跟着我来到了剧场。我特别带他们早出来些，是想带他们先去离广和楼一步之遥的全聚德吃顿烤鸭。我和弟弟每次回京探亲，都去全聚德吃烤鸭，打牙祭解馋，却没有带父母吃过一次，顶多带回一点儿吃剩下的烤鸭片。因为心里的愧疚，很多以前自己的不是，便都像沉在水底的鱼一样，一条条地浮出了水面，每条鱼都张着嘴，在咬噬着我的心。

马上就要离开北京了，心里的这种希望弥补过去的愧疚，越发沉重。真的，那是我有生以来第一次对父母涌出愧疚之情，特别是看到父母一天天见老，这种滋味就更不好受，更折磨自己的心。我出生的时候，父亲年龄很大，已经是四十二岁了。而我妈比他还大两岁，比我的生母大十二岁，到这一年已经六十九岁了。他们真的老了，可两个儿子都在那么远的地方，一个在北大荒,一个在柴达木,遥远得让我觉得像是一声长长的叹息。

我所能够做的,就只有这一场《红灯记》和这一顿烤鸭了。

那天的大雪下的时间很长,一直到戏散了,雪还在下。纷纷扬扬的雪花中,父母相互搀扶着,一身雪花,蹒跚在西打磨厂街上的情景,成了一幅画,总会在我的眼前晃动。那画面,让我感到的更多的是心酸,因为我这一辈子,只为父亲做过这样一件稍稍可以让他感到有些安慰的事情。在之前的二十五年时光里,我没有为他尽过一点孝,相反,却做过很多和他毅然决然划清阶级界限的无情事情。父亲好像从来不是作为我的生身父亲存在于我的生活中,而是作为敌对的阶级,作为一个我需要铁面无私审判的政治符号,存在于我写过的那些思想汇报中。

落地无声的大雪,掩盖了街道上的坑坑洼洼,以及落叶、垃圾、泥污等所有的肮脏。那一刻,眼前的一切,平坦、洁白得像一个童话里的世界。

那时候,我读过并背诵过苏轼的诗句:"人生到处知何似,应似飞鸿踏雪泥;泥上偶然留指爪,鸿飞那复计东西。"但是,并没有读懂。现在想来,我和父亲,谁是飞鸿,谁又是雪泥呢?在我的人生二十五岁以前很长的一段时间内,我是把父亲视为雪泥的,他被当时的时代和社会无情地踏在泥中,也被我无情地踏在泥中。而我却把自己看作飞鸿,要去远方展翅飞翔、不计东西的。那时候,语录里说的是"广阔天地,大有作为",后来很长一段时间里,歌里唱的是"雄鹰展翅飞,哪怕风雨狂"。

八

第二年,也就是一九七三年的夏天,我再一次从北大荒回北京探亲。我已经有了女朋友,正在恋爱。她是天津知青,和我前后脚从北大荒回来探亲,我们两人商量好了,等我回到北京之后,她从天津来我家一次,我们一起去呼和浩特看我姐姐,然后再去天津到她家看看,最后一起乘火车回北大荒(呼和浩特没有车去北大荒)。这样的行程安排,是想让双方家长都见见,就像定亲一样,事情就这样定下来了。那时候的爱情,简单却不带任何杂质,纯净得像没有污染过的蓝天白云。

女朋友从天津动身后,我和很多一起到北大荒插队又正好一起回北京探亲的知青,到北京火车站接她。人很多,阵势很是浩大。女朋友下了火车,吓了一跳,没有想到居然这么兴师动众。我心里很清楚,这些伙伴是为我好,生怕女朋友第一次来我家,看到破房子那么寒酸,一下子失落,无所适从,甚至最后无法收拾。

这一列队伍浩浩荡荡,簇拥着我的女朋友走进我家大院,来到我家门前的时候,我注意到,尽管女朋友心里早有思想准备,但眼前所见的破败和凋零,还是让她大吃一惊。不过,她是个懂事而且善解人意的女孩子,并没有把内心的惊讶表现出来,露出的依然是平日常见的笑容。那一年,她二十三岁,正是一个女人最好的年华。

那么多人簇拥着一个年轻的姑娘,我家那两间小房根本无法挤得下,大家都站在院子里说说笑笑,引来了街坊四邻好奇的目光。我家来的这些人中,主角是谁,很快就被他们捕捉到,聚光灯一样的目光都集中在了她身上。但我看她并没有被这聚光灯照得有什么异样,在跟我妈和大家亲热、轻松自如地聊着天。

让我多少有些奇怪的是,家里只有我妈在家。我问她爸哪儿去了。她告诉我说:"给你买东西去了,这就回来!"正说着,父亲拎着一网兜水果,已经走进院子,看到这一帮人,和大家打着招呼,大家立刻都闪到一边,像忽然抖开的一幅扇面,亮出中间一个空场,把我的女朋友亮了出来。

这是父亲和她第一次见面,也是唯一一次见面。我已经忘记了这唯一的见面很多具体的情景。在一片嘈乱中,我只记得父亲没有进屋,就在院里的自来水龙头前接了一盆水,把网兜里水果倒进盆中洗了起来,然后让大家吃水果。不知道为什么,那天见面只有这个情景,让我记忆犹新,至今回忆起来,还像是发生在昨天一样。我记得那样清楚,父亲买的水果不多,几个桃、几个梨,还有两串葡萄。而且,我更清晰地记得,一串是玫瑰香紫葡萄,一串是马奶子白葡萄。

我无法解释清楚,为什么这些水果,特别是那一串紫葡萄和一串白葡萄,这么多年过去,还会如此水灵灵地出现在我记忆中。

现在想来,可能因为这是父亲留给我最后的一点印象吧。尽管当初我无法预测未来,根本不会想到这已经是父亲留给我的最后印象,但是,生命的轨迹,总会神不知鬼不觉地显现在父子的亲情和命运的冥冥之中。那是一种生命的感应,即使你当时迟钝而没有察觉,但它已经像一粒种子,悄悄地落入你的生命中,落入你的记忆中,在以后的日子里生根发芽,忽然有一天让你触目惊心而叹为观止。

非常奇怪,在梦中我常梦见我妈,却很少梦见父亲。大前年夏天,我在美国儿子家小住,一天夜里,居然梦见了父亲,这几乎是父亲去世之后唯一一次和他在梦中相见。父亲的样子很清晰,与我童年、少年和二十多岁见到他时一个样子,穿着一身粗衣粗裤,紧紧地握着我的手,在跟我说着什么。但是,说的什么话,我一句也听不清。我很想听他究竟在说些什么,却怎么也听不清,很是着急。梦做到这儿,我醒了。屋外雷雨大作,而楼上一岁半的小孙子正在哇哇啼哭。

很多天,这个梦一直缠绕在我的脑子里,我百思不得其解。我不明白,这个梦昭示着什么。父亲究竟要和我说什么呢?是埋怨我当年对他无情的批判呢,又或是述说当年辛酸中难得的温馨,还是嘱咐我他的处世箴言?

同时,为什么那一夜突然雷鸣电闪,而且,恰恰那个时刻,小孙子也醒了,不停在啼哭?或者,是生命的又一个循环吧,纵使我的儿子都没有见过他爷爷,小孙子就更无法见到他的太爷爷,但是血脉的延续、生命的轮回、基因的遗传,是命定的。无论是我,是我的儿子,还是孙子,我们都生活在他的影子里,生活在他的足迹中。所有的不幸也好,幸运也好;所有的错误也好,正确也好;所有的醒悟也好,愧疚也好,我们都一起经历过,并在雷鸣电闪中给我们以醒目的警示。

只是,那一夜的梦,以及对梦的认知,我再无法对父亲诉说。

我知道,其实父亲一直在我心里,不仅是一个念想、一个回忆,更是一枚刺,刺痛我的心,永远无法从心头拔出。

就是那个夏天我带女朋友回家,深深地刺激了他。对于父亲,这件事带给他的是美好,也是痛苦。他当然希望儿子有女朋友,但是,他知道,他的儿子有了女朋友,就会在北大荒结婚成家,就再也回不来了。当时,对于未来,他是悲观的。"文革"不知道何时才能到头,而他的身体已经每况愈下。

其实,那时候,知青返城之风,已经起于青萍之末,先行者,开始通过走后门参军,或办理困退病退,回到了北京。只是,这一切对于父亲而言,显得那样遥不可及。他没有这个能力了,因为他自顾不暇。偏偏这时候,我姐姐给父亲写来一封信,说别人家的孩子都已经从农村办回城里,你们老两口身边无一个子女,是符合知青返城的政策的,你应该去街道办事处问问。就是街道办事处的积极分子整的他,一提起街道办事处,他就心里发怵,打哆嗦。

姐姐的信,是压垮父亲的最后一根稻草。拿着姐姐的这封信,他不知道找谁去诉说、去求教,只能憋在心里,负担越来越重。我离开北京一个多月之后,正是秋收的日子,我在地里收豆子,黄昏的时候,一封电报传到我的手里,父亲脑溢血去世。清早,他照例去天安门前的那个小花园练太极拳,突然一个跟头倒下,就再也没有起来。北大荒无边的原野上,血红的落日正在迅速地下坠,很快,我的眼前就是一片黑暗。

我和弟弟还有姐姐星夜兼程赶回北京。父亲躺在同仁医院的太平间里,眼睛还没有合上。他是死不瞑目呀。姐姐用手轻轻地合上了他的眼睛。

父亲的一生,就这样结束了。我不知道该如何评价他的一生。我只知道,在他的一生中,起码有二十多年是屈辱的,在这些屈辱中,有许多是时代和历史使然,却也有一些是我添加给他的。我无法请他原谅,更无法原谅自己。

父亲没有什么遗物,只是在他的床铺褥子底下,压着几张报纸和一本儿童画报。那时,我已经开始发表文章,这几张报纸上有我发表的散文,那本画报上有我写的一首儿童诗,配了十几幅图。这或许是他生命最后日子里唯一的安慰。

在看我家那个装宝贝的小牛皮箱子时,我发现了姐姐写给父亲的那封信,放在箱子的最上面。在箱子的最底部,有厚厚的一摞信。我翻开一看,竟然是我去北大荒之前没有带走的小奇写给我的信,是她整整高中三年写给我的所有的信。

望着这一切,我无言以对,眼前泪水如雾,一片模糊。

不到半年之后,我从北大荒办回北京,在一所中学里当高中语文老师。命运,真的让父亲一语成谶,我到底还是当了老师。第一天上班,找到那所偏僻的学校的时候,我在心里对父亲说,你为什么就不能再坚持一下呢?你为什么就不能等我回来呢?

又过了两年,"四人帮"被粉碎了,一切,并不像想象的那样好,但也不像想象的那样坏。在时代的变迁中,在生命的轮回中,曾经被风雨压弯的再弱小的草芥,也可以重新伸展腰身,然后回黄转绿。

有一天下班回到家,一位漂亮的年轻女警察,突然也前后脚来到我家。我很奇怪,警察为什么会光临?对于一个曾经长期担惊受怕的家庭而言,警察的出现,让这个家的气氛一下子凝固。我看见我妈有些惊讶,以为出了什么事情。我让女警察坐在我家唯一的椅子上,她很和蔼地问我:"'文化大革命'中,您家是不是上交过四块银圆?"我点点头,那是父亲干了好多年少校军需官留下的唯一财产。她接着说:"现在清理'文化大革命'中上缴的这些东西。要落实政策归还原物,没有原物的,要照价赔偿。您家呢,这四块银圆,要给您四块钱。"说着,她从包里掏出四块钱,并让我在签收单上签字。

这四块钱,连同父亲去世后税务局给的抚恤金和补发的半年工资五百元,我一直存在家附近崇真观的银行里。那里离家很近,父亲一抬脚就到,他在世的时候,如果有钱,也是存在那个银行里的。一直到多年以后,崇真观被拆,银行被取消,我才把这钱取出转存别的银行。我不敢花这个钱,这是父亲给我留下的唯一的财产,虽然不多,却带有他生命的温热。

粉碎"四人帮"后一年多,即一九七八年的春节,我和女朋友结婚。我们没有举办婚礼,只是请了几个朋友,姐姐派来她的女儿,晚上的时候,我们一起在家中和我妈吃了顿饭。白天,我到街上买了一点儿菜和两瓶酒,其中一瓶是三花酒,那曾经是父亲爱喝的一种酒,他说这酒很柔和,有股子甜味儿。

有这瓶酒摆在桌上,父亲好像也在了。

(原载《人民文学》2017年第4期)

昭 通 信 札

鲁若迪基

一

那年夏天,我们在细雨中的鹿城告别,转眼 28 年过去了!那以后的岁月,我们过着普通的日子,平凡地生活在各自的世界里。虽然,有时回想自己的过去,那场雨还会下在心里,蒙蒙的,绵绵的,让眼里不觉一阵潮湿。但很快地,一阵世俗的风就会让自己立马清醒,把我从时间的深处拽回现实——无法再去细细品味那雨是啥滋味了!很多时候,你的身影如一抹浅淡的云,挂在天边,可望而不可即。

今天,我又想起你来!

我想起你是因为我踏上了你生活着的昭通这片土地——说不定我现在的足印就踏在你曾经留下的足迹上。想到自己离你如此之近,近得伸手就可以触摸到你天空里飘荡的云彩,侧耳就能倾听到你林中的鸟鸣,拂过我脸庞的风说不定还携着你的芬芳刚好从你身旁吹来——想到这些,我内心里充满了说不出的感动。滇西北的我离你其实并不远,特别是在这个现代交通工具日新月异的今天,如果能够直航的话,也就一个多小时的航程。可是,在我的精神世界里,昭通是一个多么遥远——也许我今生都可能无法抵达的地方啊!说实话,我没有想到有生之年会踏上这片土地。在我的意念里,它是那么远,只有在梦里才会依稀出现。可是,现在我就踏上这片土地了,关于你的记忆又被重新打开……

我们是怎么走进那所学校的?每个人都有自己的故事。那么多学子,偏偏我们走进同一间教室,一起聆听老师授课,这是多么不可思议的事!这种巧合如果不是命运的安排,那是什么?"百年修得同船渡,千年修得共枕眠"。能在一间教室里共同学习,那也得"修"几十年的缘才成的吧?

我是在焦急的等待中,接到那所粮食学校的录取通知书的。当时,我的心情极为复杂:喜的是自己终于被录取了,心有不甘的是比自己分数还低的同学被一些重点大学录取了。当年就是这样,你还不知道自己的高考分数时就得填报志愿。为了能保证被录取,填报志愿时,很多人都降低志愿报一些有把握的学校。我考虑到家里的困难,想减轻一下他们的负担,准备报一所中专学校。一来缩短一下学习时间,二来可以减少些学费。可是,报什么学校呢?在所有的中专学校里,我看到了一所粮食学校。因为这所学校让我无缘无故地想到了碗里的米饭。在那个年月,在那个边远的山寨,我们很难吃到米饭。我们那一带不产稻谷,我们买来或用土特产换回的米,只有过年过节才能品尝到。除了过节,平日里如果家里来了客人,母亲也会打开柜子,从柜子里盛着米的布袋里舀出米,淘洗后煮上。在我们看到锅里的蒸汽不停地将锅盖掀起来,米汤顺着锅沿滴到火塘里时,我们想到那些雪一样白的米粒,离变成碗里的可口之物不远了,会禁不住咽几下口水。我们家规矩多,在客人吃饭时,小孩是不能在屋里馋眼看客人吃饭的。我是老大,我会领着弟妹去村里逛,逛一圈回来看看客人吃好了没有;如果还没有,我们再去逛第二圈、第三圈……

所以,我填报这所粮食学校,就是想将来毕业后能分到粮管所工作,能天天吃上米饭。这是我的一个梦想。当然,我最终如愿以偿。

记得我去学校报到时,下了车站,自己背着行李去学校。走在那些高楼大厦中间,我看所有的路都是一样的,所有的房子也是一样的,我走着走着又走到了同样的广告牌下。这样重复了几次后,我几乎要扇自己几耳光了,我甚至差点大声吼叫起来。我硬着头皮问了几个路人才搞清楚大致的方向,这还不够,我把一幢幢楼想象成一座座山,才知道如何行走,最后才在新华书店旁找到这所学校。

学校招生规模不大,只有两个专业,还有一个在职的进修班,300来人。校园比我想象的小得多,有两个球场,两个食堂,有几栋宿舍楼,女生宿舍是不允许男生上楼的,门卫室就在女生宿舍入口处旁不远的大门旁。校园里有几株夜来香树,夏秋季节香气满园。一个班的学员来自云南各地。你来自滇东北的昭通,因长得白净、美丽,一下被人们熟知。我木讷,除了一间宿舍的几个同学,我很少与其他同学讲话。你被说成是"班花",我就更少讲话了。我连正眼都不敢看你一眼。看到从城里来的同学,高声说话,似乎什么都懂,周末还跳舞,让我们非常羡慕。与你们相比,我等来自农村的就显得非常土气了,不管从穿着还是言谈举止。不爱说话,伙伴自然少些。这未必是坏事。我经常溜进学校旁的新华书店,在那里看书,有时也常到学校的阅览室阅读。离学校不远的龙江公园,也是我经常去的地方,那里的垂柳,池塘里的鱼,"翠鹿鸣春"的雕像,多年后还在我梦里出现过。

我开始关注你是因为我的前桌同学。具体说是因为他告诉我你在上课时悄悄回头看他。他告诉我这个秘密的时候,脸上还现出那么一丝得意。我想,他同我一样其貌不扬,你是我们班的大美人,你悄悄看他,说明对他还是有点意思的,换谁都可以得意一下。可是,我寻思这可能吗?听他那么一说,我就开始注意你。这应该是一个学期之后的事了。一次,当老师讲到高兴处,全班都哄堂大笑起来——这时候,我看到坐在前排的你微笑着回过头来——就在那一刻,我看到了你的目光燃烧着火焰,喷射向我的眼睛——我即刻被点燃了!我的心颤抖起来!天哪!这哪里是在看前桌,分明是在看我啊!让我的前桌有了这种错觉,可能因为我俩一前一后,都在一个方向的缘故。我把这个惊人的发现迫不及待地告诉了前桌,他观察了一段时间,开始还嘟嘟囔囔,后来就不再作声了。

从此,你的身影就像一块磁石吸引着我!

那以后,只要你的身影出现的地方,我不知道怎么就出现在了那里。其实,我出现在那里也仅仅是"出现"而已,不说一句话,静静地看看你,有时你会意地望我一眼,那就是对我的最大奖赏。说实话,那时候,与你有关的一切,我都迫切地想知道。所以,我知道了你的故乡昭通是中原文化进入云南的重要通道,历史上是云南通向四川和贵州的重要门户,有"锁钥南滇,咽喉西蜀"的说法;知道了一代伟人"五岭逶迤腾细浪,乌蒙磅礴走泥丸"诗句中"乌蒙"的所在了;我还知道了昭通酱,知道了你老家背后的那座乌峰山……当然,后来我也知道了昭通与大理和昆明一样,是云南文化的发祥地之一。

我之所以花了点心血了解与你有关的昭通,希望某一天与来自你老家的亲人聊天时,自己不是一无所知,还能谈出个子丑寅卯来。因为你毕竟来自城里,听说父母还都是吃工资的,我总不能同他们聊些瓜瓜豆豆的农事。

可是,与他们聊的机会一直没有降临。这应该与我有很大关系。我虽然爱默默地注视你,也喜爱沉醉在你温柔的目光里,可是,一旦回到现实,总觉得自己配不上你。我总觉得你我之间有一道鸿沟,让我无法跨越。我的自卑是显而易见的。所以,我从来没有对你表白过什么。两年的时光很快就过去了,我依然没有对你说什么。现在想来很不可思议。直到我们毕业,当我坐上中巴车时,你上来递给我一张纸条,我才觉得我们就要天各一方了,应该对你说点什么。可是,我张了张口,依然什么也没有说。窗外在下雨,雨水打在车窗上,你的身影已模糊成一团。车走出很远,我打开你给的纸条,才发现那是一个地址。我到现在还清楚地记得那个地址——镇雄县人民巷某某号。在我分配到一个单位后(不是粮管所),我曾按你给的地址给你写过一封信,可是,没有回音。虽多次打听你的下落,都没有什么结果。

其实,在我的目光被你点燃的那一刻开始,我就给你写诗了。诗都写在我们宿舍那位来自烟厂的梁同学给的平整包装纸上,就巴掌大点,一边印着卷烟品牌字样,一边是空白,我就在空白处写诗。现在回想,我总埋怨自己为什么当时胆子不大一点,领你去吃点小锅米线,抑或单独看一场电影,或将自己写的那些诗念给你听,把自己的那份情感大胆表达出来。我们是一起看过一场电影的,可是,去的是你我两间宿舍的所有同学,遗憾的是我俩还没有坐在一起。我觉得自己花的那点钱虽然不多,但有点冤。即使过去了很多年,一想起这件事,我还有点耿耿于怀。这与同学恶作剧有很大关系。他们是想让我多请几次才故意不让我们坐一起的。我知道他们的想法,咬咬牙没有上他们的当。于是,也就失去了坐在你旁边看一场电影的机会。穷人的爱情啊,有时也挺辛酸的,就少说几句吧。

多年以后,在一次外出学习时,我意外地与你的一位亲戚相遇,从聊天中得知了你的情况。当我出版了第一部诗集,在那个小县城还当了一个部门的小领导,觉得小有成就的我,有点突发奇想,想把自己的诗集寄给你。我之所以有这种想法,可能有某种想告诉你当年你没有看错我的意思,我是"潜力股"。另外,也有在那个贫困的年代,你用一种默默的爱鼓励我,我对此表示感谢的意思。当年的我已经在尝试投稿,编辑部的来信(很多是退稿)比较多,每次你把那些信件拿给我时,都会深情地看我一眼。那是多么让我神魂颠倒的一眼啊,它几乎把我融化了!它让我恨不得化成一束光,随你的目光飞速闪进你的眼里去,永远住在那里。即便变成泪流出来,也流过你的脸庞。为了那一眼,我变得更加勤奋。在经历了多次投稿失败后,我的作品开始变成铅字发表在一些报刊上。这在我们学校引起了不小的轰动。这多少为我走上业余创作道路增添了信心。可是,我对爱你还是缺乏信心。我曾想用稿费请你吃顿饭,犹豫了很久只得作罢,最后与同宿舍的喝了场酒。

决定给你寄诗集后,我通过查询号问到了你单位的电话号码,最终找到了你。你起初没有听出我是谁,这主要是我有点激动,说话有点吞吞吐吐,语无伦次之故。毕竟10多年了,一条电话线连着彼此的呼吸,彼此的声音,有点激动也是情有可原的。我说,我出了本诗集,里面有写给你的诗,我想寄本给你。你说不用寄了,你现在不怎么看书了,有点时间也是照看孩子……我的脑袋轰地响了一下,之后有什么东西破碎了!我感到那种碎不是一般的碎,是变成了粉末的碎,再也无法复原。你的回答是那么干脆,脱口而出,那么不容置疑,没有半点回旋的余地。我欲哭无泪,胸口疼痛,呆呆地坐在电话机前。好半天我才回过神来,才明白刚刚那一刻发生了什么。我多么希望那是一个梦而不是事实。可惜,一切都已无法挽回地发生了!多少让我始料不及。

多年后的一个晚上,我把当时的感觉写成了诗:

　　我知道碎
　　我知道一块布
　　怎样在剪刀下碎
　　我知道碎
　　我知道一簸箕荞麦
　　怎样在石磨里碎
　　我知道碎
　　我知道一堆石头
　　怎样在粉碎机里碎
　　……
　　啊,我真的知道碎
　　我知道一颗心
　　怎样在爱里碎
　　那种看不见的碎
　　比碎还碎

说真的,我非常后悔给你打那个电话,直接把书寄去不就行了?为什么偏偏打那个电话?我不停地问自己,我发现脑子有时真的会进水!我懊恼不已。

我把这件事讲给爱人听,没有想到她非常高兴。她说,你的那个女同学真好,让你死了心。不然,你这个家伙说不定这次寄书,下次说不定会偷偷跑去看她,再下一次,就不知道会发生什么鬼事情了呢!说完还从鼻孔里哼了一下。

我无语地看着这个兴高采烈的女人。我没有想到她会如此高兴。当然,我也不能让她听出我内心里有什么碎裂的声音,因为我没有理由伤害这个善良能干的深爱着我的女人。不过,话说回来,她也应该高兴,毕竟我心目中的作为女神的你可能在打电话那一刻"死"了,而她"复活"了!

现在,想到那个不断回过头来,深情地看着我的女孩;那个从我身边走过的时候,哼一句《让世界充满爱》里的"这颗心永远属于你……"的女孩,我真的有点难过。难道那一切都是无心的吗?难道跑到要出发的车上,递给我的那个纸条是随意的吗?

我不停地问自己。当然,我也只能问自己了。我能去问你吗?也许,这个世界上的事,有的东西没有追问的必要,没有答案也许是最好的答案。有的事真的又怎样?假的又能如何?因为一切都已经不可能重来了!

不过,将来有机会的话,我可能会去做一件事,那就是寻到你纸条上的地址,看看那是一个怎样的所在。也许那条小巷还在,那个门牌的房还在,只是物是人非,人去楼空。如果是那样,我只能在门前站会儿,遥想当年你是怎么走过那条小巷的,之后,怅然离开。也许那条巷道同很多时下的巷道一样,早已背上了拆迁的命运,已不复存在。

说了这么多,心里还是有点耿耿于怀。我想,我之所以这样,可能与那个电话有关。现在人们都玩手机了,要找一个人,似乎更容易了。知道你的手机号也很容易。不过,知道了又能怎样?也许我只会把它默记在心里,永远不可能去碰触它,就像当年不曾触碰过你的手一样。

还能说什么呢?当年不曾说过什么话,今天似乎更不好再说什么了。我只有在内心里真诚祝你一切都好!

二

今天是我到达昭通的第二天。根据安排,今天要开一个座谈会。

过去,人们因为罗炳辉、龙云、卢汉等风云人物而认识昭通的话,那么现在,人们再次认识昭通,可能是因为"昭通作家群"。这是不争的事实。在这个唯 GDP 论的社会,能用文学的方式,让一个地方声名远扬,那是功德无量的事情。昭通作家们功不可没,成绩卓著。因了曾令云、夏天敏、雷平阳、樊忠慰、宋家宏、李骞、胡性能、潘灵、杨昭、蒋仲文、邹长铭、麦芒、贾薇、陈衍强、吕翼、傅泽刚等等一批优秀的作家、诗人所奉献的精美文字,我内心里对这片土地充满着敬意。所以,当我接到通知参加昭通的一个文学活动时,我爽快地应允了。当然,我心里还想着这是你生活着的地方啊——这么一想,我看山也美,看水也秀,就连看到街上的一条流浪狗,我也觉得很亲切。

来之前,云南省作协副主席、秘书长杨红昆先生就布置了个任务,要我谈谈昭通回族诗人沈沉的诗歌。我想了半天,想着同沈沉在哪里见过。最后想起来,第一次见他应该是在鹿城,那个我们曾经学习过两年的城市。我同沈沉还在"翠鹿鸣春"的雕塑前合过影。我没有同你单独合影过,如果说有的话,就是那张全班的毕业照。我会偶尔拿出那张"全班福"来看看。有次还情不自禁地摸了下你的脸。那是我唯一一次摸你的脸。当然这种相片上的"摸"是没有质感的,等于没有摸。因为你不知道,所以,少提为妙。对于这件你不知道而做的事,我多少还有点负罪感。在此,也向你道个歉。不过凭良心说,说不定我摸的时候,稍不留意就抹去了时光留在上面的一丝灰尘。

谈论沈沉的作品,说实话我有点忐忑。在我看来,由于阅历、文化背景等的不同,对诗的解读也会不一样。有时可能还会误读。对待诗歌,最好的办法就是静静地看,默默地感受。一切尽在不言中。一切以心灵的感应为要。所以,我有时有种鲁迅先生所说的"当我沉默着的时候,我觉得充实;我将开口,同时感到空虚"的感觉。常常,我觉得我说过的话,别人都是知道的;我将要说的话,别人懂得还更多;而我未曾说的话,别人也能体会。因而,我总是无话可说。

我静静地坐在会议室里。我听着那些名家对昭通作家们的点评。他们点评着彝族作家吕翼、杨昭,白族作家杨莉、回族作家沈沉的作品。这些作家中的吕翼、杨昭、沈沉是我很熟悉的,他们都是非常优秀的少数民族作家,杨莉我也是知道作品的,只是没有见过面。所以,除了杨莉外,不用其他人介绍我也能认出他们。我同他们在会前都打了招呼,寒暄了下。当主持会议的中国少数民族作家学会常务副会长、《民族文学》原主编叶梅老师点到我名字的时候,我只得打趣着说:我不是评论家,面对这么多著名评论家,我有点班门弄斧的感觉。可是,在这个座谈会上,我即便是只蚂蚁也只能抡几下大刀了。考虑到发言的人很多,我就简略地谈一下。

沈沉的诗在这之前,我曾在《民族文学》《诗刊》《星星》诗刊、《诗歌月刊》《云南日报》等报刊零星看过,包括他那组获得《边疆文学》年度大奖的诗。有一年我参加滇东文学奖的评奖,也看过他的诗。这次又看了一些。总的来说不是很多。看了沈沉不多的诗,但我记住了他的一些诗。

什么样的诗呢?

如《秋天里》:

> 秋天里,庄家纷纷逃离
> 留下空寂的土地
> 等待远方路途上的大雪
>
> 树叶飘零,河流消瘦
> 每个村庄都在准备
> 姑娘小伙的婚嫁,也都有
>
> 一二个老人,月光中无声地死去

> 像被时光捡起的果实
> 装进大地永不满足的口袋

诗不长,略略数语,就简洁勾勒出了秋天农忙过后的景象。而"一二个老人,月光中无声地死去/像被时光捡起的果实/装进大地永不满足的口袋"则如平地里响起一声惊雷,给人以震惊的同时,留下了无限的回味。"姑娘小伙的婚嫁"是喜,而"一二个老人,月光中无声地死去"是悲,这种悲喜交织在一起的场景,在诗人不经意的叙述中,让一些我们司空见惯的东西,重新揪住我们的心,让我们想起故乡、村庄和亲人,禁不住潸然泪下。"月光中无声地死去",为什么是在"月光中"而不是在"暗夜里"?这看似简单的诗句,其实满含着诗人的爱怜,因为他实在不愿意让这样的事在暗夜里发生。从中我也真切地感受到了诗人的真诚和善良。

又如《又一个》:

> 你不是第一个,在我的山村
> 每年都会有人离开,不知什么时候
> 就会有人,都是些庄稼汉
> 活着出去,死着回来
> 斗殴,事故,车祸,矿难……
> 或者蒸发,再无一丝丝消息
> 好歹你是到家了。在那个陌生之地
> 据说你是卸货工和搬运工
> 在那个风和日丽的正午,饿着肚子
> 在突然启动的货车上,被横穿公路的
> 架空光缆,勒翻到车下
> 栽倒进一朵黑色的乌云,再没起来
> 辗转千里,此时躺在新修的小小砖房中央
> 青色的幔帐垂挂在漆红不久的门上
> 隔开你和尘世,和白发苍苍的老父老母
> 四个儿女,十六,十四,十一,八岁

多年以后他们会明白,这些日子的意味
还有一个泪水流尽在异乡的媳妇
在乡亲们中间,我很难一一认出
还有那些身在昆明
身在海南,身在福建,身在广东
身在安徽,身在江苏,身在江西
身在浙江,身在上海,身在山东
身在山西,身在河南,身在河北
身在内蒙(今内蒙古),身在新疆,身在东北
身在湖南,身在湖北,身在甘肃
身在青海,身在陕西,身在宁夏
身在贵州,身在四川,身在北京的
兄弟姐妹,叔叔侄儿
每每想到他们日渐模糊的
面孔,口音,我和我的山村
就会忍不住胆战心惊,噩梦连连

　　这样的诗自然而真切地记录了当下社会变迁底层民众的艰辛和人们心灵的细微感受变化。随着诗人一个个地名的指向,我们的目光、我们的心被牵引着走向四方,诗歌也在这一过程中获得了普遍的意义。现代化、城镇化的进程,摧毁着中国农村几千年的文明。这些哀伤和疼痛的记录,具有史诗般的特质和力量。它不失为一曲最后的挽歌。

　　沈沉给我印象深刻的诗,还有《墙》《牧羊女》《写给小缘》《在重庆解放碑下》等诗。《在重庆解放碑下》让我想到当年去重庆时在解放碑下的经历,意味深长。我觉得一个诗人不在于你写了多少诗,而在于你写了多少让人记住的诗。上下五千年,流传到现在的诗也就几百首,一年一首也没有。从这个意义上说,我认为沈沉是成功的,因为他写出了一些让我感动和记住的诗。当然,让我记住算不了什么,让更广大的读者记住,让时间记住,那才能永恒。我想,随着时间的久远,这些忠实于心灵的歌,这些用真情和善良铸就的文字,必将散发出陈年的诗味,芬

芳着我们的世界。

再过几百年,我希望人们谈论起昭通的风云人物时,除了罗炳辉、龙云、卢汉等外,自然谈论起"昭通作家群",希望也能谈起我现在谈论的沈沉。祝愿他今后写出更多更好的作品!

我就这样简单地与在座的人分享了一下沈沉的诗歌。主持会议的叶梅老师还认为我谈得不错,鼓励了我几句。如果你在座的话,我不知道会说些什么,也许我会把更多的时间用来评析他的爱情诗。我希望在评析他的爱情诗中能够让时光倒流,让我们再次回到那个美妙的岁月,当老师讲到恰到好处时——同学们会心地笑起来——你悄悄地回过头来——深情地望着我……

这是我多么梦寐以求的事啊!如果时光能够倒流,我可以肯定地说,我将不再是那个羞怯的男孩,而是有着狮子的勇气和豹子的胆量的男生,我会紧抓住你的手,把你带到小凉山去,在那里的任何一个山头,给你建一所房子,辟出一块块地,种上荞麦、洋芋……

三

今天是我到达昭通的第三天。清晨在鸟鸣中醒来,我就在被窝里回想了一下昨晚的梦。其实,我在睡觉前曾对自己说,今晚梦梦你。当然,不会有什么企求。在梦里能干什么呢?什么事也干不了,什么事也不可能干!我只是想在梦里梦梦你,看你在做些什么,看你变成了什么样?晚上昏昏沉沉地睡了,早晨迷迷糊糊地醒了。仔细回想的结果,梦好像是做了的,只是那个梦似乎与你没有什么关系。虽然出现了个背影,远远的,微微驼着,怎么看都不似你。你这么美丽的一个人,怎么能驼着背出现在我梦里呢?

所以,昨晚做了个不想做的梦,好在我已从梦里醒来!

今天的目的地是盐津县城。途中经过大关。那次意外地知道你当年被分配到这里工作,后来就在这里成家,一直生活到现在。所以,我对这个地名有点敏感。拿到活动手册时,我特意看了下有没有这个地方。还好,没有。不然,看到这个地名,我会心跳加速。途中有指示牌显示某条路将通向大关,但我只能坐在通向盐津的车上,向那个方向行个注目礼,算是"看"过你了!几十年了,这次是我离你最近的一次了!我想起那次给你打的电话,耳边又响起了某种东西碎裂的声音……

迷迷糊糊中车停了下来,说是到了豆沙关。一行人沿石阶,走在建于秦朝的五尺道上。到了这里,我才发现什么才是真正的"一夫当关,万夫莫开",什么才是真正的关隘!那些石头上留下的马蹄印,雨天会灌满世事洞明的水,晴天则回旋着时间走过的声音。旁边的河静静地在流,对面的悬崖峭壁上,神秘的僰人的悬棺,像收拢了翅膀的陈腐大鸟,黑黑的,放置在石缝中。我的四周,河道、古驿道、铁道、柏油路、高速路,空中的航线,形成立体的交通网络,让人的思维会随时出现短路,想不起来自己是哪朝哪代的人。而只有122字,却有"维国家之统,定疆域之界,鉴民族之睦,补唐书之缺,正在籍之误,增袁书之迹"重大历史作用的袁滋摩崖石刻,则让我对一块石头充满了敬意和爱。

关于盐津我知道得很少。大地辽阔,有时候人们知道某个地方,要么有什么美丽的风景,要么有什么历史事件,要么出了什么了不起的人物。我知道盐津是因为一个诗人,他的名字叫樊忠慰。我想,中国很多人不一定知道盐津,但一定会知道樊忠慰。而知道樊忠慰是因为他的诗歌。

诗歌怎么写?诗无定法,一个个诗人有一千种诗歌。在看惯了千人一面的诗歌之后,读到樊忠慰的诗歌,会让人对他独特的感悟和独到的表达,感到震惊和赞叹,似乎他来自于还不为我们知道的星球,是为了给我们某种启示才来到了这个世俗世界。

他这样写黑豹:

  黑豹 苦难的王子
  囚笼是宫殿 心脏是石头
  当山羊从女人的皱纹叼起小鱼
  你饥饿的胃翻卷鼠毛 枯草 湿土

> 你的病弱是一幕皮影戏
>
> 锁比利齿咬得更紧
> 脚踩到了宇宙的中心
> 不静止　也不移动
> 一团渴死的自由
> 让头颅着火　脑浆哭泣
>
> 眼珠里滚飞的鹰呀
> 像一粒炒爆的黑豆
> 它的翅膀是不是天空的俘虏
> 只有梦穿破栅栏
> 幽灵般遁入深林
>
> 号叫吧！诗歌
> 不幸的生命　因破碎美丽
> 你看夜空那颗暗淡的星
> 会不会是黑豹的眼睛
> 在我的手中成为黄金
>
> ——樊忠慰《黑豹》

这样的诗你能解读吗？不同的人都能从中汲取到自己的所需。

他这样写爱情：

> 我爱你,看不见你的时候
> 我最想说这话
> 看见了你,我又不敢说
> 我怕我说了这话就死去
> 我不怕死,只怕我死了
> 没有人比我更爱你
>
> ——樊忠慰《我爱你》

相较于前首诗,这首诗口语化些,然而,由于独特的思维,在看似简单的不停的循环往复中,像剥笋一样,一层层剥开来,最终剥出一颗爱心来!哪个看了会不感动?!

他这样写沙海:

> 这无法游泳的海
> 只能以驼铃解渴
> 每一粒沙
> 都是渴死的水
>
> ——樊忠慰《沙海》

这样的诗只可意会,不可言传。矛盾的对立统一。奇特的想象,诡谲的语言,除了樊忠慰这个外星人,哪个才子说得出?!

他这样写海:

> 偌大一颗泪
> 淹没了好多词汇
> 还想把天空
> 带去哪里
>
> 静静的海
> 养鱼为生
> 飘忽的海鸥
> 撩起几多悠远的怀想
>
> 海水并不一味地苦
> 如果只是苦
> 海也就太平淡
>
> 比眼睛深邃的海
> 我走了
> 你蓝给谁看
>
> ——樊忠慰《海》

这样的诗歌,我不想对它做过多的解读,我怕自己的误读会伤害到诗歌,伤害到诗人。生活在当下,能读到这样的诗,我很幸运。在读到"比眼睛深邃的海/我走了/你蓝给谁看",我忍不住流下了泪。

我忘记了我是哪年看到樊忠慰的诗歌的了。有年一位朋友把樊忠慰的诗赠给我,我把它放进书柜时,书柜发出了吱吱下沉的声音。我对此百思不得其解。是不是发生了错觉?但想想他的诗歌,我又觉得一切都很正常,没有什么不对。

这次的昭通行,在我知道行程中有盐津后,我就想着拜望一下他。

我们到达盐津的时候,已经八点多了,灯火通明。深深的峡谷,有江水在汹涌流淌。我翻出樊忠慰的电话,打了过去。我告诉他我到了盐津,想去看看他。他问我在什么地方。我告诉他我住的酒店在某单位办公楼旁,他说他不知道。他问我是在老城区还是在新城区,我说我也不知道。我先是吃惊他不知道一个大单位所在地,后来我想他为什么要知道这些地方呢?我觉得他是生活在另外一个世界的人,不世俗,干净而高贵。

正当我准备搭出租车去找他时,一位宣传部的女领导告诉我,她知道樊忠慰在老街的住处,派车把我送了过去。

远远地我看见一身牛仔的樊忠慰站在路旁。他把裤脚塞在袜子里,穿着布鞋。这样的穿着不仅仅是传统和现代的结合。我看到他的那颗痣还在原处,知道他还好好的,就安了心。他把我迎接到他三楼的居室里,一进去就摘了个香蕉给我,接着忙去烧水,我还没有吃完香蕉,他削好的苹果又递到了我手里。接着又是泡好的茶。他指着他的卧室,说有时睡这间,有时睡另外一间,他父亲上城就让老人家睡这间,他指着房间说。我跟着他看了他平日生活着的世界,觉得这个世界宁静而祥和。

我们坐着聊天。我问他平时的饮食起居、写作、工作等。他跟我聊我的诗歌,还说我的作品《1958年》虽然影响大,但他更喜欢我的《小凉山很小》。我们还聊到我们都尊敬的于坚先生,还聊到其他诗人。有次我还差点问到他是否有女朋友了,话到嘴边又忍了。这些俗事不聊也罢,我们就聊些我们都感到快乐的事。

我要走了,与他告别。我站起来把手伸进衣兜里,准备掏出这次笔会发的稿费,让他自己买点药之类。我说来时也不知道会来盐津,也没有带什么来看望你,这次笔会发了点稿费,也不是很多,请你买点药或者水果。他飞快地把我的手死死抱住,他说你千万不要这样,你来看我我就很高兴了,买药医保可以刷卡,我什么都不缺。他说大个子,你给我个拥抱吧。你回去后给我寄本你的诗集,那就是我最喜欢的礼物。看他态度那么坚决,我怕我的坚持会伤害到他,只得作罢。我含泪和他拥抱。拿着他签名的诗集下楼。我叫他不用送了,他执意不肯。我才发现,他执意要做的事,谁也无法阻拦。

盐津的老街长长的,撒了点雨后湿漉漉的,路两旁的灯照在上面,又有了反射的街影,车子行驶在上面,不时发出"嗤嗤"的声响。

我俩在路边站了一会儿,终于从右侧方向驶来一辆出租车。车停了下来,我刚钻进车里,就见樊忠慰飞快地递给司机十元钱,说声不用找了,转身离去。

车子驶离了,我回头看到他拾级而上,身旁那个药铺的铺名很醒目,我的心被针刺了一下。他让我想起凡·高、尼采这样的天才来。

这个整天都吃药的人,背负着诗歌的十字架,用诗歌救治着这个世界。

明天我就离开盐津了,想着这是樊忠慰生活的城市,我恨不得把这个城市的一切都记在脑海里。可是,天公不作美,天空中不时飘下细雨,一切都变得朦胧。在潮湿的路面上,刮雨器有规律地刮擦着车前的玻璃,车灯努力穿过雨点,尽力探照出一条路的原貌。

在那次打电话时,你说不用寄我的诗集了,你不看什么书了,有空就带带孩子。我想,这么多年过去了,想必你的孩子已长大,说不定你也有空闲的时候,说不定也想看看书,那你就去看樊忠慰的诗吧!

在离开昭通的前夜,我想对你说:他的诗真的好!

(原载《西部》2017 年第 5 期)

三过榆林

李修文

　　冬至日,天降暴雨,我头一回过榆林城。其时黑云压城,磅礴的雨水似乎将整个尘世驱赶到了雨幕之外,而我乘坐的小客车依然在雨幕中缓缓驶向茫茫然不可知的地方,直到一棵榆树被狂风折断,硬生生刺入了车窗,小客车才终于停下。乘客们全都被破窗而入的"刺客"吓住了,虽说未做动弹,但是纷纷仓皇四顾,看上去,就像一群末世里的囚徒,抑或一群待宰的羔羊。

　　过了好半天,沉默才终于被一个瞎子打破,那瞎子显然是个爱热闹的人,似乎天生就怕冷场,全然未将满天暴雨放在心上,竟然向左邻右舍打听起了车窗外的景致:路边的房屋是砖房还是窑洞?地里的小麦长到多高了?还有,既然此地唤作榆林,我们所经之处,是不是果有成片的榆林?然而左邻右舍无不满脸愁云,面对他堪称活泼的提问,一个个先是搪塞和苦笑,过了一阵子,也就不再理会他了。

　　哪里知道,稍一冷场,他竟然当即提议,既然一时半会儿走不了,干脆给大家唱段曲子,不知众位乡亲意下如何?众位乡亲仍然懒得理会,他却二话不说,径直扯着嗓子唱了起来:"风飒飒,雨萧萧,青山苍翠,迎天晓抗秋寒风雨难摧,头高昂步从容冷对群匪,耳听得声声呼唤深谷萦回……"

　　一听之下,我心头倒是一惊,只因为,那瞎子唱的不是别的,正是我家乡的荆州花鼓戏《蝶恋花》。可能是他走南闯北的年岁过于深长,之前我竟然没听出他来自何方,如此,我便屏息听他继续唱。果然,不几句之后,我便可以确认:千真万确,他是我的同乡。

天快黑下来的时候,雨稍微小了些,我和其他几个乘客下了车,一起将那棵刺入车厢的树拖拽了出去,再连声催促司机赶紧开车。可是,司机连打了几次火,小客车就是无法发动,乘客们这才烦躁起来,纷纷指责起司机来,殊不知,在指责声里,司机却变得比乘客更加烦躁,几言不和之后,他竟然推门而出,跳下小客车,钻入雨幕,自顾自地朝前走了。所有人都瞠目结舌,全都忘记了阻挡,眼睁睁看着愤怒的司机越走越远,竟至于全然消失在了雨幕里。

天色即将黑定之前,雨稍微止住了些,乘客们终于放弃了司机还会回来的指望,三五相邀,怨声载道地背上各自的行李,再往榆林城的方向跋涉前行。我也别无他法,只好随着众人一起往前走。因为脚下实在过于泥泞,我每往前走上三五步便要摔倒一次,不由得越来越沮丧,直到听旁边的人说此地离榆林城实际上已经只剩下十多公里,这才总算松了一口气。可是,就在这时候,我却想起一件事来,原地站住,思虑了一阵子,终究还是决定折返回去,奔向了刚刚离开的那辆小客车。

果然,除了那瞎子,从小客车上下来的人都走尽了,只剩下他杵着拐棍,一脸茫然地站在车门边,听听这边的动静,再听听那边的动静,似乎不知道眼前发生了什么事情,又好像已经知道了,却不知道往哪个方向迈开步子。听见我来了,下意识地笑了起来,却听错了方向,不过就在转瞬之后,我所来的方向便被他准确地辨认清楚了,于是,他认真地、庄重地对我笑了起来。

并无一句寒暄,我走上前,径直告诉他,所有人都已经徒步前往榆林城了,又问他,愿不愿意和我一起往前走,他使劲点头,点完头,似乎是想起来忘了笑一下,又格外热烈地笑着连声说愿意。如此,我便牵着他的拐棍,重新踏上了前往榆林城的路。未承想,还没走出去几步,我便一个趔趄,费了好一会儿心机想要站住,却终于还是摔倒在地,不用说,那瞎子也紧接着摔倒了。躺在地上,我刚想对他说一句惭愧,大概是早已习惯了摔倒,他竟然异常轻松地立即从地上站了起来,哈哈笑着,告诉我他一点事都没有。

如此,我便从地上爬起来,再次牵着他往前走。这时候,天色黑定了下来,我拿出手机,当作电筒来用,这样,眼前的道路倒是都能辨认清楚。既然夜黑路长,两个人终归要攀谈起来,我先对他说了自己是何方人氏,再问他是不是我的同乡,没料到,他竟然告诉我,他其实是江西人,为了活命,他从十多岁就开始在全国游历。之所以会唱荆州花鼓戏,是因为他在荆州城里住过整整三年,也正是在那里,他遇到了他的师父。师父也是个瞎子,教会了他唱花鼓戏,此后,他才终于不再为吃了上顿没下顿而发愁。即使在离开荆州之后,他差不多踏遍了一十三省,始终没有缺衣少穿,哪怕是在广东湛江的一个小县城里,他听不懂旁人说话,旁人也听不懂他说话,可是,只要他唱起花鼓戏,总有人会给他送来吃喝。

身旁的同路人身世竟是如此,倒是多少有些出乎我的意料,于是,我便转而问他,为何来到这并不算盛大的榆林城,难道此处的吃喝比广东更容易得来吗?他却告诉我,他来此地,是要给师父养老送终——他的师父,就是榆林城里的人,年轻之时,也是千里万里地去了荆州,中年之后,日渐思乡,拼死拼活也要回到榆林。实际上,他和师父是同一天离开荆州的,只是一个往南一个向北,在荆州城北门的小汽车站,他对师父立了一个誓,说要以五年为期,五年之后,他定当前往榆林城,找到师父,侍候他;而今年就是他与师父分别后的第五年,所以,过了秋分,他就从暂居的河北出发了,一直走了几个月,至今日,才总算是走到了榆林城外。

我当然不曾想到,我们脚下踏的这条路,竟然是一条践约的路,愣怔了片刻,我干脆不再牵着他的拐棍,转而离他更近,搀住了他。他也稍微愣怔了下,没有拒绝我的亲近,仍然是一脸的笑。我们便重新一小步一小步往前走,令人羞愧的是,没走多远,我又趔趄了起来,反倒是他,一把将我定定地拉扯住,这才没有倒下。直到这时我才多少有些明白:看起来我是在带领他,实际上,他需要的只是一个前往榆林的方向,作为一个在黑暗里不知走过多少弯路的人,此刻脚下的艰困,于他而言,不过是最寻常的小小波折。

这时候,天上起了大风,之前已经疏淡下来的雨水重新变得密集,愈往前走,雨滴愈加坚硬,显然,一场更加狂暴的大雨正在迫不及待地显露端倪。我身旁的瞎子却问我,想不想听他再唱几支曲子。实话说了吧,我全无听曲的心思,却又不想拂违了他的好意,想了想,转而问他:眼见得风狂雨骤,一路上又黑灯瞎火,掐指一算,真不知何时才能走到榆林城,他何以还能开口唱曲?哪知道,他却还是笑着告诉我:你就当它们全都不在,风也不在,雨也不在。

我举头在黑暗里四顾,风雨明明都在,且绝非虚在,全都是一颗一颗、一阵一阵的实在,那瞎子却反倒像是被漫天风雨激发了兴致,甚至恢复了之前小客车里的活泼,兴致勃勃地对我说,这么多年,他都是这么过来的——风雨交加之时,他告诉自己,它们全都不存在;一脚跌进深沟或窨井里之后,他告诉自己,他不过是刚睡了一觉,才从红薯窖里醒过来;有一回,他被一个女人打破了头,他告诉自己,那是他回到了小时候,那个女人,可能是他的母亲。不仅如此,哪怕平日里并未遭遇什么沟壑,但凡踏足一地,仿佛画画,仿佛拍电影,他早已习惯了用狂想给所在之处安排好周遭和伴侣,时间长了,那些周遭和伴侣就跟他熟稔得像是一家人了,打招呼、开玩笑乃至吵嘴,一样都不会少。就譬如:在刚才的来路上,风雨当然无踪,他的眼前身边只有铺天盖地的榆林,其中一棵榆树上还落了一对凤凰;前一阵子,他坐渡船过黄河,河中的水神听说他路过此地,特意给他备下了几壶薄酒,两人端的是一醉方休;更早一些,他刚从河北离开的那个早晨,天上下着小雪,他当自己回了宋朝,一路上,风高他要放火,夜黑他要杀人,因为他不是别人,八十万禁军教头豹子头林冲是也。

必须承认,在暴雨当空而下的时刻,听完他扯着嗓子说出的这些话,我的心底里遍布了巨大的惊异。更加令我惊异的是,不觉间,我竟然越走越快,不要说摔倒,连一个趔趄都没有,似乎真的穿云破雾,和他一起走在了豹子头夜奔的路上;似乎前方真真切切的就有一座山神庙要从风雪里显出身形,再等着我们放火烧掉。终了,我还在问他:此刻,但不是此世,而是他狂想出的彼世里,和我们同路的、亲如伴侣的,是些什么样的奇珍异兽?

霎时间,那瞎子就像再生了一对火眼金睛,几乎是雀跃着告诉我:现在,我们是在首都北京,长安街,十里长街送总理的长安街,身前身后绝无任何泥泞,你看那绿树成荫,你再看那华灯初上,对了,你抬头去看我们的头顶,没有错,要相信自己的眼睛,有一只孔雀,跟着我们走了千里万里,一同到了北京,现在,它就在我们的头顶上往前飞,实不相瞒,这是他最好的朋友,每一回,只要它在近旁,他就忍不住要和它一起开口唱起来。

有那么一刹那,我好像真的踏足了他所指点的那个世界,下意识地,竟然抬头去眺望那只并不存在的孔雀。而我身边的他,对未能歌唱的忍耐仿佛已经临近了极限,终于几近亢奋地唱起了另一段荆州花鼓戏《花墙会》:"家住湖广襄阳九龙井,遵父命回乡省亲遇灾星,求恩人留下府君名和姓,方天觉结草衔环报大恩……"

直到好几年之后,在诸多风尘厮混稍微了结的间隙,艳阳下抑或夜幕里,那瞎子的歌声仍会偶尔破空而来,直叫我当场站住,一遍又一遍地在虚空里追逐着缭绕不去的余音。那歌声虽说不至于比作当头棒喝般的狮子吼,却也堪似佛前的木鱼一阵更比一阵猛烈地敲响了:赶路的时刻到了,做功课的时刻到了,被某种至高之物一把拉扯过去的时刻到了。如果说,在我过去的生涯里的确存在过几番紧张、迷醉乃至明心见性之时,那么,榆林城外,那一场雨夜里的遭际之于我的全部生涯,就像我拿出手机当作电筒来用时散发出的光芒,虽然没有多么夺目,却刚刚好照亮了眼前的行路。

是啊,在当初的夜路上,当那瞎子的歌声不断升高,我确切地感到了紧张,那甚至是一种强烈的担心:我担心我们头顶上的孔雀飞走了,也担心所谓的"清醒"不请自来,驱使我不再夹杂在雨幕和那个孔雀盘旋的世界之间左右为难;到了后来,我竟然担心暴雨早早结束,担心眼前的夜路早早走完,担心这神赐般的苦行会戛然而止——脚下的泥泞和艰困消失了,不知不觉间,我早已如履平地,又身轻如燕,就算闪电穿透了雨水,在我们的身边接连击下,我也视而不见;就算之前走在前头的三三两两一个个被我们越了过去,我也视而不见,就只是费尽了气力朝前走,费尽了气力在那瞎子的狂想之境里上天入地,却不忘对自己说:你看那绿树成荫,你再看那华灯初上。

然而,送君千里,终须一别——雨还在下,当我再一次抹去脸上的雨水,竟然一眼瞥见了不远处闪烁着的霓虹灯,再稍微仔细一点辨认,可以看清楚霓虹灯所在其实是一座郊区商场,渐渐地,汽车喇叭声也清晰了起来,千真万确,我们已经走到了榆林城内。恍惚间,我去看身边的那瞎子,他也止住了歌唱,面朝我,又挂满了一脸的笑,其时情境,就像两个取经的沙弥渡尽了劫波,这才来到了人迹罕至的藏经洞前。但是,就在此时,我竟然听见有人站在商场的屋檐下叫我的名字。

说起来,我这一回打榆林过,为的是给一部电视剧看景,目的地却是距榆林城一百多公里之外的另外一座县城。我和摄影师美术师早已约好了在榆林城里碰头,但是,在刚才的夜路上,因为我一直在拿手机当电筒用,手机大概已经被雨水淋坏了,摄影师、美术师给我打了许多遍电话,却怎么也打不通,于是干脆租好了车,就在我进城的必由之路上等着我。此时,一见到我,二话不说便要将我拉上车,而我,却站在原地纹丝未动,实话说了吧:我竟然舍不得就此离开那瞎子。在同伴接连不断的催促声里,我看看他们,再去看那瞎子,迷乱着不知如何是好,可是,就在这转瞬之间,那瞎子却仿佛已经完全对我的情形明了于心,虽说还是笑着,却像是做了一个决定,笃定地点了点头,要我赶紧上车离开。听我还是没有动弹,他又哈哈地笑着说:"我走啦!再不走,我的孔雀就要得重感冒啦!"

说完,他便三两步重新奔入了雨幕,而我,也就在恍惚间被同伴们拉扯着上了车,之后,我们的车朝着目的地缓缓向前行驶,而那瞎子的唱曲之声又从雨幕里升腾了起来:"我为你,我为你千里奔波冒风尘,我为你死里余生血染巾,我为你挨过王府无情棍,我为你含悲忍辱入空门,我为你墙外脚印摞脚印,我为你手拿木鱼敲碎心,只盼你无损冰清玉洁体,要谨防花落寒塘染污尘……"

　　其后多年,我将不少荆州花鼓戏的选段拷进了手机里,每逢走夜路的时候,山西也好山东也罢,台湾也好香港也罢,我总是忍不住再三去听它们。听多了,某种对身边万物的热情就不自禁地从心底里涌动起来——想当初,谁能想到,我自小就算作熟稔的花鼓戏会突然降临在寸步难行的夜路上呢?如此,这浩渺尘世里的高楼与深谷、山寺与火车、穷人与花朵、它们和他们,是否也在不为人知之处缔结下深重机缘?其后多年,我还经常想起榆林城里的雨幕,就好像,榆林城里的雨水无休无止,那瞎子在雨幕里的奔走也无休无止,但是,只要他的歌声不停,雨水便无损于他的金刚不坏之身。其后多年,稍遇如坐针毡之时,我也强迫自己闭上眼睛,画画一般、拍电影一般,用狂想给自己的所在之处安排好周遭和伴侣,但是,离开了暴雨、榆林城和那歌唱的瞎子,更多的苟且便故态复萌,直至变成本来面目的全部,那只我曾经见识过的孔雀,始终不曾飞临我的头顶。

　　直至我第二回经过榆林——这一回,我仍然是为了一部电视剧前来,为了说服一个导演能拍我写的戏,我和投资人带着大包小包的土特产,前去探望正在榆林城拍戏的导演。只是这一回,我们是从北京坐飞机来的。从机场前往榆林城的路上,虽说窗外的残雪不断提醒我今时已非往日,但是,我满脑子里念想的,却仍然是记忆里堪称刻骨的那条夜路,如此,我便暗自定下了主意:此去榆林,尽管行程实在仓促,我也定然要找到那瞎子,再听他唱一曲荆州花鼓戏。

　　幸运的是,找到他竟然非常容易,在旅馆办入住手续的时候,我向服务员打听起他的下落。没想到,几年下来,他在榆林城里竟然已经算得上著名,服务员告诉我,她认得他,他就住在一座汽车站附近的小巷子里,几乎每天,他都要在汽车站前面的小广场上卖唱。我问服务员,那瞎子唱的是不是荆州花鼓戏,服务员却确切地告诉我,他唱的是秦腔和地方小调。这倒不奇怪,他的师父就是榆林当地人,教他唱会秦腔和当地小调应该都不在话下。如此,我便火急火燎地朝他所在之处寻了过去。

其时正是黄昏,汽车站里已经没有多少人乘车,所以,站前小广场上也人烟稀落,虽说隔了老远我就听见他在扯着嗓子唱,但他身边的确并无一个人围观。我几乎是小跑着奔了过去,一脚站定在他身前,他多半以为是来了给他打赏的人,于是唱得愈加卖力,青筋暴露,曲声也渐渐激越起来,直至额头上渗出了豆大的汗珠。

一曲唱罢,他先是辨认清楚我的站处,而后,就笑了起来,正是我所熟悉的,那种盲目而热情的笑。见我不说话,他便问我,要不要再听一曲,刹那间,我便想起了当初的小客车上,他也是如此这般地问他身边的人。这时候,我就开口了,径直告诉了他我是谁,他稍微愣怔了片刻,哎呀一声,腾地站起来,一把握紧了我的手。

因为已经和前来探望的导演约定了他收工之后的夜宵,而且明天一早我就要离开,所以,我便对那瞎子提议,闲话不要再提,你我二人,何不就此找一家小店,先行把酒言欢?那瞎子当然说好,他知道有一家羊汤馆,那里的羊杂碎好吃得紧,但是因为我远道而来,而他已是此地的地主,所以,这顿酒一定要他来请。好说歹说全都没用,我便不再推辞他的盛情,干脆挽着他,两人一起欢欢喜喜离开了。

看上去,那瞎子显然早已对榆林城里的大小街巷烂熟于心,没花多长时间,我们就在一条小巷子里找到了他说的羊汤馆。临要进门,我突然想起一件事来,就赶紧问他:何不叫上他的师父,一起来作这尽兴之欢?没想到的是,一反常态,他竟然叹息起来,也不说话,先找了一张桌子坐下了。

三巡过后,酒酣耳热,那瞎子竟然哭了起来。到了这时候,我才知道,却原来,自从那晚来到这榆林城,此后每一日,他无不都是在找他的师父。但一直到今天,秦腔学会了,地方小调也学会了,师父却仍无半点音讯。许多次,他前去师父的旧居向他的邻居打探,得来的消息,却是师父从来没有回来过。他也想过,是不是离开榆林城去找师父,可是,他既不知道去哪里找,又生怕他一走师父就回来了,所以,在此地,他的每一日,都真正是左右为难。

这个在我记忆里活泼到触目的人,此刻竟然号啕大哭了起来,面对他的哭泣,我全然不知道该如何宽慰他,心里倒是涌起过一个念头,想问问他,在此地风霜雨雪过下来,他都用狂想给自己安排过什么样的周遭和伴侣,他的老朋友,那只孔雀,是否还在与他长相厮守?终究没有问出来,也只好端起酒杯一饮而尽,好在是,似乎我的到来重新将以往的他激活了。哭泣突然止住,他提议给我唱一曲荆州花鼓戏,唱完了,他还想带我在这榆林城里走一走,也不枉我好歹来了这一趟,总要知道个榆林城的模样。我当然说好,他便喝下一杯酒,也不管邻桌的旁人,兀自亮开嗓子,那铁匠敲击山河般的曲声顿时就冲破了羊汤馆:"想当年娘在桑园把儿命救,带回家胜过了亲生骨肉,全不顾家中清贫又添一口,娘的甘苦点点刻在儿的心头……"

直到曲子唱完,我们出了羊汤馆,那瞎子领着我在城中游转,他久违的活泼才总算水落石出了。四周景致被他一一指点,这里是回民街,那里是糕点铺,前方有一座建于清朝的桥,更远的地方,还有从明朝留下来的老城墙,其时情形多少显得有些怪异:一个瞎子正在热情地充当导游,跟在他身后的我却反倒连连称是,所以,每当有人经过,总不免多看我们几眼。那瞎子却不知所以,可能是太久无人与他亲近,他拉扯着我,几乎是在小跑着往前奔行,好几回都差点撞倒了围观我们的路人。

然而,看着他跌跌撞撞地来回奔忙,我的心底里却是涌起了某种不祥之感:过度的雀跃,时而荆州话时而榆林话的频繁转换,还有他脸上过分夺目的红晕,这一切,恰恰可以用失魂落魄来形容,甚至尚且不够,我还是实话说了吧——他的身上甚至显露出了隐约的疯癫。

等到我们行至一条稍微空寂的街道,四下里无人,我就忍耐不住,径直去问他,那只狂想世界里的孔雀此刻是否正在我们的头顶上。哪里知道,他半天都没说话,迎着夕光安静地站立着,最后,叹息着告诉我,那孔雀虽然还在,但每一现身就立刻变作了猛兽,而且终日里都在威吓他,想要吃掉他。我多少有些不知所以,反倒帮他追忆着当初:也曾跟黄河的河神干杯,也曾化身林冲走出河北,为什么偏偏到了这榆林,那只孔雀就变作了要吃他的猛兽呢?这时候,他从夕光里侧过脸来,告诉我,他的魂丢了,从前的好多事,都不记得了。

再往前走了一小段,在一面仿古酒旗之下,那瞎子又站住了,突然间,既像是丧失的记忆突然恢复,又像是奔涌的委屈终于冲破了闸口,彻底打开了话匣子。他对我说,此生中,他要拿性命去侍卫的,就是他的师父,只因为,如果他这一生里也像旁人一般得到过谁的亲近和欢喜,除了师父,就再也没别的人了,所以,侍卫师父于他岂止是念想,那简直就是每一念及鼻子就要发酸的狂喜,好像佛教徒在尘世里可能不发一言,倘若见到释迦牟尼,哪有不跪拜痛哭的道理呢?在这茫茫人间奔走,掉进了窨井,他当自己是从红薯窖里醒来,被陌生的女人打破了头,他将对方当作自己的母亲,为的是赶紧渡过去,赶紧见到师父,赶紧向他索要亲近和欢喜。可是,他却只能在那个狂想的世界里见到师父,更可怕的是,因为那只孔雀,还有更多的物事,全都变作了吃他的猛兽,他连那个狂想的世界也不敢去了。

这一回,轮到我不说话暗自叹息了,也只好陪着他一起沉默地朝前走。要说起来,这世上的聚散果真有命——我们刚刚踏上另一条街,我竟劈头就遇见了正在拍戏的剧组,不用说,这剧组的导演正是我从北京飞来要探望的人。如此,我便赶紧上前去问候导演,再去问候相熟的演员们,可是,等到一轮寒暄下来,举目四望,那瞎子却凭空里消失得无影无踪。我不曾有片刻犹豫,四处奔跑,从前街找到后街,终了,此行的任务占了上风,我终究没有继续找那瞎子,迟疑着,还是回到了导演的身边,直至陪着他完成了当日的戏份。这样,我和那瞎子的第二次相逢,就此便草草作别了。

隔天清晨,赶飞机的路上,我特地绕到那瞎子卖唱的汽车站,四顾了好一阵子,没有找见他,又眼见得大雪从天空里降下,地面上正在上冻,生怕误了飞机,还是颓然前往机场了。一路上,越往前走,那种明确的不祥之感就愈加浓重——我就实话说了吧,前一日里,在此世,而不是在狂想出的彼世,那瞎子所有的指点都是错误的:回民街,糕点铺,清朝的桥,明朝的老城墙,事实上一样都不存在;就连我们干杯歌唱的羊汤馆也不存在,那不过就是街头上一家用彩条布搭起来的排档。

第三回过榆林全然是个意外:我一个人在山西吕梁地区游荡,漫无目的地到了临县,看过了正觉寺和义居寺之后,兴之所至,竟然渡过了黄河,去对岸的陕西佳县听了几天民歌。快要离开时我才知道,这佳县正是榆林的辖地,两地相距不过百十公里而已,霎时间,那瞎子便从空茫里显出了身形,就像站在眼前一般活生生,我便没有犹豫,直奔汽车站,坐上了前往榆林的客车。

到了榆林城,我仍然住在了上一回来时住过的旅馆,旅馆的服务员也还认得我。办入住手续的时候,我还没来得及打问,她竟然径直告诉我,那瞎子已经死了。我愣怔着,甚至来不及震骇,只是盯着她说不出话来。她便再次告诉我,那瞎子千真万确已经死了,就死在榆林城外的一座水库里,只听说他在四周乡镇里打探他师父的下落,终归是眼睛看不见,可能一脚踏空掉进了水库。死了好几天才被人发现,最惨的是,他死了还不到半年,他的师父就回到了榆林城。

在旅馆的柜台前,我恍惚站着,一时之间,房卡拿在手上,痴呆着忘了上楼。就在恍惚与痴呆之间,当初的暴雨和夜幕,后来的羊汤馆和仿古酒旗,一幕幕纷至沓来,中间又夹杂着连绵的唱曲之声,一会儿是《花墙会》,一会儿是《送香茶》,那曲声互相缠绕,又分头而去,终于全都喑哑了。我清醒过来,问那服务员,知不知道那瞎子的师父现居何处,服务员便回答我,像那瞎子生前一样,他的师父也是终日在汽车站前的小广场上卖唱,去那里就可以寻见。这样,我就二话不说,推门即向汽车站方向飞奔了过去。

二十分钟之后,气喘吁吁地,我站定在了那瞎子的师父跟前。其时又是夕照满天之时,那老者并没有开口歌唱,而是安静地坐在夕阳里,身体算得上硬实,如果不是双眼俱盲,说是一身的清朗之气也不过分。没有等待太久,我走近他坐下,再跟他仔细说起来,我跟他的徒弟,的确存在过几番机缘,我们的头顶上,曾经盘旋过同一只孔雀,只是没想到,这机缘如此浅薄,他竟然就此便驾鹤西去了。我刚说到此处,那老者就打断了我,再若无其事地告诉我,他的徒弟并没有死。

和在旅馆的柜台前一样,我又陷入了愣怔。那老者似乎未曾出门已知天下三分,早已看透了我的疑惑,伸出手向前指点,说他的徒弟就在对面唱曲。我顺着他的指点向前看,除了匆忙的人流,却是再无所见。但见那老者,彻底将塌陷的眼窝紧闭,再仰起头来轻微地摇晃,似乎正在随着一支曲子渐入了佳境。蓦然间,好似闪电击醒了记忆,诸多消失已久的场景死灰复燃,我总算明白了,和当初夜路上的那瞎子一样,除去此在的尘世,他的师父,也别有一个人间,在那个人间里,那瞎子照旧活着,照旧在奔走唱曲。

对那瞎子的歌唱,他的师父多有不满,一边听,他一边告诉我:花鼓戏里,《清风亭》唱破了音,《哑女告状》则记错了词;秦腔里,因为咬字始终没有过关,唯有《斩韩信》里的一小段尚可一听。除了诺诺称是,我也答不上别的话,干脆逼迫自己狠狠盯着老者指点的对面,看看能否找到那瞎子的身影,能否切实地踏足于这师徒二人的人间。但是,除了耳边的汽车喇叭声,除了眼前渐渐稀少下来的人流,我再也未能听见和看见更多。

天黑下来之后,和上回来榆林城时我问那瞎子的一样,我也试探着问那老者,你我二人,何不就此寻一家小店把酒言欢?抑或说一说你的徒弟,多说一说他,于我而言,是否也可算作一场勉强的祭拜?那老者似乎不愿意听我的后半句,直接打断我的话,对我说:你我二人,当然要把酒言欢,但是,把酒的绝不止二人，而是三人，我的徒弟也要一并前去。随后，不等我多说，他起了身，朝向对面的辽阔之处，大喊了一声："走啦！"随后，这才径直走在了我的前面。

小酒馆里，那老者执意吩咐服务员，给他的徒弟也摆上了一副碗筷。上了酒之后，他第一个先给我倒上，再给自己倒上，最后才给徒弟倒上，这最后一杯好似在吩咐徒弟，不管身在哪里，礼数规矩都不能坏了。然后，他便开始和我碰杯，每一回碰杯，他的杯子都能准确地碰上我的杯子。只有到了这时候，小小的得意才算流露出来，但这得意，只是给徒弟看的，意思是要他学着点本事，当然，这小小的得意，刚刚好地都化作了气定神闲的一部分。要说起来，那老者的酒量真是好，两瓶白酒，我并未喝多少，没多大工夫，酒瓶里便所剩无几。我刚要再叫服务员来加酒，他却仰头喝尽最后一杯，又对着那副多出来的碗筷大喊了一声："走啦！"一语既罢，我还坐在原处，他却站起身来推门而出了。

忙不迭地，我结了账，也推门跑出去，在巷子口追上了那老者。再问他住在何处，我好送他回去，他却连连推辞。我多少有些放心不下，执意要送他，他这才驻了足，告诉我，他的住处实在有碍观瞻，两人此处别过也就好了。我当然接口再劝他不必过多想，哪知道，他却说，颠沛流离了一辈子，他当然不在乎，但是，他的徒弟在乎，他怕他的徒弟怪自己没能给师父置下一处更好点的容身之所。

当夜里，躺在旅馆中，我竟然难以入睡，只要一闭上眼，满脑子里便都是那师徒二人的身影，在诸多思虑之中，乱麻与沟壑交错，于我而言，已经几近于一场小小的错乱。直到天快亮了，我也没能睡着，干脆披衣起床，出了旅馆，在城中信步乱走，走着走着，就走到了那座汽车站前的小广场上。没料到，那昨日里的老者也早就来了，待我走近了才看清楚，他的脸上竟然流了一脸的血；再仔细看，那血是从头上渗下来的，而他的年纪毕竟已经不轻，此刻，他撕下了衬衣的一块，正在吃力地给自己包扎。

一见之下，我差不多大惊失色，赶紧上前帮他包扎好，要带他前去医院。不承想,他却端坐下来,只说他心里有数,伤口和血都不打紧,过一阵子就好了。我当然不信,拉扯了好几遍,终于还是未能如愿。没有别的办法,我也只好就在他身边坐下,想了想,终归忍不住去问,这头破血流究竟是所为何故?他倒是没瞒我,对我说,他这是被人打了——这广场上卖唱的,有真瞎子,也有假瞎子,大概是因为他唱得好,卖唱所得总比假瞎子多,所以,他被那几个假瞎子打过好几回了。

蓦然间,这老者的徒弟曾经对我说过的话在我耳边回旋了起来,他说,他要拿性命去侍卫的,只有他的师父;他还说,见了师父,自己要拼命向师父索要亲近和欢喜——如果他还活着。今日里,面对如此情形,他只怕是要和那几个假瞎子将命拼尽了。就这么胡思乱想着,再看看身边的老者,迟疑了一会儿,我终究对他问出了那些纠缠了我整整一夜的思虑:如何能够像他一样,死亡非但未能将他和他的徒弟分开,反倒让他们更加如影随形?还有,他的徒弟,千真万确已然作别了人世,他不伤心吗?如果他并不伤心,只终日沉迷于狂想的所在便已足够,那么,这难道不是对死亡的轻慢乃至侮辱吗?

问完了,我就直愣愣地看着他,心底里都做好了他不发一语的准备,哪知道,那老者沉默了一阵子,竟然开始说起了河南邓县(现为邓州市)话——却原来,当年离开荆州之后,他才刚刚走到河南邓县,因为看不见,行至一座村庄时,被一根裸露的电线击晕了。如果不是被一个弹棉花的年轻人所救,他肯定早已不在人世,身体稍微好些之后,他又日夜赶往榆林城。没走多远,他就听说那弹棉花的年轻人被一只疯掉的恶犬活活咬死了,四岁大的女儿却一个人被孤零零地扔在了世上,如此,他便实在没法子再往前走了,只好折回邓县去找那四岁大的女孩。谁承想,这一找,他便在邓县住了整整八年,八年里,为了养活那个小女孩,除了卖唱,但凡做牛做马的差事,他一样也都没落下过。

在邓县,他不多的慰藉,除了小女孩在渐渐长大,仍然是也只能是和徒弟共度的别一世界:当初,在荆州城,他给过他的徒弟两根拐杖,一根叫作卖唱,一根就是用狂想给自己安排好周遭和伴侣。说起来,这也不是什么独门秘籍,多半只是身为一个瞎子的本能,据他所知,太多的瞎子都是以此遁形,才能在诸多心如死灰之时逼迫自己再往下多活一阵子。可是,那一方生造出的人间,你既要知道如何走进去,你也要知道如何走出来。有时候,它是一罐蜜糖,有时候,它却是一堆能烤死人的火。他不是不知道,他的徒弟心思太重,但是,如果不像自己一样以此遁形,徒弟又何以一个人在伸手不见五指之中走过千里万里?所以,在邓县,在他给自己安排的周遭里,就像徒弟头顶上的孔雀,他唯一的伴侣,唯有徒弟。

小女孩长到十二岁那一年,突然被一户好心的人家收养了,他放心不下,在邓县又多待了半年,直到确信那小女孩衣食的确无忧,在时隔八年半之后,他才总算重新踏上了回榆林城的路。一到榆林,他就听说他的徒弟已经死在了此地,别人总说眼泪都流尽了,对他来说,他的一双瞎眼根本流不出眼泪。徒弟死后,他却意外地开始流泪,直至最后,跟别人一样,他的眼泪也流尽了。但是,尽管如此,他也横下了一条心:既然如此,只要自己一日不死,他就将和徒弟在别一人间里继续相见;每一日,他都将继续接受徒弟的侍奉,粗茶淡饭也好,打骂调教也罢,一样都不能少——若不如此,天上诸佛,地上如你,你们倒是告诉我,我还有没有第二条路可走?

这时候,天上起了微风,广场边上的行道树轻轻地摇晃了起来,天光也隐隐地亮了,黎明正在到来,而我身边的老者脸上的血非但没有止住,反倒越流越多。我再次劝说他,赶紧跟我一起去医院,然而,他端坐着,依旧纹丝未动,仿佛那些正在流淌的血不过是命运的信使,隔三岔五,它们就要和他来打个招呼。这时候,洒水车远远地开了过来,也是奇怪,此地的洒水车上播放的乐曲竟然是秦腔。可是,就在这骤然之间,那秦腔,像是一声命令,又像一声召唤,让那老者整肃了衣冠,开口便唱:"叹汉室多不幸权奸当道,卓莽诛又逢下国贼曹操,肆赏罚擅生杀不向朕告,杀国舅弑贵妃凶焰日高,伏皇后秉忠心为国报效,叹寡人不能保她命一条……"

唱至此处,那老者突然停顿下来,朝向广场对面大吼了一声:"唱起来呀!"我的身体骤然一震,干脆闭上了眼睛,就好像,只要闭上了眼睛,我就能和那老者一样看见他的徒弟,我就能继续听见不止一人而是师徒二人并作一起嘶喊出来的曲子:"咱父子好比那笼中鸟,纵然间有双翅也难脱逃,眼看着千秋业寡人难保,眼看着大厦倾风雨飘摇,忆往事思将来忧心如焚,做天子反落个无有下梢……"

(原载《人民文学》2017年第5期)

清风入怀

谷运龙

是在我们共同居住的那座以水而名的小城的春天,我和老婆一起去参加侄女的婚礼时见到了她。几年不见,她已是白发盖顶,憔悴不堪。我的心猝然收缩,有一丝隐痛从心里划过。老婆都有些难以相信地对我说:"她咋变得那么老了呢?"我不得不在心里去想想这个已变老的女人。

这样的称谓是否不雅,放在当时应该叫姑娘。

那时我十三岁。

父亲动了真格给我讨婆娘了。我懵懂不醒,情窦未开。但父母亲却视为头等大事。在这以前,父亲就在我俩砍柴或其他的场合作过一些铺垫。我不在意,我为什么要在意呢?我没有必要在意!父亲相中的这个姑娘和我们在一个生产队,相距不足百米。生得中规中矩,实实在在,浑身上下透出饱满的力量。我却不喜欢,倒不是看不起,而是自己心里早已有相好。

如我大小的男人,队里有五个,但能与我们配对的姑娘却不止五个。在这以前的几年中,我们便以过家家的形式作了派对。主要以年龄为标准,因为她比我大,所以派给了我的堂兄,我派了另外一位与我年龄相当的姑娘。圆溜溜的有几分朴憨。不敢想象的是我们按派对经常在玉米地里、河坝上举行集体婚礼。用玉米叶、树枝搭成洞房,用树叶和蒿草铺就婚床。进得洞房以后,便两小无猜地赤裸全身在洞房里做起了"爱"(几十年过去了,现在想起那些场面都还有些心旌摇荡)。时间一长,倒就有天作之合、命定终身的自觉性了。再以后,见面反倒不好意思起来,脸红心热,语滞话涩。"爱情"的种子就种在了生硬和蛮荒的地上了。就有了非此不娶的信誓旦旦。直到以后,姑娘外嫁了,都还出一口长长的气,表达自己的心痛。即使到了现在也还时时打听她的情况,生怕她过得不好、不幸福(不知道这算不算多情种子)。

父亲看上姑娘的劳力好,"当农民,漂亮当不得饭吃,劳力好才最重要"(现在的说法是生产力是第一要素)。那真是一匹好马哩,只要上路就噌噌地往前冲,矫健的身躯从不疲软,壮硕的屁股从不瘪塌,挺直的脊梁从不弯曲。让满村子的人都羡慕不已,我甚至于有几分害怕。母亲却不那么看,她认为过日子不仅仅是劳力的问题,更多的是要有心计、会处事。但在家里,父亲毕竟是当家的,母亲又多多少少懂那么一点点夫为妻纲。因此,她不与父亲正面冲突,说不过,犟不赢就撤。她去搬援兵了。

我是奶奶的大孙儿,即使到父亲开始为我物色婆娘的人选时都还时常在奶奶那里撒娇,奶奶对我宠爱有加。母亲只在奶奶面前轻轻一点,奶奶就开窍了。她当着父亲说:"买地要买沟沟槽槽,讨婆娘要讨妖妖娆娆。我就看不起那个女子,蛮格格的。人家说她狐臭。"在奶奶面前,父亲也不好多说,冲突就此搁置。

正在这偃旗息鼓的空当上,关心我的大妈钻进来打了个时间差。要把联合村她亲戚家的一个姑娘介绍给我。又是奶奶帮我做主,一口便回绝了。"长得风飘飘的"(尽管在当时,我还不知道为自己的事做主,但两个姑娘相比,我更会选择前者)。

这时,母亲在节骨眼上有点私心地想把她三姐的女子塞给我,并专门把我带到三娘家让我认识。如果按照奶奶的标准这个女子更中标,但我没有感觉。

有意思的是三个姑娘都一个姓,我被这个姓困在中央。在农村,我可以在这个问题上左右逢源、前仆后继真算得上一大幸事。

这回轮到父亲说话了,东选西选,选个漏油灯盏。他是综合高手,又是一家之长,加之我的初始考虑,他打定了主意。

红姨真的上门提亲了,只要她双方一撺掇,这事八字就画上一撇了。还用说吗,父亲早就为她准备了两套情(女家一套,红姨一套)。她屁颠屁颠地去到女家,又屁颠屁颠地折返我家,回话说女家同意(咋不同意呢,以后母亲告诉我红姨都是女方请的)。

父亲慎重地告诉我这件事时,我心里一点意识都没有,完全是若无其事,波浪不兴。反倒感到被什么东西给绊住了甚至于网住了,无所适从,找不到方向,想得最多的是所有男人想不到的事。

那时,我已读初中,无知而无畏的玉米地里的洞房花烛夜的面对和勇敢荡然无存。我在心里算计,一年要送三次情(正月初二,瑞午,八月十五),送情不仅是她家,还有她所有老辈子的家。那么大一家人,有她哥、她姐、她妹、她爸她妈,还有她爷爷、二爸、三爸,那么大一堆,每一个人都要面对,都要乖乖地去叫、去喊、去递烟、去倒茶,做出一副乖的样子,装出一副很好看的面容。更难堪的是如果去砍柴,我的柴捆子还没有她的大,一前一后地招摇过街,让多少人笑话。好长一段时间我都被这个问题困扰,好像有点茶饭不思。

端午节不期而至,学校上课,我躲过了一送。但过不了多久,又会是中秋节了,如果躲过去,过不了多久又是正月初二了。周而复始循环往复。天啊,我真的不知咋办了。

越是那样,未来的婆娘越在我眼前晃,晃过去又晃过来,这还不够,她又带着她的家人亲戚在我面前晃,妖魔鬼怪似的成群结队地在我面前晃,晃得人心慌意乱,晃得人烦躁不安。快要毁灭时,我才觉得讨婆娘并不是一件人见人爱的事。

实在没有办法,我找到比我高两辈的老辈子,让他帮我支招。他故作高深地想了很久,自言自语地一会儿说不好,一会儿说不行,一会儿摇头,一会儿砸石头。好半天,他才恍然大悟地说:"干脆给你爸爸说,要念书,不干了。"这话既出,我被闷在那里,怎么可以说这种话呢?分明是挨打的话,或者说要你念不成书的话。但这个理由是天大的理由,于是,尽管我的心里有一丝的抽痛,我还是开始讨厌媒婆说与我的姑娘了,是她不让我安宁,是她不让我读书,是她让我草根一辈子。女人真是毁我前程的祸水啊!

但我不能硬来,她哥是生产队长。一到假期,我必须加入劳动大军,然而一个文弱书生却要与队里的全劳力相比,难免不在一个档次。对此,我从来都不去与任何人较劲。再不较劲也不能划入女人的阵营,那样会让人不齿,会掉链子。她哥懂,便在派工时给我派轻活。这种轻活又必须是那些全劳力干不了的,有文化含量。于是在割粪草时我便派去过秤收草。心怀鬼胎,动机自然不纯。

她真是一把劳动的好手,做什么事都动作麻利,成为女人中首屈一指的佼佼者。我的天呀,她背了一背粪草向我走来,背上的草几乎把她给淹没了,豆大的汗珠成串往下淌,每向前迈一步,垂挂在胸前的双乳便很有韵律地咣啷啷地晃荡几下。我强作镇静,相信她是因为我在过秤,所以倾其全力要在我面前逞能,在我心里留下好感,对她生情、生敬。我却偏偏不吃她这一套。按理说,我可以对她"放水",多为她记几十斤草是在情理之中。我不,狗咬吕洞宾。生生把秤砣往下拽,然后报出重量。她有些异样地凝视着我,我把秤杠移至眼前。她摇摇头,固执地不相信。她再次将秤钩挂在绳子中央,我却有些不耐烦,不去将抬杠往肩上放。她一言不发地从地上将我的抬杠放在我肩上以后,再去将另一端慢慢地抬起。她没有用猛劲,她知道她用猛劲会让我承受更多的压力甚至让我承受不起而后仰倒地。这样一来,更增添我对她的憎恨。抓住秤砣的手不自觉地加大力度往下拽,重量不升反降。她的眼睛死死盯住秤杆,并不移至我的手。鬼使神差,她越这样我越往下拽。突然,秤砣系绳断了,失去下坠的秤杆以其秤钩重物的力量陡地向上直翘,击中我的鼻子。我眼冒金花,蹲了下去,鼻血直流。她不知所措,好一会儿才给我扯了青蒿,揉搓成浸润的小球送到我手上。我怒目圆睁,她连背草的绳索都没有去解,小跑着离开了。

当时的我利令智昏,在我俩闹不愉快时,我姐和其他几个人也等着过秤。他们把这一幕记在心里,前不久我姐还拿这事怪罪我,认为我不该那样剜酸她。是姐帮我重新结好秤砣绳,让我又开始收草。

　　我做好了去割粪草的准备,但她哥没有给我重新派工,我依然行使这份权力。她哥表扬我说做得好,表情有些别扭(如今想来,那不应该是表扬,恰恰是为他妹妹出气)。这以后,她都和我姐或我妈以至于她姐她哥一同到来,凡收她的粪草时,都是我和她抬杠,其他的人看秤。每天的重量都超过那天(这又能说明什么呢?我不以为然)。母亲和父亲都知道了,父亲甚至是严厉地批评我,母亲有些轻描淡写,口气却有些心痛。

　　母亲这样心痛的轻描淡写我理解。她对她的态度已经有了相当度数的转弯。这是她对母亲的殷勤所致,是用汗水和劳力换的。自从成媒妁之言以后,她便对母亲采取了讨好的攻势。砍柴时她帮母亲打捆子,找背子;薅草时,她帮母亲刮行垄窝。时时陪伴在她左右,让母亲受到照顾,享受到这么多年以来力所不能及的好处。再辅以叫声的声情并茂,把她的心叫软叫柔了。她被她的力量征服了,被她的好俘虏了。母亲的一只脚已经踩到了她的地盘上去了。

　　然而让母亲心里不释然的依然是她的狐臭。纯粹而诚恳的女人呀,怎么就不知道越卖力就越出汗,越出汗狐臭的烈度就越强。因此当她竭尽全力为母亲示好时,与生俱来的毛病也暴露得越彻底,有时让母亲喘不过气来。所以母亲还留了一只脚在我的地界上。

　　我对她说:"妈,臭得很,我受不住。"

　　她什么话都没有说,摸摸我的头,似乎有几分担心。

　　她把这话对父亲说了,父亲瞪她一眼。

　　母亲也有点得她的好而气短,"你给你爸爸说去吧!"

　　我想我得弄出点更大的响声。

　　她哥为我创造机会,把我俩分去解嫁接苹果苗的塑料纸条。不是冤家不聚头哩。

就我俩,我可以把心中的郁闷全部发泄出来,可以把对她的所有不满彻底倾倒出来。狠狠地伤害她一场,让她想起都后怕,不要说过一辈子,就连过一阵子都熬不出头。

我俩坐在一垄刚冒出嫩芽的嫁接苗的行道上,相互都不照应,若无其人地解掉那些小芽以下紧捆的塑料纸条。相互间可以听见出气的声响。过不多久,我便用手扇风。她不明其故地看看我又埋头劳动。我更加肆无忌惮地扇,做出一副臭不可闻、受不了的样子。她看懂了,自觉地往远处走走,再次认真地工作。我不依不饶地站起来有意识地吼道:"臭死了,臭死了!"并跑去河边的石头上让河风吹拂,恶意地伤害她。不知什么时候,她悄然离去,待我回到苗圃中时,有一股香胰子的味道随风飘来。好味不长,没多久,香味隐去,那种入心入脑的狐臭反倒变本加厉地袭击我。

"你能不能离我远点?"我跺着脚吼道。

她望了我许久。我哪里还有半点怜悯,继续恶毒地吼道:"滚开最好!"

她陡地站起来,呜呜地哭着离开了我。

这件事,在两家引起不小的波浪,连母亲都黑着一张脸狠狠地骂我:"不是东西!"我再也没有被派去过秤、记分,我被裹卷在那些男人们的旋涡之中,力不能支地干着各种劳作。

父亲威严地让我去给她道歉,我有些兔子逼急地看着他,相持很久以后,他终于没把我征服。我却终于觉得这是我自己的事,应该自己去了结。

那一片玉米地啊,我们为其除二草。些许的玉米已经抽出了那么细致的天花。中途息气时,我将她叫到玉米过人的地方,她用手指绞着她的辫梢,和我保持着足够的距离。好久了,我才几分平和地叫响她的名字。她低着头,娇羞默默。看着她的样子,我知道她在等待什么,我却不管她能否承受能否接受地说出她意想不到的话。

"因为我要读书,初中读完还要读高中,我不能耽误你。"

她猝不及防地昂起头,不认识似的看了我很久。正当我招架不住时,她低下了头。

"我晓得你看不起我,你是知识分子,咋看得起我这个大老粗呢?"

巧舌如簧的我语塞了。

她看我无言以对,反击似的迎上来。

"你念你的书,我等你。"

"不!"我很坚决。

"我们好合好散,以后如有用得到我的地方,你尽管说,我一定帮忙。"

她又重复了一句:"我等你,好久都可以。"

我斩钉截铁地不容商量:"不,不要你等!"

时间有些凝固,一时长于千年。我望向远方,寻找我的慰藉,寻找我的灵魂,寻找我尽快解脱的托词。

她抽泣着全身颤抖。我的心又有些软和了。

"不要伤心,成不了亲,我们可以做朋友。"

"你走你的阳关道,我过我的独木桥。"说后,她用力地将那些过头的玉米踩倒,一路小跑着向人们聚合的地方冲去。

我用这种恶毒的手段去伤害一个姑娘的情怀,去割断一个女人的情爱,去终结一段华丽的梦想。但在我的心里依然存留了她给我的那么多的宽容,给我母亲那么多的帮助。即使几十年过去了想想也还会有一些愧疚,偶尔还会生发出丝丝的痛楚。

我们就这样在没有牵过手以后真正地分手了。对我而言是一种解脱,我不知道她的感受,至今那些被她踩倒的玉米依然那么历久弥新地在我眼前摇摆。

又是父亲给我愧疚的心灵不经意的刺痛。

那是春节前不久,记得我和他去公路上用架子车运薪柴。她的父亲和我的父亲走在一起。我推着空车走在前面,他俩在后面边走边闲谈。不知什么原因,我的父亲便对她的父亲说:"老表,我们两家那门亲事没有成,能不能把那几个情(媒婆代我给女方所送的彩礼)退给我。"

这话钻进我的耳里,顿时让我浑身打战。我没有想到我的父亲竟然说出这么不讲礼不守俗的话,难道那几套情就可以让我们享受富裕的日子吗?多么丢人现眼,多么让人失去荣光和尊严呀!

她的父亲的话不温不火地让我的父亲痰都吐不出来。

"老表,不是我小气,这十里八乡的规矩你是晓得的。又不是我家提出退婚的,是你们不干的。我没找你的麻烦就仁至义尽了,你居然还说出这样的话。"

我心里特爽,比三伏天吃了西瓜还清凉透彻。

父亲加快了脚步,灰溜溜地追上我,闷闷地跟在我后面。我想说点什么,心里却空空的听得见水响。原已被尘封的那些原生态的情窦又悄悄地萌动起来。

多么憨实又愚朴的姑娘。

应该是初中毕业以后,我去了改土队,成了改土队计算方量的高手。当时的大队书记,我的舅舅,她的大爹竟然让她给我打下手。每天,我们都有大致两个小时独处的时间。

是一个夏日的下午,我们一起坐在我的木箱边计算方量,她一言不发地记下我为每人计算的结果,她坐在我的对面,伏在我的箱子上,很专注地听我给她的指令和信息。突然间我的目光扫过她,满大襟里下坠的奶子随了她轻轻的书写而摇动。霎时,我浑身燥热,热血陡涨。报出的数字顷刻间成为心灵邪念的密码。当她抬起头捉住我的眼光时,我却直直地逼视她,一点畏惧和丝毫的羞怯都没有。她低下头,双手交叉在胸前,满脸羞涩很不自在。

"可以摸一下吗?"鬼使神差。

她摇摇头,双手用力地护在胸前。

我居然真就不敢下手,她居然依然端坐于此,没有离开的意思。话题当然不能再继续下去了。

青春年少的血液就这样不断地被突然醒来的性欲激荡,冲刷着所有的一切。我伸出了邪恶的手,想摸摸她那么饱满而任性的奶子,她却伸出手将其阻断推开。

她陡地站起,脸上的红潮让她的黑皮肤放射出激越的光泽。

我被她当时的娇艳点燃,根本不知道我是谁。

"我们可以睡一下吗?"

没想到她不仅没有火速跑开,反倒问我:"万一有了咋个办?"

我被这几个字生生地阻止在这里,我不知道万一有了怎么办,我只知道我现在需要,干渴至极、饥饿绝顶。我腿一软坐回原处。她等待的目光如巨瀑彻彻底底地把我浇透。

我从一头即将逮住猎物的狮子突然间停止了追杀和猎取,望着停下的猎物索性躺在地上了。

我们又开始工作,我把头装满所有的土石方,让它沉重到再也抬不起来。

她走了,那么壮硕的身体让阴丹蓝的短大襟衣服紧裹,那么丰硕的奶子让大襟深藏。

这以后,我总以为欠着她什么东西,不还,一辈子都难以释怀。我应该为她做点什么。

机会终于来了。

她大爹是大队书记,三爸是大队会计。尽管她只小学毕业,但推荐出去上中专以至于大学都轻而易举。她被推荐了,不考试,只需写篇文章。她找到我,是在我家后面的小河边。她站在我的对面,一米开外处,羞涩得只用手玩弄她围腰,却不吐一个字。

"你说吧,啥事?"

好久好久,她才心虚气弱地说:"推荐我去上中专,要写一篇文章。""莫得问题。好久要?""两天以后。"

文章写好以后,我交给她,她什么也不说,双手递给我一双鞋垫,转身小跑着离我而去。

那时,她已经是我们村一个小伙子的情人了。以后,小伙子也被推荐出去读中专了。再以后,他俩工作、结婚、生孩子。两个女儿都已成婚,她成了外婆。退休的她和我住在一个小城市,偶尔转路也要相遇。回家过年也会晤面,平平常常地打个招呼,好像以前什么都没有发生过。

有一件事让我很愧疚,她女儿结婚,发短信让我们去喝喜酒,大喜的日子我却忘了。当我记起时,小两口早已度完蜜月。为这事,老婆还责怪我为啥不告诉她记住这事。虽然过去几年,心里的愧疚至今难以消解。又有一件事让我对她很敬佩。她丈夫股骨头坏死以后,她数年如一日地为他拿捏推摩,那份细心、恒心非大爱而难以诠释。她的爱让丈夫康复,再次站立,行走在天地间。

　　就这么一点点不足挂齿的事,几十年以后倒觉得有一些重量了,时不时地还沉甸甸地拽着人的良知,生发出那些岁月从不粉饰也从不打磨的草根之情、泥土之情。

　　岁月总会流走,人总会老去,唯有真情会花红柳绿、永不凋谢。的确,我们从未爱过,但对我而言,总有那么一段在当时虽青涩难咽而每每回望又自然而然的情,如今想想,依然清风入怀。

(原载《民族文学》2017年第5期)

草　语

干亚群

　　草,在没有简化前,上半部像座山,依偎在一起,整体看,似乎是两棵仙草,一棵往外拐,拽着山,另一棵朝下,扎根于山。的确,草会挤,从石头缝隙里挤出来;草会钻,从亡故几十年的头颅里钻出来;草还会顶,从瓦楞间顶上来。草的这些具体,仓颉造字时想到了。

　　我曾请搞书法的朋友给我刻一棵"草"。他刻了两枚,阴刻与阳刻。我都喜欢。它们一棵站在石头上,一棵镶嵌在石头里。看着它们,我会热泪盈眶地想到草在地底下生长的样子,一部分蜷曲,一部分伸展,因多年不见阳光,草变得嫩黄,但草仍没有放弃生长,在黑暗中探寻阳光,在石板下面履行生长。

　　每当下雨的夜晚,我取出印泥,在宣纸上揿下一棵棵草。我用并不清澈的目光一遍又一遍抚摸着它们。草,静静躺在纸上,似乎等待着一场春风,或一场春雨,模样有些无辜,却又让我读到虔诚。我把它们捧到窗口,掀起窗帘,风先急着进来,雨紧跟其后,草一棵接着一棵漫漶在胭脂色中。我并不确定我的举动是为了什么,我只是不想让草躺着,我觉得草应该还有更好的动作,比如跑,比如拱。果然,草往纸的深处跑了,决尘而去,也决我而去,而我的目光摊在纸上,无法像草一样站起来。

　　人能到的地方,草能长,人不能到的地方,草也能长。把草长成草,是草怀揣的使命,如同人,像个人样,是人给自己下的定义。只是,草一辈子会是草,而人,很难保证一辈子是人。人时刻面临着被修改与篡改的危险。

风来了,雨下了,草弯弯腰,做出逆来顺受的姿态,就像繁体字中的左边那棵草。风去雨止,草又挺起身子,一点一点往上长,还往旁边长茎长叶,那时,它成了右边那棵草。草,屈服自然,又顺应自然。我从草的身上读到了我的村庄、我的村民,包括我自己。

草跟众多昆虫一起住进了村庄,使得村庄看上去像个村庄。草胡乱地长着,我们跟着草也胡乱地长着。没有人管束我们,像草似的东长西长,胡长乱长。没有人记得给我们量身高,我们与草比试。去年跟蒿草比,今年我们可以站到芦苇面前。只是芦苇从不肯为我们站直身子。也没人知道我们的胖瘦,我们在草上面重重踩上几脚,草用偃,也用仰,悄悄测量我们的体重。这些,我们并不知晓。我们的成长曾讨父母的嫌,鞋子要重新买了,裤子吊起来了,袖口又短了一截,他们恨不得我们只长力气,不长个子。可我们偏偏让父母的愿望打折。我们曾经为成长的问题感到羞愧。羞愧的成本很低,我们继续胡乱地长,鼻头拖涕,邋里邋遢,审美二字像个民间传说。

我们喜欢干扰草的生长。我们在村东的草堆里狠狠踩上几脚,然后一路奔跑到村西,重重跺几下,把草籽丢在泥里。我们还随手捋下草籽,悄悄拍在同伴的背后。被拍的同伴背着草籽在村庄里窜来窜去。同伴快乐,背上的草籽也快乐。我们对同伴哈哈大笑,笑声里带着一份阴险的满足,同伴也嘻嘻哈哈,像一枝狗尾巴草,在风里弯下去,又被风拐个方向。他背上的草籽在快乐的笑声里颠落了,成为草一株或一蓬。

草吱吱地长,默默给人做榜样。草很多,人也很多。有人出生,有人亡故,草从生小孩的屋前长到坟上,又从坟上蔓延到村里。草修补着一个人的脚印,也连接着生死。村里有草,村外也有草,草似乎希望替我们遮掩世间的坎坎沟沟、坑坑洼洼。

草稀落的地方,我们在那儿撒些尿,用豁了嘴的铲给草松土,我们模仿着大人的动作,试图在草那儿建立起属于自己的成就。草得了我们的关照,第二年比第一年多长了一些,一年年过去,草坚忍地长着。我们跟着草一起坚忍地长。日晒雨淋,我们不怕;上房揭瓦,我们也会;捕鱼捉虾,我们无师自通。

我们还往草茂盛的地方钻,蹲在草丛里,我们从草叶缝隙间张望村庄。屋舍趴在草叶上,像一只褐色的虫子,风一来,屋舍在草叶上摇摇晃晃,看得我们心惊肉跳。我们赶紧从草丛里站起来,村庄又完整地出现在我们视线里。我们长长舒一口气,似乎我们拯救了我们的村庄。

我们游荡在村庄的各个角落,偶尔给草取个名字,鸡鸡草、鸭蹼草、猪蹄草。过几天,我们又忘记了草的名字,草还诚恳地长着。有名无名,对草而言没有任何意义。草之道,听从季节的召唤,遵循草的规矩。草,因其低贱,却得以排除在催熟剂、膨胀剂之外,它们跟大棚、农膜等现代机巧远离。果品在变异,水产品在变异,蔬菜也在变异,唯独草还保持着草性。就凭这点,我对这个世界还充满着热爱。

寸草不生,才是村庄的绝境。连草都不屑的地方,真正是绝望之地。草是人间烟火的背景,有了它,村庄的炊烟才有真正的意义。小时候,我用草烧过水,也用庄稼秆煮过饭,燃尽后,那一堆黑色的灰,被村人称为草木灰,含有丰富的钾,常常施用于庄稼地,尤其刚长出幼苗的庄稼。草又轮回到泥地里。草还认识自己的前世吗?

屁孩是没有玩具的,但有很多玩伴。他们捉青牛、钓鱼、粘蜻蜓、逮知了……随手抓一把草,搓成草绳,把鱼串在上面;用一片草叶,把青牛从杨柳树上引下来;编一只草结团,放入池塘,第二天上面全是螺蛳,一只只吸附在草团上。草既是道具,也是工具,屁孩用草做着童年的填充题。草在长,屁孩也在长,骨子里与经脉中渗透进了草的气质。

草也会跟着孩子跑,但比孩子跑得远,搭上顺风,风往哪儿,它就往哪儿,既不讨价还价,也不扭扭捏捏,一旦住下来了,就踏踏实实,心无旁骛。

孩子跑出了村,草还往远方长,沿着田埂,顺着沟渠,或成片,或扎堆。那些草迷惑了孩子的眼,以为草把远方也长满了。

后来,孩子们长大了,离开了村子,看到了比草还密的花,比村里家禽还多的人,原来远方把草长没了。草把远方长满,只是留给自己的一个民间故事。从村里跑出去的屁孩,隔三岔五地跑回来,喝杯大粗茶,盛碗大灶饭,吃块大芋艿。嘴里咬一口"镬焦"(锅巴),大喊一声"爽",声音有些粗俗,模样也很粗陋。但没有人觉得这样不好,他们本来就是跟着草粗粗长大的。

草,只是一个集合词。草族是一个庞大的家庭,比村里任何一个姓氏都强盛两,被神农氏品尝的有三百多种,进入李时珍的《本草纲目》的近两千种。草并不计较被尝、被写,至今还瓜瓞延绵。无论讨人嫌,还是被人捧,草总归是按着草性生长,它跟人的历史文明无关,却见证人的历史进程。

家族兴衰,似乎有命数,像一条河一样,总有拐弯的时候,有的拐进了入海口,而有的却拐到了沼泽地,再也没有溯回源头的可能。草从一个家族迁移到另一个家族,记录着一个家族一个家族的回忆,只是没人能懂草的语言,草草了事,是人唯一对世情的总结。潦草的背后,却是世事的变幻,与不能承受生命之重的心灵契约。

草作为一芥之命,不会有人为草规划未来。草长得有势还是没势,跟人们热衷的话题、热烈的讨论沾不上,草偶尔进入画面,但草无意闯入,草只是一种象征。没有草的象征,多厚的土壤,多开阔的大地都显得没有生气。不过,草也不在乎这些条条框框,草在意的是天地之理。本是草,何必学会攀附,何来攀缘之技?枯荣还生,本是天地赋予草的禀赋。

因为草有"春风吹又生"的资质,于是,草不仅让自己得到了繁荣的资格,还庇护了村庄——养活了一大群的家禽、家畜。我养过兔、养过鸡、养过鸭,我还养过数只蚂蚱、螳螂,以及蜗牛、青牛、萤火虫。它们曾经给我带来快乐,而我现在连它们有些叫什么都记不起来。原谅我的记忆。说实话,我根本没办法养活它们。昆虫被我圈养以后,我不知道喂它们什么,瞧它们那么精灵与瘦小,我想只能是草了。它们没被我捉来的时候,就生活在大地上,大地上谁会不嫌弃它们呢?也只有草。

草,似乎知道我需要它们,一株株站到了我面前。我蹲下来,比草高不了多少,草完整地长着,没有一点瑕疵。我用剪刀剪下草叶,放进篮子,留下一撮草根,根茎处是一圈青白。有这一圈青白,草仍会长,长得有理有节。我也跟着草一起长大,它们萎蕤时,我的脚长了半码。它们枯萎时,我过年时穿的新衣服短了一小截。人世的代谢,还不明了,而草的事理却清清楚楚。

剪来的草,我又用剪刀剪碎,拌上油,外加一些碎米,放进一只小碗里,小鸡们伸长脖子,迈开细腿,奔跑过来。小鸡们挤成一圈,围着小碗,愉快地啄起草米。小鸡晚上睡觉时,我用干草垫在大簌笼里,那些干草,吸饱了阳光,让一群小鸡挤挤挨挨坐成一团,喉咙里叽叽喳喳,眼皮却像窗帘一样慢慢合上。

鸡慢慢长大了,不需要我再去剪草,它们自己会觅食。它们爱往草丛里钻,分头钻,一碰屁股,鸡就咯咯叫个不停,似乎发出了某种警告。它们捉草丛里的虫子吃,扒拉草堆里的杂质,撅着屁股,脖子一伸一缩,下面的一撮红肉肉,轻轻抖动着。

我养兔的时候,我已经长大,能背簌笼了。放学后,第一件事是直奔家里,约上几个伙伴,一起去割草。讨好兔子,曾是我童年的一个命题,否则,兔子不长毛,或给你长一身三级毛,那我的劳动理想就无法实现。

兔子用一张豁嘴嚼着草,沙沙沙的声音,欢快地响起。我用碧绿的青草养活兔子,兔子用吃下去的青草给自己长雪白的毛,然后,我妈妈用兔子雪白的长毛贴补家用。似乎是一个循环,而草是这个循环中的一个支点,如果兔子不爱吃草,可能我家还养不起它们。草给许多家禽解决了这个难题,也给人解决了问题。它们和我们都有了生活下去的能力。

不仅仅兔子,羊、猪、牛、鹅,它们都吃草。羊,自不必说,为草低头,是它们生命的基因。羊吃草的动作带着某种虔诚,嘴巴紧紧贴着草,伸出濡湿的舌头,连舔带啃。一把把草,把羊喂出了胡子,还把羊喂得像个诗人,一双长着白睫毛的眼睛总在水汪汪地静默着。牛,既是生产资料,又是家畜,草对牛的营养,难以应付作为生产资料所需的消耗,牛除了菜饼,还会喝几斤黄酒。

之余,牛会被人牵着去吃草。牛站着,张开阔阔的嘴巴,一口一口地咬过去。牛,卸下犁铧,屈着双腿,嘴巴一开一合,雪白的唾沫,把沾着绿汁的嘴唇一点一点抹干净。牛,是最具思想家的潜质,睁着一双大眼睛,默默地注视着远方。只是牛永远不会理解不劳而获。对牛弹琴,似乎牛很笨,其实,牛对人弹琴,又何尝不是如此。

鹅,一辈子茹素,而且又非常单一——青草。鹅蹒跚在草丛间,像只天鹅。或许,鹅本来就是天鹅,因为眷恋青草,鹅情愿牺牲飞翔的资格。村里有人牧鹅,先是赶到青草地,待上个把钟头,然后,把鹅赶到池塘,让鹅洗澡、喝水,待暮色朦胧,鹅又被牧回家。鹅腆着肚子,踩着鹅掌,一步一摇。草让鹅感到惬意无比。鹅的惬意也感染了我,它们在前面踱着步,我跟在它们后面亦步亦趋,似乎,它们把我领回家。

草把家禽们滋养成各自的哲学家。而人却无法领会家禽们每天给我们做的示范,还是一如既往地干着人的那些事。

乡村曾经有一段时间流行过"鸟捡牌"。这是替人算命的一种方法。有人手提鸟笼,走村串巷,吆喝着算命。村人觉得稀奇。村人习惯了算命先生手持两块金属响板,的笃的笃,的的笃笃的节奏,似乎默默传递着命运的变数与既定。算命先生闭着一双瞎眼,伸出枯瘦的手指沿着手指从上掐到下,又由下拨到上,你的命运在唱吟之间像一张答卷一样飘然落地。村人生活多艰难,而对算命很有热情。认命是村人对人生的唯一解读。但又希望命运有新的变化。人各有命,人又各有运,命是既定的,而运随时在变。这对村人而言,似乎是一剂良药。

那个人穿着纺绸衫,戴副墨镜,梳个中分头,忙碌地从这家跑到那家。我之所以记得这件事,是因为有一次这只鸟捡出了一张画有草的牌。这张牌属于隔壁的仙婶婶。众人不解,纸牌上画着两蓬草,而中间却是一棵,孤零零地站在画面中间。那个墨镜先生说,这位阿嫂,侬的命有些苦,儿子俩,最后还是要靠自己做做吃吃。仙婶婶确实有俩儿子,那时还刚刚下地干活。仙婶婶拿着那张画有草的纸牌一时茫然。旁人劝慰仙婶婶算命是带带信而已,不可作证,一边早让墨镜先生替自己捡纸牌。仙婶婶的男人早早过世,俩儿子结婚后一直一个人过,年过七旬还继续下地劳作。当路上偶遇仙婶婶,我就会想起她纸牌上的那棵伶仃草。曾劝慰过仙婶婶的菊嬷嬷,早二十年前已经离世,她当年抽到了一张戴凤冠霞帔的女人像。墨镜先生的解释像镶了一口金牙,把菊嬷嬷的命运夸得不得了。那时菊嬷嬷的男人是村里唯一的赤脚医生,无论是家境,还是体面,菊嬷嬷在众人面前优越无比。她抽到好牌,理所当然。

我们称自己是草民,没有贬低的意思。天地不仁,以万物为刍狗。圣人不仁,以百姓为刍狗。刍即草,刍狗是草扎的狗,是用来祭祀的贡品。草作为祭品,接受人的跪拜,暗含草与人的互通。只是,我们有时还真不如一棵草。

我曾在墓碑上看到过一棵草。墓碑上的字,很模糊,碑后的坟冢已经坍塌,所葬之人已无从考证,那些墓碑上的字被岁月漫漶,连同坟墓里的人也一同漫漶了。只有那棵草,却倔强地挺立着,像坚守着某种誓约。

我们饥饿的时候还挖草根骗过肚子。我奶奶吃过,我外婆吃过,甚至我父母也吃过。他们说有的草根很甜,有的很涩,有的根本没有什么味。考究点磨成粉,拌些野菜叶,粗糙的,就直接倒入锅里煮。在饥饿面前人人都变得很自私,谁也不会把甜草根告诉别人,生怕属于自己的草根被人掘走了。奶奶说,最甜的是那种"毛针"的根,但很细,只能再掺些其他草根。奶奶曾经像保护珍宝一样把村头乱坟岗上的那片"毛针"保护起来,每次偷偷摸摸过去,然后再悄悄回来,挖的时候头上顶一顶用草编的帽子,以防别人看到。奶奶从不多挖,希望"毛针"能给日子繁衍出更多的希望。按理说,那片乱坟岗一般是不会去的,而且每天晚上还会飘出磷火,在漆黑的夜晚像提着一盏盏灯笼。隔了一段时间,奶奶像做贼一样溜进乱坟岗时,发现"毛针"全没了。奶奶说,她当时就晕了过去。

"毛针"亦是我们所爱。不过,我们不是吃根,而是它的苗,里面裹着雪白的肉蕾。我们把外面的叶子剥开,像迷你型的笋叶,露出近似于丝绸般的肉蕾。扔进嘴里,嚼一嚼,甜味迅速渗透全身。我们把它当作零食,六七月的时候常常跑出村子去拔"毛针了",非得把两只口袋装满了才回来。有一次我把自己弄丢了,大晌午的时候我一个人溜到村外的沟渠边拔"毛针"。母亲找遍了村庄的角落也没找到我,急得眼含泪花,以为我发生了什么不测。隔壁的婶婶提醒母亲会不会去拔"毛针"。母亲边喊我名字,边抹眼泪,顶着白晃晃的阳光寻找我。听母亲回忆,她已经急得准备回去到河里捞我时,我突然从沟渠里传来"唉"的一声。母亲又惊又喜,本来打算打我一顿,后来忍不住抱着我痛哭起来。从那以后,母亲反对我出去拔"毛针",说是吃了它会流鼻血。我留恋"毛针"的甜,仍一次次偷偷跟着同伴跑出家门。

多年以后,我的中医老师告诉我们,"毛针"是俗名,白茅是它的学名,具有凉血、止血功效。

草,如果不长错地方,它可以朝自己的目标前进,甚至高人一头。那些长在屋脊上的、石墙上的,就有理由站在人们的头顶上。人们仰望的时候,连同那棵草也仰望了。草却慢慢低垂下来,贴着墙面,似乎羞怯了。

但,草总有长错地方的时候。

父母荷锄出门的时候,我知道草在正确的时间长在了错误的地方。庄稼长的时候,草也起劲地长。庄稼地里闪现着草,有的与庄稼挨着肩,有的躲在庄稼背后,还有的匍匐在庄稼地里,看上去恣意、烂漫。草以为自己跟庄稼是同一类的。一把抿着薄薄嘴唇的锄头,嚓嚓过去,草就这样从庄稼队伍中被清除出去。草似乎不长记性,隔一段时间它跟庄稼又站到了一起,父母再次荷上锄。

父亲曾经自学过一段时间的医学,把一本《农村赤脚医生手册》翻得稀巴烂。他反复对照里面的一些草药,从庄稼地、田塍间、沟渠边揪几把草来,认真研究它们的药性,还用晒棉花的簟晒这些草。母亲不以为然,认为父亲偷懒,不好好锄草,倒琢磨起草来。俩人的冲突不可避免。为草争吵,也许仅仅是我家。

后来母亲不知是吃坏了,还是着凉了,肚子拉得很厉害。半夜三更去敲赤脚医生的门,结果他出诊了。瞧着母亲不停地拉肚子,脸色越来越灰暗,父亲犹豫了再三,最终还是爬上了梯子,把搁在屋梁上的那只麻袋取下来,从里面掏出几把草,凑到昏黄的灯光下,仔细辨认后拿了其中一把。父亲用这束草熬汤后给母亲喝。母亲此时已顾不上,或者她根本没有看到父亲煮的就是她平时所厌弃的草,几口就把碗里淡褐色的液体喝完。父亲紧张地看着母亲,生怕有什么闪失,毕竟他是第一次"下药"。也怪,母亲喝过后只拉过一次,比先前隔几分钟上一趟厕所相比,病情不知改善了多少。父亲给母亲喝的原来是一种叫豆瓣草的草汁。这种草好长在田间小路,叶子像豆瓣,大的犹如一把扇子。跟着父亲,我也认识了一些草,如牛筋草、灯芯草、菖蒲等等。回到村时,我已人到中年,而它们还是那么年轻地长着。

　　说到草,我又想起另一件跟草有关的往事。我曾经有一个领导,他异常活跃于酒事,如果他在,酒桌基本上被他一个人的声音所笼罩。他的嗓子属于"高掼音",意思是声音高到一定程度就往下掼,如果他起声低还好,如果一高,声音就自动跑向假音处,像只雄鸭。他自己酒量好,主动喝一杯,然后劝别人酒。遇上别人不胜酒力,他就会说,你把我当稻草人啊。别人勉为其难时,他就像稻草人一样站在旁边,非得让对方把酒喝下。别人喝得跟跟跄跄,满面通红,像风中摇晃的稻草人。他觉得开心,舒服,拍拍肚皮,嘴喊兄弟,一边七冲八拐地朝外走,酒气弥漫了一屋。我总可不遏制地想象那些稻草人,似乎有人把它们从庄稼地上拔去,仍在田间,一顶破帽覆盖在头上,套在身上的旧衣服支离破碎,而它们或手举竹竿做挥舞样,或扬起手臂做投掷状。它们是草,它们有人样,驱赶麻雀,同时也吓唬我们,不敢去偷摘那儿的瓜果,三四个稻草人站在那儿,远远地,我们分不清谁是人谁是稻草人。稻草人属于乡村,跟无聊的酒事无关。它们至今还替我们守望着乡野。

　　我下村去的时候,看到一些老人靠着草垛闲聊,聊着聊着,他们打起了瞌睡。太阳暖暖照在老人的身上,也照在草垛上。

许是草的香气让老人的梦远了起来,他们的口角流下了涎水,亮晶晶的挂在脸前的衣襟上。他们凌乱的头发在风中轻轻飘着,像是一棵棵长在秋天里的草。我忍不住停下脚步,注视着瞌睡中的老人。他们也许为了庄稼跟草较了一辈子的劲,但老了却与草和解了,靠着草,用漏风的嘴巴闲聊着各自的生活,你可听,你也可不听,而草却在背后给他们撑起一堵墙。我晚年的草垛又会在哪儿?一想到这儿,眼泪扑簌簌地掉下来。

(原载《天涯》2017年第5期)

在虚拟中到达

范 晓 波

描 绘 上 帝

我意识到父母即上帝,是因为近些年来,周边一直有人在唠叨发福这个词而我充耳不闻,似乎它离我的距离,比月亮离我的距离还远。

有人揭露我晚上吃得比较少,近年还坚持游泳。我眯眯笑着认错,其实我做这些并非要和发福这个词过不去,我有时也乱吃乱喝不锻炼,和发福也没扯上任何关系。

有次在饭桌上被朋友夸张的演绎弄得难堪,就辩白了一句:我不多吃肉不是怕长肉,是不爱吃。就是天天吃肉也不会发福的。我爸就这样,活到七十岁还是标准身材。

然后,就从一圈人的眼神里发现了话语里的骄傲。

正是在那瞬间,我第一次明白中年不发福也是一种令人愤恨的天赋。

忽然意识到,我爸我妈在我身上贮藏了不少这样的天赋。

比方说身高。在平均身高不到一米七的南方,我从来没为身高犯过愁。每见一些矮个男生被增高皮鞋弄出怪异的走姿,就庆幸我妈当初选择了我爸这样的高个子而没嫁给某个矮个子远亲。比如说,我也庆幸我爸当初爱上的是能歌善舞的我妈而不是某个憨厚朴拙的农村姑娘,否则我这个羞于言谈的人怎敢当众放歌?

不不不,不能用这种颂歌体语言与逻辑罗列父母留给我的私货。我必须多运用一点我爸的理性以及我妈的自省,因为不少私货也令我自卑且难堪。

很显然,我身上的自私和粗暴一点不比我爸少。即便在恋爱期间,我也是爱自己胜过爱他人,就算是当了父亲,学会了不时充当爱这个动词的主语,但迄今为止,我仍没看见自己在这方面有质的飞跃,还总是试图以中性化的"自我"和"自爱"掩盖自私的本质。

如果有人觉得我貌似谦逊温和,那一定是在公共场所,走进过我的私人空间的人都知道,这厮自负得粗暴,缺少倾听的热情,缺少对不完美的包容和耐心,并因此喜怒无常,常因小小的不悦破罐子破摔毁掉一些大好局面,负面情绪总是比正面情绪多一秒钟。

更多的是无关优劣的气质型遗传。

敏感而文艺,这毫无疑问是我妈给的,我高中刚在报刊发表作品时,她主动认领了这份功劳:这点像我,如果像你爸,你一个字都写不出来,写出来也是干巴巴的。

我只是略有些困惑,我小学和初中写作文都极像我爸,怎么高中后突然就像我妈了呢?

可见遗传的线路是复杂而多变的,有时还会重叠和融合。

比如非主流择业观,比方说爱体面,这是我爸和我妈最一致的地方,恐怕也是他们吵了一辈子也没分开的症结。我妈做了一辈子教师,我爸兜兜转转许多年还是把职业固定在讲台上,还成为县里当年唯一的物理特级教师。

我虽没坚持当教师,履历表貌似驳杂,谋生法则其实和他们并无二致:以不求人为体面,以不被人求为自在。

我爸的幼稚和我妈的成熟在我这得到互补和融合。我有着很长的浪漫和幼稚期,中年后对人性的幽深与社会的繁复却豁然开悟。因为两种力量的相互掣肘,我没有从一个极端走向另一个极端。

比例搭配得不够好的是我爸的简单和我妈的多思。

我爸五六十岁后还会张着嘴看《西游记》《水浒传》之类电视剧并自得其乐,我妈就撇着嘴说:你爸头脑简单得像个小学生。

作为中学教师,我妈很少接触深奥的哲学和社会学原著,但她对人间事却有着极深邃灵敏的洞察。这让她的性情不可遏制地一步步走向忧郁和悲剧感。

最初我曾跟着我妈一起嘲笑我爸的简单,在我妈的多思多虑毁掉了她的健康后,我本能地向往起我爸的简单。

我近年最大的快乐,是不断在言行中找到我爸简单而乐观的影子,我要靠这心理暗示帮着自己远离心理的黑洞。

上帝造人的故事是基督徒的信仰,对于非教徒们而言,这上帝其实就是自己的父母。

意识到这点后,也理解了许多事。

比如励志者总爱说:三分靠先天禀赋,七分靠后天努力。可实际呢,成功者永远是十分之三或更少的那些人。

三七分的不妥之处是,把先天的禀赋和后天的努力二元对立起来。其实,凡能做到后天努力的人,也是基因里有了促成这努力的性格与能力基础,能努力本身也是一种重要天赋。它们实际上是一体的,就像一个药方里的两种不同成分。

懂教育的人都心知肚明,好学生大多不是被老师和家长管出来的,需要管和逼的,很难学到特别优秀的程度。

话说到这份上就太不心灵鸡汤了,甚至有点残酷。

基于对上帝造人手法缺乏全面了解,也基于我妈遗传给我的自我反思习惯,我必须给自己的观点留点活扣。作为上帝的作品,我们无法改写基因,却可以依据外部环境编写适合自己的运行程序。

这也是基因图谱相近的双胞胎却走向完全不同命运的缘由。

尊重上帝的基因设置,对人生进行合理规划是每个人都可能做到的事。那样,就能最大限度地削平上帝的不公平给每个个体带来的痛苦。所谓成功者和幸福者，不过是程序编排得最高效最恰当的人。

但是，这世上的矮个子想当篮球巨星的肯定很少，雄性资本不足却执意风流倜傥的男人却比比皆是。

这说明，读懂上帝的编码，仍是大多数人需要认真面对的课题。

从已翻译出的基因密码来看，我的程序编写难度远大于其他人，运行难度也是如此。我出生时难产三天三夜，差点害了我妈性命似乎就是警醒。这几年中年危机来势汹汹，不断把我逼向暗崖以探测终极底线，也是一种佐证。这使得我发自内心地羡慕大多数发福忧患者。

但我仍会对上帝的关照心存感恩。

上帝给了我漫长的青春期，给了我绵延至今的对抗孤独的骄傲，给了我对美与爱的强烈感知与渴望。

上帝让我即便在最深的绝望中，眼底也有隐隐的热泪。

虚构一张床

如果我要刻意安慰自己，就跟失眠者比睡眠。

这话透着底气，也略有些心虚，好像我是睡眠大师似的，好像我是我弟弟似的。

我弟弟当然也不是睡眠大师，我甚至不了解他每天的睡眠到底是不是貌似坚固的豆腐渣工程，我从没问过他。他弧线动人的脸型和光泽喜人的肤色应该就是答案，如果这些证据都会骗人，这世界的表里不一就太令人担忧了。

弟弟还有一项让我望尘莫及的本领，他的睡意像天使般无邪，即便在魔兽管辖的地带，也会安然降落。

那些在火车、公交车上酣然熟睡的面孔，不说是猛兽群里突然探出头来的梅花鹿，也像是岩石堆里开出的鲜花，令人意外，担心又感动。

我弟弟就有这本领，不管身边的岩石多拥挤多锋利多冰冷，他都能在它们的环伺之中安然小睡。有些时刻我也在旁边,困倦已把眼皮变成了两片沉重的破轮胎,但它们就是无法把我的思维关闭其中。

我比弟弟大四岁,不过在睡眠的本领上,同弟弟侧靠在火车靠椅上酣睡的红润脸庞相比,我至少要落后一二十年。

我不怎么可能在公共交通工具上入睡,和陌生人同居一室,也会遇上困难,总觉得那影子会拦在通往睡眠的路上。

睡眠的本质是放松。放松神经,放松血管,放松肌肉,只有把身体的硬组织、软组织所构成的零部件全部放松,才能达到休息和恢复的目的。

放松的过程是舒服的、甜的,后果则可能是苦的、危险的。

野生食草动物基本都是站着睡觉的,斑马、驴、鹿、长颈鹿等,猛兽和家养的牛羊则习惯于躺着睡觉。

基本可以肯定,前者的睡眠质量不如后者。它们一生也不敢贴着地面踏踏实实放松一次。据说马群在特别安全的地带也会让少数马匹享受一下躺姿睡眠。只是这待遇不知通过什么方式分配到个体身上呢,是轮流?还是关照羸弱者?或者像人类的某些族群那样让某些马享受特权?

站着睡和躺着睡的差异也映照着人的差异。

特别自信和被保护感强的人睡眠时会特别放松,处于弱势、安全感不强的人容易发生睡眠障碍。

身边有陌生人就睡不好,在乱世提防的是他人,怕人谋财害命。正常情况下提防的是自己,怕睡姿、呼噜、梦话破坏形象。

外公常从《水浒》和民间传说里找灵感,给我编强人潜入屋内行窃的故事,这导致我小时候每次睡觉前都要检查床底是否躲了蒙面人。他因此收获了不少恶作剧般的快乐。

我不愿和他人同宿一室,提防的正是自己。谁的形象经得住睡眠时的无限放松和敞开呢?

结婚前还因此遭到女朋友的误解与谴责:你跟我好却从不想陪我过夜,你不爱我!

中年之后,我仍会因需与他人合住谢绝一些笔会。别人的呼噜和自己辗转反侧时的响动都会把我拦在睡梦的门口。

这些足以表明,我和睡眠的关系只是过得去,离铁和亲密距离尚远。

我年轻时皮肤就不好,黄且有暗斑,这显然不是睡眠高手应有的表现。我只敢和那些经常睁眼到天亮的人比睡眠。

他们在自家卧室心里也像揣了许多小松鼠,必须服安眠片麻醉它们。

一开始我以为失眠的都是老年人,四十岁之后发现身边很多同龄人都有这毛病,每次见面就围在一起交流对付小松鼠的新办法。

有一次看资料,发现中国成年人失眠发生率已达百分之三十八点二,其中老年人失眠症人数高达百分之六十。

这时我就觉得,至少在睡眠的能力上,我还没出现衰老的迹象。正常情况下,我入睡的速度、深度和二十岁时几乎没有差别。几分钟内就能入睡,一般也不会被夜尿中断,也基本不做噩梦。早晨醒来就像充饱了电的手机,目光带电脚下生风。

这表明我的身体状况是不错的,也似乎能证明,我每晚睡前的精神按摩起到了安眠的作用。

这点我从未和任何人交流过,许多年来,晚上关灯后我都会在脑子里虚构另一张床,然后乘着它远离现实时空。

依据心情的不同,它被安置到诸多不同场景当中。

有段时间我爱虚构在亲人的聊天声中入睡的场景。

外公、外婆,父母和他们的朋友在床前围坐闲话。聊国家大事,家长里短,聊天气,聊某家主妇炒菜的手艺好,哪家的男人昨晚又打了女人。时节一般是冬天,烤火盆里坐着搪瓷缸,醪糟在搪瓷缸里噗噗冒着香气,他们的话题也像缥缈的热气,散漫且缓慢地散发,时而浓时而淡,最后把他们的身影和我的意识都弄模糊了。

这样的场景在童年不时发生。那时我被鬼故事折磨得心力交瘁,惧怕夜晚,更惧怕一个人走向黑暗。亲人的声音成为屏障,把我和鬼魅世界远远地隔开。

外公外婆逝去多年了,我现在怕的不是鬼魂而是活人,惧怕人性中一遇上合适土壤就茁壮生长的恶。我只有在虚构中才能重返那样的夜晚。他们的影子斜映在墙壁上,像是头顶上多了一层屋顶。一想起那场景神经就松弛下来,像紧绷了一天的橡皮筋,忽然失去张力回缩跌落在地。

有段时间我把床安放在一艘古代的木战船的内舱里,风雨不侵,船舱门口还安装了厚厚的棉门帘,寒风也透不进来。门边还有人把守,不用担心熟睡时遭行刺。大船顺着江水低速夜航,漆黑的江面白雪飞舞,室内炭火不灭,温暖如春。

我静卧木榻细听遥远的风噪和水波与船底温柔的摩擦声。

有时也把床安放在军帐的里间,外间是升帐议事的地方,火烛噼啪燃响,凸显着夜晚的寂静。值班的校尉睁着眼枕戈待旦。地毯把草地上的湿气和臭虫隔开,军帐外还有重重帐篷众星捧月般地拱卫。锯齿形远山之上的夜空高冷漆黑,一轮弯月寒冷如马刀。

就像窗外的风雨能让人备感被窝的温暖一样,这种虎口边的和平让我特别安心。

近两年,睡前去得最多的地方是一个远离城郭和现代社会的村寨,我无法确切描摹它的样子,因为它压根就没有确切过,我每去一次都要修缮一些细节。

最初在一座湖区孤岛上,和最近的村落也隔着几十里水面。我和数十户彼此友善的朋友一起在岛上筑寨隐居,平素以捕鱼、耕作为生,闲时读书习武,每季度派人外出置办无法自给自足的生活用品。

后来一想,岛对于湖来说是个太显性的存在,中国也没那么大的淡水湖,足以让人的视线忽略一个岛的存在,便将村寨挪到了某座大山中的一块大盆地。田地整饬,溪河清澈。宜农宜居。屋舍集中的区域以石墙围拢,防止土匪侵扰。

最重要的是,连接山下世界和盆地的是隐秘的一线天通道,一夫当关万夫莫开的那种,这才是盆地最重要的安全保障,山外人一般不知这个通道,即便发现,每日派五人在此值守就足以保证其他人高枕无忧。

这村寨的诞生,陶渊明的《桃花源记》和黑泽明的《七武士》都有所贡献。

每天晚上,我一点点修改丰富村寨的细节。有时把石墙改成木栅栏,有时把一线天改为天然隧道;有时让屋舍按徽派建筑格局摆布,中间设祠堂作为公共活动场所;有时又把全体居民安置进三座互为掎角的围屋中,之间暗设地道以备不时之需。

那近百户村民,我也一户一户加以想象落实,人丁部分来自现实朋友圈,部分来自嫁接和想象。这工程繁复而细致,是重点中的重点,实施多年仍进展缓慢,因我现实中可信赖的朋友从未超过二十人,每当我从山脚徒步穿过一线天,过桃林、水田、旱地,刚到石寨前,瞌睡虫就压倒了眼皮……一切只好留待明天。

这未完工的部分,也成了每天睡前最迷人的欠债,欠得越多,心里就越踏实。想还,但一点不着急,充分享受准备还债却一直没还净的快乐,还了这笔又欠那笔。像写长篇时每天收工时给第二天留的活扣;更像某些做生意的人,最慌的是手头没欠银行的钱,欠的钱越多,生意和人身安全就都越有保障。

以上是我能记起的若干场景中的几个,也是我能找到感恩对象的部分。许多年来,我给自己虚构过各种各样的床,它们像渡船一样把我载入夜色中最安宁最甜蜜的部分,然后自动隐退不见踪影。

它们填补了我性格的窟窿,让一个睡眠天赋并不很好的人拥有了富足结实的睡眠。

天赋不好,除了对环境过于考究之外,还有个例证,即便在自家卧室里,以上虚构仍有失效的时候。

如果第二天需修改生物钟起早去开会或赶火车,我也会沦为睡眠的弃儿。如遇上了特别喜剧或特别悲剧的事,我也像把一群小松鼠揣在了心里。我只有和它们比耐力,等它们累瘫了,才能慢慢入睡。

熬到朝阳临窗小松鼠还在蹦跶的情况也不是没发生过,我因此特别理解失眠症患者的痛苦和绝望,如果连续十多天都这样我也会想跳楼。

毕竟,跳楼比通宵和一伙小松鼠比耐心更容易些。

常有人说,活着都不怕,还怕死吗?

这话貌似夸张和玩噱头,对于睡眠崩溃的人来说,其实准确而形象。

睡眠的本质是放松,放松的前提是遗忘现实与自我。

跳楼是永久性抛弃自我。睡眠,则是不断暂别现实,回到现实,暂别现实,又回到现实……

一生两三万次地折返跑,哪可能程序一点不出现混乱?我想,所谓的睡眠大师,要么是智障者,要么是机器人。

只有这样想,我才能更彻底地安慰自己。

魔 幻 人 生

对于现实,梦是一种尴尬的补充。不可控,不必须,不可信,也不可全不信。这使得它面目诡异,处境微妙。即便周公和弗洛伊德这样的解梦大师,也无法对所有梦境自圆其说。那些与梦相关的成语把人对于梦境的复杂态度暴露无遗:美梦成真,南柯一梦,飞熊入梦,浮生如梦……

不过人类的意愿一点不影响梦在夜晚的蓬勃长势,美妙也好,尴尬也好,荒唐也好,就像人无法清除自己在阳光下的影子,人也无法改变梦境的寄生与伴行。

生命科学尚且幼稚,但科学家在这点上还是有把握的——多梦有害健康,完全无梦则肯定不健康,要么脑子受了伤,要么是发生了病变。

梦和意识之间的隐喻关系,梦对现实和未来的预言意义,是我们留意钻研的核心部分。

梦见发大水会发财,梦见自己被蛇咬是好运……人们总是选择性地摘取梦境有利于自身的寓意,只要不是特别凶险的噩梦,我们都能找到安慰自己的解读路径。

我在对自己不特别有信心时,也曾尝试去这种民间智慧里寻求启示和安慰,而自信一旦恢复或对未来彻底绝望,在梦的启示面前就无所畏惧了,对一切都能一笑了之。

与过于玄乎、摁倒葫芦又起瓢的心理解读相比,我更确信的是梦与生理的关系。

小时候常梦见尿急找不到厕所然后尿床;青春期梦见滚烫的女性身体然后遗精;梦见高空坠落或被追赶跑不快,结果证明睡姿有问题。那种意识清晰而手脚无法动弹的梦魇,被证明和睡得太晚时肌肉的放松与神经的兴奋之间失调有关,睡前拍打按摩后脑勺便会缓解。

那些过于离奇、混搭的梦境,不管是日有所思、所见导致的,还是潜意识中的欲望引发的,还是所谓神秘的暗示在敲门,我统统不期待,不抗拒,不深究,也不刻意记录。

还是那句话,我把梦境看作自己投在地面和水中的影子来接纳。

人届中年,该自信的部分牢固得像水泥碉堡,无法自信的部分脆弱得像太阳出山前的露珠。既然如此,一切顺其自然好了。

因不刻意记录,近些年做过的许多梦,像近些年度过的许多日子,我只是记得它们来过,却说不清它们的样子。

能记起的,是最近刚刚来串过门的,或是来的次数多的。

比方说考试,此类梦境一直从中学、大学往后延续,像薄瓦片在水塘上飞出的波痕,一波波地减弱,却几乎波及了大半个水塘。

三十多岁后这类梦渐渐少了,前段时间因要参加一次计算机能力测试,再次被它绊了一跤。

这次最焦虑的还不是考试本身,而是早起。

早晨八点半就要开考,住处离考场的车程顺利的话要半个小时,但那个点道路多半稠得像糨糊,功率再大的汽车都使不上劲,又没有地铁到达,为此最晚七点要出发,六点要起床,生物钟完全陷入混乱。

花费了二十多年时间才摆脱的恐慌又乘乱潜了回来。

前半夜支离破碎,后半夜薄若蝉翼。然后梦见离开考还有二十分钟,赶紧开车赶路,汽车却在半途变形成自行车,公路也变成山间小路。那山还从本市飞到了我二十岁教书的县里,离考场有数百里之遥。

可能是久病成医对这种梦有了一些免疫力,梦中就觉得事情也没多了不起,这种考试的合格证对我并非必需品,一切说不定还是个梦。只是忽然想到手里还拿着一位朋友的准考证,我可以放弃人家年轻可耽误不起,然后拼命踩踏自行车。

第二天一早,我提前半小时到达考场,那位朋友开考后二十多分钟才赶到考场外,不紧不慢打电话叫我拿准考证去门口接人,说是昨夜玩得太晚了早晨起不来。

中年后的梦境,比过去多了人际交往的内容。

刚做了一个梦,白天一直犹豫着说不出口的拒绝的话,在梦中极其自然地说出了口,地点回到了朋友年轻时教书的中学,回到了我去做客并吃过饭的小瓦房,炭火还在炉子里红艳艳地燃着。朋友并未因我的不便帮忙而生气,一直陪着我在蛙声弥漫的山路上散步,因我穿着绒拖鞋,路过一处水洼时他还背了我一下。他个子比我小,这举动让我感动良久,抬眼望天,星斗亮得像是无数银钉。

他问我最近写了什么作品没有?我说不想写了,下半辈子准备画画,一辈子只干一件事太遗憾了。这确实是我近期时常想到的命题,只是并未对人谈起过。我一直爱绘画超过文字。

对我不友善的人也偶尔会梦见,梦中我们居然抱头痛哭,我掏心掏肺地表达善意和相互爱护的愿望,对方也用言辞响应,就像一些人醉酒后的表现。

四十岁后我体会到每个人在生存面前的卑微与艰难,也理解了各种迥异于自己的人生选择。我一年比一年宽容温厚,不愿以骄傲的观点伤害他人,甚至不愿自己的才华伤到他人。见别人难堪比自己遭遇难堪还难受。更不想与他人为敌,万一形成了我的存在对他人就是伤害的死局,也尽量通过行动释放诚意减低伤害的程度。

但我从不酗酒,更不可能和同性互抱肩膀流泪。梦中的场景把我自己都感动了,醒来仍心里暖暖的久久不能出戏。

异性偶尔也会梦见,不过从来不是陌生人,是现实交往中对我特别友善的好朋友,因这年头男女关系的俗套和不堪桥段太多,我特别珍惜那种清纯的关系,以至于彬彬有礼得近乎生分,生怕杂质会玷污交往的纯度,即便面对比自己小很多的异性朋友,我都尊重多于亲近,不乱开玩笑,不主动走近对方的私人空间,也不在交往中凸显过多的性别色彩。

我明知有些矫枉过正,让旁人觉得无趣和虚假。只有在梦境当中,对他人和自己的戒备才会完全消失,朋友有时会突然摇身一变成为亲人。

这些年重复频率最高的梦,都和母亲有关。

母亲离世后的这六七年,每年都会梦见她许多次。场景在我们共同生活过的多个地方不规则地切换,人物也多是家里的亲人。父亲、妹妹、弟弟他们都会以配角的方式轮番出场。

她刚去世那一年梦得倒少,之后就频繁梦见。在我小时候住过的黑瓦平房、青年时住过的县中宿舍楼和中年后我自己的小家里。

在陌生地方见面的梦境并不多见,唯有一个场景历时四五年仍历历在目。

那次见她在国外一个阳光泛滥的热带小岛上,岛上的居民懒散惬意脸上都盛开着笑意,不像是靠拉网捕鱼谋生的土著,都像是去观光度假的游客,衣着鲜艳,气质新潮。我穿过人群找到她,她说在岛上很舒心,有好些朋友。

不知是她不愿意还是别的什么原因,她没跟我一起回来。

我傍晚时乘坐最后一班长途飞机飞回,庞大的喷气式客机居然是从松软的沙滩上滑行起飞的。飞机飞起来后,我望见那岛是弧形的,像是远在地球边际的一抹金色的地平线。

在其他的梦里,总有一个核心情节反复出现。她的面庞完全恢复了生病前的饱满。我每次见她都开心地叫:妈妈,你现在不是好起来了吗?脸上都有肉了。然后用目光向身边的妹妹等人求证。他们也都点头确认。

她手术后消瘦得太厉害，而她恢复体形的愿望太强烈，因为体重和健康指数呈正比关系。那些在现实中始终没有发生的事，在梦境中不断得以实现。虽然每次醒来都很懊丧失落，梦中的惊喜却依然让我眼湿。

　　在梦境里，我居然从未见过她病后的样子，她永远是病前的模样，生活也仍像从前那样和平美满，质地闪亮。

　　我能想象心理学家对这些梦境的各种解读，对此我并无了解的兴趣。

　　按照睡眠专家的检测，人类每个夜晚都会做二至六个梦，大多数发生在意识尚存的异相睡眠中，少数发生在睡意更浓的正相睡眠里。

　　人一生在睡梦中度过的和在现实中度过的时间其实是差不多的。

　　既然如此，为什么一定要把梦看作意识的衍生物而不把它也视作一种人生呢？我们在梦中付出的心跳和泪滴与白天并无什么不同。

　　如果再有点庄子的执念，凭什么不能把所谓的现实看作梦中那个自己做的梦呢？只是这个梦太遵循逻辑和现实主义创作手法罢了。

　　我更愿意这样认定，我们所谓的梦境，其实是我们的另一个风格更魔幻的人生。

（原载《人民文学》2017年第6期）

才艺这回事

裘山山

今年4月1日那天,我本想在朋友圈儿发一组照片愚一下大家的,就是把我拍的风景照用软件做成油画,骗大家说我最近在学画画,今天选几幅作品给大家看看。肯定能骗几十个大拇指。后来终因缺乏勇气而作罢。

之所以想到这么个恶作剧,实在是对那些又会写又会画(又会这又会那)的人心怀嫉妒。真是这样,我认识的作家里,才艺两栖的比比皆是。首先有好多会画画的,油画、国画、水粉画,个别人还会少见的漆画;画画之外,有不少作家书法很棒,写出来就可以裱了挂墙上;书法之外,还有作家善乐器,还有作家会跳舞,还有作家歌声曼妙,还有作家围棋上段位,还有作家乒乓水平可以参赛,对了,还有作家动辄马拉松。说起来,那才华都是横七竖八的。可是我呢,除了对着电脑敲字,啥才艺也没有。

不是妄自菲薄,我真是没有任何文艺细胞。唱歌不会,跳舞不会,乐器不会,画画更是找不到北。体育也很差,跑不快,跳不高。就连跟朋友出去玩儿,在野地里撒个欢儿,我都没别人蹦得高。可以用上一句狠话——笨到家了。

原本想把这个责任推到老爸老妈身上的,遗传基因嘛。可是,我姐会跳舞,在中学里参加过校宣传队。而且,她还会画画。一个爹妈生的呀。那么,只能归到我自己身上了,问世时太着急,把文艺细胞落在前世了。

为了不让自己过于自卑,我细细梳理了一下前半生,好像还是找到些可以称之为演艺生涯的往事,或者说,还是从事过文体事业的。敝帚自珍,一一道来。

读小学时赶上"文革",所有人都疯癫癫的,我们学校也不上课了。家长们怕我们跑到外面去惹祸,就把我们组织起来,在单元门口排练节目,好让我们每天在他们眼皮底下多待会儿。姐姐领头,大家有跳舞的,有吹口琴的,有唱样板戏的,就我,啥也不会。只好安排到集体舞里混,跳《我爱北京天安门》什么的。我就左手左脚地跟着大家跳,到结尾一句,"指引我们向前进",一个人就站到另一个人腿上手指前方集体造型。那个手指前方的人就是我,不是我姐开后门,是因为我在里面最瘦。于是每次跳舞我就盼着最后那一下,成为中心人物。

这个,算是我早期的演艺生涯,应该算演过主角吧?

小时候所有课里最怵体育课。每每体育课就找各种借口请假,鞋带断了,肚子疼,腿抽筋儿等等,轮番使用。幸好,父亲所在学院有个游泳池,我成天去水里玩儿,学会了狗刨(好歹挽回一点面子)。进初中第一年,学校组织篮球联赛,每个班都要参加,女生也要组队。我们班讨论组队时,有个女生说,班长参加我们才参加。班长就是我。说这话的女生年龄比我大,个子高,会打篮球。但我得罪了她。那时候学校要求每天下课跑步,我看她连着两天不跑就去批评她。她很骄傲地说,我有特殊情况。我当时才12岁,不懂,就说你有什么特殊情况?你明明在玩儿。她撇嘴说,懂又不懂,还来管我!所以她提出"班长参加我们才参加",分明是要为难领导干部。领导干部只好说,参加就参加。

于是从没摸过篮球的我,就直接参赛了。上场之前,我对篮球的唯一了解,就是要把球投到篮板上那个网网里,其他的一概不知。我们班几个女生一上场就来劲儿了,朝气蓬勃的,奔跑不停,我就跟在她们屁股后面,她们往东我往东,她们往西我往西,累得气喘吁吁。十几分钟后高个子女生忍不住喊:换人换人!然后她走过来对我说,算了,你还是下去观战吧。我如释重负,张着一双白净的一次也没碰到过篮球的手下了场。直到整个赛程结束,她们都没再要我上场。

但好歹,我也算参加过赛事。

器乐方面,我也不是一张白纸。我父亲有位同事,也是工程师,姓梁。我叫他梁伯伯。他妻子孩儿都在北京,他就经常来我们家改善伙食。次数多了有些不好意思,有一个周末来吃饭时,就拿了把二胡。进门说,山山我给你买了把二胡,有空学学。我很兴奋,当即开始拉,吱呀吱呀的十分刺耳。我妈妈眉头紧锁,当着梁伯伯的面又不好说,就让我赶紧去帮她洗菜。梁伯伯走后我妈跟我爸吐槽说,这个老梁,买什么不好买把二胡?还不如给我们买几斤鸡蛋呢(据说那二胡五元钱)。以后我一拉二胡,我妈就各种打岔,我自己也觉得很难听,吱呀吱呀的,像挑扁担的来了。新鲜了两天后,就钉了个钉子挂到墙上了。直到我们搬家走还在墙上。

但好歹,我也算摸过乐器了。

读高中我继续当班干部,七十年代竟然也是分数挂帅,只要成绩好就当班干部。学校举行歌咏比赛,我们的音乐老师属于比较小资的,在无数的革命歌曲里,挑了一首有些难度的歌,四分之三节拍,旋律很优美。我至今还记得那几句唱词:幸福的伽耶琴在海兰江边激荡/热烈的达甫鼓在天山南北敲响/欢快的芦笛吹奏在槟榔树下/深情的马头琴回响在内蒙古草原上……

既然是合唱,就需要一个指挥。同学们都说不会(肯定不会嘛)。于是领导干部又被揪出来了。老师指着我说,你来。我真是吓得不轻,脸都吓白了。老师说,不要那么紧张,下课到我房间来,我教你。

下课后我就去她房间,她先给我讲解了指挥的作用是什么,然后讲解了什么是四分之三拍。我懵里懵懂地看着她,估计比文盲直接读博士还要懵懂。她放上音乐开始教我,我举起两只僵硬的胳膊在她的指导下比画,无论如何也画不到点子上。老师叹气,忽然问,画三角你会不会?我点头说会。她说,其实这个节拍就是画三角形,你看,她在空中给我比画:哒哒哒!一二三!一二三!哒哒哒!哦,我好像找到了一点儿感觉。老师说,记住,等过门儿完了,一开唱"江山万里"你就给我画三角形。不要太快,也不要太慢,明白了吗?

于是歌咏比赛开始时,我就站在台子上,面对全班四十多个同学,画了十几分钟的三角形。当然,我们班啥名次也没得到。下来后有同学小声叽咕说,我根本不看她,一看她就要唱错。

羞愧难言。但好歹,也算是当过指挥了。

当兵,连队开晚会,人人都要表演。我看躲不过,就和我们分队的一个北京兵一起,朗诵了一首诗。是什么诗,怎么朗诵的,已毫无记忆。但我写信告诉了父母,信上说,我们的诗歌朗诵受到了战友们的称赞,战友们说我有文艺细胞。

战友们真的很宽容。

上大学,八十年代,校园里生机勃勃。我经常在去图书馆的路上,去食堂的路上,听到吹口琴的声音、拉提琴的声音、弹吉他的声音。于是也想学个啥。咨询了一下,大家说吉他好学,不需要童子功。我就跟父亲说了我的愿望。父亲寄钱给我,我买了一把红棉牌吉他(三十五元)。但从买来到毕业,我就用它摆拍过两次照片,一次也没认真学过。我妈还用厚实的方格子布帮我缝了一个吉他套子,我把吉他装在那个套子里,带到第一个工作单位凤凰山,再带到第二个工作单位北校场,然后结婚成家,始终没见过天日。儿子上高中后表示想学吉他,赶紧送给儿子了。

实在是对不起爹妈。但好歹,也算是摸过两种乐器了。

但是,如同体育方面再不济我会走路一样,表演方面再不济我会说话。所以,我终于有了一次成功案例。你们想想,要没有一次成功案例我能写这篇东西吗?就靠这最后一子把一盘棋救活呀。

大学毕业时,我们年级为了纪念四年的大学生活,排演了一出话剧。我被迫参加,并分配扮演女二号,一个性格古怪的没有男朋友的大龄女班长。虽然很不情愿,还是努力去揣摩一个老姑娘的心态,自己设计一些动作,设计一些语气和神情。刚开始上台时，我总是犯傻，不是忘词，就是被其他同学逗笑。后来慢慢适应了，能跟上大家节奏了。但始终觉得只是应付而已。直到某一天，省话剧院一位老师前来指导，老师指着我说，那个女生不错，有潜力。

我简直惊呆了。

不只是我，所有人都惊呆了。因为没人觉得我演得好，我的声音很小，他们总说听不清。老师接下来说，在戏剧表演上有两个体系：一个是斯坦尼斯拉夫斯基体系的，主张体验；一个是布莱希特体系的，主张表现。这个同学属于后者。其他同学多为前者。虽然各有千秋，但我个人还是更欣赏布氏的表现型。

原来，我不但有潜力，还属于高大上的布莱希特体系！我兴奋得简直找不到北了。

但遗憾的是，本演员的嗓门儿太小，用行话说，音域太窄。排练时感觉不明显，正式演出就不行了，无论我怎么努力，下面都听不清我的声音。那时候又没有什么好的音响设备，全靠天然嗓门。就因为这小细嗓子，葬送了我的艺术生涯。想演话剧，管你是斯氏还是布氏，先得有副好嗓子啊。

从此我没再上过舞台。

文章写到这儿，我接到了《小说月报》编辑部的函，希望我向读者回答几个问题，其中一个是，除了写作之外，您最希望拥有哪种才华？哈，正好戳到我的痛处了。我回答说，除了写作之外，我哪种才华都特别想拥有。唱歌，跳舞，弹钢琴，拉小提琴，画画，书法，等等。尤其唱歌，我经常想我要会唱歌多好，有事无事唱一唱，既有利于身体健康，又能振奋精神。但我实在是太缺少文艺细胞了，打小缺失。之所以前半生一直在老老实实写作，这也算个重要原因吧。

这么一想，就想到了缺少才艺的好处。甚安慰。

（原载2017年6月2日《文汇报·笔会》）

土离我们还有多远

鲍尔吉·原野

行走的风景

草原上的风景并不会行走,即使秋空的云朵也不易流散——孤悬于海子一样湛蓝的天幕,远远地羞涩地打量我们这些闯入者。云的样子一如牧区的孩子。听到吉普车的马达声,这些孩子像羊粪蛋似的滚出来,三五成群聚在一起。他们远远地观察着外来人,眼睛眨也不眨,用牙咬着衣襟。

在草原上,行走的是我们乘坐的吉普车和面包车。草原上的山形水势,造就得浑然大气。眼前的一座山,在草色的金黄中矗立起来,可以驱策坐骑一口气跑上山顶。这样的山自然不崎岖,也不勉强。草原上的景物无一样在眼里看着勉强。河流像一条镀银的鞭子曲折而来,草地在秋风中苍茫而去。所谓山——其实是丘陵,只在草地的背景下起伏而已。若在黄昏,天空将暮色像铁锅一样罩在草原上。在弧圆的天边,如有火烧云,地平线上便翻腾熔流的金汁。如宁静无云,天幕则一派澄蓝,浮几粒金星,天地之交是白茫茫的光带。

在草原俯仰天地,很容易理解生活在这里的人为什么信神,为什么敬畏天地。人在此处是渺小的。在暮色中,你若发现一个牧归的人在行走,那个移动的剪影,无异于一株树、一头不关四季变化的狼或狗,或如帕斯卡尔较体面的说法——人是一棵会思想的苇草。站在草原,会感到这里的主人绝不是人,而是众生。你能够理解,蒙古人赶着羊群漫游,人与羊那样和谐,已然融为一体。在天地威重的注视下,人仿佛不敢凌驾于其他生灵之上。外边的人还会发现,居于草原深处的蒙古人为什么谦逊,即使高龄的老人也很卑微。在他漫长的一生中,骨子里浸透了天的辽远和地的壮阔,他只能缩紧筋骨劳作,仰仗天地活下去。最好的人生姿态莫过于谦逊。你如果仰面躺在草地上,咬着一根草茎痴望高天,这时有人走来向你皱眉瞪眼,宣布指示或发脾气,你会觉得他的举动古怪、可笑以至于软弱。这里只能顺应天地,而无法在天地的睥睨之下树立所谓人的权威。因此,在草原上无法开展"文化大革命",因为人的力量过于单薄,缺乏天安门广场那种人头攒拥,也没办法群情激奋了。克什克腾草原,任何一个嘎查(生产队)的草场都比天安门广场辽阔。在牧人的眼里,朝岚暮霭,流年丰歉,山高水低,人世悲欢,必由一只比人的手更有力的手、比人的脑更深远的脑在安排。

有关神的事迹或心迹,蒙古人并不热心追问。不像在实证主义影响下的西方人到处探听挪亚方舟在哪里,耶稣是不是真的复活了。蒙古人目睹了眼前的秩序,以为是大道,便默不做声了。这种顺应,使他们的人生观更近于老子的哲学。草原的景物,熔铸了蒙古人浑和自然的个性,蒙古人也给草原的天廊地辐贯注了懒散厚重的心思。可以说,江南园林全由勉强而来,炫耀着人的机巧,因而那里精明的人们常常恨自己不够精明。精明的结果是更多的钱或名。在草原,钱只是天地手指缝漏下的微不足道的副产品。老天爷垂爱施舍些雨水,草儿长起来,牛羊肥了,牧人就有日子过。

一辈子生活在白云底下

我离开老家好多年,有时遇到别人的探询:你老家什么样子? 到处都是草原吗?

我答不上来,迟疑,不知从哪儿说起。

我迟疑,是由于草原没法描述,它宽广而且单一。草原静得好像时间都在打瞌睡,低头看,一朵小花微微摇摆,像与别的花对话,蚂蚱随人的脚步弹到半空。回头看,人的影子被拉出两米多长,这是早晨。躺在地皮上的老鸹草的蓝花在见到阳光之前还不肯开放。

说草原,谁都说不流畅,只有旅游者才会说出一些观感,就像说大海,怎样才能把海说清楚呢?给每朵浪花做上记号,便于你的讲述吗?海边的人说不清海有多少朵浪花,每朵浪花长什么样。像吉尔博特说的:希腊的渔人不到海滩嬉戏。

草原在每个人心中都不一样。对家在草原的人而言,它是故乡,而非旅游区。草原于我,是一团重重叠叠的影像。想到马,马在奔跑的马群里转身,鬃毛挡住偏向一旁的头颈。想起四胡,蒙古人的英雄故事从四胡的弓弦声中款款而出。说书的屋子有漆黑、漂着茶梗的红茶缸,旱烟的雾气缭绕着牧人一张张倾听的脸。说书人惯用嘶哑的嗓音,像上不来气,医学称为呼吸窘迫或肺不张,而他有意如此,嘈杂的琴声接上他后半截的气。我想起冰凉的洋铁皮桶里的鲜牛奶;想起天黑之后草叶散发的露水的气味;想起饮水的羊抬头叫一声,嘴巴滑落清水的亮线;想起草原的夜晚真黑,人像被关在带盖的箱子里;想起马,桩子前雪青马的蹄子踏出新鲜的黄土。

这些记忆像解体的卫星碎片在大气层里茫然飞翔,没办法把它组合成完整的故事。我能跟问我的人说这些事吗?别人听不懂。还有磨出好看花纹的榆木炕沿,漂在水缸里终年湿沥却不腐烂的葫芦瓢,小红蜘蛛正在房梁上拼命奔跑。

我读过一篇国外语音学家的文章,说结巴是因为元音和辅音急于一起冲出来,结果堵车,谁都出不来。我对草原的印象也像一个口吃者——印象的雪球堵住了大门。

今天我对草原的记忆只剩下一样东西——云。地上的事情都忘了,忘不掉的是草原无穷无际的云。骑马归家的牧人,挤奶的女人,背景都有云彩。清早出门,头顶已有大朵的白云,人走到哪里,它追到哪里。

老家的人一辈子都在云的底下生活。早上玫瑰色的云,晚上橙金色的云,雨前蓝靛色带腥味的云。他们的一生在云的目光下度过,由小到大,由大到老,最后像云彩一样消失。云缠绵,云奔放,云平淡,云威严,云浓重,云飘逸,云的故乡在草原。在异乡,我见到的最少的就是云,城市灰蒙蒙的雾气屏蔽了云。偶见零散的白云,一看就是进城串门的乡下云。有一次,我跟大姑姥爷到林西县拉盐,我躺在牛拉的木轮勒勒车里睡觉。大姑姥爷突然停车,拉我起来看。我问看什么?他指着天:那两朵云彩打起来了,像摔跤一样。我看去,两朵云立在天边,如决斗。他坐下抽烟,乐。看云打架比看人打架文明。他跟我说话间,云没了,大姑姥爷很惋惜,把烟袋锅掖进裤腰带,连吐几口唾沫。那年我七八岁,他七八十岁。大姑姥爷跟猫狗说话,跟豆角说话。他曾说,每个死去的人都会被云接走。他告诉我望云要带敬意。云打架让他乐了,露出光秃秃的牙床,像掰开的西红柿一样。

走马阿鲁科尔沁

我和云登骑马在草原闲逛,我骑亚麻色白鬃的黄马,他骑杂花马。今年雨水好,草原一下子把五年的草都长出来了。我俩互相看,像各自坐在马的小舟游在草海。马头一颠一颠,草叶和野花划过马肚子。草香从鼻孔钻进身体,在血里溜达,人的脸色看着红扑扑的。这是青草汁液与阳光调和的香气,有舒缓广大的甜味。呼吸吧,让肺在这儿享享福。

前面的草丛摇动,走近,见到一队人拨草前进,有男有女,像一家人。他们手里拿着小煤气罐、折叠桌,牵着羊。草没过了他们肩膀,两辆越野车被草遮掩。一问,知道他们野餐来了。再交谈,我吃一惊,他们从北京开车来的。北京—河北—赤峰—阿鲁科尔沁旗,有雅兴。

一位头顶大铝锅的北京男人说:"我们找有泉水的地方支上锅,炖肉。遍地野葱野蒜野花椒,采点往锅里一扔,齐活。"他做个陶醉的表情,拍拍衣兜,里面装着扁瓶小二锅头。

太阳升高,小黄马脖子上沁出汗珠。我们来到一座树木翁郁的山下,云登说这个地方叫百兴图,蒙古语为有房子的地方。房子不稀罕,我在山脚下看到两口辽代古井,石砌的六棱形井口,这个稀罕。拿辘轳舀点水饮之,没想到在这儿喝到了辽水,甘冽。井边有三块长方形石头砌沿的菜畦子,云登说这是辽代留下的菜地。啊,人家辽代就开始吃菜了。我揪一片碧绿的小白菜叶丢嘴里,没吃出辽代味道,还是菜味。在这个旗的博物馆,我见到辽代白釉穿带瓶和紫釉鸡冠瓶,从本旗耶律羽之家族墓出土,被定为国宝。手抚辽井和辽菜畦子的石头,想象契丹人汲水收菜。大野苍茫,觉得这里比文物更有古意。

马拴榆树上,我们俩登山看洞。云登说山腰有九个洞,他领我进的是凉风洞。进洞底,身上凉意彻骨。云登从防雨绸兜子里掏出一把鸡毛,取一根放地下,那有自然形成的石孔,鸡毛飘飘忽忽飞走了。云登说,这地方自古以来就冒凉风。我拿一根红鸡毛试之,鸡毛扶摇上举,也上天了。想起毛泽东为河北省一家农业合作社写过的按语——"谁说鸡毛不能上天?"真上天了。他一根我一根,我俩蹲着把一兜鸡毛全吹跑了,好像这个洞里来过狐狸。昨晚上,云登特意杀了一只鸡。

出洞绕到山的西边看,山下风景太美啦!无边的大草甸子,分布几十个湖泊,大的约几亩,小的一间房子大。草绿湖清,鸟群翔集,湖面浮着小块蓝天白云。云彩从这个湖飘到那个湖,越洗越白。丰饶的地河在草原底下牵着手,举起这么多湖泊,吸引小鸟飞来跳舞唱歌。

我和云登走了十多里路,见到村庄。他说:这个村里有好东西。我问:是每家屋里都冒凉风吗?他笑着摇头,说你去了就知道了。走进一家院子,窗前拴着十多匹马,停着一排摩托车。我们上屋里,见炕上炕下全是人。扎头巾的妇女、端茶缸子的老人、站立一厢的儿童们把目光投向坐在沙发上的人。这个人身穿绲金边蓝缎子蒙古袍,手拉四胡,正说蒙古书。

一问,这家遇喜事了,儿子考上医学院,请说书艺人庆贺,就像汉族人逢喜事请戏班子唱戏一样。

小时候,我爸领我到六道街的蒙古说书馆听过蒙古四胡说书。一间大青砖瓦房,屋里放十几排板凳,供应奶茶瓜子,听众满座,听艺人说书。当时我看到满屋子屏息凝神的脸,时而欢笑,时而悲戚。屋顶吊着煤油灯,这些面孔陷在深深浅浅的光影里,如雕塑一般,十分生动。蒙古四胡说书又称乌力格尔,是艺人拉琴唱着说的,押韵,是优美诗篇。唱词叙述传奇故事、神话人间,宣扬惩恶扬善、有情人终成眷属。许多艺人喜欢以嘶哑的烟嗓行腔,与四胡浑厚的琴声相契,东部的蒙古老百姓对此十分着迷。我曾祖母上通天文、下晓地理,后来我知道她的见闻主要是跟"胡尔奇"(说书艺人)学到的。

书说完,村主任巴图让我和艺人一起到他家吃饭。在他家又见到了五六个说书艺人。我问巴图:村里为什么来这么多艺人?巴图说咱们村有两户人家孩子考上大学、一户人家房子上梁,请了三位说书艺人。那几个年轻人是艺人徒弟,学艺呢。

杯盏一番,几位艺人接着说书。穆日根说蒙古族史诗《江格尔》,雄浑悲壮,有如大河在月色下奔流。却金扎布说《薛礼征东》,唱词里有"薛礼上炕呀喝了碗奶茶,吃两块奶豆腐点点心"这样的妙句。乌力格尔的特色之一是好多作品说的是汉族故事,如《隋唐演义》等等。这时,我心里有一个问题,乌力格尔是口头文学,是师傅一句一句教出来的,我以为早就失传了,怎么会冒出这么多艺人呢?

巴图告诉我,他们是旗里民族职教中心的学员。这所学校连着办了好多届说书艺人培训班,还在办。

我很惊讶,好像行走中闯进一个藏珍宝的山洞。眼前这些身穿华丽蒙古袍、口若悬河的艺人,原来是种地、放羊的牧民,如今成了艺术家。让人感动的是他们把祖先原汁原味的文化带到牧民的身边,这些文化是琴声,是赞颂与喟叹,是旱烟和红茶的混合气味,也可以是"薛礼"。全球化所向披靡,有多少文化已成绝响?好在阿鲁科尔沁旗还留存民间文化的种子,在百姓身边发芽。

下午,巴图把我们送到阿鲁科尔沁旗民族职教中心,校长张勤领我们参观了学校建立的"胡仁乌力格尔艺术展览馆",里面陈列着与蒙古四胡说书相关的乐器、艺术家照片和文物,记录这一门艺术的源流。这个展览馆全国唯此一家。我们又听了培训班的一堂课,老师是从吉林省聘来的发证的民间艺术大师,20多名学员来自阿鲁科尔沁旗、库伦旗和科左后旗等地,都是年轻牧民。老师讲授用四胡模仿风声和马嘶声的技法,又讲了演唱与演奏之间的旋律对位关系。

张勤是全国五一劳动奖章获得者,他介绍说:乌力格尔是流传于东部蒙古族地区的大型口头文学艺术,有几百年历史,这几十年间衰落了。学校出于抢救保护的考虑,建立了一个乌力格尔即蒙古四胡说书的传承教学基地,开办培训班,组织研讨会和田野考察,培养了一批学员。学员们开始在通辽、北京、呼市等地的蒙古文化演出场所演出,更多人在牧区演出,也有学员上电台录音了。张勤说,全国现在会说乌力格尔的就那么几个人,再不薪火相传,这门深受老百姓喜欢的宝贵艺术就消失了。楼没了可以再盖,树没了可以再栽,民间口头艺术要是没了,上哪儿弄去呢?有多少钱都买不来。

他说话间,我脑子里仍然回响着那些优美的旋律。在牧区,成为一个艺人就成了牧民的偶像,走哪儿都有崇拜的目光。这些学员是幸运的,在这里免费学习说书艺术,不光学到一门技能,还传承了文化。

第二天早起跑步,我看见一群蒙古牧民在天山镇边上的枣树山脚下祭敖包。他们给敖包献上了石块、奶食品、酒和鲜花,他们虔诚地一圈圈移步转诵。男女老少,肃穆虔诚,远看如一幅油画。祭祀的时候,他们的心浸在文化里,每个人都情愿沐浴在自己的文化河流中。文化表面看是艺术样式,内里是族群的心灵滋养,是他们与外部的沟通,就像湖水和草原之间的共生关系。我心里想的是,让乌力格尔鸡生蛋、蛋生鸡,牧民们想听就听得到,像我小时候看到的满屋子那片生动的脸庞。

土离我们还有多远

花日村在大雁山的后边。"花日"就是花儿,蒙古语"花"的音译。这个词也是对汉语的借用。蒙古语中,"花日"是花,"讷日"是名字,"觉日"是画,"怒日"是脸蛋子,"夏日"是黄,"穆日"是脚印,"海日"是珍惜,都好记。

为什么叫花日村?我问吉雅泰。

花日是外号,这个村的人爱种花,实际上叫大雁村民组。吉雅泰回答。

花儿——大雁,这些名字都好听,纯朴而遥远,以后人们会离它们越来越远。沈阳航空博物馆附近有一家"大雁肉烧烤店",我看了——心情怎么说呢——无论人类遭受到怎样的旱涝灾害,都不必去怜悯,他们曾经对动物这么无情。

我们走上大雁山顶往下看,花日村没什么花,每家门口有三四棵柳树。房子没铺瓦,屋顶的泥巴被太阳晒褪色了,燥白。土埋在地里原本都是新鲜的黄色,土也氧化了。进村,见每家窗下摆四五个木制箱子。不是蜂箱,是花箱。

冬天卖橘子的木制包装箱,里边垫一层塑料布,盛土栽花。

这些土可了不起。吉雅泰说,草原没有土,是图卜勋老汉套驴车从外地拉来的土。

草原没有土吗?这真是个奇怪的说法。广阔的草原怎么会没有土呢?草原难道是塑料的吗?然而,草原真的非常缺土,或者说绿浪翻滚的草原只有薄薄一层表皮的土。这层土珍贵呀,它是无数青草用根须编结的半尺厚的土毡,是草原的衣裳,下面的流沙无止无休。鄂尔多斯草原水草丰美,它也是央企主力煤田的所在地。《半月谈》杂志 2010 年第 10 期报道:"那里有上湾、榆家梁等千万吨级的矿井,高管每年拿几十万元的工资。采矿的结果造成地表塌陷,植被枯死,水源渗漏,土地不长草"。没土了,怎么长草?煤矿开采区的牧民背井离乡,生活穷困。煤采完,草原失去黄金般的土,将变成永远不适合人类和动物生存的无人区。

蒙古人珍惜草原,包括珍惜这一层薄薄的土,它是草原有血有土的皮肤。剥掉这层皮,草原就死了。祖祖辈辈鲜花盛开的故土,死在了 GDP 上。GDP 变成了剥皮抽筋的代名词。野花在草原盛开,野花只用它自己脚下的一盅土。它怀抱自己的土,死后又用枯萎的枝叶填充自己用过的土。除了土,野花一生什么也没有,它们知道报答。

牧民们不挖草原的土栽花。草原的花儿比海洋的浪花还多,还需要在自己家里栽花吗?要想栽,自己去弄土吧。就像花日村每家门前摆的木箱子,土像在河床里那样细腻,挤在木箱里,举着娇艳孤独的花朵,如礼物。

图卜勋的家住在村子最东边,比别的家低矮。屋顶西北角已经露天了,还没用泥抹上。门口大鹅叫,老人猫腰从门口走出。他身高一米八多,开口笑,两撇灰胡子从上唇垂下来。

看花来了。吉雅泰说。

嗨,都是乡下的花。图卜勋双手在裤线上蹭。他的花木箱放在窗台上。一箱秋海棠,个头矮小,紫红的花瓣像蜡做的。一箱三色堇,也叫猫脸花,每朵花上有蓝、黄、白三种颜色。还有一种花的茎像注满了水,躺在土上不起来。它的叶子如小香蕉,肉乎乎的。

这是什么花?我问。

太阳花嘛。今天阴天,它不开了。老汉说,它的脾气很怪,太阳出来才开花,红的黄的小花。

老汉指着那箱高棵的花,这是指甲花。春天的时候,苗是红梗就开红花,白梗开白花,它们不骗人。

老汉笑起来,皱纹遮住了眸子。他说,指甲花也有脾气啊。花儿谢了,胳肢窝长出一个小口袋,不能碰,一碰就像弹弓那样,把种子射出去了。

这是好事啊,吉雅泰说,自动播种机。

这个事都是瑙浩做的。老人说。

瑙浩在蒙古语是"狗"的意思。我说,狗聪明。

不是。老汉喊:瑙浩,瑙浩——

跑过来一只白爪白嘴的小黑猫。

老汉说,它名字叫瑙浩。秋天了,它上窗台专门碰指甲花那个小口袋,然后去抓蹦出来的种子。

黑猫舔舔白爪,像说:"是这么回事。"

养花的土是你用车拉来的吗?我问。

是,我干不动活了,套驴车拉点土,送给各家种花,也有种柿子的。老汉回答。

咋不上草原取土?我问。

那不行,咱们从来不挖土,土下面就是沙子。你看那些出夏营地的牧人,他们套牛车走,在这个地方支蒙古包住两个月。回家了,把木头楔子拔出来,土踩实。你在草地上钉一个楔子,拔下来不踩好,这块土就破了,像伤口一样,不长草,沙子从下面冒出来。嗨,土就像肉一样,咱们不破坏它。

什么人破坏土?

唉,老汉叹气,伸胳膊指门外,外边来的人都破坏土。他们不心疼土,开矿呀、种西瓜、种药材,第二年再换地方。种过地的土全都沙化了。开矿更完了,河都完了。

你拉的土是从哪儿破坏来的?吉雅泰开玩笑问他。

我的土不是破坏。老汉挺直腰板说。春天,西拉沐沦河的冰化了,发大水。水退了,岸边留一尺厚的淤泥,我套车把泥拉回来。挖泥也不要在一个地方挖,第二年发水,让挖过的地方淤平。

离这儿远吗?

远,吉雅泰说,西拉沐沦河离这儿五十多里路呢。图卜勋老汉带着干粮,车上拉着瑙浩,还有咪咪——咪咪是他家狗的名字,到那里拉土,一回拉五六个木箱的土。

图卜勋笑,他的脸、脖子和胸膛都是红铜色。他举起四根手指,一回拉四箱土,一箱十斤吧。

名叫咪咪的细腰黄狗跑来,坐地下看老汉伸出的手指。

老汉的儿子和女儿都在日本留学。吉雅泰介绍。

老汉笑着伸出三根手指,孩子在日本工作三年了。他说,看看我的驴车吧。

绕到房后,我大吃一惊,驴车上扣一个驾驶楼。铁皮钻眼,穿牛皮绳子系在驴车驾杆上,驾驶人坐铁皮楼子前面。

现代化。老汉说。

小毛驴拴在车边上,低头吃帆布袋子里掺黑豆的干草。图卜勋套毛驴,咪咪和瑙浩迅捷地钻进驾驶楼,坐在人造革长椅上,从风挡玻璃里严肃地向外看。

你们坐上吧,绕村子转一圈。老汉邀请。

不坐啦。我们谢辞。

毛驴抬头,仿佛闻空气有什么味道。南风捎过来草的气味,我想起西班牙诗人希梅内斯写给小灰毛驴普拉特罗的诗:"这路边的花多美呀。许多牛啊、羊啊,还有人,从这些美丽的花旁走过。而花呢,仍旧立在路旁。花的一生就是春天的一生。然而普拉特罗,如果我们让这些花在秋天也为我们开放,用什么办法让它们永远鲜艳呢?"

我见过爱钱财、爱肴馔以及爱珠宝的人。我也见过爱土地的人,但他们仍然把土地当作母鸡生农作物的蛋。图卜勋老人是我见到的最爱泥土的人,仅仅是土,就让他欢喜不尽。村里像蜂箱一样栽着鲜花的土,是他赶车从河边拉来的。而草原上的土,在他眼里是一片不能触碰的血肉。

我有些走神了——我所想的是——以后我们的国土会不会没有土了,被风刮跑或被河流冲入海里。土,这个最土气的词将会像矿产资源一样成为珍稀品,应了那个词——"稀土"。春天里,北京、石家庄、沈阳的人为沙尘天气而责怨。细密的土落在人的衣服和车上,让人烦。然而,它们仍然是珍贵的土。以后土搬家了,甚至沉入黄海,永不返回陆地。再往后,刮在人脸上和车上的全都是沙子,想见土已经见不到。这不是妄言,沙漠的风里,没有一点点土。

中国人如果为了工业化而丧失蓝天,丧失鱼儿游弋的河流,最后连土都不复拥有,后代会说他们并不需要工业化,他们想有一片有土的国土。成吉思汗陵所在的伊金霍洛旗乌兰木伦镇的108个自然村已经有49个丧失了土,地因为采煤抽水而塌陷,这些村子消失了。

　　图卜勋把两箱花装到车上,说送给村西的白喇嘛。驾驶楼里的猫狗把爪子搭在木箱上,花朵在它们鼻子前面摆动,使它们像在嗅花的香气。图卜勋步行,在离毛驴一米之远的地方挥着鞭子。鞭子系一根细细的鞋带,上面拴着碎布条,打上去,驴也不会觉出疼。

(原载《民族文学》2017年第6期)

废墟之美

叶廷芳

废墟是指建筑被毁后的残垣断壁或瓦砾堆,包括有价值的和无价值的。我们这里谈的当然是有价值的,即有纪念价值的建筑遗存或文物。由于我们国家传统的大型建筑都是木构建筑,毁坏后很快荡然无存,不像国外的石构建筑,毁坏后几千年仍有残垣断壁,成为后人的历史记忆。特别是经历了上千年禁欲主义统治的欧洲人,对古希腊罗马那些体现人的伟大和人性美的神殿建筑和世俗建筑以及雕刻艺术的废墟遗址,无不充满敬意和欣赏。这就形成"废墟文化","废墟美"的概念也由此而来。

我们没有废墟文化,并不意味着我们没有废墟资源。相反,我们拥有比任何国家都丰富的废墟资源,因为我们是个具有强大的"墙文化"的国家;不仅全国有万里长城,而且每个府城和大多数县城都有城墙,它们主要可都是石构建筑。此外我们的宫廷建筑都有壮观的须弥座或石基、柱础、拱桥等。至于帝王和贵族的陵寝主要也都是石构建筑。只是由于我们没有废墟文化,不懂得它们的价值,任凭人偷拿搬抢而大量消失。

显然与上述有关,我们的文物保护意识觉醒得比较晚。1982年,我们终于有了第一部国家文物保护法即全国人大通过的《中华人民共和国文物保护法》。这标志着我国人民的文物意识开始觉醒。但觉醒须经历一个"睡眼惺忪"的过程。在这过程中出现吊诡:知道要保护,却不知道如何去保护;保护的结果反而是破坏！常见的现象是：简单地将旧建筑修葺一新！更有甚者，干脆将旧建筑或废墟遗址铲除重建，用整齐、崭新的"美"取代残缺、沧桑的美，甚至许多地方极具沧桑美的"野长城"被一条条崭新的长城所取代，攀越崇山峻岭。这种现象被新闻媒体讽为"假古董风"，我则称之为"文物保护幼稚病"。

这种幼稚病的思想表现是什么呢？比如：有的人甚至学者说：现在是假古董，一百年以后不就成了真古董了！他们以为古董是由时间熬出来的。非也！建筑的价值从来都与功能相联系。没有功能需要的建筑就没有了文物的DNA，一千年以后也成不了"真古董"，相反，它们只会成为历史的笑柄！

在假古董成风的时候，名闻遐迩的国耻纪念地圆明园遗址也被推上风口浪尖；一般群众自不必说，有的专家学者也主张复建圆明园，以"重现昔日造园艺术的辉煌"；有的企业家更主张用房地产开发的思维来解决重建资金问题；等等。这时候笔者认为事情不小，决心介入这场争论。于是公开在报纸上发表文章《废墟也是一种美》，并认为《美是不可重复的》，呼吁保护这块侵略者的"作案现场"，这块"民族苦难的大地纪念碑"，认为"记住耻辱比怀念辉煌更有意义"，等等。因此被新闻媒体称为"废墟派"的代表。这场争论持续了二十余年，主张复建者从多数逐渐变为了少数。最后随着2012年国家文物局将圆明园遗址确定为全国十二处"考古遗址公园"之一而告终。

我原来对废墟的认知与多数同胞一样处于懵懂状态。当年在北大念书时与圆明园遗址仅一墙之隔，常去那里溜达或陪友。凝望着破碎的西洋楼残余就想到民族的耻辱，也想一旦国力强盛就呼吁把圆明园重修起来！改革开放以后，由于职业的关系，我有较多机会去国外主要是欧洲走走，看到人家对废墟的态度与我们大不一样，而且特别尊重废墟原状的历史真实性，甚至连景区路上的一块绊脚的石头都不能随意挪动！当我第一次乘火车从斯图加特去波恩，经过最险峻的莱茵河河段时，见崖壁上一座座古堡废墟从车窗外掠过，就问邻座：这些旧建筑有这么好的基础，为什么不把它们修起来加以利用呢？人们笑答："让它们留着多好!让人们想起中世纪的骑士们如何在这里习武或行盗,想起古日耳曼人如何在这里抵御罗马人渡河……"后在阅读中发现欧洲浪漫主义诗人和画家的笔下废墟成了热烈赞颂和不懈描绘的主题。尤其是在德国浪漫派首领和美学家F.施莱格尔的笔下,"这些废墟将莱茵河两岸装点得如此壮丽非凡!"哦,欧洲人毕竟自古就有欣赏悲剧美的情致。这一幢幢昔日的"岩上明星"是当年人类中多少能工巧匠智慧和意志的结晶,如今被岁月折磨成这般模样!什么叫悲剧?"悲剧将人生有价值的东西毁灭给人看。"(鲁迅)尽管今天没有多少人会追问摧残它们的那一股股力量(在这里时间也是一种力量)遁向何方,但它们留下的这些遗迹却引起人们的"恐惧和悲悯"(亚里士多德)。鲁迅和亚里士多德的这两句话加起来可以看作是悲剧美或废墟美的完整定义。

一次在游览德国历史文化名城魏玛的梯浮公园时,见浓荫深处隐现着一幢残垣断壁的"烂尾楼"。我不禁问陪同人员:为什么不把它修完整呢?在这美丽的公园里耸立着这样一幢破房子多么煞风景!对方大不以为然地回答:"这不是'破房子',是一处人造废墟。它是这样的英式公园里不可或缺的审美元素,起点缀作用,意味着这公园的古老。知道吗?废墟在我们这里是一种文化。"哦,文化!人的某种行为方式或思维模式一旦形成文化,那就成了须臾不能离开的东西。难怪,没有废墟也要假造一个,以"画饼充饥"。

在欧洲游历过程中心灵最受震撼的是三个场合。一是1981年在游览德国海德堡那座醒目的古城堡废墟时,见一座长满青苔的圆筒形碉堡斜倚在一堵厚墙上,就对陪同我的那位德国助教说:"让它这么斜倚着多难受呀,为什么不用吊机把它扶直呢?"他笑了笑,说:"这是文物了,应该尊重它被毁时的历史原初性。"我的脸唰的一下红了,觉得一个中国学者竟然在问一个小学生才会问的问题!二是十年后与一群德国人在意大利参观罗马的古市场废墟,我把路上的一块"乱石"顺脚踢到了一旁。想不到后面的一个同行的德国旅伴马上跑过去把那块石头捡起来放回原处,说:"这是文物呀,是不能挪动它的位置的!"我又脸红了,觉得一个中国教授在接受一个德国普通老百姓的教育!引起我内心深深的反省。三是第一次参观卢浮宫雕塑馆。当我从一个展馆的楼梯下来准备走向另一个展馆时我突然被镇住了!只见眼前一尊约两米高的女性雕塑,她没有了头颅,但体态极美,正振起羽毛浓密的双翅,向前飞奔,气势非凡!周围的人互相推拥着,试图从各个角度欣赏她——啊,这不是有名的胜利女神嘛!奇了:世界上最有名的卢浮宫美术馆的三件"镇馆之宝"(其他两件是断臂维纳斯和绘画《蒙娜丽莎》)竟然有两件都是形体残缺的!什么叫废墟文化和废墟美?这就是!这时才对鲁迅所译的厨川白村的《缺陷之美》开始有所领悟。

就像欧洲的大学普遍比我们早了五六百年一样,欧洲的考古学也比我们早了那么多年。我相信欧洲人的废墟观是科学的。这就是我最初写《废墟也是一种美》的知识背景。但将废墟作为一种审美对象的时候,光凭知识的支撑似乎还不够,还得靠感悟,靠诗性的想象。在这点上我所从事的专业——(外国)文学研究帮了我的忙。毕竟"文学是人学"。搞文学的人对人情、人性乃至历史的某些情境的领悟可能要深些,也比较细致些,并易于感动。有了以上知识和经历的储备,再去看圆明园的西洋楼废墟,就不只是浅层次的气愤,而是一种深层的悲剧美的震撼!这时我的目光透过泪眼看到的是一位沧桑的历史老人在发出无声的永恒的控诉!这可能就是三岛由纪夫静静地坐在希腊废墟前所感到的"悟性的陶醉"吧。

将收入《废墟之美》这个本子的篇什都是我近三十年来在主流媒体上发表的文章,其中除了少数直接谈论建筑文化与建筑美学的以外,多数都涉及废墟文化与废墟美学,它们都是探索性的,其中大部分都是有关圆明园遗址命运的争论的产物。还请读者们多加指教。

(原载2017年7月10日《人民日报·大地》)

在 苗 圃

孙　郁

　　有一次接到一个陌生人的电话,叫着我幼时的小名,且称自己是苗圃的老那家的后人。这熟悉的乡音忽地拽我到时光的遥远之处,便知道这是一个老相识,一定有什么重要的事情来找我。我们在北京火车站见了面,才发现他是带着老母来京治病。这个老那家的后代我叫他大哥,总有六十多岁了吧,他让我想起曾生活过的那个辽南的苗圃,还有诸多满族的老乡。在花甲之年的重逢,彼此的沧桑之感,都在那对视的一刻从双眸里流淌出来。

　　苗圃其实是个地名,乃青年试验场的一部分,县农业学校就在那里。其地的原住民是满族,他们至少在这里生活了三百年,留下了许多风俗。但我的年龄太小,对于地域的风情还很不了解。到了二十世纪六十年代初,满族和汉人的区别已经不大,只是他们的口音,与周围的汉人不同,与北京话庶几近之。而其他的地方,还是以山东话为主。满族的建筑,要略宽敞一点,但总体与汉人一个色调。他们的院子相对要讲究,往昔的贵族的样子还有一点,然而衰败是自然了。所以,苗圃这个地方,乃是一个特别的存在。在大连的乡下,它还是有另外一番味道的。

　　我小的时候总在搬家,住无确定之所。母亲告诉我,我们搬到苗圃,是县里一位好心的领导的照顾。父亲下放到农场后,母亲一直上访,见到了从外地刚调来的县委书记,告之父亲的冤情。他做了调查后,觉得父亲的确很冤,但决定是市里做的,一时不能改正,便主动把母亲调到离父亲近一点的地方。农校与农场是什么关系,我一直不太清楚。它大概属于农场的一部分,母亲便做了农校的教员。我们的邻居,正是老那一家。

那时候我才四岁多一点,我人生的印象,主要是从这个村子开始的。一切都在灰蒙蒙里,记忆深刻的竟是晚冬的情景。苗圃这个地方没有灯,到了夜晚一片黢黑。我的童年,多半就这样掉在黑色的世界,好像也习惯了在黑夜里寻找什物。朋友们对于我这个记忆,殊感奇怪,以为我夸大了感受力,但我自己,对于这个世界的认识永远离不开的恰是这个色调。到了青年时代,我喜欢尼采、陀思妥耶夫斯基,都和这种记忆有关。而像王小波那样洒脱、明快的反讽之趣,我是很隔膜的。

我们住在离那家旧房不远的一个破庙里,冬天很冷,四面是风。取暖的办法是烤火盆,火盆是父亲从外面买来的,乃冬天离不开的宝贝。那里完全不像个家,门用布帘挡着,没有窗户,屋子黑洞洞的。庙旁边有条小河,背后是座没有树木的丘陵,村子里的房子星星落落散在四周。晚上常常被老鼠咬箱子的声音吵醒,我们点上蜡烛,母亲用木棍驱赶它们,但那些饿急了的动物完全不怕人。它们的眼睛大大的,我见到那些老鼠,感到有被吃掉的危险,那些老鼠却瞪大了眼睛,一动不动地在地上望着被窝里的我,好像要交流什么。我后来从来没有见过那么多的老鼠,且带着奇怪的眼神,要说话的样子。我心想,既然它们不怕我,我也不该怕它们吧。不知道动物专家如何解析这样的现象,对我来说,人与动物是有沟通的气味的。有一次我和贾平凹聊天,谈到他《古炉》里狗尿苔与动物对话的一节,他说自己小时候就是如此,喜欢和树木、动物对话。看来神灵的感觉是存在的,我们这些世俗化的人,只是忽略了这些而已。我们在童年的时候,会发现大人看不到的东西,那种思维是一生里最珍贵的存在。大人的思想事功的成分多,也就少了诗意。

在苗圃的南面,是一望无际的平原,北边靠丘陵。西边的山口有个养老院,我和母亲常去那里为出生不久的妹妹取奶。这个养老院很怪,我从没有听到那里的声音,也许是晚间吧,屋里光线很暗，老人都横躺着，有的吸着烟，长长的烟管的一头忽闪忽闪，煞是诡异。他们穿的衣服都很旧，大褂居多。这些人用呆滞的目光看着我，好像有些奇怪。房外养了一些奶牛，应当是供应给这些老人的。我们所以能够买到一点，或许是农校特殊的政策。政府把如此多的人集中在农场附近养老，大概也有经济上的考虑。那些从不说话的人们，在我的脑子里久久不去。我后来想，不是他们不说话，而是我还不太会用汉语表达什么吧。

我后来看茅盾的《霜叶红似二月花》，读到小镇里昏暗的大宅院的场景，老是想起四岁的经历。那是旧时代的影子，在六十年代初也可以见到。说起来很是奇怪，没有生气，在无色调的环境里蜷曲着身体的老人们，和现代作家的笔调，类似的地方殊多。以致后来遇见苏童，谈及他的《妻妾成群》里过去的画面，我说真的有几分像。我们中国过去凝固的生活里，这样的片影真的普遍。欧洲的老人，好像不是这样，我在法国乡下看见老人设计自己的晚年，有点返璞归真的意味。法国老人似乎有被救赎的向上的渴念，中国老人那时候则是相互依偎的安宁。东西方的存在方式在根本点上是无法重叠于一体的。

但不久情况就发生了变化，牛奶已经无法取到，粮食也越来越少。农校有粮食基地，还算可以在食堂搞到一点东西，但大家都已面有饥色。记得母亲在食堂端来一小盆稀粥，妹妹见到异常兴奋，抱着小盆不让大家动。那时候四周的农民都很清苦，日子像被抽空了一般。我们的邻居老那一家的几个孩子，比我还要消瘦。

青年试验场土地肥沃，庄稼长得还好。老那家的孩子们常常跑过来，我随着他们在泥土地里滚爬着。他们都极为灵巧，说着一些只有满族人才说的歌谣，而且常常彼此恶搞。有时候他们带来一点山上的冬枣，或者瓜子，这仅有的零食，已经让我们大为满足。听大人说，当时的粮食是丰收的，可是不知道大家何以饿着肚子。较之城里人，农校借了农场的光，还勉强可以吃到一些粮食，但惶恐的人们，不知道天下发生了什么。

早期的记忆很少有父亲的影子，他是不能天天回家的。父亲那时候在农场劳动,据说什么农活都干过。他的回忆文章讲过当时的心境,已经全无希望,只求认真工作洗刷罪名。在一起下放的人员里,他大概是表现最好的,做什么都像样子。比如培育良种,比如土豆增产科技方案,都是他来做的。六十年代,他放弃了喜欢的文学,一心研究米丘林等人的学说,在农场搞起试验田来。他是那里唯一的大学生,也就格外显眼。农场与农校的负责人,都是中专毕业生,他们对父亲并无恶感。有趣的是,在最饥饿的时候,他却被调到农校的食堂做炊事员。原因是做饭的人往家里偷运粮食,换了几个都是如此。他们觉得父亲是受过教育的人,虽然有历史问题,但已经是戴罪之身,在食堂里不至于再去犯错误。那时候大家都在饥饿中,我们都有一点浮肿,但父亲却未有空腹之饥,说起来是因祸得福。

从农校到我们的住地,有一段很长的距离,要过两条小河。母亲领着我每天涉河,很是不易。夏天尚好,春秋季则冰冷刺骨,鞋子湿了,半天都很难受。有一次母亲怕我冷,背着我过河,结果在水中晕倒,我们一起跌入河里。我一生都不能忘记那一刻的镜头,后来见到水就眩晕的感觉,许与那次遭遇有关。我后来看到老少边区的学生每天跋山涉水上学的情景,就想起自己的过去,可惜竟不能为贫困地区的百姓做些什么。乡下人不易,可是他们都习惯了,中国的农村孩子,比从城里来的人要坚忍得多。我们在乡下的日子,多少还是有一点矫情的。

辽南四季分明,每个季节都有不同的景色,变化得很有节奏。春天风大,空气弥漫着海腥味儿。夏天不热,海风吹来的时候,很是爽快。秋天的景色最美,平原的庄稼像被黄色染过一样,真的美极了。冬天则颇为可怕,因为取暖设备简陋,手上和脚上都是冻疮。六十年代的辽南甚冷,下雪的时候道路都淹没了。大雪封山的时候,百姓的家门都被白雪堵住,要挖一个洞才能出来。这样的日子,在今天已难以见到了。

我喜欢秋天,可能与饥饿有关。妻子说小时候最怕秋天的到来,好像都在萧瑟之中,不禁悲从中来。我则盼望那些金黄色的田野。秋天到了,田里到处是来捡粮食的人。我与老那家的孩子们到地里挖地瓜,在别人刨剩的地方重新寻找。我用的是小钩子,一天下来竟也有点收获,有一回竟刨出整个的地瓜。风从山口吹来,遍地残叶。我欢快地坐在地里玩着,好像那就是我的乐园。

在大自然里奔跑,我进入了梦一般的世界。山上的怪石裸露着身躯,在复州河边,柳树歪倒在一边,像画里的境界。我第一次见到老牛,不知何物,吓得躲在一边。那庞大的动物慢慢在田野里走着,好像与泥土做着什么游戏。复州牛是很有名气的,它块头大,健壮,在东北的名气尤大。在乡下久了,才知道最可爱的是老黄牛,它慢慢腾腾,驮着乡下人的梦,从无疲倦的样子。

牛在田里耕地的样子很美,古人画牛耕图,有几分仙气。农夫和它们的关系默契得很,抽着烟,一起在泥土里走来走去。那牛具都很古老,和后来在博物馆看到的文物没有什么区别。农夫的鞋给我的印象很深,是牛皮卷成的,也属于古人的样子。社会转型已经到来,乡下的生产方式却没有什么变化,直到一九七五年我到乡下插队,农耕的方式也依然如此。

农校的老师来自四面八方。有军人家属,有从大城市下放来的,成分复杂。有一位沈阳来的阿姨,见到我喜欢说话,有时还给一点零食。我听到不同于辽南的口音,觉得音乐一般悦耳。过节的时候,农校显得洋气一点,有一点点城里人的样子。比如挂上灯笼,贴上武汉长江大桥的照片,喜气洋洋的样子,这在苗圃,是很特别的了。

我喜欢一个叫安阿姨的一家人,她的儿子与我很好,几乎天天在一起。安阿姨的丈夫是军人,在附近的空军基地工作。他们算是我们这里最洋气的家庭。我在他们那里看到了儿童玩具,还有苏联时期的画报、书籍。有时候也在他们家里过夜,一起玩各种游戏。在很乡土的地方,遇见了一群有布尔乔亚色调的家庭,想起来也够不可思议的。

可能是新组建的学校,农校人际关系相对简单。据说大家都很客气,没有城里人的那种紧张感。校长姓杜,我叫他杜大大。人瘦,细高的个子,脸庞黑黑的,常常是微笑的样子。他是我记忆里认识的第一个官员，对于我们这些外来户很好。有一年秋天，我与几个小伙伴跑到苗圃拾草，我背得很多，走走停停。他从学校走出来，看见我吃力的样子，主动用自行车驮运我的东西，一直送到家里。"文革"的时候，农校是县五七干校的所在地，他还在那里工作。但据说经历了不寻常的遭遇，后来竟下世了。每每想起他帮着我驮草、一路说说笑笑的样子，心里总是充满了感激之情。农校也因斯人而成为我生命里感激的所在。

我几乎每天都泡在农校里。校门口正对着哈大道（哈尔滨到大连的国道），这在东北是一流的公路，总能见到各种车辆来来往往。从苗圃到县城有四十公里，到复州城只有两公里，算是交通方便的所在。许多车辆在这里歇脚，能够看到各类新奇的人物。比如戴大盖帽的军人、沈阳一带的工人，还有大都市来的漂亮的姑娘以及老人。下雨的时候，见不到人，只能呆呆地看着公路的车辆。我喜欢数着一辆辆的车，对着疾驰而过的影子发愣。心想，那远远的地方通到何处呢？在朦胧的雨色里，我感到了远方世界的神秘。

最初的记忆与田野、公路、小河有关，对于自己的成长有格外帮助。与那家孩子们在草丛、沙滩和丘陵间玩耍的时候，心与天地之气是衔接在一起的。西方人在绘画里点染自然之景时，往往有神秘的气息流动，那是天启的所在，背后有神谕的力量。中国山水，没有那样幽玄的样子，但是空灵者居多。我少年记忆里的田野，符合西洋绘画的感觉，神秘而大气。到了老年，却喜欢看中国山水作品，不过那是远远打量者的凝视，内在的痛感却没有了。所以，中国的山水画属于老人的超然之物，人间不幸都过滤掉了。而西洋的山水，隐隐有思考的和焦虑的东西在，那是正在经历生活的人的审视，内在性的隐喻非一句两句话可道。我们的家庭的不幸，其实也带来了另一种境遇。对于我而言，知道了什么是真的日子，百姓都是接地气的。和接地气的人交流，一切都不能伪饰的。但我们在乡间的戏剧、说书人的故事里，看不到这些，流行的艺术是一种解脱苦楚的自娱自乐。至于目光，只在黑暗的边缘一扫而过，竟没有留下什么痕迹。

过了五十多年,我再一次造访苗圃的时候,是带着八十五岁的老母。我领她走在当年的路上,问当年的生活,她已经全不记得。到了农校那排红色的俄罗斯风格的房子前,旧影历历,却不能想起当年具体的人与事。农校早已不复存在,旁边是破乱的什物,竟没有一点记忆里的样子,心里很是难过。我们当年住过那座小庙,早不知哪里去了。只有老那家的老屋还在,却成了废园,想必他们多已搬出了此地。现在,不仅农场消失了,连过去的熟人也难见到一二。我再次望着当年熟悉的山、水和一望无际的平原,觉得没有了当年的影子,与记忆完全不同。时光流逝了许多东西,连同我们生命里的温度。在苍茫的世间,一切都将消失,那些珍贵的和污浊的,都不能幸免。好在我们的心还系着悠远的过去残留的温情。在缺少快慰的时代,即使有一点闪亮的光点存留,我们都将深深感激。那是生活里的微火,它照着惨淡的黑夜,我们的眼睛也因之而被点亮。苦难试炼我们的灵魂,而生命的微明,却来自我们与存在的凝视中。里尔克的诗歌有两句我很喜欢,也说出了我的心情:

而这就是愿望:日复一日的时刻

与永恒悄声对话。

(原载《人民文学》2017 年第 9 期)

薄壳虽小　美不让人

沈嘉禄

朋友带我去汕头寻访美食,第一天晚上在富苑吃饭。这家饭店是从夜排档起家的,借着潮州菜风生水起,渐渐做大,将摊档后面的商铺一家家盘下来。但老板有情怀,虽然阔了,排档风格变化不大。拾级进店门,扑入眼帘的就是一溜明档,晶莹的冰屑上堆满了海鲜种种,银光亮瞎了双眼,还有我顶顶喜欢的卤味:鹅头、鹅肠、掌翼、鹅血等。档口上生熟边界模糊,汕头人胆子特大,不怕交叉污染,也许他们都有一个百毒不侵的胃。

在汕头,食客为大,食客在档口选中几样食材,就大声嚷嚷着告诉服务员,叫厨师如此这般,最喜别出心裁,不按套路出牌。厨师唯唯诺诺,不敢违拗半分。他们知道,眼前未曾谋面的食客,可能就是江湖上来去无影的传说。

在富苑吃了卤鹅肠、卤鹅肝、血蚶、大白鲳、腌生蚝,食材新鲜,旺火出镬气,味道实在是好。突然插进一盘小海鲜,贝壳类,细屑轻薄,密密麻麻的贝壳中间嵌了一些碧绿的植物细叶,并无太多汤汁,味道极其鲜美。朋友告诉我:这叫海瓜子,在汕头一律叫作"薄壳"。

海瓜子我不陌生,这货由海潮携来,在浙江沿海滩涂沉着卧底,初夏时节登盘,在菜场露面,也是"上海宁"爱杀恨杀的时鲜。这货在我小时候已属海中贵族,现在更牛,据说每市斤卖到一百元左右。葱姜炒,是一般饭店的常例,海瓜子壳吐了一盆子,气氛似乎比吃大闸蟹更为家常。潮汕地区的薄壳主要产自饶平、南澳与广澳,与浙江的海瓜子虽为闺阁姐妹,相貌略有差异。浙江海瓜子壳白,肉嫩,也有细长而柔弱的吸管,一炒起锅,下酒妙物,百吃不厌,跟浙江女人娇滴滴的脾气倒有三分相像。汕头薄壳的外表略泛浅绿,镶有黑白两种波状条纹,用现代人的眼光审视,那妆容真够酷的。它的肉与贻贝神似,吃货分得出公母,公肉为白,母肉为黄。细嚼之下,母肉有蟹黄的口感,甜津津的。炒薄壳是一道汕头民间小菜,不上台面,也上台面。

我掏出手机查百度。天啊,浙江海瓜子与汕头薄壳的词条内容居然是一样一样的,"寻氏肌蛤……是贝类海产品,是一种浅色的小蛤蜊,贝壳小,略呈三角形,壳长17—24mm,壳高约为9—12mm……",懒人吃瓜,不吐瓜子。今年夏天杭州西湖引水口发现大量海瓜子,有人认为这叫江瓜子,照片所摄的外形,与汕头的薄壳很像。不知它们是如何一路漂泊北上,最终糊里糊涂地闯入人间天堂的。

薄壳虽小,却也懂得上场亮相的最佳时机。每年的七、八月薄壳大量上市,从渔码头到菜市场堆积如山。过了这个季节,即使贱卖也少有人问津了,汕头人会吃,强调不时不食。在市场里,每市斤薄壳才卖到12元,买两三斤的客户,摊主还会送上一把碧绿的金不换。汕头人认为用金不换炒薄壳,有助于提香增鲜。不少年轻吃货也许还不知道"金不换"是什么东西,但我一说九层塔或者罗勒,你就明白了。

有些饭店的菜谱里并无炒薄壳,其实他家是供应的,只不过换了一个名称:"炒手枪"。薄壳谐音"驳壳",驳壳枪嘛,成了手枪的代名词。汕头人蛮幽默的,"掌柜的,来一盘炒手枪!"听到这个你别怕。

我小心地用舌尖去体味这卑微的海鲜,但同桌的汕头朋友却豪放得多,抄起满满一汤匙送入口中,十几秒钟就吐出半盆壳来。为了叫我长见识,饭店老板又上了一盆炒薄壳米。薄壳米是薄壳氽熟后剥落下来的,真的是米粒般大小,一盆炒薄壳,用青蒜叶划拉出一抹抹绿茵茵的生机,看上去有无数的精灵挤挤挨挨地赶往生死场,简直不忍下箸。但我这个俗人禁不起劝,到底还是一勺子抄起送入口中,有一种扎扎实实的鲜味在口腔胀满,嚼不团圆的感觉。过了一会主人又上了一道生腌薄壳,这是汕头人用来送粥的"咸杂"。肉嫩,多汁,死咸,微鲜,剥开来费点工夫,须用食指与拇指一捻而分成两瓣。但汕头朋友同样一口吞进,用舌尖捻开硬壳。

第二天,拜见汕头餐饮界老前辈老钟叔,问起薄壳事。他笑着告诉我,他年少时家住大华路段,那时候许多家庭都会养几只鸡鸭,有时候他就与邻居小孩相约到飞机场尾海滩上,偷偷地掠一小筐薄壳来喂鸭。"背上饭罾——饭罾你知道吗?就是渔网,我们当地有一句话:'早东晚北,牵罾鱼鲜薄壳。'沿着海涂一直走向海水齐腰深处,感觉到脚底下有微微的刺痛,那么下面就埋伏着一大丛薄壳。蹲下去,用手从烂泥里拔出藤藤蔓蔓的薄壳,放在随身带去的饭罾上再用力洗去烂泥,薄壳才露出真身。如今肯下海'掠薄壳'的年轻人越来越少啦!"

老钟叔还说:"我一生对薄壳最喜爱是'清炒薄壳',几粒轻轻拍碎的蒜头,煎香出味,再加几片金不换,外加一点生红辣椒,猛火翻炒,出锅前加一汤匙鱼露提鲜增香,少许勾芡,这一盘原汁原味的炒薄壳绝对是天厨妙味。简单得无法再简单的烹调法,让你既尝鲜无限也知味无穷。"

薄壳是大海的蚁民,乘势而来,风起云涌,一下子吃不完,码头上就会聚集一批吃苦耐劳的妇女,双手伸进半人高的杉木桶里,将一丛丛薄壳剥出来,或者再倒进沸水锅里,氽熟后剥出薄壳米,是一种可以存放时间较长的食材。在物资供应匮乏的年代,汕头人确实以此当过粮食,度过艰难时世。今天还有个别老饕,冰啤酒助兴,一个人可以吃掉好几斤炒薄壳。

第二天我们在润金酒店还品尝了薄壳米肠粉卷。半透明的肠粉,严严实实地裹着珍珠般的薄壳米,一口咬下去,粒粒爆开、收拾不尽的感觉实在太奇妙。曾经有厨师做成薄壳宴:金不换炒薄壳、苦刺参薄壳羹、香煎薄壳米蛋、薄壳米金瓜煲、薄壳米肠粉卷、薄壳米西菜茲、黄金薄壳米饭、薄壳煮粿条、薄壳煮番瓜……如果在上海,可能就会做成薄壳炒韭菜、薄壳烧豆腐、薄壳三鲜馄饨、薄壳韭黄鸡蛋饺子、薄壳春卷、薄壳月饼……

　　老钟叔在潮汕餐饮界以善治鲍鱼、海参、鱼翅、花胶等高档食材享有盛名,但他对民间小食倾注的感情更深。他以过来之人的口吻告诉我:薄壳的采收特别辛苦,要整天浸泡在海水里,用大力拔出深埋在泥滩里的一丛丛小海鲜,非强劳力不能完成。古时候男女相亲,如果女方得知对方是采薄壳的,顿生安全感,爽快答应,甚至连见面喝茶的程序都可省略,因为她知道,自己要嫁的那个男人,一定是身强力壮、吃苦耐劳的。

(原载2017年10月18日《文汇报·笔会》)

酸　橙

傅　菲

　　教拳脚的师傅来我家，带了一麻袋的橙子，作伴手礼。师傅是金华人，三十来岁，满口浙江话，说话的时候，像口腔里含着什么东西。他是我三姑父的结拜兄弟。他姓什么，我忘记了。每年过冬了，他便驻扎在三姑父家，收几个徒弟。他常来我家吃饭，特别喜欢吃油炸薯片，睡在床上还吃。他吃薯片，我们吃橙。黄黄的皮，个头比柚子小一些，圆圆润润，握在手心，好舒服。橙甜，汁液淌嘴角。吃了橙，手也舍不得马上洗，用舌头舔一遍，把橙汁舔干净。村里没有人种橙，起先我们还以为是橘子呢。可哪有那么大的橘子啊。过了冬，我父亲对师傅说，这个橙好吃，比红肉囊柚子好吃，比常山橘好吃，你下次来，带两棵橙苗来，我们也种上。

　　第二年，我家种上橙子树，种了两棵。后院有一块空地，平日堆柴火或农家肥。树苗有火叉柄粗。过了半年，死了一棵。父亲很是可惜，说，有两棵多好，可以慢慢吃，吃过了元宵也吃不完。

　　又三年。橙子树高过了瓦屋，开了花。树冠伞形，圆圆的撑开的伞一样。橙子花白白的，五片花瓣，中间一支黄色的花芯。满树的花，绿叶白花披在树上。我每天早上，起床第一件事，便是去看橙子花。花开时节，正是雨季，雨滴滴答答，也不停歇。每下一次暴雨，花落一地，树下白白的一片。雨季结束，花也谢完了。花凋谢了，青色的黄豆大的橙子，结了出来。

过了六月六,橙子有鸡蛋大,可每天有橙子落下来。看着橙子落下来,好惋惜。落一个小橙子,便少吃了一个甜橙。中元节之后,树上的橙子一个也没有了,全落了。让我伤心。我们都不知道为什么会这样,是不是橙子树得了致命的病虫害。一次,邻村一个种果树的人来玩,说,栽种的果树,第一次的果子,都会谢掉夭折,以后就不会了,即使不谢,也要把果子剪掉,让果树完全发育成熟强壮,抵抗力强,营养足,果子才会甜。

　　又一年。橙子的皮还没发黄,青蓝青蓝,但个头已经塞满一只手掌心了。我便去摘橙子吃,用刀切开,掰开肉囊,黄白色,汁液饱胀。我塞进嘴巴,又马上吐出来,眯起眼睛,浑身哆嗦。母亲笑了起来,是不是很酸啊?我说,牙齿都酸痛了,没见过比它更酸的东西,比醋还酸。母亲说,没熟透的柚子、橘子、橙子、杨梅、葡萄,都酸不溜丢的,熟透了,酸变成甜了。酸为什么会变甜?不知道。奇怪的东西。

　　皮黄了,和油菜花一样黄得澄明纯粹。摘橙子的季节到了。可橙子还是酸得牙齿漂浮。我对这棵橙子树,完全绝望了——再也指望不了吃上它。我父亲不死心,说,还是霜降呢,冬至以后肯定甜蜜蜜,野柿子也是冬至后甜蜜蜜的。

　　过了冬至,剥橙子吃,还是酸。橙子吊在树上,再也无人问津了。有客人来,看见树上黄澄澄的橙子,说,这么好的东西还舍不得吃呀,再不吃,只有放在树上烂了。父亲笑眯眯,说,橙子太甜了,甜得腻人,要不你吃一个?客人摘一个吃,连连伸出舌头,吐口水,说,酸得背脊发凉。

　　金华的师傅又来过冬了,看见树上亮晃晃的橙子,说,橙皮发皱了,像老年人的额头,还不摘下来吃啊。我父亲笑眯眯,摘一个下来,说,等你吃呢,你不开吃,我也不吃,好东西都留着敬客人。师傅拱手,说,舅舅真好,橙子熟了,还留给我。

　　我们看着师傅吃,津液翻涌。师傅掰开一瓣,塞进嘴巴里,嘴巴立马张得像个山洞,口水四射,说:"怎么会这样呢?怎么会这么酸呢?"我父亲说,你肯定嫌弃我家的饭菜不好吃,给我栽这么酸的怪物。父亲读过几年书,说,春秋的晏子讲,橘生淮南则为橘,生于淮北则为枳,叶徒相似,其实味不同。橘甜枳苦,都是水土不一样的缘故。师傅说,产橘的地方,可以产橙,橘橙是胞兄弟呀。

不是水土的缘故,原本种下的,就是一棵酸橙子树。师傅带错了苗,让我们空欢喜了好几年。

橙子树,再也无人关心了。

大哥拿起柴刀,说,把橙子树砍了吧,树冠大,把牛圈的阳光遮挡了。父亲说,牛圈要阳光干什么,通风就可以了。大哥把农家肥堆在树下,父亲看见了,说,肥会发热,把树烧死。大哥说,烧死就烧死,橙子又想不到进嘴巴。父亲说,树还是树,和树上的果子有什么关系呢?果子不能吃,可不能怪树。母亲把一些不及时用的重物,也挂在树上,以前是挂在木梁上的,如待修的水桶、漏水的锅、猪槽。我父亲又说,挂在树上多难看,还会把枝丫压坏了,树上开满了花,花下是猪槽,看起来就不像话。

橙子像个小篮球。我摘一个,抱到学校去,抛来抛去,当玩具。青皮磨出青色的汁,有些刺激眼睛。手反复搓青皮,手掌也发青,抹到女同学的脸上,让她一节课掉眼泪。

橙子熟了,唯一吃它的,是鸟。黄黄的橙子,墨绿的树,鸟躲在树叶下,吃得忘乎所以。树上有了许多鸟巢。大山雀、斑鸠、树莺,都有。还有松雀,在花开的时候,它来了,羽毛暗绿色,啄食花朵,嘘嘘嘘地叫,像孩子吹不着调的口哨。鸟啄食的橙子会腐烂,掉下来。没有啄食的橙子,不落地,还吊在枝丫上,第二年又返青。代代橙子,四季黄。

过了几年,橘子树蓬蓬勃勃,树冠有一个稻草垛那么大。看着满树的花,我大哥不免叹气,说,这棵橘子树,像一个漂亮的女人却生怪胎。我书读不好,我母亲以橙子树作例子,教育我:"你看看这棵橙子树,好看,结的橙子却难吃,谁都厌恶。做人也一样,光有外表漂亮,内里无货,也是没用的。"

据说,有一种虱子,不寄生在人或动物身上,而是寄生在植物身上,尤其是果树,如橘子树、桃树、猕猴桃树。有一年,橙子树干上,起了密密麻麻的黑斑,就是这样的虱子寄生的。父亲是这样说的。黑斑像牛皮癣,树皮一层层脱落。我大哥把刀磨得雪亮,笑哈哈地说,这下好了,可以砍了当柴火烧。父亲买来呋喃丹,拌在石灰水里,涂满了树身。第二年开春,树身又发了新皮出来,青黄色,有亮亮的油光。以后再也没得过病虫害了。

有一次,我表哥来,看着树上黄澄澄的橙子,烂在树上,很是惋惜。他是镇里有名的厨师,善于烧酒席。有人做喜事了,能请他掌勺,可是莫大的面子。他对我母亲说:"二姑,这是好东西,烧鱼,用半个橙子,放点盐花煮,比什么都鲜,什么作料也不用放,做酸汤也好,不用醋不用酸菜,是做酸汤最好的料了。"我母亲说,哪有用酸橙子烧菜的。表哥掌勺,烧了鱼,烧了酸汤。我母亲吃了,说,确是好味道,一个酸橙,烧出两个好菜。

邻居也知道酸橙可烧鲜鱼、烧酸汤,家里做喜事,提一个篮子来,向我母亲要十几个酸橙。提篮里,还拎十几个鸡蛋来。我母亲怎么也不收,说,以前是烂在树上的,现在可以提鲜,算是没白白种了它。

中年以后,我父亲患了一种病,就是打嗝。呃,呃,呃,怎么也控制不住。父亲是很少干重体力活的农民,不曾因受力过重而产生内伤。去市里的几家医院,都没检查出什么病因。中医也看了好几家,中药吃了几箩筐,没效果。我母亲提心吊胆地担忧,没检查出病因的毛病,多可怕,像一颗地雷埋在身体里,可地雷在哪儿,查找不出来,多让人害怕。我父亲是个乐观派,打嗝怕什么,不就是喝水噎着吗?吃饱了撑着吗?有人说,喝黄鳝血治打嗝,他三天两天,晚上提一个松灯,去田里照黄鳝,杀黄鳝吃。有人说,喝番鸭血治打嗝。他又各家各户请求,杀鸭子了,叫一声,把鸭血留下喝。

三年多的时间,打嗝也没停下。停下的时候,是睡着的时候。父亲说,医生也求了,菩萨也上了香,土地庙也上了猪头请,算是神仙也无计了,再也不管打嗝了。一次,一个原来下放在村里的上海知青,回村里探访,来我家吃饭,见我父亲三五分钟打一个嗝,说,你这个病是不是好几年了?父亲说,是啊,大小医院看了十几家,没结果。知青是个医生,返城后学了七年的中医,他说,有一样东西,可以断病根,只是很难找。父亲说,打嗝太难受了,难找也要找。知青说,说难找也好找,用酸橙泡水喝,喝三个月,便好了。我父亲把他拉到后院,说,这是不是酸橙?知青说,甜橙熟后会自然落蒂,酸橙不会,你这棵就是酸橙子,不采摘,四季有鲜果。

有一年,一个收木料的人,来村里收木料,拉到浙江做木雕家具。他见我家的酸橙树,对我父亲说,这棵树要不要卖呢?按老樟木的价格算。父亲说,酸橙树收去干什么,又不是酸枝?收木料的人说,酸橙木打木床,比任何木头都好,蚊子不入屋子。我父亲说,钱再多,也会用完,树却年年开花,是钱换不来的。

(原载2017年10月18日《文汇报·笔会》)

这一句唐诗,道尽人生此岸的繁华

潘向黎

如果要寻找一句唐诗,来道尽人生此岸的繁华和美妙,有的人会想到"春风拂槛露华浓",有的则可能是"春风得意马蹄疾",而我,常常会想起"东风日暖闻吹笙"。第一是因为这里面有乐声。第二是这里面有科学。

先说第一条,为什么有乐声更好?因为唐朝人的生活离不开音乐,唐诗的字里行间也常常飘浮着各种美妙的乐声。

喝酒喝到兴高,会"与君歌一曲,请君为我倾耳听"的李白,自然是"知音"者,他写下了《山中与幽人对酌》《与史郎中钦听黄鹤楼上吹笛》《听蜀僧濬弹琴》《春夜洛城闻笛》等。李颀也有三首写音乐的力作:《琴歌》《听安万善吹觱篥歌》《听董大弹胡笳弄兼寄语房给事》。作为一枚狂热的粉丝,他还负责地把偶像的大名留在了文学的史册中。此外更有高适《塞上听吹笛》,刘长卿《听弹琴》,钱起《省试湘灵鼓瑟》,郎士元《听邻家吹笙》,李端《鸣筝》,柳中庸《听筝》,李益《听晓角》《夜上受降城闻笛》,窦牟《奉诚园闻笛》,韩愈《听颖师弹琴》,白居易《琵琶行》《夜筝》,李贺《李凭箜篌引》,李商隐《锦瑟》《银河吹笙》……

《听邻家吹笙》用了双重的想象:"风吹声如隔彩霞,不知墙外是谁家。重门深锁无寻处,疑有碧桃千树花。"碧桃是天上王母的桃花,"碧桃天上栽和露,不是凡花数",以(明的)想象中艳妍夺人的碧桃花,写出笙声美妙和吸引人,进一步启人想象(这是暗的)笙声和碧桃花一样,也是"只应天上有"。

这就说到笙了,而笙常常和箫同时出现:"喧然名都会,吹箫间笙簧",这是杜甫的《成都府》中的句子,而宋词中"笙箫"结伴而行更是不胜枚举:如"暖响笙箫庭院"(宋·无名氏),"珠阁笙箫吸月华"(宋·廖融),"水槛风入笙箫凉"(宋·许志仁),"春风飞到,宝钗楼上,一片笙箫,琉璃光射"(宋·蒋捷《女冠子》)。

蒋捷笔下这番光影缤纷、暗香浮动的景象,让人想起辛弃疾的《青玉案·元夕》:

> 东风夜放花千树。更吹落、星如雨。宝马雕车香满路。凤箫声动,玉壶光转,一夜鱼龙舞。蛾儿雪柳黄金缕。笑语盈盈暗香去。众里寻他千百度。蓦然回首,那人却在,灯火阑珊处。

这里面有喧闹繁复的音乐,但是辛弃疾只写了箫。正如辛弃疾的"凤箫声动"那样,箫单独出现的时候,诗人有时会用它的别称或美称:洞箫、凤箫、玉箫。李后主的"凤箫吹断水云寒",也是如此。

说到箫,无论如何不能不提这一句:"自作新词韵最娇,小红低唱我吹箫。"(宋·姜夔《过垂虹》)说真格的,"小红低唱我吹箫",比男人们一向津津乐道的"红袖添香夜读书"要好多了,其中有两性平等、两心相通、两相默契的意思,方为第一等境界的人生乐事。大概也是因为如此,前辈作家凌力在长篇名作《少年天子》中让这一句出现在恋爱中的顺治的笔下:"大白狂饮客舞剑,小红低唱我吹箫"。

箫常常和明月、夜空、湖水联系在一起,比如:"弄月吹箫过石湖"(宋·武衍《秋夕清泛》),偶尔在明丽的景色中出现,也令人愉悦:"杨柳绿齐三尺雨,樱桃红破一声箫。"(清·费轩《梦香词》)

"箫"又常和"鼓"联用成为"箫鼓","箫鼓追随春社近,衣冠简朴古风存",是陆游《游山西村》中的两句,就跟在名句"山重水复疑无路,柳暗花明又一村"之后。"乘醉听箫鼓,吟赏烟霞",这是柳永的《望海潮》中的名句。"箫鼓喧、人影参差,满路飘香麝",这是周邦彦写上元节的《解语花·上元》。

箫在中国传统里是很特别的乐器。"吹箫引凤"的传说奠定了它高贵而不食人间烟火的身世来历,《列仙传拾遗》记载:萧史善吹箫,作鸾凤之响。秦穆公有女弄玉,善吹笙,公以妻之,遂教弄玉作凤鸣。居十数年,凤凰来止。公为作凤台,夫妇止其上。数年,弄玉乘凤,萧史乘龙去。

简单说:这位萧史,因为擅长吹箫而娶了善吹笙的公主,两个人的合奏引来了凤凰,最后两个人还成了仙。

箫声别有一种幽静典雅,箫本身简约清净,因此正如佩剑是武士、侠客的"标配",随身携一管箫,也成了一些风雅书生的"标配"。当然可以追求更高的审美风范,那就是将"箫"和"剑"二者合而为一:"少年击剑更吹箫",修炼成"剑气箫心","怨去吹箫,狂来说剑,两样销魂味"(清·龚自珍)。

笙箫管笛,这就要说到笛。

说笛子,必然想到桓伊。这位曾参与淝水之战的东晋将领、名士、音乐家,为人谦素,善吹笛,号称"江左第一",有"笛圣"之称,著名琴曲《梅花三弄》便是根据他的笛谱改编的,因此《琅琊榜》中虚构的"江左梅郎",他可以当之无愧。"一往情深"的典故也正是由他而来。

在诗中,笛总是和"风"密不可分,笛声总在风中清澈悠扬:"谁家玉笛暗飞声,散入春风满洛城"(李白《春夜洛城闻笛》);"深秋帘幕千家雨,落日楼台一笛风"(杜牧《题宣州开元寺水阁,阁下宛溪,夹溪居人》);"北固楼前一笛风,断云飞出建康宫"(释仲殊《润州》)。

因为"牧童短笛",笛子还和田园生活有天然的关联。传说是黄庭坚所作的《牧童》诗曰:"骑牛远远过前村,吹笛风斜隔垄闻。多少长安名利客,机关用尽不如君。"雷震《村晚》也写到牧童短笛:"牧童归去横牛背,短笛无腔信口吹"。无腔,是因为无心,即没有贪慕荣利、计较争竞的机心,这样无求无虑、自由自在的状态,唤起了诗人们生命本真的复苏,和回归自然、回归自我的渴望。

然则,太重视传说和文化气质的"星空",有时却也忽略了物质的、技术的"大地",相信许多人和我一样,虽然读了不少"笙箫管笛",也记得《红楼梦》七十六回用了半回的篇幅写了"凸碧堂品笛感凄清",但对笙箫管笛和天气、气温的关系却浑然不知。

而学者顾随是这样讲李商隐的"东风日暖闻吹笙"的:"一读便觉到暖风拂面而来",而且"按科学讲,亦合"。

为什么?顾随说:因为"笙内有簧,与笛、箫不同,簧如笙之声带。据说笙最怕冷,在三九吹不响,冷气一入则簧结而不动,故吹笙必天暖"。

恍然大悟。

李商隐这首诗全诗是:

> 二月二日江上行,东风日暖闻吹笙。
> 花须柳眼各无赖,紫蝶黄蜂俱有情。
> 万里忆归元亮井,三年从事亚夫营。
> 新滩莫悟游人意,更作风檐夜雨声。

从中挑出很容易滑过去的这一句专门来讲,还讲出非常科学的道理,真多亏了顾随先生。

笛与笙比较,如何?一笛随风,莫非笛子不怕冷?

顾随以杜牧的"深秋帘幕千家雨,落日楼台一笛风"为例:"此句非是笛不可,与义山'东风日暖闻吹笙'可为相对,一写暖,一写凉。'东风日暖'时岂无人吹笛?有人吹亦不能写,正如'落日楼台'不能写吹笙一样。"

"有人吹亦不能写",忍俊不禁!不为其无理,为其有理而表达得如此任性。这又从科学回到了艺术,回到了诗境。解诗发人所未见,论断时又以天真诗人声口代替学究气味,真真是好得令人叹,令人大笑,令人叫绝,简直令人手足无措,不知道怎么对他才好。这样的大学者,可爱煞人。

说到"笙最怕冷,在三九吹不响,冷气一入则簧结而不动,故吹笙必天暖",恍惚记得《陶庵梦忆》中也有这样的话。查出来一看,说的不是笙,是箫。

《龙山雪》写雪夜登龙山:"万山载雪,明月薄之,月不能光,雪皆呆白。坐久清冽,苍头送酒至,余勉强举大觥敌寒,酒气冉冉,积雪欲之,竟不得醉。马小卿唱曲,李岕生吹洞箫和之,声为寒威所慑,咽涩不得出。"

看来,箫也是怕冷的。《龙山雪》是我读过的写寒冷印象最深刻又最别致的一篇,在这里,寒冷是统摄万物、铁面冷心、威力无穷的至高主宰,"寒威所慑",使月光都变得暗淡,使酒气都受到压制无法生发,以至于痛饮了许多仍不能求得一醉,更让箫声都"咽涩不得出"。

"箫声咽,秦娥梦断秦楼月",这是唐五代词中最脍炙人口的《忆秦娥》的第一句。"箫声咽",这个"咽",会不会也是"寒威所慑"呢?"乐游原上清秋节,咸阳古道音尘绝",清秋节就是九月初九的重阳节,时令是秋天,那么箫声"咽"的原因,与时节、气温无关,自然就只是摹写箫声之呜呜咽咽,令人如闻其低沉悲凉了。而"西风残照,汉家陵阙",点出是时代和心理的"天气"令箫声呜咽。

那些雪中、月下的吹箫人,和那些东风日暖时的吹笙人,其实也许是不同时空的同一类人。他们是艺术和人生的双重热爱者,为了不负此生的寸寸光阴、缕缕滋味,这些"一往情深"的痴人和妙人,月明时吹箫,日暖时吹笙。该说他们是真正的艺术家,还是真正的生活家,抑或二者皆是?

(原载 2017 年 10 月 20 日《腾讯·大家》)

灵　渠

蒋原伦

去过桂林多次，每次去总少不了游漓江去阳朔，或者参观芦笛岩和七星岩。早先漓江的水势充沛，游漓江的船停泊在解放桥附近，上船后要走一段水路才看见象鼻山，过象鼻山，气象逐渐开阔，水光云天下，葱白的山簪一座座拔地而起，尽显喀斯特地貌的美妙。这些年漓江水势渐减，登游船的地点就在象鼻山以外，再去桂林开会或出差，觉得桂林变得乏味起来，号称山水甲天下的峰峦在一幢幢威猛的高楼大厦背后露出怯生生的山尖，有点像给每座楼派发了一顶瓜皮小帽。

市政当局为增加旅游景点，疏通了两江四湖，造了卧姿各异的景观桥和玲珑剔透的日月双塔，使得桂林市区更加美轮美奂，游两江四湖的船票通常要预订，可见是热门景点。只是没有人跟我提起过几十里开外的灵渠，因此当文辉带我们一行人去灵渠时，还以为是又一个新开发的旅游景点，全然不知道，将要拜谒的竟是两千二百年前开凿的伟大水利工程。

一

古老的灵渠，作为景点是很晚才开发的，二十世纪八十年代末，才公布为全国重点文物保护单位，二〇〇六年成为国家级AAAA旅游风景区。可能是由于交通和宣传方面的原因，灵渠的知名度似乎并不高，当我走进灵渠园区的大门时，还以为是兴安县境内一处略加修缮的自然风景地。

说起来,作为"伟大水利工程"的灵渠,还正像是一处自然风景地,因为它的伟大是隐藏在自然山水之间的,不露真容。只有分水的铧嘴和大小天平坝的稍稍隆起,显示出人工作业的痕迹。与同是两千年前的水利工程相比——如古罗马人在西班牙塞哥维亚修建的大渡槽——灵渠称得上是鬼斧神工。塞哥维亚大渡槽的宏伟壮美绝对是没得说,两万多块花岗岩巨石构筑的拱形连续主体延伸八百多米,远观就像腾空而起的巨龙。然而,面对早期社会的这类体量无比庞大的建筑,不仅自己顿觉渺小,还总会有阴暗的联想:如劳民伤财……孟姜女哭长城……因此在情感的倾向上,我已经站在灵渠的不显山露水又浑然天成这一边了。我想塞哥维亚大渡槽输送水的功能实在有限,且工程浩大,糜费大量人力物力,肯定不完全是出于实用目的,应该还有其他的考虑,如炫耀实力、增添城市的美观,再如展现建筑能力等等。总之,不完全是出于民生的考虑,因此其文化意义大于实用意义。

灵渠的开凿也并非是出于民生的考虑,这是北方的强秦开疆扩土,打到岭南地区,为了运送士兵和军粮而修建的。待到征服百越,战争残酷的一页翻过,照理应该在史书上留下一些辉煌的记载,如疏通河川以利舟楫,泽万顷良田,功在三代等等,遗憾的是史书上似无多记载,例如在《史记》的河渠书中就毫无这方面的内容。司马迁"南登庐山,观禹疏九江,遂至于会稽太湟,上姑苏,望五湖;东窥洛汭、大邳、迎河,行淮、泗、济、漯、洛渠;西瞻蜀之岷山及离碓,北自龙门至于朔方"。足迹遍布五湖四海,其开篇从大禹治水九州写起,经李冰开凿离堆而筑都江堰,再到郑国修渠、西门豹引漳河水入邺,一直写到当朝孝文帝和汉武帝的百官治理黄、淮、洛水等等,洋洋洒洒千多言,就是没提及这么有技术含量的灵渠,颇令人纳闷。司马迁是否压根儿就不知道有那么一条渠的存在?答案又是否定的。因为在其《史记·平津侯主父列传》中,就有秦兵"南攻百越,使监禄凿渠运粮,深入越"云云,那是公孙弘在总结秦王朝败亡的原因时,作为秦王朝过分穷兵黩武的一个例证被提及,这是一个反面的例子。由此看来,根本原因可能是灵渠偏于一隅,路途遥远,足迹未到。否则以太史公之视野、博学和判断,断无忽视灵渠的理由。

灵渠也可以说是中国最早的运河,虽然总长只有三十多公里,却沟通了长江和珠江两大水系,使得南下的漓江和北去的湘江水脉相连,在灵渠的铧嘴不远处,立着乾隆年间的书碑,上有清人查淳所写"湘漓分派"四个大字,碑身仅一人多高,但可谓气势干云。因为这四个字背后让人联想到浩渺的洞庭和蜿蜒美丽的珠江。

查淳是桂林知府,灵渠所属的兴安县地界正是他的治下。查淳的老爹也是知府一类的官职,当年为疏浚灵渠河道,探寻过湘、漓之源头,因此查淳在此处立书碑并不能算附庸风雅,是有职分所在的意味。如果说桂林的地貌可以用钟灵毓秀来描绘,那么兴安这边可以用人杰地灵的地灵来形容,说兴安是地灵之地,是因为这两千多平方公里的土地,也就两个香港的面积,竟然是湘江和漓江两条历史名河的发源地。虽然郦道元在《水经注》上称"湘漓同源分为二水",实际上这"二水"分属于不同的水系,中间隔着湘桂走廊这狭长的谷地,而且这两条极有个性的河流居然背道而驰,各奔前程。湘江源出于兴安县南部的海洋山脉,故源头称为海洋河,此后一路向北,有朝觐中原的意味,而漓江源则打兴安西北的猫儿山下来,我行我素,一路往南往西,蜿蜒曲折奔梧州方向而去。多少万年过去,这两条河互不照面,突然在某一天,灵渠就像丝绸腰带那么一搭,将它们松弛地挽系在一起,真是相得益彰。作家张承志当年写北方的河多壮阔伟岸,而南方的河则清秀灵动,穿行于山林和田畴之间,又有沟渠相连,很有几分亲切感。

二

挖渠对于一个能修万里长城的民族来说不是什么难事,灵渠之灵在于那些建筑的细节。当园区的讲解员就灵渠具体的工程构造——道来时,听得我两眼发直,一是外行人本来不懂水利建筑,名词术语听着陌生;二是其细致和讲究的程度叫人吃惊,这难道是两千二百年前的技术水准?当年作为知青下乡到黑龙江,时不时也搞水利建设,那时的高举高打、粗放粗作,现在想想都脸红。年年马马虎虎地挖渠,年年淤黏坍塌,毫无技术含量可言。眼前的水利工程真可谓精品杰作,由铧嘴,到大、小天平坝,再到斗门、水涵、堰坝等等,每一个细部和细部之间的组合都环环相扣,使得工程的整体构想能得到具体的落实。单说那起缓冲和分水作用的石砌铧嘴,就向上游方向延伸出百把米,可谓千年大计,已经把日后多少年水流的冲刷和淤积造成的损害预计在内了,所以到了清代重新疏浚修缮时,将铧嘴长长的前部废弃,剩下的部分,一点不影响分水的效果。与铧嘴相衔接的是作为拦河坝的大、小天平,它们既蓄水又分水,因此大小天平坝的夹角成一百零八度的斜势,以减少迎面来水的压力。坝体各部分所用的石灰岩条石、鱼鳞石和混黏土砂卵石也各有讲究。所谓鱼鳞石就是将石条几近直立地嵌入式排列,故立面呈鱼鳞状,以应对日积月累的水力冲击,条石与条石之间还有石榫卯定。条石与鱼鳞石之间以掺有桐油的胶结物黏合,坚固异常。不仅仅坚固,还灵巧和便利,在灵渠河道分布的各座斗门就是便利的见证,这斗门就是所谓的船闸,是为船只的通航、蓄水和排水用。尽管所谓斗门的出现,到唐朝才有记载,但是我相信,既然开凿灵渠最初的功用是运兵和粮草,那时就应该会有替代性的船闸,否则通航有困难。

现在应该回过头来说说灵渠的设计者和建造者了。若非史籍记载,简直不敢相信我们的祖先早在公元前几百年就有这等智慧。此人就是史禄,即《史记》中提到的"使监禄凿渠运粮"的那一位。据说在《淮南子》和《汉书》中均有简略的记载。当然关于史禄更详细的情形就不得而知了,甚至他姓什么都存疑,因为"监禄"或"史禄"的头一个字是官职,禄才是本名。不过这不影响后人对其功绩的肯定和赞扬。许多年以后,宋人周去非在其《岭外代答》这本古代地理名著中提起史禄时,双手都跷起了大拇指，原话是"岂惟始皇，禄亦人杰矣"。也就是说，有了湘、漓二水，有了史禄，前面所说兴安县"人杰地灵"，这四个字就占全了。

打小受到教育，中国有悠久的历史传统，中华文化博大精深等等，初时肃然起敬，但是慢慢地觉着这是阿Q式的自夸和自慰，在实际生活中不觉得我们有那么多优秀传统。灵渠的存在，表明我们的祖上还真的优秀过。历史的嘲弄再加上吾辈无知，一度使我忽略了中国历史上的优秀科技人才和能工巧匠所做出的贡献。

当然我清楚，史禄并非奇人，灵渠亦非奇迹。灵渠在那个时代的出现，虽然代表了当时华夏民族的治水水准和高度，却不是绝无仅有。不往远处说，更不必上溯大禹治水，光是在秦朝那短短的半个世纪里，就先后建成了三大水利工程，这就是公元前二五一年建成的都江堰、公元前二三六年完工的郑国渠（此郑国非春秋战国之郑国，而是韩国的水利专家，姓郑名国），然后就是灵渠，通航于公元前二一四年。说起来灵渠还是最晚建成的，所以有人演绎，说史禄早年参与了郑国渠的建设，是从郑国渠的开凿中积累了丰富的经验；也有人说，史禄是郑国的弟子，被派往岭南修渠。应该说以上演绎都有其合理性，因为从年代上说，郑国渠与灵渠相对近一些，另外，关于郑国渠的故事和种种传说极富戏剧性和传奇色彩，拍几十集电视剧绰绰有余，因此各种附会自然多多。

三

郑国何许人也？他是韩国的水利专家兼土木工程师。不过我以为他也是一位高明的说客。最早的史书有那么一段记载，直接可以用作《战国疑云》一类谍战剧的梗概：

> 韩闻秦之好兴事，欲罢之，毋令东伐，乃使水工郑国间说秦，令凿泾水自中山西邸瓠口为渠，并北山东注洛三百余里，欲以溉田。中作而觉，秦欲杀郑国。郑国曰："始臣为

间,然渠成亦秦之利也。"秦以为然,卒使就渠。渠就,用注填阏之水,溉泽卤之地四万余顷,收皆亩一钟。于是关中为沃野,无凶年,秦以富强,卒并诸侯,因名曰郑国渠。

(《史记·河渠书》)

　　太史公就是太史公,短短百多言,就将这么重大的水利工程、历史事件及其中的曲折交代清楚了。郑国劝说秦国修渠,乃施展"疲秦"之计,以消耗秦国的国力,使其抽不出身来伐韩,结果想不到此渠修成后,借灌溉之利,秦越发强大,不到十五年工夫就并吞了六国。自此改变了中国的历史走向。那郑国也是胆识过人,计谋败露之际,仍能说服秦王继续完成其水利工程,而且事成之后,居然还能以他的姓名冠名,也算是千古绝唱。因为从最早的大禹治水到今天的三峡水库,但凡有耳闻的大的水利工程,还真没有以个人名字来命名的。由此看来,当时的秦王(仅限于当时)也算是尊重知识、尊重人才的。

　　郑国渠开通,引泾水入洛水,横跨三百余里,灌浇关中平原,同时将泾水夹带的泥沙携入下游,改善了下游一带的盐碱地,可谓造福万方。如今郑国渠的完整原貌已不复寻觅,因为该渠年久失修,故道倾圮,所以这两年,泾阳等地在搞郑国渠国家遗址公园的开发项目。至于当年开渠的种种科技创新如能有所还原,当属世界水利科技史上值得秉笔书写的章节。据说郑国渠的奥妙在于其"横绝"技术,该渠一路向东,途中要横跨若干条河流,要处理和应对不同的水文和地理难题。而该渠既能把河水揽入渠中,既增加下游的供水量,又能妥善地解决泥沙淤积的问题,可谓绝活。当然郑国治水的具体思路和技法是否流传于后世?关中平原两千年以来,前前后后的水利建设是否受益于郑国?当初那么伟大的水利工程怎么就没有得到修复和保存?或者说郑国渠在修建之初就有某种暗疾,所以后人改弦更张,另辟蹊径?这一切需要有关专家或专项研究人员来回答。总之,在那时,此渠一开,黄金万两,不仅没有达到"疲秦"的目的,反而是加快了秦统一六国的步伐。

　　今天我们只能相信郑国是身怀绝技,否则秦王不杀他已经是皇恩浩荡,何必还继续让他总管作业？只是郑国的那一套治水本领是独出机杼还是有所借鉴、有所继承,倒是值得追问。我以为郑国有才华是一方面,但是那时的大环境造就科技人才也是一方面,所谓形势比人强。那时候一说起治水,就像今天人们说起建设互联网,没有人能够抗拒,也因此郑国一游说,秦王立马点头同意,丝毫不怀疑郑国的动机,并投入了大量的人力物力(也有说法,那时秦王尚年幼,是吕不韦当政,接纳了郑国的开渠建议)。即便数年后经人告发,郑国的"用间"身份坐实,秦王出于强国富农的愿望,仍未改变初衷。反过来,韩国上下觉得能以此法来说动秦国,也说明兴修水利以利农桑是当时的共识。

其实中国是农耕社会,向来关注水利技术方面的建设,水利是农业的命脉。不仅华夏历史的开篇就是大禹治水,中国历史上第一次大的生产技术方面的路线和观念之争,也是治水到底是用堵的方式好呢,还是疏导的方式更有效。再往下,《史记》有《河渠书》,《汉书》有《沟洫志》,三国至北魏有《水经》和《水经注》,宋史、金史、元史、明史等也都有《河渠志》,以记录水系变化、水利建设方面的作业和成就。由此,河清海晏也成了太平盛世的代名词。

回过来说,秦王朝正是由于此前在水利建设上尝到了甜头,所以才对开凿郑国渠如此热衷,据传一下子派出十来万人工,搞得轰轰烈烈。这所谓甜头,就不能不说说蜀地的都江堰。

四

在秦代的三大水利工程中,都江堰最为巧夺天工。

如果说遇见灵渠颇感意外,那么当初劈面相逢都江堰对我来说是强烈的震撼。若说郑国渠和灵渠等的开凿,从整体上表明了中国古代水利科技水平所达到的高度的话,那么都江堰的出现绝对是奇迹,即便以今天的眼光来看,都江堰无论在总体构思、设计上的精妙合理,还是到最后实施过程的浑然天成上,都堪称无与伦比。说它是奇迹还有另一个理由,它是迄今为止我们能亲见的、体现中华民族早期智慧的最铁定的证物。如今古籍上记载的许多辉煌的科技发明,均不见踪影,如晚于此两百多年的汉代,有张衡制造的浑天仪和地动仪,如今在哪里?再往下,诸葛亮的木牛流马又在哪里?今天关于这些记载都不过是传说,几近于神话。连治水的大禹都可能是神话(顾颉刚认为,大禹到底是神话故事人君化,还是初民时期的人君神话化尚可讨论,当然他倾向于前者),盖因除了《尚书·大禹谟》《尚书·禹贡》等文献,没有太可信的证物。而《尚书·禹贡》中又将禹描绘成无所不能的伟人,在他的亲力亲为下,立马天下大治,做到了"九州攸同,四隩既宅,九山刊旅,九川涤源,九泽既陂,四海会同。六府孔修,庶土交正,厎慎财赋,咸则三壤成赋,中邦锡土、姓,祗台德先,不距朕行"。事情往往是过犹不及,这样一来大禹不是神也是神了。所以尽管全国的大禹庙有五六处之多,但都只能作民间信仰和民风民俗观。恰恰都江堰幸存下来了,跨越千年,屹立不倒,连地震都难以撼动。

  都江堰是李冰父子所为,尽人皆知。可惜李冰是哪里人却无考。公元前三一六年,秦惠文王征服巴蜀之地,成都平原及周边自此就成了秦王朝的一个郡。公元前二五六年,李冰被任为蜀郡太守,开凿都江堰,成就一代伟业。我之所以关注李冰是何方神圣,是好奇他的治水技术承传于何人。比如祖上与魏国的西门豹有什么关系,或者像大禹一样,父亲也是水利专家,得之于家传?当然不管他受何种恩泽和培养,李冰本人无疑是治水的天才。仅在任六年,就将成都平原治理得风调雨顺,遂有了天府之国的美名。

  都江堰水利工程之妙,在于无坝拦水分水。面对上游岷江的汹涌来水,前有鱼嘴分水,后有凿开的玉垒山(成宝瓶口状)引水,在鱼嘴和宝瓶口之间又有飞沙堰可再度分洪。在宝瓶口下方还有数条河流引水,这一切均形成了十分完美的组合,自此从岷山山脉飞奔而下的岷江,在鱼嘴处被分成内江和外江,原先岷江的故道成为外江,从成都平原西侧南下,直奔长江。而经宝瓶口流向成都方向的即为内江。内外江分水的比例是四比六,既能分洪,还能合理地分配水资源,满足了岷江下游农田灌溉的需要。

都说中国古人讲究"天人合一",都江堰就是"天人合一"的典范。李冰父子在全部的工程中没有筑过横截江流的堤坝,分水或引水一切均顺势而为。故晋人常璩在《华阳国志》中引用古书的说法,极赞都江堰,"水旱从人,不知饥馑,时无荒年,天下谓之天府也"。这"水旱从人"之说,就有天人合一的意味在。当然再完美的水利工程也不是一劳永逸的,需要不断地维护。都江堰就有岁修制度来维护,还有"深淘滩,低作堰"的信条和规则要遵守。这许多细节听起来有点复杂,倒是不难理解,只是叙说起来,不那么直观。许多人慕名而游览都江堰,早有充分心理准备,一旦亲临,还是会被折服,这难道是两千二百年前的杰作吗?真是我们爷爷的爷爷的爷爷……那辈人留下的?万般神奇呀!若说中国只有一个都江堰,可以看成是天降奇迹,是上苍对川人的眷顾和偏爱。然而仅仅半个世纪的工夫,我们的祖先就修建了都江堰、郑国渠和灵渠这三大水利工程,表明在这片广袤的土地上的人民曾有以下的优秀品质:勤劳、勇敢、重实干,有创造力又有科学精神。无疑,以往对中华民族的一切赞语应该都成立!

李冰治水有功,造福四方,百姓纪念他,自然是立祠又塑像。他也难免会被传奇化和神话化。李白《蜀道难》有云:"蚕丛及鱼凫,开国何茫然。"于是李冰就成了蚕丛和鱼凫的后人,不仅本乡本土化,而且家世背景也大有来头。在时间的发酵过程中,慢慢地李冰有了呼风唤雨的能力,也有降龙捉怪的本领,更有人认为,那位武功可以媲美孙悟空的二郎神,其原型可能就是李冰之子李二郎。

宋人黄休复笔记《茅亭客话》卷一中有类似这方面的记载:

> 蜀困水难,至于白鼋生蛙,人罹垫溺且久矣。公以道法役使鬼神擒捕水怪,因是壅止泛浪,凿山离堆,辟沫水于南北为二江,灌溉彭、汉。蜀之三郡沃田亿万顷。仍作三石人以誓江水曰:俾后万祀,水之盈缩,竭不至足,盛不没肩。又

作石犀五,所以厌水物。于是蜀为陆海,无水潦之虞,万井富实,功德不泯,至今赖之,咸云理水之功,可与禹偕也,不有是绩,民其鱼乎?每临江浒,皆立祠宇焉。

但是无论怎样神话化,没有人会把李冰当成纯粹的神话人物,盖因都江堰的存在,证明李冰是实实在在的一个历史人物,同时也表明在李冰那个时期,华夏民族已经有了相当高的科技水平和治水能力,且领先于全球。

五

这里,必须说说笔者的一个猜想,也可以说是关于"李约瑟猜想"的猜想。

所谓"李约瑟猜想"又称"李约瑟之问"。二十世纪五十年代出版的《中国科学技术史》的第一卷序言中,这位著名的科技史专家曾经这样写道:

> 广义地说,中国的科学为什么持续停留在经验阶段,并且只有原始型的或中古型的理论?如果事情确实是这样,那么在科学技术发明的许多重要方面,中国人又怎样成功地走在那些创造出著名"希腊奇迹"的传奇式人物的前面,和拥有古代西方世界全部文化财富的阿拉伯人并驾齐驱,并在三—十三世纪之间保持一个西方文明所望尘莫及的科学知识水平?中国在理论和几何学方法体系方面所存在的弱点,为什么并没有妨碍各种科学发现和技术发明的涌现?中国的这些发明和发现往往远远超过同时代的欧洲,特别是在十五世纪之前更是如此(关于这一点可以毫不费力地加以证明)。欧洲在十六世纪以后诞生了近代科学,这种科学已被证明是形成近代世界秩序的基础之一,而中国文明却未能在亚洲产生与此相似的近代科学,其阻碍的因素是什么?另一方面,又是什么因素使得科学在中国早期社会中比在希腊或欧洲中古社会中更容易得到应用?最后,

为什么中国在科学理论方面虽然比较落后,但却能产生出有机的自然观?这种自然观虽然在不同的学派那里有不同形式的解释,但它和近代科学经过机械唯物论统治三个世纪之后被迫采纳的自然观非常相似。

以上这段思考包含着多重角度和含义,但是后来国人将李约瑟之问做了最扼要的概括,简言之就是中国古代科学技术十分灿烂辉煌,为什么近代科学革命没有在这块土地上发生?

其实在二十世纪四十年代,初次来访中国的前一年,李约瑟受到《自然》杂志和英国广播公司的节目邀请,想讨论的问题之一就是"中国的科学从整体上讲为什么从来就不发达"。注意!他那时说的是"从来就不发达",而不是后来所说的"在三—十三世纪之间保持一个西方文明所望尘莫及的科学知识水平",只是到近代,科学技术才落后。

是什么促使他改变了这一看法?都江堰。

当然,这是笔者关于李约瑟猜想的揣测。二十世纪九十年代,笔者第一次游览都江堰。突然就想到了李约瑟,此前并未翻看过他的著作,只知道他的皇皇巨著《中国科学技术史》有多少大卷,详尽介绍了中华古代科技文明,当时的直觉是这位洋人科学家一定是来过都江堰考察,只有来过此地,并亲见如此伟大的水利工程才会对中国古代科技抱有如此的热情。最近起念写此文,查阅相关资料,证实李约瑟在由英国派往中国任文化参赞的第一年的一九四三年,就迫不及待地去了都江堰。当然他原本的目的地是敦煌石窟,由重庆经成都去陇西的途中就劈面相遇了都江堰。都江堰令李约瑟着迷,惊叹不已。据说"它的设计在美学上令人赏心悦目",也使这位曾经的剑桥博士、胚胎学专家为之折服。

他刚到中国,就奔敦煌而去,显然是受中国古代灿烂的艺术文化的召唤,或许那时在李约瑟脑海里,中国早期的人文文化发达,科技文化尚不足道。没来中国之前,他对中国的向往是对神秘而遥远的异域文化的向往,没什么科学技术方面的概念。我想一定是都江堰水利工程给他留下了难以磨灭的印象,改变了他中国科技"从来就不发达"的看法。既然都江堰改变了我这样一个土生土长的中国人的看法,不是从历史书上学会背诵中国古代文明的伟大悠久,而是从实例中收获切实的感受,也一定会改变任何一个外国人的看法。

其实,中国的近现代科技为何不发达,落后于西方?中国的有识之士在李约瑟发问的半个多世纪之前早已自问。这是一个刻骨铭心的、挥之不去的大问号。答案归纳起来虽然不容易,但大致有三个层面还是清楚的,一是思想文化传统方面的;二是体制和制度层面的;三是民族精神气质和性格特征等等。本文不想在各种答案上再增加新的内容,而是想揭示李约瑟之问的背景,同样问这个问题,中国学者或有识之士的目的是找到原因,急于改变中国的落后现状。对于李约瑟,则是想对复杂的文化现象和人类学现象做出自己的见解。据说作为生物化学家的李约瑟与人类学家有很频繁的学术交往,如与玛格丽特·米德就是好朋友,他刚进入中国的昆明,就给美国这位著名人类学家写信,谈了自己"在中国最初的三十六小时的印象",因此有理由认为"李约瑟之问"是深受人类学界的影响。

二十世纪二十年代到四十年代正是文化人类学大发展的时期,所谓文化人类学,关注的是文化在各民族的建构过程中发挥的作用。因此有关世界文化的多样性、相对性得到了人类学者足够的重视和研究。许多西方学者通过田野调查挑战了西方中心主义和单线进化论:即那种把文化看成是历时性的,由落后到先进逐渐递进的单线排列的认识模式。他们认为各民族文化有其各自的合理性,不能把全人类丰富的文化进程作为普遍的统一的历史来对待。当然更不能从现代科技的发展与否来判断人种的优劣。正是在这一大背景下,李约瑟来到抗日战争时期的中国,肯定了中华文明的伟大,并写下了《中国西南部的科学》《中国西北部的科学与技术》等论文,发表在《自然》杂志上,既从精神上思想上鼓舞了中国人民的抗日战争,也为其后的《中国科学技术史》的出版打下了坚实的基础。

当然那部伟大的科学技术史是按科学门类分卷的,如果是按历史年代排列,则都江堰、郑国渠、灵渠当为开卷。至今,它们还以当年的历史风貌屹立在中国的大地上。

(原载《人民文学》2017年第11期)

杨绛先生回家纪事

吴 学 昭

不知是天意还是巧合,2016年5月24日下午,我去协和医院看望杨绛先生,万没想到这竟是与老人的最后一见!

因为有些日子未去探视,保姆小吴见我走近病床,扒着杨先生的耳朵说:"吴阿姨来了!"久久闭目养神的杨先生,此刻竟睁大眼睛看我好一会儿,嘴角微微上翘,似有笑意,居然还点了点头。随后轻轻地嘟囔了一句,隔着氧气面罩,听不很清,意思应该是"我都嘱咐过了……"我从未见过杨先生如此虚弱,心上酸楚,强忍住几将夺眶而出的泪水,答说:"您放心!好好休息。"杨先生已没有气力再说点什么,以眼神表示会意,随即又闭上了双眼。据一直守候在杨先生身旁悉心照顾的保姆和护工说,此后到"走",杨先生再也没有睁开过眼睛。

不久,杨先生的侄媳和外甥女也来探望。内科主任及主管大夫请我们到会议室,介绍了杨先生病情,说她目前大致稳定,但已极度虚弱,随时有意外发生的可能。我还是那句老话:即使发生意外,请勿进行抢救。这是杨绛先生反复交代过的,她愿最后走得快速平静,不折腾,也不浪费医疗资源。

杨先生的身子暖暖的,手足却凉。小吴和护工不断摩挲杨先生的手臂使它热乎,又用热水为杨先生泡脚生暖。她静静躺着,乖乖地听任她们摆布不做声。

我时时盯着监测仪,不祥之感突如其来。时已晚上8点多钟,大大超过了探视时间,可我还想在杨先生身边多待一会儿。

后来经不住传达室同志的一再催促,才依依不舍离开。他们为等候我们交还探视证、取回身份证,已耽误下班好几个时辰了。

当日午夜时分,医院来电报告杨先生病危。我和清华大学教育基金会项目部部长池净、杨绛先生遗嘱的另一执行人周晓红,以及杨先生所在单位中国社会科学院外国文学研究所陈众议所长,从京城的四面八方急急奔往协和,一心想着亲送杨先生最后一程。但待我们到达病房,杨先生已经停止了呼吸!那是2016年5月25日。凌晨1:30。所幸老人临走没有受罪,有如睡梦中渐渐离去。

方经洗面、净身、换衣的杨先生,面容安详,神情慈和,就跟睡着了一样。协和医院的值班副院长、值班医师、护士长、护士同志,与我们一起向这位可敬可爱的老人深深鞠躬道别。我们谢过了连日来为治疗护理杨先生辛勤劳累的医护人员,缓步推送杨先生去太平间安放。

杨绛先生遗嘱交代:她走后,丧事从简,不设灵堂,不举行遗体告别仪式,不留骨灰。讣告在遗体火化后公布。对于杨绛先生这样一位深为读者喜爱的作家、一位大众关心的名人,如此执行遗嘱难度很大,首先媒体一关就不好过。幸亏周晓红同志和我,作为杨绛先生的遗嘱执行人,在杨先生病势危重之际,已将杨先生丧事从简的嘱咐报告国务院有关负责同志,恳请领导知照有关单位打破惯例,遵照杨先生的意愿丧事从简办理。后来丧事办理顺利,一如杨先生所愿,实与领导的理解和大力支持有关。

2016年5月27日清晨,协和医院的告别室绿植环绕,肃穆简朴。没有花圈花篮,也没张挂横幅挽联,人们的哀悼惜别之情,全深藏心底。杨绛先生静卧在花木丛中,等待起灵。她身穿家常衣服,外面套着二十世纪八十年代出访西欧时穿的深色羊绒大衣,颈围一方黑白相间的小花格丝巾,素雅大方。这都是按杨先生生前嘱咐穿戴的,她不让添置任何衣物。化了淡妆的杨先生,头发向后梳得整整齐齐,细眉高扬,神采不减生前,只是她睡得太熟,再也醒不过来。

尽管没有通知,许多同志还是赶来送别杨先生。这里没有前呼后拥,也无嘈杂喧哗,人人都轻手轻脚,生怕把睡梦中的杨绛先生闹醒。

起灵前,众至亲友好行礼如仪,将白色的玫瑰花瓣撒在杨先生覆盖的白被单上。我和周晓红等乘坐灵车陪伴杨先生去八宝山,陈众议所长留下向媒体发布讣告。

从讣告看,杨绛先生生前对身后所有重要事项,已一一安排妥帖;与众不同的是,这一讣告居然经杨先生本人看过,并交代遗嘱执行人,讣告要待她遗体火化后方公布。

杨先生那种"向死而生"的坦然,对身后事安排考虑的睿智、周到、理性,往往使我感到吃惊和钦佩。

"绝对的公正""绝对的价值"究竟有没有对于年老衰迈、死亡病痛这类话题,一般人特别是老年人,不喜欢也不愿多提,杨先生却不忌讳,不但谈论,且思考琢磨,体会多多。我就听杨先生说过"病"与"老"不同:她以为"病是外加的,临时性的,不论久病、多病,可以治愈。'老'却是自身的,是生命日渐萎弱,以至熄灭;是慢吞吞地死。死是老的 perfect tense;老是死的 present participle,dying 也。老人就是 dying 的人,慢吞吞,一面死,一面还能品味死的感受"。

杨先生自嘲当了十多年"未亡人"和"钱(锺书)办(公室)"光杆司令,已又老又病又累!可是她无论读书、作文、处事怎样忙个不停,永远都那么有条有理,从容不迫。

同住南沙沟小区的老人一批批走了,杨先生也等着动身;只是她一面干活儿一面等,不让时光白白流过。

为保持脚力,每天"下楼走走"的步数,从 2008 年的 7000 步渐减为 5000 步、3000 步,由健步而变成慢慢儿一步步走;哪怕不再下楼,退到屋里也"鱼游千里",坚持走步不偷懒。

日复一日的"八段锦"早课,2016 年春因病住院才停做。"十趾抓地"还能站稳;"两手托天"仍有顶天立地之感;"摇头摆尾"勉强蹲下;"两手攀足"做不到就弯弯腰;"两手按地"则只能离地两三寸了。

毛笔练字,尽量像老师指导的那样,"指实、掌虚、腕灵、肘松、力透纸背",少有间断。只是习字时间,已由原来的每天 90 分钟步步缩减为 60、30、20 分钟,直到后来无力悬腕握笔。

杨先生这"钱办"司令真是当得十分辛苦,成绩也斐然可观。

《钱锺书集》出了,《宋诗纪事补正》《宋诗纪事补订》出了,《钱锺书英文文集》出了,《围城》汉英对照本出了,尤令人惊讶的是,包括《容安馆札记》(3 巨册)、《中文笔记》(20 巨册)、《外文笔记》(48 巨册)在内皇皇 71 巨册的《钱锺书手稿集》,竟于杨先生生前全部出齐!很难想象,杨先生为此倾注了多少心血。以上每部作品,不论中英文,杨先生都亲自作序,寄予深情。

杨先生在忙活钱著出版的同时,不忘自己一向爱好的翻译和写作。她怀着丧夫失女的无比悲痛翻译柏拉图的《斐多》,投入全部心神而忘掉自己。《斐多》出版后,杨先生私下说,她原来倒没想深究灵魂死不死,而更想弄清"绝对的公正""绝对的价值"究竟有没有。如今不是仍在讲"真、善、美"吗,是非好恶之别,是先天的,还是后天的呢?

《走到人生边上》则写得不那么顺当,有过周折,颇费心思。听杨先生说,此作起意于她九十四岁那年,立春之前,小病住院。躺在病床上,闲来无事,左思右想,要对几个朋友"人死烛灭""人死了就什么都没有了"的一致信念来个质疑。

没想到一质疑,便引发了许许多多问题。这些问题并非从未想过,有些还是经常想的,只是不求甚解,糊里糊涂留在心上。糊涂思想清理一番,已不容易,要一个个问题想通,就更难了。不料问题越想越多,好似黑夜走入布满乱石的深山僻径,磕绊跌撞,没处求教!自忖这回只好半途而废了,但是念头愈转愈有意味,只是像转螺丝钉,转得愈深愈吃力;放下不甘心,不放又年老精力不足。正像《堂吉诃德》里丢了官的桑丘,跌入泥坑,看见前面的光亮却走不过去,听到主人的呼喊又爬不起来!

杨先生说:"我挣扎,这么想想,那么想想,思索了整整两年六个月，才把自以为想通的问题，像小姑娘穿珠子般穿成一串。我又添上十四篇长短不一的注释，写成了这本不在行的自说自话。"她为台湾出版此书的繁体字本写道："我这薄薄一本小书，是一连串的自问自答。不讲理论，不谈学问，只是和亲近的人说说心上话、家常话。我说得有理没理，是错是对，还请亲爱的读者批评指教。"

"自揣没有资格。谢谢！"

杨绛先生一生淡泊名利、躲避名利，晚年依旧。我印象较深的，就有三例：

中国社会科学院授予杨绛先生荣誉学部委员，她没去领受荣誉证书，讣告中也没让写上这一头衔。

2013年9月，中国艺术研究院函告杨先生已成为第二届中华文艺奖获奖候选人，请她修订组委会草拟的个人简历，并提供两张近照。杨先生的答复是："自揣没有资格。谢谢！"

2014年4月，钱、杨二位先生曾就读的英国牛津大学艾克塞特学院（Exeter College）院长佛朗西斯·卡恩克劳斯（Frances Cairncross）女士来函称，在 Exeter 学院建立700周年之际，该院以推选杰出校友为荣誉院士的方式纪念院庆，恭喜杨绛先生当选牛津大学艾克塞特学院荣誉院士，特此祝贺。

杨绛先生不使用电脑，便口授大意，要我代复电邮说：

尊敬的 Frances Cairncross 女士：

我很高兴收到您4月25日的来信。首先，我代表我已去世的丈夫钱锺书和我本人，对牛津大学艾克赛特学院建立700周年表示热烈的祝贺。我很荣幸也很感谢艾克赛特学院授予我荣誉院士，但我只是曾在贵院上课的一名旁听生，对此殊荣，实不敢当，故我不能接受。

杨 绛

Frances Cairncross 是牛津大学艾克塞特学院建立700年来

的首任女性院长,已任职十年,此次当选的荣誉院士只有两位,全系杰出女性。一位是西班牙王后,一位就是杨绛先生。Frances Cairncross 怎么也想不明白,别人求之不得的殊荣,杨绛竟然拒绝!她转而求助于我,要我帮助说服动员,一定将她 5 月 4 日的来信所言充分转达杨绛先生。

Frances Cairncross 院长生怕杨绛先生误解艾克塞特学院授予她荣誉院士,系因她是钱锺书先生的遗孀,因而再三解释:

1. 杨绛自身就是一位杰出的学者,艾克塞特学院知名校友众多,我们却从未考虑过授予其遗孀荣誉院士。杨绛的情况很特殊,事实上如果她接受这一荣誉,将有助于在欧洲弘扬她的学术成就。

2. 她对塞万提斯研究做过重要贡献,我院设有阿方索十三世西班牙语言和文学讲座,现任阿方索十三世讲座教授埃德温·威廉逊(Edwin Williamson)也是一位研究塞万提斯的学者,他本人对杨绛女士在此领域的研究也深感兴趣。

3. 目前我院还没有女性学者获此殊荣;作为牛津大学的首位女院长,我对此深表遗憾,这也是我热切希望她能接受此荣誉的原因之一。

我将 Frances Cairncross 院长托付的话,详细转达杨先生,并将她的电邮打印送杨先生亲自阅看。然而杨先生再次辞谢,5 月 7 日命我大致如此作答:

尊敬的 Frances Cairncross 院长:

您 5 月 4 日的来信,我已认真仔细拜读。您和您的同事们对我的褒扬和赞赏,您再次敦促我接受 Exeter 学院最高荣誉所抱的热切、真诚,我深感亲切,受到感动,甚至回想起 1935—1937 我与钱锺书在 Exeter 学院、在 Bodleian Library 一起度过的那段美好时光。

然而,我仍不能不坦诚直告尊敬的阁下,我如今 103 岁,已走在人生边缘的边缘,读书自娱,心静如水,只求每天有一点点进步,better myself in every way,过好每一天。荣誉、地位、特殊权利等等,对我来说,已是身外之物;所以很抱歉,虽然我非常感谢你们的深情厚谊,我仍不得不辞谢贵院授予我荣誉院士的荣誉,敬求你们原谅和理解。

致以最良好的祝愿!

杨 绛

Frances Cairncross 院长此时大概已对杨绛先生的"倔"脾气有所领会,于是回复说:"以我对您超众脱俗品格的了解,您具有尊严和思虑缜密的回信应在我的预料之中。未能将您延揽入我院授予的极少数的杰出的女性荣誉院士中,我个人非常难过,但我尊重和接受您的理由。感谢您为回应我们的请求,做如此认真的思考。"

杨绛先生心感 Frances Cairncross 的理解和宽容,提出《钱锺书手稿集·外文笔记》出版后,将请商务印书馆代为寄送牛津大学艾克塞特学院图书馆和 Frances Cairncross 院长各一套,以表达对母校的栽培和对院长的感激之情。钱锺书这些涉及七国语言的笔记,正是他二十世纪三十年代在艾克塞特学院求学时做起的,使用的还是艾克塞特学院的练习簿!

Frances Cairncross 要我转达杨先生,深表谢意。她写道:您亲切友好的来信,对我前些日子的失望是一个莫大安慰。杨绛提出赠予学院和我的美好礼物,让我深受感动。我的同事请您代我们向她热情致谢。

"我打这官司,不仅是为自己,也是为了大家"

杨绛先生历来低调,不爱抛头露面;90 岁前已决心"蛰居泥中",安安静静做自己的事。哪里想到 2013 年暮春,中贸圣佳国际拍卖公司拍卖钱锺书、杨绛书信手稿一案,不但把她从"泥"中揪了出来,还抛向风口浪尖,连日登上社会新闻的头条!

个人隐私竟可拍卖,怎不令人吃惊!自然引起社会关注!

这次拍卖的,主要是二十世纪八九十年代,钱、杨与时任香港《广角镜》杂志总编辑李国强的通信。杨先生立即去电质问;李国强答非所问,以后干脆不回应。

2013年5月26日,杨先生决定依法维权,发表公开声明:"此事让我很受伤害,极为震惊。我不明白,完全是朋友之间的私人通信,本是最为私密的个人交往,怎么可以公开拍卖?个人隐私,人与人之间的信赖、多年的感情,都可以成为商品去交易吗?年逾百岁的我,思想上完全无法接受。"她希望有关人士和拍卖公司尊重法律,尊重他人的权利,立即停止侵权,不得举行有关研讨会和拍卖,否则她会亲自走向法庭,维护自己和家人的合法权利。她说:"现代社会大讲法治,但法治不是口号,我希望有关部门切实履行职责,维护公民的'通信自由和通信秘密'这一基本人权。我作为普通公民,对公民良心、社会正义和国家法治,充满期待。"

杨先生的话感动了无数有良知的人!

真是得道者多助,声援源源而来。连中国拍卖行业协会也表示"深切理解并尊重杨绛先生的感受和反应。鉴于由此给杨绛先生带来的困扰,目前正积极协调有关人士,希望委托人能充分尊重杨绛先生的意愿"。他们还建议并督促有关拍卖企业积极融通各方,在法律的框架内,秉持杨绛先生一贯遵守的"对文化的信仰"和"对人生的信赖"精神,使问题尽早妥善解决。

由于法庭开庭审理此案在即,102岁高龄的杨先生体弱不宜亲自出庭,10月26日拍摄录像,以备当庭播放。她在录像中,强烈表示对于这件事,在思想上完全无法接受,感情很受伤害!"我打这官司,不仅是为自己,也是为了大家,否则给别人的信都可以拿来拍卖,那以后谁还敢写信?社会上人与人之间的信任和承诺都没有了。两位被告做错了事,就应承担责任。"

经过激烈的庭前辩论等许多程序,2014年2月17日,北京二中院一审宣判钱锺书书信手稿拍卖案:判定中贸圣佳国际拍卖有限公司停止侵害书信手稿著作权行为,赔偿杨绛10万元经济损失;中贸圣佳公司和李国强停止侵害隐私权行为,共同向杨绛支付10万元精神损害抚慰金,并向杨绛公开赔礼道歉。

中贸圣佳公司不服,向北京市高级人民法院上诉。

2014年4月10日,杨绛先生得知,北京市高级人民法院已就她诉中贸圣佳公司、李国强侵害著作权及隐私权案做出二审裁定,驳回中贸圣佳公司的上诉,维持一审原判。至此,持续几近一年的案件,终于告一段落。杨绛先生将所获赔偿金,全部捐赠母校清华大学法学院,用于普法讲座(据杨绛先生遗嘱,清华大学教育基金会在享有钱杨作品因使用而获得的财产收益的同时,有义务负责全面维护钱杨二人作品著作权以及与著作权相关权利不受侵犯。——编注)。2014年岁尾,此案被最高人民法院列为本年度的十大案例之一。确像杨先生说的,她这回挺身维权,不仅是为自己,也是为了大家。

"别太难过,没准儿以后我们还能在天上再聚聚呐!"

长时间地应对侵害,费心劳神,于杨先生的健康不无影响。她预感来日无多,更加紧对身后诸事的处理。

2014年9月,杨先生将家中所藏珍贵文物字画,还有钱锺书先生密密麻麻批注的那本韦氏大字典,全部捐赠给中国国家博物馆收藏。移交时,周晓红和我在场,杨先生指着起居室挂着的字画条幅,笑说:"这几幅虽然已登记在捐赠清单上,先留这儿挂挂,等我去世以后再拿走,怎样?免得四壁空荡荡的,不习惯也不好看。"国博同志立答:"当然,当然。全听您的。"

遗嘱已经公证。书籍、手稿等重要物品的归属,也都作了交代。所收受的贵重生日礼物,杨先生要我们在她身后归还送礼的人。其他许多物件,一一贴上她亲笔所书送还谁谁的小条。为保护自己及他人隐私,她亲手毁了写了多年的日记,毁了许多友人来信;仅留下"实在舍不得下手"的极小部分。

杨先生后来也像父亲老圃先生早年给孩子们"放焰口"那样,分送各种旧物给至亲好友留念。有文房四宝,书籍墨宝,也有小古玩器物等等。我得到的是,一本麦克米伦公司1928年版的 THE GOLDEN TREASURY OF SONGS AND LYRICS(《英诗荟萃》),杨先生在此书的最后一页写道:"学昭妹 存览 绛姐赠。"我惊诧于杨先生的神奇:我从未跟她提及喜读中英旧诗,她竟对我与她有此同好,了然于心。我深知这本小书有多珍贵,它曾为全家的"最爱",原已传给钱瑗,钱瑗去世后,杨先生一直把它放在枕边,夜不成寐时就打开来翻阅,思绪萦怀,伴她入梦。许多页面,留有她勾勾画画的痕迹。我得到的另一件珍贵赠物,是一沓杨先生抄录于风狂雨骤的丙午丁未年的唐诗宋词,都是些她最喜欢的诗词。第一页上赫然写着:"文革"时抄此,入厕所偷读。我能想象这一页页用钢笔手抄的诗词,当年曾被她贴身带入劳改厕所,在清理打扫之余,"猴子坐钉"式的蹲坐便池挡板上,偷偷诵读,自娱自乐。这具有历史意义的文物,我怎敢领受?可是杨先生执意说:"拿着,留个纪念!"

　　杨绛先生表面看似理性、清冷,其实她是很多情的。她一向把读者当成朋友,把理解她作品的读者视为知己。她存有许多对她作品反映的剪报。她拆阅每一封读者来信,重视他们的批评建议。她对中学语文教师对她作品的分析,发出会心的微笑。孩子们听说她跌跤,寄来膏药,让她贴贴。许多自称"铁粉"的孩子,是由教科书里的《老王》开始阅读杨绛作品的。有位小青年因为喜爱杨先生的作品,每年2月14日,都给她送来一大捧花;后来他出国留学去了,还托付他的同学好友代他继续送花,被杨先生戏称为她的"小情人"。前些年,她还常与读者通信。她鼓励失恋的小伙振作,告他:爱,可以重来。她劝说一个癌症患者切勿轻生,而要坚强面对,告诉他忧患孕育智慧,病痛也可磨炼人品。她给人汇款寄物,周济陷于困境的读者而不署名……

　　杨先生走后,我们在清理遗物中,发现一大袋已经拆封的读者来信,多数来自境内,也有"台粉""港粉"还有"洋粉"寄来的。杨先生在许多信封面上,批有"待复""当复"……最后可能都没有作复。这里,我想借此文之一角,向杨先生亲爱的读者朋友说声"对不起",杨先生最终没能如你们所愿,和大家见个面、回封信,实在是因为她已太年老体弱又忙,力不从心了。她感谢你们的关心、爱慕和呵护,给她孤寂的晚年带来温暖和快乐。在她内心深处,真的很爱你们!2011年7月,杨先生百岁生日前夕,同意在《文汇报·笔会》上做"坐在人生边上"的答问,也正是想通过这样一种方式,说说自己的亲身经历,谈谈人生感悟,向亲爱的读者最后道别。

今年春节,杨先生是在医院度过的。旧历大年初一,我去协和探视,床前坐坐,聊聊家常。末了杨先生又交代几件后事。我心悲痛,不免戚戚;杨先生却幽幽地说,她走人,那是回家!要我"别太难过,没准儿以后我们还能在天上再聚聚呐!"

2016年5月27日上午9时许,我去八宝山送杨先生回家。当电化炉门咔嚓一声关闭,杨绛先生浴火重生之际,我脑海中突然冒出杨先生上述那话。我知道,杨先生不信上帝,也不信佛,她之所以有时祈求上苍,不过是万般无奈中寻求慰藉,也安慰他人。她仿佛相信,冥冥之中,人在做,天在看。然而不论如何,我宁愿相信灵魂不死,但愿有朝一日,还能与这位可爱的老人在天上再聚聚!

(原载2016年12月12日《文汇报·笔会》)